MINDING FRANKIE

MAEVE BINCHY

人人都爱弗兰琪

［爱尔兰］梅芙·宾奇 著

杨凌峰 译

浙江出版联合集团
浙江文艺出版社

献给亲爱的高登。
他宽宏大度,让每一天的生活都无限精彩

目 录

章节	页码
第一章	1
第二章	30
第三章	52
第四章	78
第五章	114
第六章	152
第七章	205
第八章	244
第九章	275
第十章	313
第十一章	346
第十二章	370
第十三章	416
第十四章	443
第十五章	461

第一章

发廊里这令人疲惫不堪的一天终于要结束了。凯蒂·芬格拉斯恨不得立即打烊。所有可能发生的倒霉事都已发生。有个女人没有事先告诉他，自己是过敏体质，结果走出发廊时，她脑门上鼓着几个肿包，还附带了一片红疹。一位新娘的妈妈在做完造型后勃然大怒，说她那样子看上去就像个笑柄。一个男人来做挑染，要在头上弄出几缕金发，染发过程中，他正询问要付费多少，就中风了。凯蒂的丈夫叫加里，他在为一名六十岁的女顾客服务时，无意将双手放在了老人家的肩上，对方随即跳起来，说要去起诉加里，告他性骚扰和人身攻击。

现在，凯蒂看着站在她面前的男人。那是位大个子牧师，沙黄色的头发间混杂着些灰白。

"你是凯蒂·芬格拉斯吧？我猜想，是你经营着这里的生意。"牧师说道，一边环顾打量这间清白无辜的发廊。他神态紧张，仿佛这里是一座高级妓院。

"您说的没错，神父①。"凯蒂叹了口气。还会有什么倒霉事发生呢？

"是这样，我跟在这里工作的几个女孩子谈过，就在下面码头那一

---

① 原文中分 priest（牧师）和 father（神父）两种称谓，陈述中使用前者，对话中使用后者，故中文版予以保留。

带的中心区,你也知道的。她们告诉我说……"

凯蒂感到非常疲倦。她是雇用了几个辍学的姑娘;她给她们合理的工资,给她们做培训。她们还能有*什么*①不满,竟要去向一个牧师求告?

"是啊,神父。那到底有什么问题呢?"她问道。

"嗯,是有那么一点小问题。我想,我应该跟你有话直说。"他看起来有点窘迫不安。

"这就对了,神父。"凯蒂说,"那告诉我有什么事吧。"

"是这个女人,丝黛拉·迪克森。她住院了,你知道吗……"

"住院?"凯蒂的头一下大了,几乎要晕过去。这*可能会牵扯到什么呢*?这个人染发时,难道吸入了双氧水?

"对此,我表示遗憾。"她尽力保持声音平静。

"确实遗憾,不过,她想做头发。"

"你是说,她又信任我们了?"有时候,生活就是那么离奇。

"不是吧,我想她以前没来过这里……"牧师看上去挺困惑。

"神父,这些事跟你有什么关系吗?"

"我叫布莱恩·弗林,是圣布丽吉德医院的代理牧师,那里的专职牧师去罗马朝圣了,暂时不在医院。除了受人之托,夹带些香烟和酒水给病人以外,这是我目前遇到的唯一一个严肃正经的请求。"

"你要我过去,在医院里给别人做头发?"

"她病得很重。实际上就快死了。我想,她需要一个年长的人跟她说说话。噢,不对不对,当然了,你看起来可没那么年长。你自己还只

---

① 原著中有部分词用了斜体表强调,中文版保留这一习惯。

第一章

是个姑娘。"牧师道。

"老天！您献身神职去当牧师,对爱尔兰的姐妹们来说,难道不是个令人悲伤的损失？"凯蒂说,"告诉我她的详细情况,我会带上我的魔法工具包去见她。"

"非常感谢您,芬格拉斯女士。需要的信息都写好了,在这里呢。"弗林递给她一张字条。

一位中年妇女朝服务台这里走过来。她鼻尖上架着眼镜,脸上的表情颇为焦灼。

"我猜你们也教别人做头发的诀窍吧。"她开口了。

"对的,或者更应该说是美发 艺术,这是我们喜欢的说法。"凯蒂答道。

"我有个侄女从美国回来,要待上几周。她提到,在美国有些发廊,如果你答应人家在你头上练习,那么几乎不用花钱就可以做头发。"

"嗯,我们的确有个学徒专场,就在周二晚上。客人自己带毛巾来,我们就给他们做发型。但他们通常也会拿出五欧元做慈善。"

"今天就是周二啊！"那女的叫起来,仿佛打了胜仗。

"是这样。"凯蒂咬紧牙关,从齿缝里吐出几个字。

"那么,我可以预约服务吗？我叫乔希·林齐。"

"太好了,林齐太太,七点之后欢迎光顾。"凯蒂回应着,一边写下这个名字。她的目光不经意间与牧师相遇,他的目光里带有同情和理解。

你自己的发型屋并不全都是被香槟与光彩熠熠的东西环绕着的。

自从三十二年前结婚之后,乔希与查尔斯·林齐就一直住在圣加拉斯弯月道23号。他们亲眼见证了这一地区的很多变化。街角的商店已变身为一间小型超市;那家曾经会将床单熨烫妥帖并折叠整齐的老洗衣坊,如今成了自助洗衣店。人们将各种衣服混杂着塞进鼓囊囊的大包,拿过去让店里做"服务式清洗";往日的小诊所只有一个叫吉莱斯佩的老医生——这里的每个人都是他接到世间来的,离开时,也是他送走的——现在,那里已经成了一处像样的医疗站,配有四名医生。

经济繁荣时代的高潮期,圣加拉斯弯月道上的房子价格飞升,每次转手都能赚上惊人的一笔。靠近市中心、带有花园的稍小些的独立屋,尤其大受欢迎,供不应求。当然,现如今已是好景不再——经济衰退是超级均衡器,让人们的财产缩水不少,但与三十年前相比,这一带仍然富裕了很多。

不信?你只要看看莫丽和帕迪·卡罗尔夫妇,还有她家的儿子迪克兰。迪克兰是医生——真正的、有资质的执业医师!再看看穆迪与莉琪·斯加利夫妇的女儿Cathy。她开了一家餐饮公司,为高端聚会提供服务。

但是,也有许多事情是朝着更坏的一面发展了。那种邻里相亲的社区精神已不复存在。三十年前,每逢基督圣体节,人们就会自动集结,排队从教堂出发,在弯月道上来回巡游,现在则看不到了。乔希与查尔斯·林齐觉得自己在这个世界上成了孤家寡人,在圣加拉斯弯月道当然也是如此——有谁能像他们一样,夜里还双双跪下来念玫瑰经啊!

而这是他们一贯的做法。

结婚之初,他们就计划好了,以后的生活必须建基于这一信条:只有全家齐祷告,才能相伴到终老。他们设想能有八个或九个孩子,因为

第一章

上帝从不会让一张嘴降生到这世上却不喂养它。然而,事与愿违。生了诺尔之后,医生告诉乔希,她不会再有孩子了。这让他们难以接受。夫妻俩都是来自大家庭,双方的兄弟姊妹成家后大都也人丁兴旺。但是,事已至此,无计可施,也许,这是命中注定吧。

他们一直希望诺尔能成为牧师。在诺尔还没满三岁时,他们就开始准备神职培训的教育基金。乔希每次都拿一部分饼干厂的工资出来。邮局的储蓄账户中,每周都会增加一点金额。每逢周五,当查尔斯从他做行李工的酒店那里领到装薪水的信封,一小笔钱也会存进邮局的那个专项基金账户。只要时候一到,诺尔就能入读最好的神学院。

当乔希与查尔斯得知,闷声不响的儿子对献身宗教的神圣生涯竟然毫无兴趣,他们极为震惊,也大失所望。教会学校的修士兄弟说,没有任何迹象显示诺尔有什么职业理想。他十四岁时,修士们提出当牧师的事,试探可能性有多大,但诺尔说,哪怕那是世上唯一可干的最后一份工作,他也不愿去干。

这是非常明确的,一目了然。

不过,另一件事可没这么明确,那就是他到底愿意干什么。对此,诺尔语焉不详,除了说他或许可能经营一家公司。不是在公司上班,而是开公司。然而,公司管理、财务会计或营业流水簿记这些课程,他都一概不感兴趣。学校里的职业规划部尝试引导他去接触其他的实用技能领域,也都徒劳无功。他说他喜欢艺术,但他不想画画。如果被逼急了,他就会说,他的意思是喜欢观赏画作,去思考那些作品。他画画还不错,总是随身带着草稿本和铅笔。人们经常看到他低头弓腰缩在一个角落里,画人脸或动物的速写。当然了,这并未能指向任何的职业道路,但话说回来,诺尔自己也没抱着这样的期望。他在家里的餐桌上做作业,时不时地叹叹气,但几乎从未表现出兴奋或热忱的样子。在家长会上,乔希与查尔斯就此向老师咨询。他们想知道,学校里有没有过什么东西,曾点燃了诺尔的热情?任何东西、任何事情都没有过?

老师们也一片茫然。十四五岁左右的男生,大部分都难以捉摸,但后来通常能安定下来做点事情。或者,通常更多的是无所事事。他们说,诺尔只是变得比以前更安静、更孤僻了。

乔希与查尔斯感到疑惑:这样子正常吗?

毋庸置疑的,诺尔很安静,这对父母来说自然是很大的安慰和解脱,因为他不会让家里塞满吵吵闹闹、你推我搡的毛头小伙子。他们此前还以为,这是儿子精神与灵修生活的一部分,是对未来牧师生涯的预演。但现在看来,显然不是么回事。

也许,乔希聊以自慰般地提示道,诺尔反感的,只是兄弟会的那种宗教生活。说实在的,他或许可以有一种不同的职业,比如去当一个耶稣会神父或者一名传教士?

事情显然并非如此。

十五岁时,诺尔说他真的不想再参加家里的跪祷活动,念什么玫瑰经了,那只是一种惯例仪式,天天反复地唱诵无意义的祈祷文。他并不反对做点有利于他人的好事,努力让那些运气欠佳的穷苦人过上像样点的日子,但可以肯定的是,没有哪个神缺了林齐家这十五分钟"嗡嗡嗡"的经文念祷声就不能普度众生了。

及至儿子十六岁,他们意识到他已经不再出席礼拜日的弥撒。有人在运河边看到了他,而那个时候他本该前往街角的小教堂,去参加早间弥撒。他对父母说,继续蹲在学校里已经全无意义,因为那里不会再有任何东西是他需要学习的。豪氏公司正好在招募办公室内务员工,他在那里可以得到行政办公日常事务的培训。与其在外闲荡,他倒不如马上就去工作。

学校的修士兄弟和老师说,如果有孩子来上学,离校时却连毕业证也没拿到,看到这样的结局总是很遗憾的,但不可否认——他们无奈地耸耸肩——要让你家这个小家伙对任何什么东西产生兴趣,那实在是太难了。他看起来就只是坐在那里,等着自己的学生时代结束。甚至辍学对他来说可能是最好的决定了。想办法让他进豪氏吧,毕竟那是个大建筑材料商行。让他每周领上一点薪水,然后他们或许能看到,如果能有机会发现的话,他的兴趣究竟在哪里。

乔希和查尔斯悲哀地想到了那笔专项基金,那个邮局账户的金额多年来都在持续增长。那些钱永远不会用于这个高尚目标了——将诺尔·林齐培养成一名可敬的牧师。有个善解人意的教友建议说,他们不妨在自己的假期上花掉这笔钱,但查尔斯和乔希对此表示震惊。这钱是为上帝的事业而存的,要花也只能花在上帝的事业上。

诺尔在豪氏得到了一个职位。他结识工作中的新同事,但没有多大热情。他们不会成为他的朋友或同伴。修士会学校那些一起上课的男生,也未曾成为他的伙伴。上班或上学,他的人际关系一成不变。他也并不想时时刻刻都孤单一人,但独处经常会使他更自在。

过去的这些年,诺尔与妈妈商定后已做出安排,他不再跟父母一起吃饭。他在每天晌午时分吃午餐,晚上则自己随便弄点简单吃食。这一来,他就避开了玫瑰经的"清音",避免了与那些虔敬邻居的社交,也躲开了父母寻根究底的盘问:这一天你都干了些什么呀——这是林齐家进餐时段的必备节目。

逐渐地,他开始回家越来越迟。在回家的途中,他还多了个习惯,就是去光顾凯西的酒馆。那里是由谷仓改造而成,地方够大,感觉舒适,同时又隐蔽——酒馆没起名字。诺尔是这里的熟客,每个人都认识他。

"等一下,诺尔,'货'马上就给你送到。"酒馆主人家那粗手笨脚的儿子会这样说。

老头凯西不多说话,但对一切都了然于心。他一边用一块干净的亚麻布擦亮啤酒杯,一边透过眼镜打量四周。

"晚上好,诺尔,"他这样打招呼,努力显示出在他个人对诺尔的不满之意中应有的礼貌客套。毕竟,他和诺尔的父亲算是老熟人了。夜色渐浓,凯西似乎当然应该乐得见到这一份一品脱或几品脱啤酒的收益,但这份进账也令他失望,因为这个后生不懂怎样更明智地花费他的工资。不过,诺尔喜欢这个地方。这里不是时尚新潮的酒馆,价格也保守。这里没有满屋子的美女,男人们的浅酌慢饮不会被她们的笑声扰动。在这里,没人打搅诺尔。

这就很值了。

回到家时,诺尔注意到妈妈看起来有点异样,但搞不清到底怎么回事。她穿着红色的针织套装,而这套衣服她以往只在特殊场合才会穿上身。在她上班的饼干厂,人们都穿统一的工作服。妈妈说穿工作服很好,因为那意味着不会把你自己的好衣服穿旧。妈妈今天没化妆,所以她样子的变化也不是因为这个。

最终,他意识到妈妈的变化是来源于头发。她去过发廊了。

"妈,你刚做了头发!"他说。

乔希轻轻地拍了拍头,挺高兴。"他们的活儿干得蛮不错,是吧?"

第一章

她说这话的语气就像是发廊的老常客。

"很漂亮,妈。"他说道。

"你要喝点茶的话,我这就把水壶给烧上。"她表示关切。

"不用了,妈,你不用费事。"他急于摆脱母亲的视线,只想躲进自己的房间,那安全的洞穴。然后他想起来,美国的堂姐第二天就要到了。妈妈做头发,肯定是为了迎接她的到来。显然,那位艾米莉堂姐要在这里住上几周,但还没决定到底住多久……

堂姐到访,诺尔自己没怎么跟着忙碌,只是做了他不得不干的一点事,比如帮父亲粉刷艾米莉要住的房间,清理楼下的储藏室,将那里的墙壁贴上瓷片,加装一套淋浴设备。他对堂姐了解不多,只知道她不再年轻,或许已经五十出头了,是他父亲的大哥马丁唯一的女儿。她当过艺术老师,但那份工作意外地终止了。她小有积蓄,打算到处走走,去看看世界。旅程的第一站就是都柏林;多年以前,她的父亲正是从此地离开,去了美国碰运气。

他的运气并不怎么样,查尔斯透露过。家里的这位长兄在美国弄了间小酒吧,但店里的最佳顾客是他自己。他跟老家的亲朋好友一直都没有联系。虽然有圣诞卡寄回来,但都是艾米莉寄的。也是这个艾米莉写信回来,先是通报了她父亲去世的消息,然后是她母亲的死讯。她在邮件里的口气听起来特别地务实,就像人们常说的,亲兄弟明算账。她说,到了之后,她将承担一部分家庭开支。在外出旅行的期间,既然她在纽约的小公寓会拿来出租,所以补贴叔叔家就是应该的。她还让乔希与查尔斯尽管放心,说自己通情达理,保证不会碍手碍脚,也不需要他们照应什么的。她说她自己会找到大把事做。

诺尔叹了口气。

这只是微不足道的生活小插曲，但他的父母肯定又会不失时机，把它抬升为高潮迭出的戏剧。堂姐还未进门，就一定听闻了他在豪氏公司的远大前程、他妈妈在饼干厂的工作，还有他父亲在一家非常高级的大酒店作为礼宾部资深行李工的地位。她将得知爱尔兰的道德衰败是何其令人心痛，周日弥撒的参与者是何其稀少，酗酒滥饮的现象又是何其严重——医院的急诊室挤满了狂欢的酒鬼。不用说，父母还会诚意邀请艾米莉加入玫瑰经家庭唱诵班。

诺尔的妈妈已耗费了相当多的时间来磋商一个问题：在新粉刷的房间内，究竟是挂"圣心耶稣"，还是挂"永恒护佑者圣母玛利亚"。关于这一令人苦恼的艰难抉择，诺尔设法避免了更多更深入的讨论。他提议说，他们应该等堂姐到了再说。

"妈，她在学校里教过美术，说不定会带她自己的挂画来吧。"他这样说道。而令人惊奇的是，妈妈竟立即同意了他的话。

"诺尔，你说的真对。我有一种倾向，好像全世界的事情都要我去做决定似的。现在，能有另一位女士来跟我分担这些事，那就再好不过了。"

诺尔模糊地希望妈妈的愿望能够实现，希望美国来的这位女士不会扰乱他们的生活状态。但不管怎么说，突然来了个堂姐，这个家庭还是会进入一个变化期吧。一年或者两年之后，父亲将会是一个退休的行李工。母亲在饼干厂还有几年可以干，但她也可能会提早退休，在家陪伴父亲，两个人兴许会去参加一些公益活动。诺尔希望，艾米莉将让他们的生活变得更简单，而不是更复杂。

但大体上说来，他几乎没把这件事放在心上。

任何事情都不必想得太多太深，这是诺尔的处世之道。他在豪氏

第一章

那看不到前途的工作、在老凯西酒馆耗掉的时间与钱、他父母对宗教的偏执狂热——他们认为玫瑰经是解决世界上大部分麻烦的答案——这些,他都不去多想。有生以来还没有一个稳定的女友,关于这个,诺尔也不往心里去。他只是还没遇上而已,就是这么回事。尽管什么哥们或同伴都没有,他也并非真的很在乎。有些地方容易结交朋友,但豪氏不属于那些地方当中的一个。诺尔已打定主意,对于那些不算大的事情,最好的应对办法就是根本都不用想。直到眼下,这一策略也还行得通。

如果东西还没坏,何必急着去修补?

查尔斯·林齐这一天极为沉默。他没注意到妻子的新发型。他也猜不到,儿子在下班回来的路上已经喝了四品脱啤酒。哥哥马丁的女儿艾米莉第二天上午就要到来,但他发现自己很难对此打起半点精神。马丁生前已经表现得很明显,他对故乡爱尔兰的这个家族漠不关心。

过去多年来,艾米莉总是殷勤周到,礼貌地与他们联络,乃至于在到访前主动提出为她在此的食宿付费。如今的情形下,这笔贴补恐怕还真的相当有用。这天上午,查尔斯接到通知,说酒店已经不再需要他作为行李员提供服务了。他与另一个"老"行李工将在月底被迫离职。到家之后,他一直试图找到恰当的言语来告诉乔希这个变故,但就是开不了口。

他现在还能重述出这天早些时候那位穿西装的年轻人对他说的那一连串句子,但年轻人对查尔斯本人或他对酒店的一片忠心却根本不加评价。从少年到成年到现在,他都在那里上班,规整地穿着款式华丽的礼宾制服,很大程度上构成了酒店的整体形象。也许是一个旧派的形象——确实也是如此,既然他已经老了。酒店的新东家们强调要塑造一个新形象。革新与进步的轮子滚动起来,有谁能阻挡得了?

此前,查尔斯以为自己的这份工作能陪伴他到老,以为有一天酒店将为他举办一个欢送宴会,乔希也受到邀请,身穿长裙到场,他以为他会得到嘉奖,获赠一只镀金的时钟。然而,这一切都不会发生了。

两周半之后,他将失业。

一个人从十六岁起就在某酒店履职,六十多岁时被这家酒店辞退,难道他还能有别的什么工作机会?查尔斯原本指望能与儿子好好谈谈这一切,但他与诺尔似乎都已经好多年没有过像样的对话了。以前有过?算了吧。这孩子总是急于钻进自己的房间,拒绝任何询问或讨论。现在把这些头疼的意外讲给他听并不合理。

查尔斯找不到一只能充满同情的耳朵,也找不到任何的圣书卷宗,来给他提供建议。他暗下决心,打算直接告诉乔希,把这桩心事了结掉。但她眼下正在兴头上,为美国来客而激动。或许,应该把这件事推迟几天再说。这些麻烦事来得真不凑巧,查尔斯再一次叹气。

收件人:艾米莉

发件人:贝丝

我真希望你没决定去爱尔兰。我会非常想念你的。

我真希望你会让我去给你送行……但话说回来,你总是这样,总是冲动行事。我现在又怎么可能指望你改主意?

我知道,我**应该**说的是,祝你在爱尔兰一切如心所愿,但我这么说的时候,又不愿意你真的乐不思蜀。我希望你会说,在那里待上六周还是很开心的,六周之后又回来确实感觉很好。

第一章

你不在这里,一切就不可能一如从前。有个艺术展要开幕了,地点就在这条街的另一头,可我自己一个人没心情去那里。剧院的下午场演出,没有你同行,我也不会去看那么多次了。

每周五,我会跟那个租你房子的学生收房租。我会注意,防止她在你家窗台花盆里乱种东西,破坏了你的格调。

你一定要写电邮过来,告诉我你所在地方的全部情况,不要遗漏任何东西。我很高兴你会随身带着笔记本电脑。这样你就没借口不保持联系了。旅行箱商店的那个埃里克,有关他的每一个零碎消息,我都会及时通报给你。艾米莉,不管你信还是不信,他真的对你很感兴趣!

希望你很快就带上你的电脑动身上路。踏上那片三叶草的国土之际,别忘了来信告诉我你到了。

致以爱和关切。你孤独的朋友,

贝丝

收件人:贝丝

发件人:艾米莉

一定要等我到了爱尔兰之后才会看到你的邮件?你凭什么这样认为?我还在肯尼迪国际机场呢,但电脑已经打开。

你别胡说了!不用想念我的。旅行中的任何见闻,我都会告诉你——你和你那天马行空的瞎想会得到满足的!你的怪念头可真多啊。埃里克对我没意思的,哪怕一点点的想法都没有。他这人是个闷罐子,话很少,即使说话了,也不是单纯的闲聊。他跟你搭讪时提到我,那是因为他害羞,拿我当话题作掩饰,那样才好跟你说话。你肯定明白这回事,不是吗?

我也会想你的,贝丝,但这次出行是我必须要做的事。

我保证会及时给你通报新情况。或许我每天都会给你发去二十页长的邮件。真希望你没有煽动我这么干!

爱你的,

艾米莉

"我说,我们是不是应该去机场接她?"这是乔希当天上午第五遍说这句话了。

"她说了,她宁愿自己搭车来这里。"查尔斯说道。妻子之前的四次唠叨,他也如此回应。

诺尔只是喝着他的一大杯茶,一言不发。

"她邮件里说了,如果风速气流状况好,航班可能会提早。"乔希说道,听来仿佛她自己就是个常旅客。

"所以说,她可能随时就会到我们家……"查尔斯感觉心在往下沉。

今天上午仍然需要去酒店,他不愿去,因为他知道去上班的剩余日子已屈指可数。一等这个女人安顿下来,还会有充足的时间让他来告诉乔希酒店的事。来的是马丁的女儿!希望她没有遗传她老爸那嗜酒如命的基因。

门铃响了。乔希的神色突然紧张起来,仿佛面临重大事件。她从诺尔手中"嗖"的一下将茶杯拿走,查尔斯面前装煮蛋的空蛋杯与餐盘也被她一扫而空。她又轻拍了一下新发型,用一种听上去不真实的高音说道:

第一章

"诺尔,请你去开门,欢迎你堂姐艾米莉进来。"

诺尔开了门。外面站着一位小个子妇人,约莫四十岁左右的样子,头发卷卷的,身穿奶油色的防雨外套。她身旁有两只干净的红色滚轮行李箱。看起来,一切都在她的掌控之中。第一次来这个国家,她轻而易举就找到了圣加拉斯弯月道。

"你一定是诺尔吧。希望我来得不是太早。"

"没有的事,我们都起来了。你看到了,我们准备去上班。还有,非常欢迎你的到来。"

"谢谢你。那我是不是该进屋跟他们问声好,赶在他们上班前说声再见?"

诺尔这才意识到,他已经让她在门口台阶上站了太久。不过,他毕竟才半醒。一直要等到上午十一点前后,喝下每天的第一杯伏特加兑可乐,他才能完全清醒过来。诺尔绝对确信,豪氏没人知道他早上就会喝酒,也没人知道他下午要靠酒精来提神。他很小心地掩饰自己,总是在随身背包中露出货真价实的一支低卡路里健怡可乐的塑料瓶瓶头。当他独自一人时,包中藏匿的伏特加才会被加入可乐。

他将这位小个子的美国堂姐带进厨房。父母二人分别亲了艾米莉的脸颊,说马丁·林齐的女儿回到了祖先曾生活的这片土地上,真是太好了。

"诺尔,那就今晚再见了。"她大声说道。

"当然,晚上见。但我可能迟点回来。有很多事情要加紧处理。不管怎样,都希望你能安顿好……"

"我会的。谢谢你同意我住在你们家。"

他把事情留给父母去处理。关上门时,他能听到妈妈声音中的自豪之情：她正在展示楼下那间新装修的睡房。他还听到，堂姐艾米莉配合地惊叫说房间简直完美。

诺尔感觉到了，昨晚和今天，他父亲非常安静。但怎么说呢，这或许只是他的假想。爸爸对这世上的任何事都毫不在乎，只要人们能对他在酒店的地位略加吹捧，只要他能确信每晚都会有玫瑰经的虔敬颂唱，只要每年能去一次法国卢尔德看看那里的圣龛，只要还能聊聊有朝一日可以到更远的地方——比方说罗马或者圣地耶路撒冷——去表达他的热忱信仰。查尔斯能对事情固有的样子感到满足，因此他足够幸运。面对生活那夜以继日的重重压力，他不需要在老凯西的酒馆里喝上几个钟头，以此来麻醉自己。

诺尔走到路的尽头，那是他搭乘公车的地方。每天上午，他都是这样走在路上，不时对人们点头致意，但同时又一无所见，对自家周边环境的细节都视若无睹。他只是略微有点好奇，那个看上去很忙碌的美国妇人将会给这里的一切带来什么影响。

很可能，她会坚持一个星期，然后在绝望中放弃努力。

在饼干厂，乔希向工友们详述了艾米莉到来的完整故事，告诉他们她如何自己找到圣加拉斯弯月道，就仿佛她是在这里出生和长大似的。乔希说，艾米莉是个异常讨人喜欢的亲戚，竟然主动提出当天晚上要为家里所有人做晚饭。他们只需要告诉她自己喜欢什么和讨厌什么，只需要给她指出市场的方位就行。很显然，她不用上床休息，因为在夜里飞来的航班上，她已经睡了一晚。家里的每样东西都令她欢喜不已。她说园艺是她的一大爱好，所以去市场购物时，会留心买几棵植物。当然了，前提是如果他们不介意的话。

第一章

其他女工们都说,乔希应该完全有理由认为自己是很幸运的。实际上,这个侄女原本也很有可能是一位刁钻的美国人。

在酒店,查尔斯还是正常的样子,摆出愉快的表情面对遇到的每个人。他把行李从出租车中搬出来运进客房,他指引客人去往都柏林的观光点,他核实剧院演出的具体时间,他也同样低头看着那只胖胖的查理王小猎犬,它被系在酒店里的一处栏杆上,有张悲伤的脸。查尔斯认识这条小公狗,它名叫凯撒。凯撒经常跟在蒙蒂夫人的旁边。那是位古怪的老太太,戴着大大的帽子,脖子上挂着三条珍珠项链,身穿皮草大衣——别的就什么都没穿。如果被人激怒了,她就会敞开大衣,让对方目瞪口呆。

狗儿独自留在酒店,这一事实意味着她肯定又被送进了精神病院。如果以往的经验可以参考,那么大约三天之后,她就会从医院回来认领凯撒,带着狗儿一起继续他们那不可预知的生活。

查尔斯叹了叹气。

上一次,他设法将凯撒藏在了酒店中,直到蒙蒂夫人出院领走小狗。但现在情况不同了。午饭时间,他不得不把狗带回家。乔希不会喜欢凯撒的,一点儿都不喜欢。但圣方济各在书里写明了动物是受爱护的。即使需要大吵一番,乔希最后不至于会违背圣方济各的教诲。而那位侄女,他希望她不会对狗有过敏症或有什么意见。她看上去可是通情达理得多。

艾米莉上午都在忙着采购。查尔斯进门时,看到她人整个被食物包围了。一会儿工夫,她就给他弄好了一大杯茶与一份奶酪三文治。

查尔斯对此颇为感激。他此前已经估摸着要省掉这天的午餐了。

他向艾米莉介绍了凯撒,告诉她一些狗儿莅临圣加拉斯弯月道背后的故事。

艾米莉似乎认为这是世界上再自然不过的事情。

"可惜不知道凯撒要来,否则我会给它弄根骨头的。"她说,"不过,我见过卡罗尔先生,你们的邻居,很和气。他是卖肉的,也许能帮我弄根骨头。"

她到这里才几分钟,却已经认识了邻居!

查尔斯很欣赏地看看她。"哎呀,你可真是精力充沛啊,"他说,"像你这么好的精气神儿,退休就太早了一点吧。"

"哦,不是这么回事。不是我主动退休的。"艾米莉一边说,一边整理着馅饼外沿上堆放的用来烤酥皮的油糕粉,"我真的不想退。我爱我的工作,但他们让我走。好吧,实际上,他们说我*必须*走。"

"为什么?他们为什么那么干?"查尔斯表示震惊。

"因为他们认为我老了,太谨慎保守,总是以前的老样子。问题就在于,我是那种老派作风,那种监护人式的老师。我带孩子们去美术馆,去看各种展览。他们每人带着一张纸去,上面有二十个问题。一整个上午,他们都在那里参观,为我布置的问题寻找答案。我认为这可以打下良好的基础,让他们学会怎么去欣赏一幅画或一尊雕塑。可惜,那只是我的想法而已。然后来了这么个新校长,他自己还是个孩子,执着地强调艺术教学要的就是自由表达。他确实想要新近的毕业生当老师,他们知道怎么教那一套。而我不会,所以我只能离职。"

"他们不能因为你的教学方法成熟而解雇你,绝对是乱来,不是吗?"

查尔斯对此表达同情。他自己的情况则是另一码事。他们说了,

第一章

他是酒店的门脸,代表酒店的公共形象,而到了如今,酒店的脸必须更新了,要换成一张年轻的面孔。这挺残忍的,但也还符合逻辑。而这位艾米莉并不老,她还没到五十。那样不讲道理的职场歧视,必须要有法律去约束。

"没办法。学校并没有直接告知我被解雇了。他们只是安排我去做后勤,整理文件之类的,让我远离孩子们,把我挡在美术室门外。这无法忍受,所以我选择离开。但这是被他们逼的。"

"你心里一定很难受吧?"查尔斯深感同情。

"啊,是的,一开始是。其实我非常伤心。那么多年的工作成果莫名其妙就化为乌有。我已经习惯于去美术馆时碰巧遇到以前的学生,他们当中经常有人会说:'林齐小姐,是您激发了我最初对艺术的兴趣。'所以,他们要我离职时,我就觉得这一切都被一笔勾销了。仿佛这么多年来我什么贡献都没有过。"

查尔斯感觉到有泪水在眼眶中打转。她所描述的,正是他自己作为行李工在酒店的多年经历。被一笔勾销,那也正是他的感受。

艾米莉已经开朗起来。她将旋涡状的小块油糕粉安置到饼坯上,然后利落地清理干净厨房餐台。

"我朋友贝丝提醒我,坐在角落里生闷气只会让我疯掉。我应该立刻辞职,着手去做我真正想做的事情。按她的说法,就是开始下半辈子的新生活。"

"你就那样做了?"查尔斯问。

美国难道不是个精彩纷呈的好地方吗!在这里,他可根本做不到重新开始——即使一百万年后也不可能。

"是的,我那么做了。我坐下来列了一个单子,写出我要做的事。

贝丝说的没错。如果我在其他什么学校有过类似的职位,也许同样的事情也会发生的。我小有积蓄,所以一段时间内不干有报酬的工作也没关系。麻烦就在于,我也不清楚自己到底最想做什么,因此就干了几件事。"

"首先,我上了一个烹饪班。哈哈,你瞧,这就是我做鸡肉馅饼这么快的秘诀。然后我又读了一个强化课程,学会了电脑和怎么有效利用互联网,所以如果我想的话,就可以找份写字楼的工作。后来我去了一个园艺中心,那里有窗台盆栽花卉的种植培训课程。现在,既然我已经满身的实用技能了,就下定决心去看看世界。"

"那贝丝呢?她也学了这些东西?"

"没,她早就会上网了,而她又不想做美食,因为她总是在节食。不过,对窗台盆栽,她跟我一样地爱好,简直上了瘾。"

"假如他们要你回去做以前的工作,你会去吗?"

"不,现在不会了,即使他们真的请我回去。我不会回去了,如今我很忙很充实。"艾米莉说。

"我明白了。"查尔斯点点头。他看似想说点别的,但也阻止了自己。他掩饰情绪,忙乱地往茶里又多加了一些牛奶。

艾米莉看得出他还想说点什么。她知道怎么去倾听他人的心事。他自己最终会说出来的。

"问题在于,"他慢慢地说道,带着极大的痛苦,"真正的问题在于,他们认为新笤帚扫起来更干净,但扫掉蛛丝尘网或诸如此类的废物的同时,也扫掉了很多别的东西,那些有价值的、重要的……"

然后艾米莉明白了他要说的。这可得小心仔细地应对。她同情地看看他。

第一章

"查尔斯叔叔,再喝一杯茶吧。"

"不,我要回去了。"他说。

"是吗?我的意思是说,稍微考虑一下这件事,查尔斯叔叔。你难道必须那么做吗?他们还能对你有什么进一步的举动?我是说,他们应该还没有,不会已经……"

他静静地、长久地注视着她。

她懂了。

这个女人,这个直到这天早上查尔斯都未曾谋面的侄女,已经明确意识到查尔斯到底遭遇了什么,尽管他并未直接说出来。而这是他自己的妻子和儿子都根本没有觉察到的。

这天晚上的鸡肉馅饼很成功。艾米莉还做了一盘沙拉。他们,他们三个人,轻松愉快地聊天。艾米莉提起了自己的退休经历这一话题。

"简直太神奇了,你最害怕的事情竟然可以转祸为福,变成大好事!直到那种日子结束了,不用把生命中那么多的时间耗费在搭地铁搭公车上,不用每天穿街过巷,我才意识到这是好事。怪不得以前都没一点闲暇时间来学上网或弄弄小型园艺。"

查尔斯看着她,眼中流露出赞佩之情。她甚至未曾表露出迷惘或挣扎,就已经平静顺利地迈步向前,渡过了难关。酒店的事情,他想明天再告诉乔希,但或许现在就可以告诉她,就在这一刻向她坦白。

这个过程远比他想象中的要容易得多。他慢吞吞地解释说,关于从酒店离职这件事,他已经想了很久很久。最近,这件事在与管理层的谈话中被提了出来,然后,出乎意料的是,这一想法被证明也与酒店方的考虑不谋而合,所以他的离职将会是彼此协调一致的结果。现在,他需要做的所有事情就是确保能得到某种形式的、合情合理的退职补偿。

他说,整个下午,他的脑袋里塞满了各种各样关于今后自己要干什么的设想。

乔希被惊呆了。她焦灼不安地盯着查尔斯,担心这只是一个幌子。也许,他只是在夸口胡吹,而内心已经非常忐忑。但根据亲眼所看到的,他那些话似乎也是发自肺腑。

"我想,那或许正是我们在天的父希望你做的事。"她虔敬地说道。

"是的,我也满怀憧憬,要伸出双手抓住这次机遇。"查尔斯确实是在说实话。很多年来,他都没有这种得到解放的感觉了。自从午饭时跟艾米莉的谈话之后,他就开始觉得外面还有一整个世界在等着他。

艾米莉在清理桌上的盘子,她从厨房进进出出,端来餐后甜点,还不时随意地加入谈话。听到叔叔说要照料凯撒,直到蒙蒂夫人从那个鬼地方被放出来,艾米莉建议查尔斯同样可以帮其他人遛狗。

"那个和气的好人,帕迪·卡罗尔,那个卖肉的,有一条大狗叫'小酒窝',那狗至少需要减十磅体重才行。"她兴致勃勃地说。

"我没法跟帕迪开口收钱。"查尔斯提出异议。

乔希同意丈夫的观点:"艾米莉,你也知道,帕迪和莫丽·卡罗尔两夫妻是我们的邻居。如果查尔斯帮着遛那条蠢蠢呆呆的大狗,跟他们收钱的话,就显得怪怪的。听上去会显得我们太贪财。"

"当然了,这个我清楚。你们不想显得贪财,但他可能会找到回报的办法的,比如隔三岔五给你们一些羊排或者上好的碎牛肉。"艾米莉是易货贸易的忠实信徒,而查尔斯看起来则认为这种交易是完全可能的。

"不过,就不能有份真正的工作吗?你明白的,艾米莉,一份职业,就像查尔斯在酒店里有过的那种营生。在那里,他关系到日常事务的运转。"

"光靠遛狗,我是没法维持生计的,但或许我可以在狗舍找份工作,我真的挺喜欢干那个。"查尔斯说。

"是否还有别的什么事也是你*真正*想做的呢?"艾米莉语气很轻柔,"你们大概看得出,我很乐意为自己寻根,了解家族渊源,来续上血缘族谱。当然,我并不是建议你们要去做什么。"

"那个,你可知道,我们一直想要做什么?"乔希试探性地说道。

"不知道。是什么呢?"艾米莉对什么都有兴趣,因此很容易沟通。

乔希继续道:"我们一直这样认为,圣加拉斯在这个街区从未得到应有的尊奉,实在是遗憾。我的意思是说,尽管街道是用他的名字来命名的,但没一个人知道有关他的任何故事。你在这里碰到的每个人都是这样。我跟查尔斯都在想,或许能筹集一笔钱,立起一座雕像,来纪念这位圣人。"

"圣加拉斯的纪念雕像!真是想不到!"艾米莉不禁吃惊了。激励这两夫妻自由畅想未来——她也许犯了个错误。"他是很久以前的人了,对吧?"她语气小心,尽量不给乔希的计划泼冷水,尤其是当她看到查尔斯的热情被点燃时。

乔希手一挥,把艾米莉的审慎异议挥到一旁。"哎呀,那不是问题。既然他是圣人了,那几年前才死或者6世纪就死了,有什么不同吗?"她说。

"6世纪?"这比艾米莉所担忧的还要糟糕。

"是的,他死于公元520年左右,纪念日是六月六号。"

"这是一年中非常合适的时刻,可以组织一个小小的游行队列去祭拜他的神龛。"查尔斯已经忙着筹划雕像落成后的活动了。

"他是附近这一带的人吗?"艾米莉问道。

显然不是。圣加拉斯来自这个国家的另一边,靠近大西洋沿岸的那一侧。他第一个建立了杜厄姆的大主教总教区。他教导过一些伟大的宗教人物,甚至是其他的圣人:克朗弗特的圣布兰登,还有考恩的圣柯尔曼。这几个教区都在中西部,相距不很远。

"但在我们这里也一直有人敬拜他。"查尔斯解释道。

"否则的话,人们怎么会用他的名字来命名这条街?"乔希反问。

如果她的父亲马丁·林齐一直住在这里将会怎么样?艾米莉拿不准。他会成为一个心地单纯、容易快乐满足的人吗,就像查尔斯和乔希那样?他就不会像在纽约那样,变成一个牢骚不满的酒鬼?而眼下的这个圣人,死在此地数十英里之外,死在一千几百年前,现在却要为他忙活,这一切难道不是头脑一时发热的奇思怪想?他们确定要这样吗?

"雕像当然是个很好的想法,但问题在于怎么去筹集资金,*并且*,同时你们还要谋生过日子。"艾米莉提醒道。

这显然不是问题。他们已经存钱很多年了,预备让诺尔接受神职教育,去当个牧师。他们想把这个儿子交给上帝,但没如愿。他们始终计划着要以某种方式把那笔存款献给上帝,而现在正是一个完美的机会。

艾米莉在心里对自己说,千万不要试图去改变别人的世界。如今也没时间去考虑所有那些公益事业了——很多项目甚至还是天主教会运营的——那笔钱原本也可能捐到这些地方去的。艾米莉倒是情愿看到钱被用来满足乔希和查尔斯自己的愿望,给他们一点点安慰:他们一辈子都长年累月地辛苦工作,却得到了很少的回报。他们还必须去忍受这个事实,即儿子的牧师职业未能"如愿"——用他们自己的话来说就是这样,而这在他们看来肯定是一个悲剧。不过,生活中也有些不可抵御的力量,你没法用逻辑和实用性原则去对抗。艾米莉确凿无疑地知道这一点。

诺尔熬过了漫长而又糟糕的一天。豪先生已经问了他两次是否一切都好。这个提问背后隐藏着什么,令人感到威胁。当豪问第三遍时,诺尔礼貌地问他为什么要这样问。

"那边有个空瓶子,瓶子空掉之前,装的似乎是金酒。"豪先生说道。

"那跟我状态好还是不好有什么关系吗?"诺尔反问。他显得有了底气,甚至大胆鲁莽起来。

豪先生盯着他看了一会儿,浓密双眉下的目光显得很严厉。

"或许有关系的吧,诺尔。有很多人不辞辛苦,飞到世界上千万里之外的某个地方去挣钱呢,他们可是很乐意做你眼下的这份工作啊。"

老板走开了。诺尔看到其他同事的视线从他这边移开了。

诺尔没想到豪先生还会这么严肃。通常他都是言辞温和,说两句激励的话,要诺尔继续做好工作:将出货签条与销售单据匹配整理、核查分类账簿与发票等等,都是些想象得到的最基础的文职事务。

早先,豪先生似乎认为诺尔可以干得更好,因此也给出了很多正面的建议和鼓励。那时候好像还有希望。但现在不了。老板刚才的话不仅是责备,更是警告。这让诺尔心神不宁了。回家的路上,他发现自己的双脚又把他带入了凯西那令人宽心的、大大的酒馆。他模糊地回想起来,已经太多太多次了,他都暗暗发誓说是"最后一次"来这里。但在进门之前,他只是稍稍犹豫了一瞬。

老头凯西的儿子摩西看上去神经紧张。"啊,诺尔,是你。"

"请给我来一大杯,摩西。"

"这个嘛,诺尔,那可不是什么好主意。你知道吗,这里禁止你喝酒。我爸说了……"

"你爸一时情绪激动说过的话可多着呢。那个禁令已经是好久之前的了。"

"不,诺尔,不是很久以前。我很抱歉,但只能这样了。"

诺尔感到脑袋里"咯噔"响了一声。现在,他必须谨慎行事了。

"嗯,好吧,既然那是他的决定,你也要遵守。恰好,我已经戒酒了,我刚才其实是想要一杯柠檬水。"

摩西看着他,吃惊地张大了嘴。诺尔·林齐戒酒了?这可得赶紧说给他老爸凯西听一听!

"既然在凯西酒馆不受欢迎,那么我只能去别的地方了。替我向你爸问好。"诺尔说道,作势要离去。

"那你是哪天开始不灌上几口的?"摩西问道。

"得啦,摩西,那根本不关你的事。你还是去给这里的老少爷们上酒吧。我没打扰你做生意吧?我绝对没那个意思。"

"稍等一下,诺尔。"摩西对他喊道。

诺尔说声抱歉,说他必须要走了。于是他就高高地抬着头走出了那个他消磨了无数闲暇时光的地方。

诺尔靠墙站着,有一阵冷风一路顺着街道吹过去。他仔细想着自己刚说过的那些话。他那样说,只是为了刺激摩西:那个嘟嘟囔囔的笨小子,只会当他爸的传声筒。现在,他却不得不言出必行了。他再也不能去凯西酒馆喝酒了。

他以后只好去另一个地方。迪克兰·卡罗尔的父亲也常去那里,每次都牵着那大熊般的狗。在那里相遇的酒客们,没人会将对方视为"朋友"、"哥们"或"老兄",而是称作"同好"。穆迪·斯加利总是在那里跟他的同好们讨论重大赛马比赛的可能性结果或足球赛事的比分。至今为止,诺尔都不喜欢那里。

如果他真的已经戒酒了,一切不是更轻松吗?那样的话,豪先生爱看到什么酒瓶就看到什么酒瓶去,管他呢。凯西先生也会表示后悔和道歉——看着老头那样子应该挺愉快的。诺尔自己也能赢得时间和机会,去做他真正想做的事情。他或许可以回去上上课,拿到一张商科文凭,因此有资格在工作中获得提拔。或许甚至只搬出圣加拉斯弯月道。

诺尔若有所思地在都柏林的这片城区转悠,他走了很远,往上走到运河那边,往下穿过乔治王时代的广场。他看到餐馆里的同龄人在进餐,桌子对面坐着姑娘。诺尔不是个社交弃儿,他只是生活于一个自作自受的世界里,其中从没有出现过那类女性。为什么会这样?因为他只知道把鼻子拱在水槽里。

以后不能再这样下去了。他要给自己两样礼物:节制清醒的生活和时间,更多更多的时间。在走向圣加拉斯弯月道23号之前,他看了看表。他们现在应该都上床睡觉了。这是一个改天换地的重大抉择,他不想让什么多余的交谈搅进来扰乱他的心绪。

但他错了。他们全都没睡,精神抖擞地围坐在厨房餐台边。家里显然出事了。老爸要离开工作了一辈子的酒店;看来他们已经收留了一只查理王小猎犬,狗儿叫凯撒,有两只大眼睛和充满灵性的表情;老妈则打算减少在饼干厂的工作时间;堂姐艾米莉已经认识了大部分的街坊邻里,并跟所有人结成了坚实可靠的友谊关系;这当中最惊人的是,他们正着手发起一个项目,要为什么圣人修筑雕像,而那位圣人,如果当真在这世上活过的话,早在一千五百年前就离世了。

上午他离开这栋房子时,他们还全都很正常。到底发生了什么怪事?

他现在没法像往常那样敷衍两句就溜进自己的房间,然后从一只箱子中摸出贴着"美术用品"标签的瓶子,里面装的主要是未开瓶的金酒或红酒,以及从未用过的几支油画笔。

当然了,他将再也不允许自己喝那些东西了。他差点忘了这事。

一阵突然而至的沉重的沮丧感笼罩了他。他坐下来,试着去理解家中将要发生的那些怪异的改变。以后再也不会有那种晕晕乎乎、头脑一片空白的舒适感受了,取而代之的是控制自己远离那只"美术用品"箱的煎熬的夜晚,或者,甚至干脆把那些玩意儿从房间的洗手盆里倒掉。

他努力去厘清爸爸讲的那些事:遛狗、看护宠物、筹钱、恢复圣加拉斯应有的地位。喝了这么多年的酒,诺尔还从未碰上过什么幻觉,会像眼前这幕景象般超现实。而所有这一切竟发生在一个他完全清醒的夜晚。

诺尔稍微挪动了一下椅子,试着去寻找堂姐的目光。

艾米莉必须为父母的想法的骤然改变负责,必须为认为今天是全家人新生活的第一天这个念头负责。一个家庭如果几十年都不知道要有所改变,那是否难免会有什么疯狂的、危险的东西?

诺尔半夜醒过来,觉得戒酒毕竟是大事,不该那么轻易地或随便地就实施。等到下周,等万事都安顿下来,他再行动也不迟。于是,他伸手去摸箱子里的酒瓶。但摸到的那一刻,他又担忧——带着一种他并不能经常体验到的清晰意识——下周恐怕永远不会到来。所以,他将两瓶金酒倒进了洗手盆落水孔,随后是两瓶红酒。

他回到床上翻来覆去、辗转反侧,直到第二天早上听到闹钟响。

在房间里,艾米莉打开电脑,给贝丝发去邮件:

我感觉在这里已经住了好几年,虽然在这个国家还没睡足一个晚上!

我到得不巧,正是多事之秋,遇上了一些惊人的变化。这家的每个人都开始了某种意义上的旅程。我的那位叔叔被辞退,丢掉了酒店行李员的工作,现在打算进入一门新行业,替人遛狗。他的妻子希望能在她上班的工厂减少工作时长,还发起了一个请愿活动,要建一座雕像,去纪念一位死了多少年的圣人,等我来看一下,哦,是死了一千五百年!

这家的儿子在某种程度上是个隐士,独来独往。不早不晚,他在无数的日子中选择了今天,去终止他跟酒精的恋爱史。他在楼上倒掉了那些东西,我可以听到从下水管中传出的声音。

贝丝,你说我之前怎么竟然会认为这里应该是平和安宁的呢?是我发现了生活的什么真相吗?或者,是我命该如此,即使游逛了半个地球,也不会了解到什么,什么都理解不了?

不用回答这个问题。这并非真的是个问题,而更多的是我猜测或思考。想念你。

爱你的,

艾米莉

第二章

　　都柏林市中心的小公寓里,布莱恩·弗林神父难以入眠。这一天,他刚刚听说,他不能继续住这里了,只剩下三周时间找个新住处。他没有很多的个人物品,所以搬家不会是个可怕的噩梦。但他同时也没几个钱。要想找个像样的地方住,他付不起租金。

　　他不愿离开这间小公寓。是室友强尼帮他找了这个满意的住处。房子离他工作所在的移民中心只有几分钟路程,离爱尔兰最好的酒馆之一只有几步距离。这一带的每个人他都认识。要搬走,当然令人懊恼。

　　"大主教就不能给你找个地儿?"强尼没有表达出什么同情心。他自己反正是要搬到女友那里去住了,但对一个人到中年的牧师来说,这显然不是可行的解决方案。强尼已经养成了一个习惯,只要有人听,他就会说,如今这年头这世道还有谁去当牧师,那就千真万确是疯了,而且,最起码的,都柏林的大主教应该做到这一点,就是为所有这些可怜的傻瓜提供一个蜗居之所,因为他们已经放弃了生活中全部紧要的东西,还不分昼夜地跑东跑西去做善事。

　　"唉,那真不是大主教的职责。他还有更重要的事情要去处理。"布莱恩·弗林说道,"此外,找个地方住应该不是难事。"

　　事实证明,这比他设想中的要麻烦得多。现在,只剩下二十天的宽

第二章

限期了。

听到人们提起的房租金额,布莱恩简直难以置信。你确定他们能够收到这么高的租金?眼下可是还处于经济衰退当中啊!

还有其他事情让他辗转难眠。医院的那个专职牧师真是不像话,在西班牙广场的阶梯上摔断了腿,还滞留在罗马,躺在一间意大利医院里吃着葡萄呢!因此,弗林还要在圣布丽吉德医院继续充任代理牧师,尽管他生活中已经凭空增添了那么多的头疼事。

罗斯摩尔是他服务过的老教区,那里的消息仍旧持续地传入他的耳朵。他的母亲已经相当糊涂了,住在一处老人院里。有人以为老太太看到了圣父向她显灵,但结果发现她所说的只是电视上的什么场景,老人院的每个人都因此大失所望。

当他不得不看到圣布丽吉德的不少病患的生命走向终结,他也发现自己会越来越多地沉思生命的意义。那个可怜的姑娘丝黛拉似乎挺喜欢他,因为他设法请了一位美发师来看她。她怀孕在身,但同时也快死了。她在这世间才活了没多久,而且那短促的生命大概也远谈不上满意,但她却对他说,几乎每个人都是这样的。看起来,她对这件事——做好必要的准备去与自己的造物主再度团聚——甚至连半点兴趣都没有,也根本不放在心上。对此,弗林神父总是很坚定,除非大限将至的病人主动提出需要,他一般绝口不提。上天保佑,幸好他们还知道弗林的工作职责。如果他们想要宗教安慰了,想要他出面介入了,想要念念祷告词或者忏悔请求罪孽得到宽恕,那他就照办不误,否则,他就不会提起这个话题。

他与丝黛拉有过很多次轻松随意的闲谈,谈单批次麦芽威士忌,谈世界杯四分之一决赛,谈世界上财富分配的不平等等等。她说,在动身去往来生世界之前,她还有一件事情要做,不管那会带来什么后果,只有一件事。而她某种程度上还抱有希望,觉得这件事将会得到不错的解决。弗林神父能不能帮个忙,让那位好心的美发师尽快再来一趟?做这最后一件事时,她需要看上去精神点。

弗林在小公寓中踱步。墙上钉着足球明星的招贴画,盖住了有潮斑的地方。或许,他可以问问丝黛拉,她是否知道有什么地方能让他住。这个话题恐怕不得体,因为他还将继续住在这世上,而她不会了。但是,这总比看着她那惨遭命运蹂躏的面庞,看着她那因病魔捉弄而鬼影幢幢的眼睛,同时还要试图去弄懂其中的讯息,要好一些。

在圣加拉斯弯月道,乔希与查尔斯两夫妻欢快地嘀咕了很久,直至夜已深沉。难以想象——前一晚这个时候他们还没见到艾米莉,而现在他们的生活却已经发生了翻天覆地的变化。他们有了一条狗,有了一位房客,而且好多个月来第一次,诺尔坐下来跟他们交谈了。他们还开始为一项事业而努力,那就是要让圣加拉斯得到应有的认可和尊崇。

事情在全方位地好转。

并且,令人意料不到的是,事情还在全方位地继续向好。

有消息从精神病院传到了酒店,说凯撒的妈妈,那位身份高贵的——诚然,或许也是古怪的——太太,被难以避免地留院收治了,而她希望凯撒能得到恰当的照顾。酒店经理起初因为找不到狗慌了神,得知局面完全处于可控状态时,他松了一口气,了解到危局的拯救者恰好是被他视为多余而刚解雇的老行李员,他又有点尴尬。查尔斯看似对他并无恶意,只是无意中吐露出一个要求,表示他期望能看到某种形

第二章

式的荣休庆典。经理于是写了个便签,提醒他自己或别的什么人记得为那个老伙计安排一点活动。

在饼干厂,当听说乔希打算稍稍提早辞工,并计划为圣加拉斯的雕像募集资金,工友们都很惊讶。跟她一起干活的大部分人,可是竭尽所能,甚至不惜一切代价想保住工作的。

"乔希,你最终退休时,我们会给你举办一场热闹盛大的欢送会。"一位女工说道。

"其实,我倒是更愿意有人能给圣加拉斯雕像基金捐点儿钱。"乔希说。然后就是一片沉默——这在平素难得安静的饼干厂里并非正常现象。

诺尔发觉在豪氏建材商行的日子变长了,简直没有尽头。上午很难熬,因为没有了以往的能量注射液——躲在男厕所中,他能速战速决地灌下几大口烈酒。那晕晕乎乎暖融融的美妙下午也一去不返,取而代之的是让人大脑麻痹的漫长工时——痛苦地核对送货发运记录与销售单证。他唯一的快乐,就是在桌子上放上一玻璃杯矿泉水,然后,当豪先生去闻或去尝那杯水时,就从远处偷看着。

诺尔能再清楚不过地看到,他的工作,哪怕是十二岁的智商不很高的孩子都可以胜任。真想不通,这个公司竟然也能生存至今。但不管怎样,他还是该守住这份工。而且,用不了太久,他就整整一周滴酒未沾了。

艾米莉出现在弯月道23号,让局面得到了大大改观。每晚七点,都会有美味的晚餐就绪。没有了下班后在凯西酒馆的逗留,诺尔也就能按时到家,坐在餐桌边与父母和堂姐一起吃饭。

自然而然地,他们形成了一个日常惯例:乔希布置好餐具,弄好蔬菜;查尔斯在壁炉中生起火,并帮着诺尔一起洗碗碟;艾米莉甚至成功地推迟了玫瑰经活动,而理由就是他们需要饭后的这一中间时段来计划那各自诉求各异的"变革运动""十字军东征",比如说,要采用何种策略来启动圣加拉斯雕像基金的筹集活动、艾米莉该怎样走出去找个事情做,谋得一份生计、哪里才能找到宠物主人,让查尔斯有狗可遛,还有,诺尔是否应该读商科或会计学的夜校班,以便在豪氏得到晋升。

一周之内,艾米莉已经从诺尔口中了解到他那份工作的实质内容,她掌握的信息比他父母很多年来得到的还多。她甚至还搜集了一些培训宣传册,跟诺尔一起浏览筛选:这门课程看上去不错,但过于笼统;另一门看起来更具体实用,但可能跟他在豪氏的工作关系不大。

渐渐地,她了解到诺尔整天所干的都是那种平凡庸常的、写字楼小职员的典型工作——核对和整理发票单据、给供货商付款、每个月底从不同的部门收齐开销数据。她发现公司里有些年轻人拥有"资质",也就是有学位或毕业证,因此在豪氏这间作风老派的传统商行中捷足先登,能按照公司的晋级制度向上爬升。

艾米莉绝不花时间去懊悔过去浪费的时间。那些错误的决定,还有诺尔不明智地选择辍学中断教育的经历,所有这些,她都既往不咎。当她与诺尔独自相处,她有时会对他说,击败对酒精的依赖,从整体上而言,这件事常常只是能否得到足够支持的问题。

"我对你说过我在戒酒吗?"诺尔有一次问过她。

"诺尔,不需要你告诉我那个。我是酒鬼的女儿。我知道那是怎么回事。你马丁大伯认为凭他自己的独立意志就能远离酒精。但他一辈子都没做到,那就是我们的不幸经历。"

第二章

"也许,那是因为他没有参加 AA①。也许,他讨厌与人交往。他可能跟我有点像,不想让很多外人知道这件事。"诺尔这样说道,在为他已故的大伯辩护。

"诺尔,他几乎还不如你好说话。他的内心极端封闭。"

"噢,我觉得自己也很封闭。"

"不,你不是。如果你真需要,你会愿意从外界获取帮助。我知道你会的。"

"只不过是这样,我觉得这种身份——'我叫诺尔,是个酒鬼'——不好受。戒了之后,他们都会说'嗨,好样的,诺尔'那样我会感觉好一些。"

"大家都会感觉好一些。"艾米莉温和地说道,"加入'互戒协会'的人戒酒成功率非常高。"

"这就像病友会,每人都面临一个共同的挑战:'我和我的病'。对所有 AA 协会里的人来说,戒酒显得激动人心,有戏剧色彩,好像他们是某件事情中的英雄,正在舞台上完成这幕戏。"

艾米莉耸耸肩:"没错,是这样。互戒协会不是为你这样的人而成立的。不过挺好,有朝一日你说不定也可能需要。AA 协会还将继续存在,那是肯定的。现在,我们来看看这些课程。我知道 CPA 是注册会计师的意思,但 ACA② 和 ACCA③ 呢?告诉我它们有什么不同,是什么意思?"

诺尔感到自己的双肩放松下来。她不会来唠叨他,这才是最主要

---

① "酒鬼互戒协会"。
② 特许会计师。
③ 特许公认会计师。

的。沟通之门打开了,她接着向他征求建议,问其他事情:到哪里可以弄到木材做窗台小花坛?他父亲会不会做花坛?像艾米莉这种情况,哪里可以找到常规的有酬工作?她可以轻松处理办公室事务。既然他们都将要忙着为圣加拉斯的雕像筹措资金,是不是该为23号这个家庭配备一台洗碗机?这个主意如何?

"艾米莉,你不会认为那真的可以做成吧,雕像的事,你认为可能吗?"

"一生中还没有过别的任何事情,能让我如此确信的。"艾米莉说。

凯蒂·芬格拉斯再次来到了医院。丝黛拉·迪克森的情形看上去比此前更差了:脸很消瘦,两条胳膊瘦成了皮包骨,那小小的、圆鼓鼓的肚子也更明显了。

"凯蒂,这次一定要做个真正的好发型。"丝黛拉说道,一边深深吸入一口香烟——烟气大概能窜到她脚指头那里了吧。跟往常一样,其他病友们在一旁放哨,以防有护士或医院的哪个管理员经过,将丝黛拉抓个现行。

"你眼里是不是还有什么在意的人啊?"凯蒂问道。

发廊有些顾客很难伺候,她不禁希望能把这些人带到这间病房来,让她们看看这位皮包骨的姑娘:前方有什么在等着她,她一无所知。唯一确定的是,剖腹产取出婴儿之后,她很快就将死去。相比之下,那些客人提到的问题就微不足道。

听到凯蒂的话,丝黛拉考虑了片刻。

"到了这么个境地,再对谁有意思已经太晚了。"她说,"但我要请求某个人来帮我个大忙,所以我必须看上去显得正常点。你懂的,不能

第二章

疯疯癫癫或什么样的。也是因为这个,一个更端庄的发型比较合适。"

"好的,我们就弄得端庄点。"凯蒂回应,一边拿出塑料接水盘。她把盘子安放在洗手盆上,那样好为丝黛拉洗头。她的头看上去也非常脆弱,有着卷曲的、浓密的红发,像前拉斐尔画派人像的头发一样。凯蒂此前已打理过一次,但那些发卷又恢复了老样子,仿佛它们决意无视那个诊断结果,让身体的其余部分去对付病魔。

"什么样的大忙呢?"凯蒂随口问道,只是想让对话继续下去。

"那是你能求别人帮的最大的忙。"丝黛拉说。

凯蒂目光尖锐地看着她。这个姑娘的语调显然变了,那欢快的生命的火苗也突然离她而去,离开了这个曾在病房谈笑风生,让外人偷偷带香烟来,还让别人为她望风,以免被发现的姑娘。

"诺尔,你的电话。"豪先生叫道。上班时从未有人打电话到公司找过诺尔,他接过的很少几个电话都是直接打到他私人手机上的。他有些紧张地走向豪先生的办公室。这是他以往通常会灌上几口酒的时间。这是上午的精神低潮时段,他总是喜欢喝上一点,来帮自己振作一下,好去应对任何的意外情况。

"诺尔,是你吧?你还记得我吗,丝黛拉·迪克森?我们是在去年一个晚上跳队列舞时认识的。"

"记得,我确实记得。"他说着,心里感到一丝愉悦。

那是个红头发的活泼姑娘,酒量跟他不相上下。当时的她特别有趣,不过,她不是他现在想见到的人。他戒酒了,浑身正难受得很,如果再与这位女酒神碰面,他会前功尽弃的。

"是的,我还清楚地记得你。"他说。

"后来不知怎的,我们就疏远了。"她说。

事情过去已经有些日子了。差不多一年了？或者是半年？很难将所有事情都记住。

"是那样吧。"诺尔闪烁其词。曾有过的每段友情、恋情都莫名其妙地从他身边渐渐飘离了,所以这份情缘也没什么新奇的。

"我需要见你,诺尔。"她说。

"丝黛拉,这段日子我恐怕不会常常外出。"他有点不耐烦,"抱歉,我不会再像过去那样,去玩什么队列舞了。"

"我也是。我在圣布丽吉德的肿瘤病房,因此,事实上,我根本都不出门了。"

他集中思维,努力去回想她的样子:神气十足,精力充沛,爱开玩笑,总是没心没肺地搞怪。现在的这个消息真是令人震惊。

"那么,你是想让我哪天去看看你？是这样吧?"

"诺尔,求你了,就今天来。七点钟。"

"……今天?"

"如果这事不重要,我不会要你来的。"

他看到豪先生在一边转悠。他几乎都要颤抖了。

"那到时候见吧,丝黛拉。"他一边说道,一边疑惑她到底是为了什么事要见他。不过,甚至更为紧迫的是,他不知道怎样才能去一间癌症病房见一个他都忘得差不多了的女人。而且,关键是要不喝酒去见她。

这事超出了任何一个男人所能承受的限度。

七点钟,圣布丽吉德医院的走廊上依旧挤满了来看病的人。诺尔在他们中间穿行而过。他看到之前住在他家不远的迪克兰·卡罗尔在

第二章

他前面走着。他跑几步追上去。

"迪克兰,你知道肿瘤科女子病房在哪里吗?"

"你可以乘这里的电梯上到侧旁的翼楼。去二楼。"

迪克兰没问诺尔来看谁,又是为何而来。

"没想到这里有这么多病人。"诺尔边说边看着人群。

"跟我们父母年轻的时候比起来,如今,医院能为病人做的事当然多得多了。"迪克兰的生活态度很积极,总是看到事情好的一面。

"我想,这是看待事物的方式所决定的,好吧。"诺尔表示认同。

迪克兰觉得诺尔看上去有点消沉,但话又说回来,诺尔从来都不是个开心果。

"这样吧,诺尔,不如稍后我跟你去喝上两杯? 就在回家的路上,去凯西酒馆?"

"不了。实际上,我已经不喝酒了。"诺尔小声地、紧张地说。

"你啊,真是好样的。"

"还有,无论如何,凯西那里禁止我去了。"

"哦,这样吗? 那让他们见鬼去吧。那破地方只是个大谷仓罢了。"

迪克兰向诺尔示好,但他自己也有不少烦心事。过不了几周,他自己的第一个孩子就要降生,妻子菲奥娜情绪波动,对什么事都反应过激。而他的妈妈已经织了好多小衣服,哪怕是五胞胎都足够穿,但家人其实都早已知晓,这次只怀了一个。

本来,下班后他可以跟诺尔随意喝上一杯,顺便聊一会儿的。现在显然不太可能了。他叹口气,果断地走开了,他要去处理一个病人,那人忙着赶紧出院,要迪克兰帮他加快办理手续。但那人的诊断结果表明,他是出不了院了,几周之内,或早或迟,他会死在这里。很难重新调整你的心态,在这些不幸当中看到一点乐观的东西,但迪克兰差不多还能做到。

做这一行,这是必不可免的。

病房里有六个女人。没有一个长着浓密卷曲的、绞扭在一起的红头发。

角落里那张床上有个非常消瘦的女人在向他招手。

"诺尔,诺尔,我是丝黛拉!别跟我说我样子变化太大了!"

他惊愕不已。她完全瘦成了皮包骨。她显然已经花了不少心思:头发刚洗过,用风筒吹干了;唇上抹着淡淡的口红;穿着白色的、维多利亚时代风格的晚装,领子高高竖着,袖口有绉纱花边。他还记得她的笑容,但除此之外,都与他记忆中的样子相去甚远。

"很高兴见到你,丝黛拉。"他嗫嚅着打招呼。

她将细瘦的双腿从被褥中垂下来,示意他将床边的隔离帘拉起来。

"有烟吗?"她小声说,似乎希望诺尔会带着烟。

"在这里抽?"他很吃惊。

"就是在这里。好吧,显然你没给我带一两包烟来。麻烦你把那边的洗漱用品袋拿给我。其他姐妹会帮我望风的。"

诺尔惶恐地看着她,而她就那么从牙膏后面摸出了一根香烟,并熟练地点着,还用一只旧信封充当临时烟缸。

"你过得怎么样啊?"他问道,话出口的同时便后悔了。她当然过得不好,否则她怎么会住进一间癌症病房?就像他眼前所呈现的一样。"我的意思是说,你情况怎么样?"他补充道。这话甚至显得更愚蠢了。

"坦白说,诺尔,情况已经好点了。"

他试着想象,在这种情形下艾米莉可能会说什么话。她问的问题常常能逼迫你去思考。

"丝黛拉,眼下这个情况中最大的麻烦是什么?"

她停下来想了一下。他也料到了她会这样。

"我想,最麻烦的莫过于你不愿相信我的话。"她说。

"说说看。"他说。

她站起来,在这个小小的隔间中踱步。直到此时,诺尔才意识到她怀孕了,而且怀了很久了。几乎与此同时,她对他开口了。

"我倒是希望不要用这个事来烦你,但是,诺尔,你是孩子的父亲。这是你的孩子。"

"啊?不,丝黛拉,这是个误会。我们没发生什么。"

"我知道自己不是非常令你难忘。但你肯定记得那个周末。"

"那天我们都不省人事,两人都是。"

"但显然,没有醉到不能弄出个小生命的地步。"

"我敢发誓那不可能是我。说实在的,丝黛拉,如果真是我的,我会接受……我不会跑掉或做出什么其他举动……但是……但是……"

"但是什么?你倒是说。"

"肯定有过很多其他人的。"

"多谢你这么说,诺尔。"

"你知道我的意思的。你那么一个迷人的姑娘,肯定有过很多的伴侣。"

"孩子是谁的,只有我才知道。你真的以为,我会把你从这么多候选人里挑出来吗?你一个酒鬼,在那个什么鬼地方上班,做着没希望的工作,我为什么偏给你打电话?而且,老天,你还得依赖父母,跟他们住在一块儿!如果真不是这样,所有人当中,我为什么独独要请你来充当孩子的父亲?"

"好吧,正像你自己说过的,为此我也要多谢你咯。"他看上去十分痛苦。

"你问我最大的麻烦是什么。这下我告诉你了,最糟糕的麻烦也发生了。你就是不相信我。"她脸上是挫败的表情。

"那是幻觉。我们没发生那事,否则我会记得。有生以来,我可没跟多少女人睡过。还有,我对你来说能有什么好处?正如你说的,我是个无用的酒鬼,在豪氏干的工作也没前途,还要跟父母一起住。我不能给你提供任何帮助。你自己能把这孩子好好养大,给他些鼓励和勇气,帮他迎战人生风雨,你能做的可比我多。丝黛拉,你自己去对付吧,如果你认为我应该有责任分担,我也不愿你捉襟见肘,我可以给你一点什么,但那不是说我承认了什么,而只是为了帮你渡过难关。"

她双眼冒火地盯着他。

"诺尔·林齐,你真是个傻瓜,是个彻底的大傻蛋。关键是,我不能他娘的好好活着把她带大。三周或四周之后,我就死了。我活不过那个手术。另外,这孩子是个女孩,是一个女儿,她的小名就叫弗兰琪。她将来的名字叫作:弗兰西丝·丝黛拉。"

"这只是你的幻觉。这场病把你搞得精神错乱了。"

"我错乱?你去问问病房里的每一个人,问问任何一位护士。诺尔,醒醒吧,面对现实。事情就要发生。我们必须有所行动。"

"丝黛拉,我不可能养个孩子。你刚才都一一列出来了,我没资格抚养孩子。不管她将会有什么样的命运,她都不可能跟我过。"

"你必须带着她。"丝黛拉说,"否则她只能被送人收养。我可不愿

第二章

她只有这个出路。"

"但那对她来说会是最好的安排。有很多夫妻巴不得家里能有个孩子呢……"他感到烦躁,略微咆哮起来。

"确实是,但也有些家庭,就像曾收养我的家庭一样,家里的父亲啊叔叔之类的,只想在屋里有一样小玩物罢了。我经历过这一切。不能因为弗兰琪没有妈妈了,就要让她去吃这种苦。"

"你要我做什么?"

"照料你的女儿,给她一个家,给她一个安全的、有保障的童年,告诉她,她妈妈并不是那么坏。帮她抵御世间的风浪。就是这些平常的事情。"

"我做不到。"他从椅子上站起身。

"还有很多事情要商量——"丝黛拉不安了。

"那行不通的。我非常抱歉。得知你竟然病得这么重,我真的很同情也很遗憾,但我认为你太悲观了,你把结果想得太惨。如今,癌症也可以治愈的,丝黛拉,真的能的。"

"再见吧,诺尔。"她说。

不管他再怎么叫她的名字,丝黛拉都拒绝把头转向他。

他走向病房门口,再一次回头望了一眼。她看起来加速地枯萎了。她坐在病床上,看起来是那么瘦小。他设想病房里的其他女人听到了他和丝黛拉对话的大部分内容。她们看着他,眼中带有敌意。

在回家的公车上,诺尔意识到他根本没办法强迫自己坐在家里的餐桌边吃晚饭,尽管艾米莉可能还为他保温了饭菜。今晚不是坐下来讨论圣人、雕像、集资、财务和商业经营课程什么的时间。今晚,他只能去哪个酒馆灌上三大杯来忘掉一切。他转车去那间"同好"酒馆。迪克兰的父亲帕迪·卡罗尔每晚都会牵着那只巨大的拉布拉多犬光顾那里,但现在已经这么晚了,只要运气不是太糟,他应该不至于被这位邻居看到。

啤酒给人的感觉妙极了,就像一位老友。

直至四大杯下肚,他才意识到自己喝了那么多。

诺尔原本希望他可能失去了对酒的嗜好,但这种改变并未发生。他此前戒酒,禁止自己再沉迷于这种熟悉、亲切又友好的放松体验,已经强烈地感觉到坐卧不安、烦躁易怒。现在,立刻就舒服多了。他的双手停止了颤抖,心脏也不像之前那样沉重地怦怦跳动了。

他必须保持清醒和专注。

他还要回到圣加拉斯弯月道,还要伪装出平常无事的假象。当然了,艾米莉会一眼看穿他,但他可以稍后再告诉她事情的原委,而且要大大推后。没必要突然一下子就把所有事情向所有人宣告。或者,根本没必要宣告任何事情。毕竟,那可能是一个可怕的错误。如果是他跟那姑娘弄出了一个孩子,他应该*知道*的。

他自己应该*知道*的。

之所以这样,肯定是由于她的脑袋受到了癌症的影响。任何正常的人都不可能在世上那么多人中独独挑选诺尔去当她们孩子的父亲。可怜的丝黛拉是远远谈不上正常了。他同情她,为她感到可惜,但她的话太荒唐了。

那不可能是他的孩子。

酒保提议他再来一品脱,他摆手拒绝了,然后果断地走向门外。

他没注意到迪克兰与老卡罗尔也在那里喝酒。迪克兰好奇又讶异

第二章

地看着这个声称已经戒酒却以比赛般的速度灌下去四品脱啤酒的男人。

迪克兰叹了口气——不管在医院听到的是什么,探视的又是什么人,肯定都没让诺尔高兴。

帕迪·卡罗尔拍了拍儿子的手。

"几周之后,所有这些就能置之脑后啦。你会有一个超棒的小家伙,你会忘掉那些焦灼等待的日子。"

"应该是这样吧。老爸,告诉我,妈妈要生我的时候是怎么个情形。"

"我不知道我是怎么熬过来的。"帕迪说道,接着再一次以婴儿父亲的角度讲起那熟悉的老故事。

显而易见,在迪克兰出生这件事上,他妈妈的作用微乎其微。

诺尔几乎还未推开门,艾米莉就已经目光如炬地看着他了。看那场面,似乎她已经召集了一家人开会。

"我们现在都累了,夜也深了。改日再继续讨论开旧货店的事。"

"开什么?"

诺尔晃了晃脑袋,仿佛这样就能让脑中飘忽浮动的各种念头安顿下来。他爸妈看上去有点失望。艾米莉提出了计划,其中的热情让他们不禁欢欣鼓舞,但讨论被中断了,他们因此觉得遗憾。

艾米莉意志坚定。她示意全家人即刻上床安寝。

"诺尔,我给你留了些意大利肉丸。"

"很美味。"乔希说,"艾米莉随便做什么都很棒。"

"我真的不需要吃什么。回来的路上我去了个地方,你们清楚的……"诺尔觉得妈妈啰唆。

"我当然清楚。"艾米莉说,"但这些食物对你有好处,诺尔。你先进房间,五分钟之后,我会拿托盘给你送过去。"

这下他无路可逃了。

他坐在那里等着她,等着即将到来的风暴。奇怪的是,风暴没来,她提都没提他又喝酒了这一事实。艾米莉说的也真没错,吃下一点东西后,他确实感觉好受些。她收拾好餐具准备离开,但就在那一刻,她又同情地问了句:这天是不是很倒霉。

"再糟糕不过。"他说道。

"豪先生那里?"

"不是,那边还好。一早也没问题,但后来发生了麻烦事,真要让人发疯。就因为这个,我才又喝酒了。"

"喝酒有帮助吗?"她看起来是真诚地关心他。

"起初有点用,现在没用了。我只是对自己感到懊恼,那么多个日日夜夜没碰酒都熬过来了,但今天刚有一点烦人的事,我就直接变回原样了。"

"那麻烦搞定了没有?"

她显得完全客观,不带个人情绪。她看着他,似乎在鼓励他对她倾诉,不管那是什么事。但如果没什么实质的信息可听,她也会走开。

"艾米莉,你坐下来吧。"诺尔请求道,然后就将事情和盘托出,他结结巴巴的,很多部分还一再重复。最主要的就是强调假如他跟谁搞出了个孩子,就不可能不记得当时的情况。

"我的性经历很少,艾米莉,所以我不太可能忘记我*确实有过*的那几次体验。"

第二章

她坐在那里听着,非常安静。她的表情时有变化。听到丝黛拉的脸色如何憔悴、如何痛苦绝望,她表现出了关切与忧虑;当诺尔说起丝黛拉怎么鄙薄他——如果要她从世上所有男人中任意挑一个给孩子当父亲的话,最不可能考虑的人选就是诺尔,一个酒鬼,失败者,还要跟父母住,啃老——时,艾米莉将头略微向他这边歪过来,以示同情。

直到诺尔的故事临近终结,当他讲到这一部分,也就是他从丝黛拉,从医院那里走开,把那个大麻烦丢在身后时,艾米莉的表情才变得困惑起来。

"你为什么那么做?"她问道。

"嗯?我还能怎么做呢?"诺尔很惊讶,"这事跟*我*没关系。我待在那里根本没道理,只会给那个猜谜游戏添加一个选项而已。那女人疯了,脑袋进水了。"

"你就那么走出来,将她丢在那里?"

"我*必须*这样,艾米莉。你清楚的,我就像走钢丝那么危险。我的情况本来就糟透了,更别说要因为这些胡言乱语雪上加霜,只有天知道她是怎么了。"

"你说你的情况糟透了?诺尔,是不是?"

"没错,是很糟。"他听上去是在自我辩护。

"有多糟?你到了癌症晚期吗?"她诘问道,"你被别人收养过,还受过虐待?现在起一个月后,你会一命呜呼,连自己将要有的唯一一个孩子也看不着?不,诺尔,你真的没这么惨,这些惨事一件都没有发生在你身上,而你还说*你*的情况很糟。"

他一副受挫的样子。

"那就是你的想法。诺尔,你只为自己考虑,总想到事情对*你*怎么样。你真可耻。"她说着,脸上满是鄙视。

他就快要拥有一个知心朋友了,可她如今也要离他而去了。

"艾米莉,请坐下来。是你问我出了什么问题,我才告诉你的。"

"是的,不错,你告诉我了。"她动都没动,也没坐下。

"那你的意思是?你不愿坐下来讨论讨论,帮我出出主意?"

"我帮不了。不要对我苦着个脸,诺尔。这些可都是你的原话:我为什么要加入进来,就像你所说的,来玩这个给孩子找爸爸的猜谜游戏?我怎么能不担心*我自己*正在走着的那根危险的命运钢索?我很遗憾,但这件事里的每个人已经变得……你怎么说来着——变得'脑袋进水'?我干吗要让人家用那些胡说八道的幻觉来围住我?"她几乎走到了门口。

"可是,艾米莉,那些不是幻象,是已经发生的事。"

"没错。那不是假想的幻象,是切实已经发生的事。但是,哎呀,管它什么鬼呢?诺尔,那些跟*你*什么关系都没有。晚安吧。我表示抱歉,但我觉得我只能够说这个了。"

然后她走开了。

他本以为这一天已经没法更糟了,所以他才对她透露了一切。但短短几个钟头之内,先后有两个女人带着厌恶的心情远离了他。

如此一来,这一天终于还是变得更糟了。

  贝丝,

  这里有一幕戏正在展开。当我们还是孩子,周六下午去看电影时,会觉得类似这样的剧情很吸引人。但奇怪的是,如今再说到这样的故事,我就感到太悲哀了。这幕戏的进展和结局,我以后会

第二章

告诉你。

你当然应该跟埃里克出去约会!我都告诉你几百遍了,他对我没那个意思。他说那些话只是在绕弯子,用迂回的方式来更好地了解你。

我知道!我知道的!但在这世上活得越久,我越觉得每个人都是疯子。

爱你的,

艾米莉

凯蒂·芬格拉斯在给发廊上锁。又是漫长的一天,她累了。这天晚上是加里出去活动的固定日子。每周一次,他会和一帮小年轻在球场上踢球、聊天,谈谈各自一年的活动规划。

凯蒂只希望能立刻回到家中,慢悠悠地泡个热水澡,而加里则在厨房为晚餐做点法式洋葱汤什么的。然后,两人可以在壁炉前坐下来,讨论他们必须做出的一个重要决定。人们总以为,既然整天都一起在发廊工作,凯蒂与加里会有充足的时间交流。但人们很少知道,他们是多么难得才能挤出五分钟来一起喝杯咖啡。即便如此,在他们总是有客人或员工,听力所及范围内,凯蒂和加里还是无法讨论他们的计划。

她所期待的,是一场心平气和的理智讨论。所有正方的论证先放在一边,再把不利的反方理据放在另一边。他们将列出所有的理由,来证明为什么必须租下发廊楼上的那一层:生意需要扩张,但店里连个储藏室都没有,也没有恰当的员工活动区。租了楼上那一层后,他们可以在店里增加小小的美甲护理站,可以安置工作台与镜子,能多出接待至少六位客人的空间。这样的话,他们才可以在同等的基础上与都柏林那些经营良好的、提供健康护理和美容服务的同行竞争。

然后,他们不免也要仔细探讨一下扩租的可能性:楼上这处房产太破烂,急需修缮翻新,大概只有十足精神错乱的人才会将金额不菲的一笔钱花在这上面。面积太大,空间太富余了,所以他们只能用到其中的一半。

就算他们确实租下来了,随后还是不得不将空余的几个房间粉刷一番,转租出去,以便投资能得到一些回报。

就算他们确实转租成功了,那又会有哪种类型的租客呢?如果是从地狱搬来的恶鬼租客呢?整天闹嚷嚷的,还随处扔垃圾,把房间搞得乌烟瘴气,让凯蒂和加里的辛苦劳动化为乌有,那该怎么办?

凯蒂一边设定好发廊外面的防盗报警装置,一边叹了口气。

她看到弗林神父在街道对面。那位乐呵呵的牧师,从城区中心来到这条路上,介绍她去圣布丽吉德为可怜的丝黛拉·迪克森打理了头发。

丝黛拉说了,她一般跟神职人员没什么话好讲的,但布莱恩·弗林是个可信赖的好人,不会喋喋不休地念叨罪孽啊救赎啊之类的话。他只做一个神父该做的事,他给她带来香烟,给人们帮点小忙。

凯蒂朝着神父那边打招呼。当弗林提议去街角的那家意大利小食店喝杯咖啡时,她愉快地同意了。

神父简略又恼火地说了他朋友的事,那位从西班牙广场台阶上摔下来的牧师还在罗马装病,拖延着不回来。他还说贪婪的房东要把他赶出来,而像他这样一个生活简朴的人,要找到一个便宜经济的住处,又是多么地困难。

"真的,我是一个要求不高的人,很容易将就。"他说道,满是自怜自哀,"就生活条件或者舒适度来说,旁人真不知道我的要求是多么简单。"

凯蒂的目光透过卡布奇诺看着他,若有所思。"到底可以有多将就?"她问道。

她突然看到了全部问题的解决方案。

弗林神父将会是她的完美租客。

"把咖啡喝完,跟我来一下。"她说着,然后快速喝光自己那杯,转身走回她刚刚才锁好的发廊。

及至当月月底,弗林已经搬进了他的新家。朋友强尼给他装配了几个书架,凯蒂的丈夫加里为他找来了一台二手小冰箱,足够他冷藏一点牛奶、黄油,还有喝剩下的罐装啤酒。他唯一的义务,就是在发廊打烊后,无论何时出去,都需确保关好窗、锁好门、打开防盗报警器。这样的安排皆大欢喜。

第三章

在圣加拉斯弯月道,只要是诺尔醒着的时刻,艾米莉已成为他生活中的一部分。而现在,她似乎完全消失了,诺尔感到难以相信。

"她在哪里?"艾米莉带着鄙视和厌恶走出他房间的第二天早晨,他问妈妈,"她不吃早餐就出去了,这可有点不像她。"

"噢,她去找开旧货店的地方。"乔希同时充满信心地答道,她认为在这一天结束之前,艾米莉就能找到场地。没有这个侄女办不成的事。

"她把凯撒也带着了。她顺便还要帮我问问,有没有机会给人家遛狗。"查尔斯也挺开心,"她说,去找业务的时候,有一条狗随行,会增强你的可信度。"

"诺尔,如果你想跟她拿什么东西,她在午饭时会回来。"乔希说,"看起来,她今天晚上也要出去,但她说会给我们做好晚餐。她来家里之前,我们难道什么都不做吗?"

"今晚她要去哪里?"一天内有两餐的时段,艾米莉都不在家,在诺尔印象中,这是第一次。自从她到来以后,还未曾有过这种情况。只能有一个解释:她在回避他。

上班时,他努力不碰酒精。但随着这白日的时光缓缓流逝,诺尔不断想到丝黛拉的处境,想到他坦白之后,艾米莉的震惊和对他的厌恶,他心中便持续产生尖锐的疼痛感。到了下午三四点,他再也忍受不住

第三章

了,就编了个借口,说出去添置一点日常办公文具。他买了半标准瓶装的小支伏特加,再把它倒进另一只瓶子,跟瓶中的橙汁碳酸饮料混兑起来。喝下一杯又一杯这样的"汽水",他发现力量回到了体内,那疼痛感也消退了。一种熟悉的恍惚感就像一块厚厚的、舒适的披巾,从上而下将他环绕包裹。

诺尔现在觉得又能面对这个下午了,但他心底的愧疚感仍盘桓不去。他意识到自己是个失败者,至少辜负了三个人:不久于世的丝黛拉,意志坚强、全心付出的堂姐艾米莉,还有那名叫弗兰琪的尚未出生的孩子——但她不太可能是他的女儿。

本来,他可以用大为不同的方式来处理这些事情的。

艾米莉跟莫丽·卡罗尔一起在洗衣房里。她拿了毛巾来做"服务式清洗",但实际上她到此另有使命。之前一次来洗衣店,她注意到有两间附属建筑没有任何用途。它们或许可成为筹划中的旧货店的场地,以此为基础,他们可以再去为圣加拉斯雕像募集资金。凡事必须一步一步来,每次完成一个步骤,首先,她要搞清楚闲置小屋的业主是谁。

结果比她担忧的情况要简单得多。好几年前,这套物业的主人欠下了赌债,被人催债,急于出售房子筹钱,莫丽与帕迪·卡罗尔便买下了这处的整个房产。附属小屋是房产中从未用过的那部分,卡罗尔家也不需要用,但他们又不愿单独出售小屋,以免有人在此开个餐饮铺子搞外卖,那样就太吵闹了。

莫丽觉得在那弄个旧货店是完美的计划。她和艾米莉在现场考察,很快决定了大致的布局:这里搞些货架,那里安置些挂衣服的落地撑架,等等。她们还将设立一个旧书专区。艾米莉说,她可以用种子培植出一些盆栽植物,也放在店里出售。

她们共同列出了一个名单,准备去拜访上面的人。这些人或许每周能奉献出几个小时,来这个公益小店做义工。莫丽认识一个男人,那人的名字有点匪夷所思,叫"腚狗"。不过,他长相体面并且是个好心的实诚人,愿意用他的小货车帮她们去收货拉货,搬运和堆码货品也没问题。艾米莉去见了几位妇女,她们都说很乐意来做帮手,就是有点小担心,怕不能很称职地操作收银处的现金小抽屉。艾米莉说,她会去核实一下开店可能需要什么许可证,还有,如果物业改变用途,是不是必须要去报备申请。她承诺,下周将把一座长满花草的窗台盆栽小花坛运到洗衣房,来庆祝这桩旧货生意的启动。

莫丽说,她丈夫帕迪的朋友在酒馆有很多够义气的"同好",可以来帮忙翻新装修小屋。

她们决定把这里称作"圣加拉斯旧货店"。莫丽说,能参与照管小店真是太好了,因为如果收来了一件漂亮的小外套,她就可以首先试穿一下。艾米莉离开小屋时神态轻松,就像一个众望所托的人完成了一项复杂又艰巨的任务。

她在一处鱼档停下来,买了些烟熏鳕鱼。查尔斯和乔希对鱼或者蔬菜沙拉都不是很有热情,但艾米莉来了之后,他们就渐渐地改变了饮食和生活习惯。遗憾的是,在引导诺尔这方面,她几乎无能为力。这个大男孩在自己四周围筑起了一道封闭的屏障,他每天晚上回家越来越迟,很明显,是在回避她。

"有什么别的需要我给你带来的,丝黛拉?"跟往常一样,弗林神父帮她弄来了一包烟。

第三章

"布莱恩,没别的了。还是要谢谢你。"她看起来情绪很消沉,不再是平时那风风火火、无所畏惧的样子。

他犹豫着,不知是否该多问几句。她的未来凄凉无望。他又能找到什么话语来安抚她呢?

"有人来看你了?"他问道。

丝黛拉双眼黯淡无光。"谈不上什么来看不看我的。"她说。神父以同情的目光看着她,同时也意识到他无法给她带来任何安慰。他第一次看到她眼中有泪水。

"丝黛拉,我笨嘴拙舌,不会宽慰人。"他感到一丝不安。

"布莱恩,你跟我说那些话,已经很好了,你还给我带烟进来,而且请了发型师过来——头发白弄了,鬼用都没有。"

"发型很漂亮。"他无望地说道。

"没漂亮到让那废物能相信我的程度。"

"相信?你到底要他相信什么呢?"布莱恩感到困惑。

"相信我怀着的是他的孩子。但他说不记得跟我睡过。这可真棒,不是吗?"

"上帝啊。丝黛拉,我为你感到难过。"他脸上流露出真诚的同情。

"也许那是我自己的错。我告诉他这件事,本身也完全是个错误。他当时有点醉了,我自己也真的很糊涂。他不能面对这个现实,就从这里跑掉了。我告诉你,是*跑掉了*。"

"等他醒悟了,也许会回来的。"

"不会,他真的不记得了。他不会来认错的。"

听上去,她已经认命了,已经投降了。

"可以申请 DNA 检测,证明他是孩子的父亲。"

"不了。我想过这个,但既然他认定孩子受孕的那一晚他不在场,强求他当孩子的爸爸也没意义。算了,孩子以后只能自己去碰运气了,就像我们当中活着的人那样。"

"如果我跟他谈一谈,或许能有帮助?"

尽管不会起作用,弗林神父觉得他还是应该提出建议。

"不了,布莱恩,谢谢你,但不必了。既然我告诉他的时候他会跑掉,再让一位牧师盯着他说,他只会暴跳如雷的。"

那个往日的丝黛拉似乎又回来了,但只是重现了那么一瞬间。

这天晚饭后,在圣加拉斯弯月道,艾米莉详尽地讲解她白天与莫丽·卡罗尔协商得出的成果。查尔斯与乔希听着,每一个细节都让他们陶醉不已。

查尔斯自己也带回了新闻。几周之后,酒店将举办离职庆祝会为他送别,会有手抓小食,葡萄酒与啤酒,还有一个感谢他多年服务的仪式。你能想到谁要来参加告别会吗?是蒙蒂夫人,那可真是一位让人大开眼界的贵太太。她只穿一件皮草大衣,戴着大帽子,挂着珍珠项链,别的就什么都没穿了。让不让她来,酒店经理很是纠结和紧张。

蒙蒂夫人眼下打算住进一所养老院。令人悲哀的是,那里不欢迎凯撒。既然查尔斯同意照顾狗,给了那只小猎犬一个很温暖的家,她就想好好感谢这位善心的酒店雇员。查尔斯可以任选一个慈善项目,她随后将向那个项目捐一笔款。对雕像的资金募集活动来说,这将是个振奋人心的开端。

查尔斯可以带一些亲朋好友去庆祝会。除了乔希、艾米莉和诺尔,他还打算邀请卡罗尔夫妇和穆迪与莉琪·斯加利两夫妻。

第三章

"你觉得诺尔会去吗?"艾米莉的声音略显讽刺和刻薄。

"哎呀,说谁谁就到了——我们来问问他!"乔希高兴地叫起来。

诺尔仔细地听着。当父亲有如沉冤昭雪,兴奋地透露出告别会的消息时,他便在脸上做出各种相应的表情,以示感同身受。

艾米莉清楚那是怎样一种伎俩:从父亲身上,她了解了这一套。那种"技巧"就是尽量少说话,因此可以降低真相暴露的可能性,不让旁人发现自己已半醉半醒。

最终,他不得不挤出几个字。很慢、很小心地,他说能参加庆祝会将会令他感到很荣幸。

"我能在现场见到他们表彰你的贡献,那当然会很棒。"他对父亲说道。

艾米莉咬住了嘴唇。至少,他还能做出恰当的反馈。他终于没在他父亲喜庆的时刻大煞风景。

"诺尔,厨房还有些炖羊肉,我会加热了给你送去。"她说道,借此给了他机会离开,以免他那假装清醒的面具会随时脱落。

"谢谢你,艾米莉,我很爱吃羊肉。"他回道,在朝着艾米莉的方向投去感激的一瞥之后,便逃进了自己的房间。

等她端着托盘进入房间时,他正窝在扶手椅中,脸上有泪水汩汩而下。

"哦,老天,你怎么啦,诺尔?"她问道,怀着警觉和担心。

"艾米莉,我是彻头彻尾的*废物*。我让所有人都失望了。我继续这样下去有什么用,早上醒来,夜里入睡,这还能有什么意义?"

"吃点晚饭吧,诺尔。我还给你拿来了一壶咖啡。我们必须谈谈。"

"我以为你不会再跟我说话了。"他说道,一边吸鼻涕抹眼泪的,显得很伤心。

"我还以为*你是在回避我*。"她说。

"我不想回来,是怕看到你冷淡又疏远的样子。艾米莉,我没什么朋友。我没有一个好朋友可以去投靠的……"

他的声音听起来非常失落,充满惊恐。

"你吃东西吧,诺尔。我会陪着你的。"她说。

她陪在一旁。他告诉她他是多么绝望,告诉她无论是对哪个孩子来说,他会是一个多么不可救药的父亲。

她听着,然后简洁地说道:"我都听到了,你说的恐怕也没错。但怎么说呢,这次的遭遇,也可以是你自己,以及弗兰琪,重生再造的机会。她也许能让你变成你希望变成的那种人。"

"他们……社会福利部的那些人……不会让我抚养她的。"

"你需要向他们表明你是什么样的人。"

"他们不知道这个更好吧。"诺尔说。

"诺尔,请你不要这样自哀自怜。想想,想想你下一步应该干什么。很多人的生活会因此受到影响的。"

"我不能把小孩带到这里来。"他说。

"但无论如何,现在是需要你采取行动的时刻。"

艾米莉很冷静,仿佛是在讨论明天午餐该吃点什么,而不是在决定诺尔的未来。

第二天上午,丝黛拉在读一本杂志。一个身影落到了她床上,她抬头看去,是诺尔,他还捧着一小束花。

"啊,是你!"她说道,"你是怎么进来的?现在可不是探视时间。"

第三章

"我打断你看书了吗?"他问。

"是的。我正在读一篇文章,怎么让你的婚姻有更多活力——就仿佛我知道活力或婚姻是怎么回事似的!"

"我这次来,是求你嫁给我。"他说。

"我的天哪,诺尔,不要这么白痴。我怎么能嫁给你?几周之后我就死了!"

"如果孩子不是我的,你就不会说是我的。能够尽力去把她养大,将是我的荣耀。"

"听着,结婚跟这个没关系,不是养孩子的一部分。"丝黛拉对诺尔的求婚很是不解。

"我还以为那是你希望得到的!"他现在反倒迷惑了。

"不,我只是要你照顾她,当她的爸爸,让她不必去经历被社会人士领养这种碰运气的游戏。"

"那我们还要结婚吗?"

"不用,诺尔,我们当然不用结婚。如果你 真想谈谈抚养她的事,那告诉我原因,还有怎么去养大她。"

"丝黛拉,我会改变自己的。"

"这么好?"

"你别怀疑,我会的。昨晚我一夜没睡,一直在做计划。今天我就去 AA 互戒协会承认自己有酗酒问题,然后我要去报名,在一间大学读商科夜校,接着我会去租一处房子,我可以在那里把孩子养大。"

"一切都这么突然。这只是你一时冲动吧。你今天怎么不去上班?"

"我堂姐艾米莉去豪氏请假了,说我今天个人有急事。下周我可以补上缺勤的工作量,每天提早一小时到商行,晚上再推迟一小时下班。"

"这些事艾米莉都知道吗?"

"知道。我总得向某个人说说心事啊。我丢下你走掉,她很生气。"

"诺尔,你没有走掉,你是跑掉的。"

"我非常抱歉。请你相信我,我真的对不起你。"

"那你有了什么改变?"她并非怀有恶意,而是感到好奇。

"我希望能做成一点事,在死之前为某个人做出一点贡献。我很快就三十岁了,至今一事无成,只会做梦、许愿,还有喝酒。我要改变这一切。"

她默默地听着。

"既然你不想结婚,那告诉我你想要什么?"

"我也不知道,诺尔。我宁愿一切都不是现在的样子。"

"我们身边的大多数人也这样想吧。他们都希望事情不是眼下的样子。"他悲哀地说道。

"那我希望你明天晚上来见见我的社工,莫伊拉·迪尔尼。她要来跟我讨论讨论她所谓的我的'未来'。讨论时间会很短。"

"我能把艾米莉也带来吗?她说她也想来看看,跟你聊聊天。"

"但她是不是个保姆一样的角色?总在你旁边守护着,帮你做出所有决定?"

"不是的。我想,她很快就要回美国了,不过,她确实帮助了我很多,让我更清楚地看待事情。"

"那带她来呗。她看起来一定秀色可餐吧?或许你可以跟她结婚?"丝黛拉又淘气了。

"不可能的!她都老掉牙啦。好吧,说实在的,五十、四十五或差不多的样子吧。"

"带她来啊。"丝黛拉说,"她得注意好好说话,这样才能对付莫伊拉。"

他弯腰将鲜花插入一只玻璃杯。

"诺尔。"

"什么事?"

"还是要谢谢你,多谢你的求婚,还有这一切。我心里都没想到这一点,但你能这样,真是情至意尽了。"

"你还可以改变主意。"他说。

"这里有位善良随和的牧师,一个大好人。如果我们有必要结婚,他能主持仪式的。但说实在的,我宁愿不会出现那种局面。"

"你愿意怎样就怎样吧。"他回道,轻轻地拍了拍她的肩。

"你走之前,还有个事情……现在不是探视时间,你怎么进得来?"

"我找了迪克兰·卡罗尔。他跟我住在同一条街上。我说需要帮忙,他就打了个电话。"

"他老婆也快生了,跟我差不多同一个时间。"丝黛拉说,"我一直想着,两个孩子可以成为好朋友的。"

"嗯,没错,他们应该很容易成为朋友。"诺尔道。

在门口转头回望时,他看到她躺回了床上,但脸上挂着微笑,看上去比前一次放松了好多。

他出了医院,去面对自己一生中将会是最具挑战性的一天。

要走进互戒协会举行午餐时段碰头会的那栋建筑绝非易事。在走廊上,诺尔站了足足十分钟,他看着形形色色的男男女女走向廊道尽头的那扇门。

终于,他没法再拖延下去,就跟着众人走了进去。

这一切对他来说依旧像做梦,感觉不真实,但正如他对艾米莉说过的,自己必须硬着头皮去直面这一事实:他是个父亲,同时是个酒鬼。

他已经对第一件事做出了回应,眼前仍浮现出这天上午丝黛拉脸上明朗的神采。她不再认定他是个失败者,是个不能给孩子任何希望的废物父亲。

现在,他必须面对酗酒的问题。

房间里有大约三十个人。靠近门口的桌子旁站着个男人。他面容疲倦,皱纹很深,头发是沙黄色的。他看起来并不像个难以自拔的酗酒者。或许,他只是这里的一位员工。

"我真的想加入这里。"诺尔对那人开口道,同时听到自己说话的声音在耳中回响。

"姓名?"那人问。

"诺尔·林齐。"

"好的,诺尔。谁推荐你来这里的?"

"对不起,你说?推荐?"

"我的意思是说,你来这里,是不是因为之前去过戒酒治疗中心?"

"哦,那真还没有过。我没有接受过治疗或类似的什么。我就是喝得太多了,想把它戒掉。"

"我们一般都激励彼此将酒完全戒掉,一滴不沾。你有这个意识吗?"

"有的。如果能够做到,我很高兴去努力争取。"

"我叫马拉奇。你进来坐下吧。"那人说道,"我们就要开始了。"

第三章

这天稍迟些的时候,诺尔还要面对第三个挑战。

艾米莉给他预约了去见大学的招生主管。他将报名读一个商科文凭,课程包括市场营销与财务、销售与广告。学费远远超出他的经济能力,但好在将由艾米莉来支付。她说,这是一笔无息借款,等他能够偿还时再还不迟。

她让他放心,说自己那笔存款本来就要利用起来,而这正是一个恰当的时机。她把这看成是一种投资。有朝一日当他成为了一个富有、成功的人,总该对堂姐心怀感激吧。等她很老了,他可以照顾她。

招生主管向诺尔确认,学费已经交了,下周就开始上课。除了一周三晚的夜校讲座,诺尔还应该每星期至少达到十二小时进行自主学习。

"你结婚了吗?"主管问道。

"说真的,还没有。"他立刻又觉得话没说清楚,便追加了一句,"不过,我几周之后就会有个孩子了。"

"祝贺你。但在小家伙到来之前,你要先完成一部分基础知识的学习,那才最好。"主管说道。看起来,这人似乎明白诺尔在说什么。

这天晚饭时,乔希急切地想讨论旧货店还有可能的开业日期。她十分兴奋和活跃。

查尔斯也情绪高涨。他不用把凯撒交还给蒙蒂夫人了;酒店还将为他办大场面的离职庆祝会;关于遛狗和帮助狗进行锻炼,他也有了更多的计划,他还去了本地的狗狗托管所参观。

餐桌上的话题原本可以朝任何方向——要么旧货店,要么遛狗——推进,但艾米莉阻断了那种趋向。她坚定沉稳地开口了:

"诺尔有重要的事情跟我们说,或许等他说完了,我们再做计划会更好。"

诺尔环顾左右,感到无路可逃。

他知道这一刻终将到来。艾米莉说了,一家人不能总是生活在一个模糊阴暗的世界里,要靠谎言和欺骗来搪塞彼此。

况且,他还不得不告诉父母,他们就快要成为爷爷奶奶了,未来的计划中不包括婚礼,但他还是有必要搬出去,自己租个地方住。

要把这些"劲爆新闻"捅出来,他当然感到很困难。艾米莉给他提出建议,说了孩子的事情之后可以暂缓一下,再利用这同一次机会告诉他们,他参加了互戒协会,还有他报名读夜校的事情。

她担忧这一切是否超出了他们的承受限度。

当诺尔开始讲起自己的故事,他一点都不隐瞒,原原本本地陈述事实,把所有情况都告诉了他们,他反倒觉得容易了一些,也对父母更为公平一些。

他把事情的来龙去脉都和盘托出,语气平静,仿佛是在讲别人的故事。说话的过程中,他一次都不敢去面对父母的眼睛。

他先讲了医院里的经历;他与丝黛拉的两次会面;她透露的讯息——最初他无法相信也拒绝承认,但后来意识到那一定是确有其事;还有他今后的打算:与社工见面,谈孩子的抚养安排,以及关于小婴儿的未来计划,因为她一出生也就意味着她妈妈的死亡。

他告诉他们,他如何尝试独自戒酒但没有成功,而现在他加入了互戒协会,有个搭档叫马拉奇,他以后每天要去参加一次交流会。

他告诉他们,他在豪氏的工作令人消沉,那些更年轻的、经验更少的新员工都在不断得到晋升,把他甩在了身后,就因为人家有文凭或学位。

及至此刻,他才意识到父母一直沉默不语。他于是抬眼看他们。

他们听到他讲的这些事情,脸上仿佛因惊恐而如冰冻般僵硬。

他们担心的在一个目无神明的世界上可能发生的事情,果然全都发生了。

他们的儿子放纵于无婚姻的性行为,而且还弄出了个孩子;他承认酗酒,他对酒精的依赖竟达到了如此程度,以至于要去互戒协会寻求帮助!

但他并未就此打住。他努力继续表明自己的决心,解释未来的计划——这将让他摆脱眼前的糟糕局面,虽然这样的困境是他咎由自取。

他承认这一切都是他的错。

他没有为自己找任何借口。

"爸妈,告诉你们这些,我也感到很耻辱。你们都是好人,过着规规矩矩的生活。你们肯定难以理解儿子怎么会这样。是我不学好,把自己弄到了这一步田地。我只能去尽力自救了。"

他们还是沉默不语,所以他有了勇气再次抬头看他们。

令他惊异的是,父母脸上都表露出了相当的同情。

妈妈泪水盈眶,但没有责骂他。没有对婚前乱性的行为表示愤怒,有的只是忧心关切。

"儿子,你为什么从未跟我们讲过这些?"爸爸的声音充满深情。

"我说了,你们又会说些什么呢?会说我这么早辍学,是个傻瓜?或者说我应该忍受商行里的现状,慢慢来?爸,你对你的工作感到快乐,感到有别人尊重你。可豪氏的情况不是这样的。"

"那个孩子呢?"乔希说,"这个丝黛拉怀上了你的孩子,你一点不知情?"

"妈,我压根儿就不知道,连一点概念都没有。"诺尔的语调中有一种既郁闷又诚恳的东西,让任何人都不由要相信他说了实话。

"但喝酒这件事,诺尔……你确定严重到了这种程度,一定要去那个协会?"

"是的,爸。这个你要相信我。"

"我从未注意到你酗酒,一次都没有。在酒店那里,我倒是经常会遇到醉酒的客人,早就习惯了。"父亲说道,一边摇头。

"爸,那是因为你是正常人。你未曾想象到,有人会在下班回家的途中就喝个半醉不醒,会在凯西的酒馆耗上两个钟头。"

"那老家伙也要承担很大的责任。"查尔斯摇着头,对凯西老头表达不满。

"他可并没有撬开我的嘴,强行灌酒下去。"诺尔说。

艾米莉第一次插嘴了。

"现在我们应该做的,就是加速推进诺尔的计划。这需要我们给他提供所有我们力所能及的支持。"

"这一切,你都*知道*?"乔希感到震惊,对此当然也不是很舒心。

"我知道这些,是因为隔开五十英尺远,我也能认出一个酒鬼。一生中,我都过着这样的日子——他喝醉了,我就能看出来。关于这个问题,我跟他谈的不多,但我知道,父亲是个非常愁闷的人,当他做出那个错误的决定——那个毁掉他一生的决定时,他是在离家好几英里的地方,没有任何人来帮他或给他任何建议。"

"什么决定?"查尔斯问道。

这个夜晚充满了令人震惊的消息。

第三章

自从艾米莉来到家中,她还一直没提及已故的马丁·林齐的酗酒问题。

"离开爱尔兰的决定。活着的每一天,他都在后悔这个决定。"

"但那不可能是真的吧。他对我们完全不关心。他一次也没回来过。"查尔斯很惊愕。

"确实,他没回来过,但他从未不再关心老家。他一直在琢磨一个问题,就像对牙疼那样耿耿于怀。他总是说如果留在爱尔兰,他能做出什么事,成为什么样的人。当然了,那都是空想;不过,如果他有个人可以倾诉倾诉……"她的声音渐渐减弱了。

"那你妈妈呢?"乔希踌躇地问道。

"没什么让人高兴的,我想。她从未明白过,爸爸的酒瘾有多深,酒精的控制力是多么强大。她只是叫他远离酒精,仿佛戒酒是很容易做到的事。"

"你不能跟他谈谈吗?在说服别人这一点上,你很在行的。"查尔斯赞赏地说道。

"不,我做不到。你知道吗,我父亲没有诺尔所具备的那种基本的正派人格或责任心。他不承认最终一切的失败都归咎于他自己。能有诺尔的人品一半好,他也不至于落得那样的结局。"

在此前的半个小时中,乔希都饱受一连串的打击:耻辱、道德罪、羞耻心,现在,艾米莉对诺尔的称许让她找到了些许的安慰。

"你认为诺尔能够解决这一切问题?"她可怜巴巴地问艾米莉,仿佛诺尔根本不在场。

"乔希,这取决于我们能怎样帮他。"艾米莉平静地说道,就好像是在讨论明天晚餐吃什么。

即使从诺尔的角度看来,事情也不是像他刚开始坦白时看上去那般不可克服了。

"丝黛拉,我叫艾米莉,是诺尔的堂姐。诺尔去给你弄香烟了。我提早到,是趁着社工还没来跟你聊聊,看看有什么事是我应该了解的。"

丝黛拉看着她。这是位就事论事、很务实的女士,卷发,穿着优雅干练的防雨外套。对付起爱尔兰的天气来,美国人总是衣着得当。而爱尔兰本国人反倒经常在雨中淋成个落汤鸡。

"很高兴见到你,艾米莉。诺尔说你意志坚强。"

"我可不知道我是这样的。"艾米莉看似对此说抱有疑虑,"我是突发奇想,想来了解了解我已故父亲的出生背景。现在,我已是骑虎难下、杂务缠身,要忙着去为某个死了上千年的圣人搞一座雕像。很难说意志有多坚定……"

"你能不嫌麻烦来处理这一切,真是太难为你了。"丝黛拉低头看着鼓凸的肚子,不知怎么地,感到有些可怜。

"有太多的问题还要考虑。"艾米莉提示道,声音温暖,充满怜悯。

"是啊,这位社工可是个事儿姐,有点难对付。你懂的,就是什么都要问,又什么都不信,挺刁钻的,总是要挑你的错。"

"我想,为了小孩的利益,她们恐怕不得不这样去做。"艾米莉含糊地低语。

"是这个道理,但也不必像秘密警察那样吧。你能理解的,我对她暗示说诺尔和我是很亲密的关系,也就是比我们的实际接触更亲密。你明白的,就是说彼此约会见面啦,还有诸如此类的。"

"当然。"艾米莉称许地点头。那样做是有道理的。

第三章

假如丝黛拉向社工说,虽然女儿即将出生,但自己对孩子她爹连最基本的情况都不知道,那无疑是很不着调的。

如果是那样的话,这事从一开始看起来就会很不靠谱,像是胡闹。

"关于这些事,我会帮忙圆场的。"艾米莉说道。

就在这时候,诺尔进来了,后面紧跟着的是莫伊拉·迪尔尼。

她三十出头的年龄,用一根红发带将黑头发绾在脑后。如果不是因为专注思考时皱起的眉头,她本来可被认为是挺漂亮的一个姑娘。但莫伊拉太忙了,没空去考虑自己看起来漂不漂亮。

"你是诺尔·林齐?"她轻快利落地问道,但语气中没多少热情。

他开始手足无措,显得戒备胆怯。

艾米莉快速介入:"诺尔,把手里的包裹给我。我知道你要好好地问候一下丝黛拉。"她用胳膊肘暗暗推挤诺尔,让他去到病床边。

丝黛拉举起细瘦的胳膊,笨拙地完成了一个组合动作:她抱了下诺尔,在他脸颊上啄了一下。

莫伊拉怀疑地看着。

"林齐先生,你跟丝黛拉没有住在一起?"她问道。

"没,暂时没有。"他道歉似的承认。

"但他正在积极地实施一些计划,诺尔将很快有自己的住处来抚养弗兰琪。"艾米莉插话道。

"请问,您是……"莫伊拉很疑惑地看着艾米莉。

"我叫艾米莉·林齐,诺尔的堂姐。"

"你是他唯一的家人?"莫伊拉低头去查看她的笔记。

"老天,当然不是啦!他有爸爸妈妈,分别叫查尔斯和乔希……"艾米莉略微停顿,以确保丝黛拉也能听清楚诺尔父母的名字。

"他们……人呢?"莫伊拉有一种令人不快的习惯,就是提问题的方式让人感到不舒服,经常与她实际想说的意思相反,让人以为她是在表示反对或诘难。

"他们在家里呢,忙着筹集一个基金,在那条街上为圣加拉斯修建一座雕像。"

"圣加拉斯?"莫伊拉感到困惑。

"不可思议吧?我也觉得!但他们不是在做一件大好事吗?你自己也会见到他们的。明天他们要来看丝黛拉。"

"他们要来?"丝黛拉吃了一惊。

"他们当然要来的。"艾米莉听上去很有把握,但她心里可没这么有底。

这个丝黛拉的表现远低于乔希对一个好姑娘的期望,要让她来看这个未婚妈妈,肯定需要大量的说服工作,但艾米莉会尽力的。眼下最重要的事情是让这位社工看到,诺尔背后有家人强大的支持。

艾米莉意图传达的信息,莫伊拉倒是照单接收了。

"林齐先生,如果将孩子的监护权交给你,你打算住在哪里?"

"不用问,他理应行使对那孩子的监护权。"丝黛拉不耐烦地插嘴道,"他是孩子的爸爸。这是我们大家都清楚的!"

"有时候有些情形或许会影响到监护权的。"莫伊拉公事公办,显得挺刻板。

"哪些情形呢?"丝黛拉现在恼火了。

"首先,对方有酗酒经历。"莫伊拉答道。

"诺尔,这可不是我讲出去的。"丝黛拉说,声音里带着歉意。

"当然不用你说,我们都做过调查的。"莫伊拉说。

"可现在那已经控制住了。"艾米莉说。

"好吧,我们会关注进展的。"莫伊拉的声音清晰快速,但也冷淡,"林齐先生,你在考虑的是什么样的居住环境呢?"

艾米莉又接过了话头:"诺尔一家现在将别的事情都放一边,只在讨论房子的问题了。我们正谈着栗树街运动场边的这个公寓。这一小片公寓离他住的地方不远。"

"让孩子住在一个现成的地方,就是在那个……那个圣加拉斯弯月道的家里,一切都已完备,不是更好吗?"

"嗯,那个,你看……"诺尔嗫嚅起来。

"莫伊拉,你看,你随时可以去参观诺尔他们家,我们非常欢迎,但你看了就会知道,那里完全不适合一个小宝宝住。对小孩子来说,栗树街运动场那里就好得多。我们全都很中意的那套公寓房是在一楼。这里,你可以看看房子的照片……"

莫伊拉本来应该对此表示关注的,但她看上去并非如此。她看着诺尔,似乎要从他脸上搜寻出可疑的蛛丝马迹——而诺尔已经流露出惊讶之色,因为那公寓房他闻所未闻。

"要搬进这样的房子住,你有什么想法?"她直冲冲地问他。

丝黛拉与艾米莉焦灼地等着他开口。

"正如艾米莉说过的,我们已经详细讨论过很多的设想,而到目前为止,这个看来是最合适的。"

莫伊拉点点头,似乎也对此表示赞同。也许,她甚至听到了另外两个女人因为松了一口气发出的声音,但她没做出任何反应。

接着,是其他几个关于支付公寓房租的资金来源,还有谁能在诺尔白天上班时帮着看护孩子,有没有这方面的支持等等问题的讨论。

很快,事情便结束了。

艾米莉最后又说了一句,来证明她的堂弟诺尔是多么可靠的人。

"我不知道你是否了解这个,诺尔盼望着能跟丝黛拉结婚。他已经向她求婚了,但丝黛拉却宁愿不要结婚那种形式。这是一个真心投入的人才会有的态度,这样的人才会可靠,有责任心。"

"林齐女士,正如我说过的,有些手续和程序是必须过一遍的。我将跟我的团队再讨论一下这件事,最后的意见由我们的主管出具。"

"但最初的也最有影响力的意见是取决于你,莫伊拉。"艾米莉说。

莫伊拉轻快干练地点了点头,走了。

等到她完全走出了病房,丝黛拉便迫不及待地要开始庆祝成功。她用手腕轻轻拉开床边的隔离帘,随即摸出了香烟。

"你们两个都表现得很棒。"她说道,眼睛在诺尔和艾米莉身上看来看去,"我们让莫伊拉动起来了!"

"事情还没搞定,还有一段路要走。"艾米莉说道。然后她们平静下来,讨论后期的策略。

随后的一两周,她们继续做着这些。把诺尔改造成一位父亲是个系统工程,每一方面的事都要考虑到。

乔希和查尔斯被介绍给丝黛拉认识。最初的尴尬与躲闪之后,双方竟发现彼此的共同点多到惊人。诺尔的爹妈以及丝黛拉本人,似乎绝对确信,不久之后丝黛拉将会去到一个更美好的地方。他们没说什么可能康复的虚与委蛇的安慰之辞。

乔希用渴望语气说,丝黛拉很快就要见到我们在天的仁慈之父了,而查尔斯则说,要是丝黛拉能与圣加拉斯碰面,那她不妨带个口信告诉

第三章

圣人,雕像无疑是会矗立起来的,但需要等待的时间可能要比此前预计的稍稍长一些。他们帮着租栗树街的那套公寓,支付了定金,动用了那笔存款,所以圣加拉斯的雕像的计划恐怕就不得不略微拖延了,但肯定会实现的。

"他本人或许知道了这件事,这难道不可能吗?"丝黛拉问道。

"是的,我想他是知道了。"查尔斯表示同意,"但给他当面带去一个私人口信,也有益无害吧。"

诺尔对爸妈把死后的生活说得这么随意感到羞耻。

他们实诚地将天国视为某种大公园,仿佛大家当真都会在那里碰头似的。而且,他们预期着丝黛拉没多久之后就能先到那里。

丝黛拉对如此的奇思怪想略有些惊异,偷偷翻了翻白眼,不过,看来她也并未因这些胡扯而觉得难堪。她显得兴致勃勃,不管是哪个老圣人,她都心甘情愿去送那个口信。因此,这幕天堂信使的好戏就饶有兴味地上演着。

在更实际的层面上,他们也制订了计划。

栗树街运动场到圣加拉斯弯月道只有七分钟的步行距离,每天早上,诺尔可以用婴儿车把弗兰琪推到父母家。乔希与查尔斯照顾孙女,直到午饭时分。然后,整个下午,可以把孩子送去莫丽·卡罗尔家,或者名叫艾登先生与希劳拉夫人的那对老夫妻那里——他们照料着自家的孙子,又或者是送到哈特医生那里——他近来刚退休,突然多出来的大把时间让他感觉双手闲得没地方放,又或者是送去穆迪与莉琪·斯加利那里——除了养大自己的孩子,他们还收留了一对跟两人毫无血缘关系的双胞胎。

诺尔上夜校的那一周三晚也有恰当的安排。

接下来的一段时间,艾米莉会到栗树街的新公寓去完成那些文件。诺尔上课回来后,她会给他做个晚餐。他已经开始跟社区的保健护士讨教新房子中需要置办什么来迎接小宝宝入住了。他们给他示范了怎么冲喂孩子的奶粉,也强调了给奶瓶消毒的重要性。迪克兰·卡罗尔的妻子菲奥娜带来了口信,说她已经收到了太多的婴儿服装与全套用品,哪怕是六胞胎都足够用,丝黛拉和诺尔必须帮她摆脱困局,让那些衣服发挥作用——既然他们的宝宝差不多同时来到世间。

运气这么好,你还能想要什么呢?

一连串的活动都像旋涡一样在推进着,诺尔也被裹挟着,忙得团团转。

旧货店已开始试运营。他和父亲粉刷了店铺小屋,直到艾米莉与乔希感到满意为止。人们开始捐赠物品供店里出售。其中有些东西对诺尔的新公寓挺适用的,但艾米莉坚决秉持原则:拿去用可以,但出价也要合理,卖旧货是为了圣加拉斯项目,而不是为诺尔提供舒适的生活条件。

"所有人都是这么慷慨热心。"诺尔一边说道,一边跨过捐到店里的又一箱旧书,而乔希和艾米莉则在忙着分类整理一堆堆的衣服和各种小摆件。

乔希疑虑地看着一台可折叠的婴儿车。等孙女长大一点,这车或许能管用,但对小婴儿来说,首先需要的是更稳固结实的推车。也许会有合适的推车出现吧——她决定为此向圣加拉斯额外祈祷几句。

艾米莉对祈祷可没那么有信心,她有了别的主意。她打印了一些传单,让"腚狗"塞进社区附近各家各户的邮箱中,说他会开货车来回收闲置的婴儿用品。几天之后,他便去某个人家捡回了一台英国名牌

"银十字"的二手推车。车太大了些,但挺漂亮,保养得也很好,对新生儿来说,已经很完美了。

诺尔几乎没时间与丝黛拉单独相处。有太多的实际问题需要解决。丝黛拉是否希望孩子在天主教家庭中长大?

丝黛拉不以为然。孩子长到足够大之后,她自己可以选择放弃信仰。或许,为了让乔希和查尔斯开心一下,可以有个洗礼仪式,还有初领圣体那一套,什么圣餐、面纱之类的,都可以有,但不要把小姑娘培养成虔诚过度的"圣女"。

丝黛拉有没有任何的亲人是她或许想联系的?

"一个都没有。"她斩钉截铁,说得一清二楚。

"或许,有以前的那些寄养家庭里的随便哪个人?"

"不,诺尔,不要去找那些人!"

"好吧。我只是想到,等你离开了,我连一个可以问问的人都没有。"

她的神色变温和了:"我明白你的心思。刚才对你叫嚷,对不起。我会写一封信,告诉她我自己的一些事,还有关于你的情况,告诉她你是怎样的好人。"

"信要留在哪里?"诺尔问。

"当然是给你保存!"

"我是说,如果你想把信放在银行或别的什么地方保管……"诺尔自觉地提议。

"我看上去像是有银行账户、用得起保险柜的那种人吗?诺尔,你别……"

"丝黛拉,我真希望你不会走。"他说着,用自己的手盖住她那瘦骨嶙峋的手。

"谢谢你,诺尔。我也不想走。"她说。

然后他们就那样坐在那里,直到弗林神父进来探视。他看到了这幕场景,也看到了两人握在一起的手,但没说什么。

"我只是碰巧路过。"他笨嘴笨舌地说。

"哦,神父,正好我也得走了。"诺尔站起身准备离开。

"诺尔,也许可以耽搁你一下吧。我想要丝黛拉告诉我,她的葬礼需要些什么,如果有任何需要的话。"

这个问题完全没有让丝黛拉烦恼或困窘。

"布莱恩,我告诉你,只要去问诺尔的家人,问 他们想要什么就好。到时我都不在了。让他们决定要什么,最简单方便的就好。"

"要一段圣歌,或者两段?"弗林神父问。

"当然要,为什么不呢? 我想要快乐一点的,高高兴兴的那种。你懂的,就像福音合唱那样的,如果可以的话。"

"没问题。"弗林说,"遗体呢? 入土安葬、火化,还是用于医学研究?"

"科学还不知道的事,我觉得我的遗体也不会带来什么新发现。"丝黛拉稍稍考虑了一下,"我意思是说,如果你一天抽四盒烟,那就会得肺癌。如果喝酒喝得跟我一样多,然后就会得肝硬化。这都很明了了。我身体的哪个部分都不够健康,器官没法拿去移植。不过,见鬼的……管它呢,做成标本,可以当作一种骇人的警示吧。"

她的双眼亮晶晶的。

布莱恩·弗林的喉咙有点发哽,但他强忍住了自己的情绪。

"丝黛拉,这类的事情我们讨论的不多,不过,你想不想要个安魂弥撒?"

"是那种什么都有,有钟铃和号角什么的吗?"

"那让很多人得到安慰。"弗林神父模棱两可地回应。

"布莱恩,那就来吧!"她愉快地说道。

第四章

上学时,丽莎·凯利是出类拔萃的优等生,每一个科目都很擅长。英语老师鼓励她攻读英语文学,拿下高学位后可在大学里找份教职。体育老师则说,凭她的身高——十四岁时便已接近六英尺——她就是个天生的运动员,可以代表爱尔兰去打网球或曲棍球,甚至两种球都打。但最终到选择专业时,丽莎决定去学艺术。具体说,是平面艺术。

她以年级第一的成绩顺利毕业,立刻便得到一份邀约,进入都柏林一家知名的大设计公司工作。到了这个节点,也就该从家里搬出来自己住了。

她妹妹凯蒂在三年前就不在家里住了,但凯蒂的情况跟丽莎很不一样。凯蒂不是神童,只能勉强跟上课程。一次假期当中,她在一间发廊打零工,由此发现了自己一生中职业使命的召唤。她已经嫁给了加里·芬格拉斯,小两口一起开了间挺时尚的发廊,而且生意越来越兴隆。她喜欢拿丽莎那蜜糖色的长发来操练打理,用风筒吹干,然后做造型,盘成优雅的发髻或者是编成辫子。

她们的母亲迪对这一行当曾经非常鄙夷不屑。"去摸人家那脏兮兮的头!"她曾厌恶地、一惊一乍地高声贬斥。

她们的父亲,杰克·凯利,对凯蒂的职业倒是没做什么评价。对丽莎的工作,他也同样没说过什么。

第四章

凯蒂曾央求丽莎也从家里搬出去。

"外面的真实世界可不像我们家这样,没有爸妈之间那种可怕的沉默。别人可不像他们那样互相看不顺眼。不管说什么、做什么,他们都瞧不上彼此。"

但丽莎摆手拒绝了妹妹的提议。对家中的气氛,凯蒂总是过于敏感。当她从朋友家里回来,老是神往又留恋地谈起朋友家餐桌边快乐的聚餐,说别人的爸爸妈妈是如何有说有笑,与孩子们还有朋友们是怎样地开诚布公、相谈甚欢。而在她们家呢,吃饭时都是死寂一片,只有父母话不投机半句多之后的互不理睬,一连串的无语和冷眼。话说回来,凯蒂总是很容易受到别人情绪的感染,而丽莎就不同,如果妈妈疏远冷淡,那就*随她*疏远冷淡好了。如果爸爸守口如瓶,那又能怎样呢?他就是那么个人罢了。

爸爸在银行上班。很明显,他在那里已经错过了晋升的机遇:他没有*正确的*人脉关系。所以难怪他寡言少语,不喜欢聊天闲扯。不管丽莎做了什么事,都无法引起他的兴趣。假如她把在学校完成的一幅画拿回来给他看,他只会不以为然地耸耸肩,仿佛是说:"这又如何?"

她妈妈心怀不满,但那样倒是有些理由的。妈妈在一间很高端的精品时装店工作,那些有钱的中年女人常常光顾那里,一年都能买上几套衣服。她自己穿上这种档次的衣服也相当好看,但她可从来都买不起。取而代之的是,她只能帮着那些大肥婆把身体塞进这些漂亮衣服,安排裁缝在缝线处将尺寸放宽、将拉链加长,等等。即便可以享受很优惠的员工内部折扣,这些衣服仍远远超出她这类人的消费水平。也难怪她只会失望地看着爸爸。十八岁时,妈妈嫁给爸爸,他看起来还像个有前途的小伙子,能有所作为。现在他最大的作为就是每天早上去上班。

丽莎工作颇为勤奋努力。中午,她与同事一起进餐,去的大都是格调高、热量低的地方。但丽莎与安东·莫仑相遇,是在宴请一位客户的私人午餐上,这也是永远定格在她心中的人生关键时刻之一。

丽莎看到这个男人在大厅中走动,在每桌客人旁短暂停留,与所有人都谈笑自如。他身材瘦削,头发留得相当长。他看上去自信、愉悦,但并不傲慢。

"他是谁?"她心潮荡漾、蠢蠢欲动,便问同座的米伦达。没有谁是米伦达不认识的。

"噢,那是安东·莫仑,餐馆的主厨。他在这里干了一年了,但很快就要离开,显然是要自立门户。他会干得不错的。"

"他很棒。"丽莎说。

"排到队伍最后面去吧!"米伦达笑道,"等着追安东的姑娘多着呢,列一份名单的话,会有我胳膊这么长。"

丽莎能明白为何会如此。安东有一种风度,是她前所未见的。他不急不忙,一桌挨一桌地打招呼,很快来到了她们这桌。

"米伦达,你可真迷人!"他夸张地感叹。

"你更迷人,安东!"米伦达伶俐地回应,"这是我的朋友,丽莎·凯利。"

"啊,你好,丽莎。"他说,听上去仿佛一辈子等到现在就是为了见到她。

"初次见面,你好。"丽莎说道,一时觉得口拙。正常情况下,她知道要说什么,但这一次不是这样。

"我很快就要开自己的餐馆了。"安东说,"今晚是我在这里的最后一天。我在跟进餐的所有人打招呼,给他们我的手机号码。我期望你们都能去我那里捧场。不要找借口拒绝我。"

他递了张名片给米伦达,然后又给了丽莎一张。

"给我几周时间,我会告诉你们新餐馆的详细情况。如果你们两位大美女到时能赏光,大家肯定都会认为我另立门户是做了*什么正确的事*……"他说道,目光在米伦达和丽莎之间来回游移。这是满嘴跑火车的套话。到了下一桌,他可能也会有类似的寒暄。

但丽莎却自认为他说的是真心话。他想再次见到她。

"我在平面设计公司工作。"丽莎突兀地说道,"或许你会需要一个品牌标识或别的什么设计?"

"我相信我会需要的。"安东说,"实际上,我确信我会需要的。"

说完,他继续去笼络客人了。

那一餐随后吃了什么,丽莎全都不记得了。她渴望能去到米伦达的公寓,跟她彻夜长聊,谈谈安东,确认一下他未曾婚娶,也没有什么固定伴侣。但丽莎活到现在,总是与别人保持着距离。她不会跑去朋友家住,正如她也不想邀请她们来自己家中。她不愿袒露心迹,就像衣襟上插着朵花那样一目了然,也不愿向米伦达这样的人倾诉心事——关于安东的八卦,米伦达似乎无所不知。她宁愿用自己的方式去慢慢了解他。她将为他的餐馆设计一个标识,而那个标识将大获成功,成为全城人街谈巷议的话题。

最重要的是,不能轻举妄动,不能心急气躁。

她心里念叨着这位大厨直到深夜。他不是那种传统意义上的帅哥,但他有一张令人很难忘记的脸。他黑色的眼睛热情而明亮,非常美妙的微笑极富感染力。那种优雅风度只在运动员或舞蹈者身上才会有。

想向他投怀送抱的姑娘肯定很多。那样的一个男人是追不到的。确定是这样吗?

第二天,当接到他打来的电话时,她几乎吓了一跳。

"真好。我找到你了。"他说。听到她的声音,他似乎挺开心。

"你打了几处地方的电话?"

"这是第三处。请你共用午餐,怎样?"

"今天?"

"嗯,是啊,如果你有空……"他选定的地方是昆廷斯,那是在都柏林受到最高评价的餐馆之一。

丽莎这天原本要和妹妹凯蒂一起吃午饭。

"我有空。"她简洁地回道。再怎么说,凯蒂终归会理解的。

丽莎去见她的老板凯文。

"我打算跟一个很好的客户共进午餐。他即将开始自己的事业。我在想要不要——"

"——不知道是否可以带他去高级餐厅,是不是这个?"

凯文把一切看在眼中,听在耳中。

"不,当然不是这个。他会付款的。我想我或许可以请他喝一杯香槟,还有我想提早一小时走,可以把头发打理一下,呈现出我们公司的良好形象。"

"你的头发挺好的,没问题。"凯文嘟哝道。

"是没问题,可是,留下个好印象总比不加修饰、随意应付更好。"

"那好吧——做头发也要公司买单吗?"

"凯文,那当然不用。我可没那么贪心!"丽莎在他还没来得及再考虑之前就说完跑开了。

她冲出写字楼,匆忙为凯蒂买了一株大盆栽植物后,出现在发廊中。

"所以这玩意儿是一个安慰奖。你取消了午餐!"

"凯蒂,拜托了,求你理解。"

"去见个男人?"凯蒂问。

"男人?不,当然不。好吧,他是个男人,但这是顿公事午餐,我又脱不了身。凯文都要跪下求我去了。他甚至让我提前下班来做头发。"

"你想怎么做?一大堆客人都等着呢,预约好的,除非你插队。"

"求你了,凯蒂……"

凯蒂招呼一个助手到近前:"请先带这位女士去洗头,用本店的特款洗发水。一会儿我就过来。"

"你真是太好了——"丽莎想奉承妹妹几句。

"我知道我是大好人,对这个世界太心善,这可一直是我的小弱点。丽莎,我希望你弄这个头发是为了哪个男人,你懂我的意思的。我要给你弄点特别的发型。"

"就让我们假装是为了哪个男人,好了吧。"丽莎讨饶。

"如果是个男的,能把你从家里给弄出去,那我做这个头发绝对免费!"凯蒂不依不饶,而丽莎只是暗自微笑。

她也很想对妹妹说实话,但从小到大,她都习惯于把一切心事深藏不露,自己拿主意。这个习惯阻止了她向凯蒂坦白的冲动。

"你看起来可真优雅。"在昆廷斯,安东站起身迎候丽莎,一边恭维道。

"谢谢你,安东。你看上去气色不错,昨晚在店里没忙到很迟吧。"

"确实没有。我只是将手机号码告诉每一位客人,然后就回家了,喝上一杯可可热饮,躺上我那窄窄的小床。"

他笑起来。那极富感染力的微笑,总能得到微笑的回应。丽莎不知道自己在笑什么——因为热可可、窄窄的小床、早早入睡……这些肯定意味着他在向她发出信号,表明他是孤家寡人。

应该给他回送一个相似的信号吗?或者现在这样做还太早?还太早,这是确定无疑的。

"我对老板说我来这里和一个人吃饭,是因为这个人将独立开业,然后老板说我应该请你喝一杯香槟,记在公司账上。"

"你们老板真有君子之风,太周到了。"安东钦慕地说道。就在这时,餐馆老板娘布兰达·布伦南走了过来。

她认识安东。一段时间以前,他在这家餐馆干过。他将丽莎介绍给布兰达。

"丽莎的公司款待我们一人一杯香槟。那么,就请用你们店里的特色香槟来开始这顿午餐。布兰达,请你单独开个香槟的收据给丽莎回去入账,其余的我买单。"

布兰达微微笑了笑。她那神情是在说,她此前已经见过安东带几个女孩子来这里了。

丽莎心里感到一阵刺痛,这让她有些惊讶。二十五年来,她从未有过这种感受。是羡慕、嫉妒与怨愤全都搅和在一起的感受。这完全是荒唐的。

这倒不是说她还是个满脑袋幻想、纯情的天真少女。她也有过不少的男朋友,其中几个还曾经是恋人。但这些男孩当中,她从未觉得谁对她有过强烈的吸引力,而安东就不同了。

他的头发看起来很柔软,如丝缎般光滑,她渴望能将手伸到桌子对面,去抚摸那头发。她有一种狂乱荒诞的愿望,让他的头靠在她肩上,而她则用手轻抚他的脸。她必须摇摇头清醒过来,果断地甩掉这些花痴念头,她必须回到正题,那就是为他的新餐厅设计一个标识和一套相应的视觉符号、外观元素。

"你那新地方要起个什么名字?"她问道,同时惊讶自己能显得如此平静。

"嗯,这个,我知道那不免有点自命不凡,但我还是想用自己的名字安东来命名那新地方。"他说,"不过,我们还是先点菜吧。这里的干酪蛋奶酥真的很不赖。我当然应该很了解的,我做这一行,这玩意儿我自己都做过无数次了!"

"那就好极了。"丽莎说。

这不可能是真的。这种事怎么可能发生!有生以来第一次,她坠入了爱河。

回到办公室,凯文问她:"运气如何?搞定了那商界金童?"

"他执行能力很强,这是肯定的,也有亲和力。"

"有没有给他什么初步方案和我们的收费标准?"凯文最关注实质成果,对语焉不详的模糊辞令没有兴趣。

"还没——那要等等再说。"

想到安东,丽莎回想分别时他是怎样亲吻了她的脸颊,她仍旧如在梦中。

"啊,那好吧,既然他是个识相的小伙子,就该明白我们的设计不是免费奉送的。"凯文说道。

"你怎么知道他机灵不机灵?"丽莎问。

"你刚刚说了,他行动能力强,又有亲和力啊。我觉得他那种类型的家伙,是会让我的侄女意志崩溃、束手就擒的。"

"您侄女?"

"是的,我哥哥的女儿。她曾经跟一个名叫安东·莫仑的主厨约会过,然后就哭啊,发脾气啊,接着就从大学退学了。然后她去跟他摊牌,追问究竟,结果他跑掉了,跑到游轮上做菜去了。"

丽莎心中如灌了铅。安东对她讲过,他在一艘豪华游轮上曾度过精彩的一年。

"我认为,那不太可能是同一个人吧。"她的语气很冷淡。

"是啊,也许不是……很可能不是吧……"凯文只想尽量少一点麻烦,"只要他明白,我们不做挂账交易就好,不先付款,生意免谈。"

带着一种可怕的确定的预感,丽莎知道以后将会有很多麻烦。安东几乎凑不齐租借场地的定金。装修新餐馆的费用,还有为这些初期投资办理的抵押贷款,都是有赖于以前餐馆雇主对他的出色评价。平面艺术设计与视觉形象推广的费用?算了吧,他还根本没有考虑到这些。

新餐馆的选址很完美,是在距主街只有几码的一条小巷子中,靠近火车站和一个出租车搭乘点,还有一条电车线路经过。来之前,安东便提议在这里野餐。丽莎带来了奶酪和葡萄。他自己拿来了一瓶酒。

他们坐在打包运来的货箱上,他描述着他的伟大蓝图。她看着他的脸,几乎没听进去任何内容。他憧憬未来的那种兴奋之情让她感同身受。

还没等吃完干酪和葡萄,丽莎已经确定,她要向凯文辞职,成立自己的工作室。也许,她可以搬去跟安东住,跟他一起奋斗——共同装修、布置、策划、打理这个餐馆,但她决不可鲁莽行事,急于求成。不管克制自己那骚动的内心有多难,她可不能表现得操之过急。

安东几乎都没提及他的私人生活。

他妈妈在国外生活,爸爸住在乡下,姐姐定居伦敦。提到每一个人,他说的都是好话——谁都是大好人,没有坏话可讲。

她可*绝对*不能问他凯文的侄女是怎么回事。她可不能因为任何事跟他斗嘴。她坚信他是完全正确的——这个餐馆将会是巨大的成功,她要成为这项事业的一部分,从一开始就参与其中。

她发出一声叹息,纯粹是愉悦的叹息。

"味道好吗,这酒不错吧?"他说。

就算是松节油又何妨呢,她喝起来觉得照样美味。但眼下还为时尚早,她绝不可让他知道,她叹气是因为舒心满足,是因为想到与他一起共赴未来而陶醉。

假如可以跟哪个人倾诉这些秘密,那将会是额外的幸福。这人会细心聆听,会问你那时干了什么,会问他对此有何反应、说了什么。但丽莎没有知心密友。

不能对同事讲这些,那是确定无疑的。等她从凯文的公司离职时,她希望没人会去猜疑,也猜不到是为什么。凯文也许会刁难一下她,说她与安东见面是利用了*他*的时间,说他们喝的香槟是他请的客,而正是香槟促成了这桩生意。

有一次或两次,他问她,那"机灵小伙安东"在最终决策的道路上有没有向前迈进那么一点点,丽莎只能耸耸肩。那没法知道,她含糊地敷衍说,你不能催人家。

凯文表示认可:"只要他没从这里免费得到什么东西就好。"他几次这样警示过。

"免费?你一定是在说笑吧!"丽莎说,对凯文的这个固执念头很愤慨。

如果知道丽莎花了多长的时间与安东在一起,知道她给他看了多少张草图来选择新餐馆的标识,那凯文大概会十分惊讶。这个时候,她已基本确定了设计方案,色彩使用法国国旗的红白蓝组合,而安东名字的首字母"A"构成图案主体,设计成了大大的花体样式,曲线华丽,绝不会被误认为是其他的标志或与其他的餐馆混淆。她画了些草图,做了设计预案,给他看这个标识出现在餐馆门脸、指路牌上,出现在名片、菜单、餐巾上,甚至是店内定制的餐具上,将会是什么效果。

过去的十八天来,每个晚上她都是跟安东一起度过的,有时候是坐在打包货箱上,有时候是在都柏林这一带的某个小餐馆中——他忙着考察这些同行,看哪些东西管用,哪些做法又显得多余或无效。

一天晚上,他在昆廷斯帮忙,可以享受员工折扣,于是邀请丽莎在那里吃饭。她自豪地坐下来,满怀欣慰地四顾流盼。三周前,她还根本没见过这个男人,而现在他直接就成了她全部生活的中心。她此刻已彻底下定决心,要离开凯文的公司,开创自己的设计室。

不久之后,她还将从那个冷冰冰的、毫无亲情友爱的家里搬出来,但这要等到安东向她建议,让她来跟他生活。他应该很快就会提出来的。

第四章

这件事情,同床共寝这事已经被提出来讨论过了。早在他们才第五次约会时,他便主动迈出了第一步。

"真是令人沮丧,要独自回去睡在我那窄窄的小床上……"他这样说着,一边将手插入她的长发,他的声音中用意很丰富。

"我能理解,但还能有什么别的选择?"丽莎故作玩笑地问道。

"我想,你可以邀请我回家,睡到*你那窄窄的小床上*?"他提出这样的解决方案。

"这像是个好主意,但我跟父母住,你明白吗?那种事是不可能的。"她说。

"当然咯,除非你自己在外面住。"他嘟囔着说。

"或者我们去*你那里*探索探索?"丽莎说。

但他一直都没顺着这个方向延续话题。

等他再次提到这事,是跟一处旅店关联了起来。那是离都柏林三十英里的一个地方,他们可以在那里吃晚餐,偷师学艺,为自己的新餐馆寻找些可借鉴的创意,顺便过夜。

丽莎觉得这个计划没有任何问题,而整个过程也堪称完美。当她躺在安东的怀里,她觉得自己是世上最幸运的女孩。很快,她就会与她深爱的男人共同生活,一起创业。这难道不是世上每个女人都向往的吗?

而这一切就将发生在她丽莎·凯利的身上。

"我早就知道,有朝一日你会远走高飞的。"凯文说道,"过去的这几周你一直都很忙,根本没个得闲的空当。我猜你是在谋划着什么。"

"我在这里干得很愉快。"丽莎说。

"那是当然的。你干得很好,在哪里你都可以干得好。决定跳槽去哪里了吗?"

"自己干。"丽莎很简单地说道。

"在目前的经济气候下,丽莎,这可不是个好主意。"凯文劝告她。

"凯文,你自己也冒过险,可看看,你还是得到了回报……"

"那是另一码事。我有个富豪老爹当后盾,还有很多人脉关系。"

"我也会积累自己的客户群。"丽莎说。

"假以时日,你能做到吧。你在哪办公?"

"只能在家里,慢慢开始。"

"丽莎,那我只有祝福你了,祝你有最好的运气。"他说道。在凯文可能又追问安东那里有什么新进展之前,她尽快走开了。

不过,安东在丽莎生活中占有怎样的地位,还有丽莎离职的原因,凯文都一清二楚。在威克洛郡的霍莉旅店,凯文度过了一个周末。旅店老板娘霍莉小姐,永远都是那么古道热肠,有关她家住客的新闻,她总是迫不及待地想与其他客人分享。她提到凯文的一位同事,凯利女士,前一晚也在店里住过。

"她跟一个很有魅力的年轻人一起住的。那人对饮食非常了解,还跑进厨房跟我们的厨子聊天来着。"

"那人名叫安东·莫仑?"凯文问道。

"就是这个人!"霍莉小姐兴奋地拍了拍手,"他甚至跟我们要了本店特色橙子酱的配方哪,那是店里厨子加进去橘子味烈酒还有核桃调成的。我们的厨师一般不会把这个告诉任何人,但他告诉了那个莫仑先生,因为那小伙子说要给自己父母做这个。"

"我打包票他会做的。"凯文语调冷漠地说道,"他们住一起了吗?"

霍莉小姐叹口气："当然睡一起了,凯文。不过,就只是今天我才跟你说这个。现如今,如果你还想坚持老一套,只会被客人笑死,就甭想再做生意!"

凯文想起自己的侄女。侄女至今仍很脆弱,不堪打击。丽莎是他所遇到过的最有才华的设计师之一。而前方潜伏等待着丽莎的可能是什么呢?他不禁替她感到一丝战栗。

丽莎疑惑都柏林还有哪一户人家会像她家这样,这里的交流缩减到最少,家庭成员之间的对话极为有限,至于友好的亲情,根本不存在。父母说话时带着沉重的叹息,而对她则几乎完全无话可说。

每个周五,丽莎会在厨房餐边柜上留下她的"租金"。这让她有权利继续住在她的房间中,也可以自己动手弄点茶和咖啡之类的饮品。父母不给她提供餐食,除非她自己买菜来做。

丽莎毫不指望她能够告诉父母自己很快就没收入了,所以很难继续支付那笔"租金"。至于把卧室作为工作室这个打算,她就更没有热情去告诉他们了。理论上来说,他们可以将家中的正式餐厅给她用,因为那里一直都空着,而那个空间可以弄成一个完全拿得出手的办公环境。但丽莎知道她想得太多了。

她爸爸会说,他们可不是印钞机。她妈妈则会摆手反对,说他们可不想让陌生人在家里进进出出。最好一步一步走,首先告诉他们辞职的事,等他们已经习惯了第一个状况,再逐渐透露出有让客户到家里来的需要。

她一遍又一遍地祈愿,希望对于她和他的居住安排,安东不要那么固执己见。他说了她很迷人,是他有过的最美妙的邂逅。倘若果真如此,那他为什么不让她搬过去跟他同住?

他总有这些说不完的借口:那是个年轻人聚居的地方,他在那只有一个房间,而且没有付房租,作为补偿,就是每周给那些小家伙做一次饭,他不能滥用那帮人的好客,再带个人住进去。而且,如果有个姑娘住进去,只会改变那地方的整体气氛。

他的语气听起来有点不耐烦。于是丽莎没有再提此事。她的钱都花在了新衣服上,花在了露天野餐上,还有两次,她假称拿到了旅店的免费住宿券,让他得到整夜的舒适享受,以此为他打气。所有这一切都得花钱。

有那么一两次她自问,安东或许可能是个吝啬鬼?或者不管怎么说,对钱有点*小心翼翼*?但不该是这样,他很坦诚,坦诚得可爱。

"丽莎,我的宝贝,现在我是个彻头彻尾的寄生虫。在餐馆打零工赚来的每一块钱,我都要用来装修布置那个新地方。眼下我是个职业乞丐了,但往后我会补偿你的。等到你和我一起坐在餐馆里,举杯庆祝我们的米其林评级第一颗星,*那时你就会觉得这一切都是值得的*。"

他们并肩坐在新厨房里,那里正在他们的眼中逐渐成形。烤炉、冰箱和电炉在他们周围渐次涌现。就餐区的工作很快就将开始。他们已经就那个标识达成一致。标识将被织入定制地毯中,地毯将被铺设在餐厅各处的木地板上。这个地方将会像梦那般美妙,而丽莎则是这梦幻的一部分。

安东对她从凯文那里辞职只是略感惊讶。他也一直认为她总有一天会离职。不过,对另一个随之而来的设想——丽莎或许可以搬入新场地的某个空房间——他却表现得更缺乏热情。

"我可以把*这间房*弄成卧室兼起居室,*那间房*可以变成我的工作室。"丽莎指着新厨房旁边走廊尽头的两个房间,她打算这样安排。

"这一间是冷藏室,那一间是放桌布和瓷器餐具的。"安东不耐烦地纠正。

"那么好吧,但我总得有个地方做事吧,我们已经说定了我要帮餐馆做营销推广之类的……"她支吾着说,但他看上去又开始面有愠色了,于是她就放下了这个话题。

她只能在家里办公。

父母的反应比她所预料的更为冰冷。

"丽莎,你已经二十五岁了。你受过良好的教育——你上学的费用可一点也不低。你为什么不能找个自己的地方去住、去工作,就像其他女孩子那样?别的女孩子甚至根本没有你具备的任何一项优势……"

爸爸这样对她说着,就仿佛她是个流浪者,跑进了他所在的银行网点,恳求在柜台后面留宿。

"即便是可怜的凯蒂,就算老天有眼知道她从没有过什么名堂,但她最起码能自食其力,照顾自己了。"妈妈说起了另一个女儿,尽管语气刻薄。

"我打算出来自己干,还以为你们会为此高兴的。"丽莎说,"我甚至还想过要去听一些讲座,比如自主创业之类的主题。我有那种积极性和进取心。"

"你这更像是发疯了。如今有工作的人都在努力保住职位,而不是因为什么奇思怪想而扔掉工作。"爸爸说道。

"在将来可见的一段时间里,都不会有你那份租金了。"妈妈叹气道,"*而且*,白天其他人都不在家的时候,房子里的暖气还要开着。*而且*,你要让那些生意上的客户在这房子里进进出出。不行,丽莎,这行不通。"

"如果把你的房间租出去,我们还能收到一笔不错的房租吧。"爸爸又加上一句。

"餐厅呢,怎么样?我可以在那里布置一些陈列架,把文件图案什么的归档保存——"丽莎说不下去了。

"还要毁掉那可爱的餐厅?我不同意。"妈妈说。

"为什么不能忘掉这一切鬼念头待在老地方……回到设计事务所?"父亲建议道。看到女儿痛苦的面容,他的语气稍稍缓和了,"回去吧,做个好姑娘。关于自立门户的事,我们别再提了。"

丽莎也没法期望自己再说些什么。她快速地走向前门,离开了家。

她在乎的不是钱。她也不介意工作辛苦。不过,尽管她厌恶自怜自哀,她真的开始感到整个世界都在与她作对。自己的家人不支持她,而男朋友对她给出的任何信号和暗示又是那般无动于衷。他是她的男朋友,是不是?已经一周又一周过去了,他们每晚都在一起。他没有提起过其他女人,他还说她可爱迷人。诚然,他没说过他爱她,但说她美妙可爱,跟爱也是同一码事。

丽莎在一处店铺橱窗中注意到了自己,她看起来弯腰缩背、一败涂地。

绝不可以这样。她停下来梳理头发,补了一点妆,挺直肩背,鼓足信心大步向安东的店址那边走去。在那里,一间出类拔萃的餐馆将脱颖而出,从那里目前尚未清理掉的装修瓦砾和混乱中拔地而起。

她稍后将会考虑住哪里和在哪里办公这些问题。今晚,她只管先去熟食店买点烟熏三文鱼和奶油干酪。她不会用自己遭遇的难题去烦他。她不愿再次看到他英俊的脸上那因不耐烦而皱起的眉头。

让她极为懊恼的是,已经有八个人在那里了,包括她的朋友米伦达:就是米伦达最初把她介绍给安东认识的。他们围坐在一起,正吃着看上去很黏的大比萨。

"啊,丽莎!"安东的声音听上去很愉快,同时又透露着欢迎与惊讶之情,就仿佛丽莎不是每晚都来这里似的。

"快进来,丽莎,来吃点比萨吧。米伦达很聪明,可不是吗?她找到了我们*都*想要的东西。"

"非常聪明。"丽莎从齿缝间吐出几个字。

米伦达身材细瘦,四肢修长,有点像灰狗,但吃起东西来像饿虎。她穿着紧身牛仔裤坐在地上,正狼吞虎咽般地将一大块比萨吞下去——那架势就像她不知道世上还有其他食物似的。有几个男人是跟安东合租公寓的年轻人。其他姑娘们性感漂亮,有着阳光的小麦肤色,看上去就仿佛是相约来参加一出音乐剧的试镜。

他们当中没一个破产、负债、无家可归、无处工作的。丽莎真想转身跑掉,跑到某个地方大哭一场,大声抽泣。但她能去哪里呢?她没有别处可去,毕竟这里是她自己要来的地方。

她将烟熏三文鱼和奶油干酪悄悄放进其中一台冰箱,然后加入围坐的那群人。

"安东一直给你唱赞歌呢。"吞咽大块比萨的间隙,米伦达暂时抬头往上看了一眼说道,"他夸你是天才。"

"那就言过其实了。"丽莎笑了笑。

"不,事实如此。"安东向她加以肯定,"你的那些想法我都告诉他们了。他们说,我能有你真是太幸运了。"

这些是她长久以来都渴望听到的话,但为什么听起来没有她希望中的那种真切和感动?

然后他又说:"大家来这里都是要为营销推广出出主意,所以让我们立刻开始吧。丽莎,你先请……"

丽莎不想跟这帮人分享她的见解。他们赞同也好,反对也罢,她都不想听到。

"我是最后一个到的——先听听你们各自要说的吧。"她对这群人摆出个大大的微笑。

"狡猾的小狐狸。"米伦达嘀咕了一声,但声音也大到足以让旁人听到。

安东看上去不为所动。"那么,埃迪,你看法如何?"他问道。

埃迪是个橄榄球运动员,身材高壮,性格粗率,说话直来直去。他脑袋里满是点子,只可惜大部分无用。

"你应该把这里搞成橄榄球爱好者聚集点,每到国际赛的日子,人们就喜欢来这里吃午饭和聊球。"

"那大概每年只有四天。"丽莎听到自己这样说。

"嗯,是这样,但这里可以为各个不同的橄榄球俱乐部举办资金募集活动。"埃迪说。

"目前安东需要的是赚钱,而不是撒钱做好事。"丽莎反驳说。她知道自己的话听起来就像出自管家婆或妈妈之口……

一个名叫"四月"的女孩说,安东可以开办品酒班,之后是晚餐,酒水就用当晚受到最佳评价的几款酒。要靠这种策略去挣钱,显然是荒诞不经的。丽莎无法想象有谁会把如此想法当一回事。然而,那群人却显得挺兴奋,对这一"捞钱大法"跃跃欲试。

"利润从哪儿来?"她冷冷地问道。

"这个嘛,酒厂来掏钱赞助啊。"四月带着厌烦和不悦说。

"除非生意已经站稳脚跟,运营良好,否则生产商不会干的。"丽莎说。

"这里也可以举办时装秀。"米伦达提议道。

所有人都望向丽莎,等着看她怎样把这个说法也一棍子打死,但她这次决定谨慎点。她之前冷嘲热讽已经有点过头了。

"是个好主意,米伦达。你心里想到过什么设计师没有?"

"还没有,但我们可以找几个出来的。"米伦达说。

"我认为,营销还是应该围绕餐食本身。"安东说。

"是吧,也许还是你说的对。"

米伦达才不在乎呢。她来这里只是为了大家能说说笑笑,还为了吃比萨。

"丽莎,你有什么想法?除了平面艺术,营销和商业管理这一块你也学过吗?"

"没有,我没学过那个,四月。只不过,我近期才决定要去上夜校,读个管理与营销课程。下周开始上课,所以我现在的所有想法只是出于直觉。"

"那也说来听听嘛。"四月显然不愿善罢甘休。

"就像安东说的,菜品应该做得很出色,其他所有事情都应退居其次。"

丽莎甚至笑了一笑。刚才的宣告让她自己也吃了一惊。之前她只有模糊的概念,觉得去读那门课程是个好主意,但被四月将了一军后,她反倒下定了决心。她要去上夜校。她要做给他们看。

"你没说过要回学校读书啊。"其他人都离开后,安东说道。

四月到底是走还是留,原本是悬而未决的一个微妙选择——情况稍有变化,结果就会完全相反——但也不知怎的,她忽然意识到丽莎在这里逗留的时间要比她久,于是她很不情愿地走了。

"啊,安东,有很多事情我都没有告诉你。"她说道,一边将黏糊糊的比萨碎块和纸盘子撮起来收进一只垃圾袋。

"我希望不是太多吧。"他说。

"是吧,不是太多。"丽莎表示认同。

事已至此,也只能照着这样的方式继续下去了。她现在明白了这一点。

第二天,她去报名那门商业文凭课程。学院里的人热情协助她签了支票缴费,而那已是她最后的一点存款。

"你怎么维持生活?"生活导师问她。

"可能会艰难一点,但我能对付的。"她乐观地回答,一边露出明朗的微笑,"我已经有一个客户了,就是说业务有了开端。"

"好的。那可以让你有必要的支付能力。"生活导师说道,对她的情况表示欣慰。

丽莎暗自悲哀,如果老师知道那一个所谓的客户并不会为她付出的劳动支付哪怕是一分钱的报酬,那他又会怎么说呢?而且,那客户还以另一种方式大大增加了她的开支——他喜欢喷高价名牌香水的女性,还喜欢对方穿蕾丝花边的内衣,但因为他把自己所有的一切都投入到了餐饮生意中,所以他没法给她买任何东西。

第一次上课,她坐在了一个安静的男生旁边。那人叫诺尔·林齐,看起来对课程忧心忡忡。

"你觉得这些东西会对我们有帮助吗?"他问她。

"苍天在上,我也不能确定。"丽莎说,"你总是听到那些成功人士说,学历、资格证书什么的都没关系,但我认为证书之类的还是有用的,因为它们能带给你信心。"

"是这样。我也懂。就因为这个,我才来上课考证。堂姐为我交了学费,我不想让她觉得钱白花了……"

他是那种温和的青年人。他不像安东的那些朋友,他谈不上机灵或活跃,但让人觉得放松。

"课结束后,要不要去喝上一点?"她发出邀请。

"不了,希望你别介意。事实上,我正在戒酒,去到酒吧我会不自在的。"他说。

"那么,咖啡怎样?"丽莎说。

"那就很好,没问题。"诺尔微笑着答道。

丽莎回到那阴冷惨淡的排屋,那套很多年以来都被她称作家的房子。安东为什么如此反对她搬进新餐馆去住?她住到那里是绝对合情合理的。等安顿下来,她还可以劝服他放弃那种荒唐的单身汉生活,不要再和其他人搅在一起。毕竟,那些家伙们只是在鬼混,而他已经厘清了一切:他自己的餐馆,他自己的女友。继续假模假式地摆出放浪不羁纨绔子弟的样子,有*什么*意义?

如果她现在没回家,而是去了餐馆,告诉他今晚课程绪论讲座的内容,那该有多好。

妈妈外出去了什么地方,爸爸在看电视。她进来时,他几乎都没抬眼看一下。

"一切都很顺利。"她对爸爸说。

"什么事?"他抬起头来,似乎吓了一跳。

"我在夜校听了第一堂讲座。"

"你都有学历证书了,还有了一份事业,一份工作。现在你去上什么课,只是*画蛇添足*罢了。"爸爸又转回头看电视了。

丽莎感到非常非常孤独。今晚大教室里的每个人回去都有个人可以聊聊上课的事。每个人都是,除了她。

今夜安东在外面有安排。他和那伙同住的人要参加一个招待会。也不指望他对她的营销课会*很感兴趣*,但他大概还是可以听她随便说点什么的。

凯蒂应该会对她的进修表示关注,但凯蒂和加里利用这个长周末到伊斯坦布尔旅游去了。去这么远,却只在那里住三晚,看来时间安排得太紧,但小两口对这趟行程高度兴奋,将它视之为他们有生以来最精彩的探索之旅之一。

没有其他朋友了。没有一个是会关心她的。

管它什么鬼呢! 她要给安东打电话。不是情深意切、难以自拔,也不是要缠着他,只是平常联络而已! 他倒是立刻接电话了。

听到背景中有很大的嘈杂声,他不得不大声讲话。

"*丽莎*,太好了。你在哪?"

"在家。"

"噢,我想着你能来这里的。"他说道,听上去还真的挺失望的。

丽莎尽力振作了一点点:"不,我不会去的,今晚我第一次上课。"

"啊,对的。那个,你现在为什么不能过来呢?"

"到底是什么活动?"

"我也说不清,丽莎。就是有很多好玩的人。大家全都来了。"

"你当然知道那是怎么回事。"

即使是隔着电话,她也能看到他皱眉了。

"宝贝,我不知道是谁主办了这个活动,我想是某个杂志社吧。四月邀请我们来的。她说这里香槟随便喝,还有无限的机会去结识很多人。她说的没错。"

"四月邀请了你。"

"是的,她属于这个活动的公关团队。我期待你也会来这里的……"

"不,不会,老实说,我要挂电话了。"她说道,赶在开始呜咽之前挂断了电话。她控制不住地哭着,仿佛再也难以停止哭泣。

凯蒂从伊斯坦布尔回来,打电话告诉丽莎,说给她带回了一件礼物。

"夜校上课怎么样?"她问道。

"你记得这事?"丽莎很惊讶,没有其他人问过她这个。

"我在当地集市给你买了个超棒的礼物。"凯蒂说,"你会喜欢的!"

丽莎感到鼻子和眼睛后方传来针刺般的痛感。她根本想不起自己曾在哪个地方给凯蒂带过任何礼物。

"那太好了。"她说道,声音很小。

"你今晚能过来吗? 加里和我要吹吹我们的见闻,会把你烦死的!"

以往这种情况下,丽莎通常都会说她很乐意过去,只是忙得要死,抽不出空。但这次她却说,没有什么比姐妹小聚更让她高兴的了。话一出口,她自己和妹妹都吃了一惊。

"布莱恩可能也会来坐坐,但他一点也不讨厌。"

"布莱恩?"

"我们的房客。楼上有两个房间租给了他。我跟你说过的。"

"哦,是的,你的确说过。"

丽莎感到歉疚。凯蒂确实唠叨过,说有个人要住到店铺楼上。她真希望自己之前能考虑向妹妹要那空余的房间,但世上的事情往往如此阴错阳差。

"你不是要把我跟这个布莱恩撮合到一起吧?"她问。

"才不会!他是个牧师,而且都快一百岁了!"

"可怕!"

"好啦,开玩笑的,但也该有五十了,不大可能背弃入行时的(独身)誓言。我想问,你还*没有*自己的伙伴吗?"

"谈不上真有。"丽莎说,很久以来她第一次对自己承认了这一点。

"你肯定是有的啦。"凯蒂爽朗欢快地说道,"不管怎样,我真高兴你今晚有空——七点半左右来吧。"

这个晚上,丽莎有空;前一个晚上,她也有空;再前一个晚上也是。从安东去了四月的派对至今,已经有三天了。丽莎在等着他主动联系自己。

除了等,还是等。

布莱恩·弗林果然是个很正派的好人,是很值得交往的一个朋友。他给他们讲了他妈妈的事:老太太痴呆了,但对她所生活的那个世界,老人家看似相当满足又高兴。他还说到姐姐茱迪怎么会嫁给了一个名字那么奇怪的家伙,还有他弟弟如何抛弃了曾经的妻子,然后又从一位女友身边不辞而别。

他告诉他们,有一处水井被视为圣井,但他自己并不认为那井如何神圣。他自然也说到了他目前工作所在的医院,他发现那里有些人真的很值得去尊敬和关爱。

无意之中,他问起凯蒂和丽莎的家庭情况。姐妹俩都找托辞岔到了别的话题上,于是他也就见机行事不提了——除了主动放弃,或许是已经意识到她们对这一主题感到不舒服。

加里则愉快地谈起了自己的父母,讲他爸爸起初是怎么评价美发职业的——发型师这种行当只有那类女性化的男孩子才去干,但随着时移世易,爸爸的态度已经略微柔和下来了。

他说起七岁生日时的故事,一家人去了动物园,父母对那里的大象说,加里是这个国家最好的小男孩。他们告诉他说大象永远也不会忘记这件事,因为大象听了什么都不会忘掉。直到如今,加里还总是认为那大象应该还记得这码事。

这个滑稽的念头让大家都笑了。

丽莎暗想,她以前为什么老是认定加里乏味无趣?他其实是个可靠的好人,而且浪漫。他给丽莎和布莱恩看手机,里面有张凯蒂的头发被吹得飞舞起来的照片,那时他们正搭游船在博斯普鲁斯海峡观光。另外一张凯蒂的留影中,背景是清真寺的尖塔。但加里几乎根本没注意到别的,除了他老婆的脸。

"凯蒂看起来可真开心。"他一遍又一遍地说道。

"你也有男朋友吧,你那个年轻小伙子?"布莱恩·弗林问丽莎,问得有点突兀。

"算是有吧。"丽莎诚实地答道,"有个男人,我很喜欢他,但觉得他对这事不是像我那么认真。"

"唉,男人都是蠢蛋,听我的没错。"布莱恩说道,声音中有种不容置疑的权威,"他们不知道自己要什么。他们比女人所认为的其实要愚蠢、简单得多,同时还更为困惑。"

"你爱过什么人没有?我意思是说你从事神职之前……"丽莎问道。

"没有,入行之后也没有。不过,我大概只会是个无用的丈夫。等到哪天要求神父独身的这个规定取消了,我那时恐怕已垂垂老矣,没法再跟哪位女士有牵扯啦。怎么说呢,那也许也算是一个圆满了结吧。"

"不觉得孤单吗?"

"并不比其他人的生活更孤单吧。"他说道。

从凯蒂那里走路回家时,丽莎绕了个弯经过安东的新餐馆。他打算用作办公室的楼上的房间亮着灯。她按捺不住地想进去,但又太害怕面对可能会发现的真相。比如,四月在那里,伸开双腿坐在办公桌上,或者米伦达坐在地板上,或者其他的什么人。她在黑暗中回家,在黑暗中进入那栋房子。那里没有灯光,也没有任何迹象显示,家中到底是有人还是没人。

有的只是死寂。

第二天上午,她收到了安东发的短信:"你在哪里?没有你继续来给我提建议,让我盯准目标,我都感到无所适从了。我现在很软弱,就像没有脊柱的水母。你去哪里了,宝贝丽莎?我被你完全遗弃了。可怜的安东。"

她强迫自己等了两个小时才回复。她发的是:"我哪里都没去。我一直在这里。爱你的丽莎。"

然后他回复:"来这里吃晚餐吗?8点?一定要答应我。"

再一次地,她强迫自己不要立刻回复。玩这一套游戏是如此的愚蠢,但表面看来还是有用的。最终,她发出回应:"8点晚餐,好像蛮不错。"

她没有主动提议说要带去干酪或三文鱼或菜蓟心。一方面,她已经没钱买这些;另一方面,这次是他在 请她去——她一定要记住这一点。

他以为一切会照旧,也预期着她会带点吃的去——似乎那是理所当然的。当他走向冰箱边,去拿出一些墨西哥风味菜来解冻,她意识到了他此前的预期,但她依旧坐着,悠悠地啜饮杯中的酒,微笑着问他生意上的事情。她没有提四月邀请他去享乐的那个招待会。她只是问他,是否已经与更多的潜在顾客、生意相关人群建立了联系,让他们来给餐馆开张捧场。

他在制备餐食,但看起来有点恍惚出神。他还是像往常那般麻利高效,熟练地将牛油果切成小块,去掉辣椒种子,将酸橙挤汁淋在虾肉上,做成一道开胃前菜,但他的心在别的什么地方。终于,他酝酿好了他想说的话。

"丽莎,我惹恼你了,对吧?"他问。

"没有,当然没有。"

"你确定？"

"这个，我显然很确定。你为什么有那种想法呢？"

"我也不知道。你变了。你不给我电话。你也不带东西来吃了。我不知道你这样做是不是在对我传达什么……"

"比如说呢？"

"比如说你很生气，要我滚开，诸如此类的？"

"但我为什么要那样？你请我来吃晚餐，而且我也来了。我觉得挺享受。"

"啊，那就好。就像感觉我已经……"

他看上去完全满足了的样子。

"没事的。那么，那就是个不成问题的问题。"她愉快地说道。

"丽莎，我的意思是说，我珍视你的价值。我们不是什么穿一条裆裤之类的交情，但我真的很感激你所做的一切，帮我开始起步……"

他暂时停住了。

她期待地看着他，但不想帮他把话说出来。

"所以，我就想，我恐怕我们之间存在着一个误会，你知道吧。"

"不，我不知道。什么样的误会呢？"

"嗯，就是，那个，或许你在这里面理解到的意思比实际有的要多。"

"什么的里面？安东，你说的话就像一堆符号。"

"这个嘛……好吧，就是在我们的关系里面。"他终于摊牌。

她感到椅子下的地面滑脱了一般，她必须努力挣扎着才能稳住自己，让说话的声音保持正常。

"我们的关系挺好的，不是吗？"丽莎说道，仿佛听到自己的声音是从很遥远的地方传来。

"当然。只怪我自己荒唐了。我的意思是说,这不是一种承诺或诸如此类的……不是那种排他性的关系。"

"可我们一起睡了。"丽莎生硬地说。

"是的,当然,我们睡了,以后也会再睡的,但我从没问过你上课后跟谁喝咖啡啦,也没问你在夜校的任何事……"

"没有,你的确是没有。"

"所以你也不要问我去哪里了,见了谁谁谁……"

"好的,不问,只要你不想我去问。"

"唉,丽莎,不要这么固执。"

他现在毫无疑问是在皱着眉头了。

嘴里的食物尝起来像一团团的烂纸板。丽莎难以吞咽。

"要不要来杯玛格丽塔,龙舌兰鸡尾酒?你吃得太少了,像小鸟啄食。"安东假装出关切。

丽莎摇了摇头。

"那还是开心点吧,我们来谈谈餐馆开张。四月让她那边的所有人都在忙着这件事。"

"既然如此,还有什么好谈的呢?"她知道这话听上去挺幼稚,不满之意过于明显,但她无法控制自己。

"唉,丽莎,不要变得像个怨妇好不好。拜托你了,丽莎……"

"这份,就如你所说的,关系,对你有什么意义吗?到底有没有一点意义?"

"当然有。但我眼下承受着巨大的风险。这个新事业就譬如玩杂耍,同时在空中抛接十二个球,而且是在一个严苛评审团——那些借钱给我但随时准备追债的家伙们——面前现场表演,假如我失败了,摔个嘴啃泥,那怎么办?一想到这个,我就吓得屎都拉不出。我根本没有*时间*去考虑任何严肃的事情,比如……你明白的……那些持久的事情。"

他看上去迷惘又困惑。

她犹豫了。"你说的没错。我恐怕只是累了,紧张过度了,因为我做的太多了。我想我 还是来杯玛格丽塔吧。可以在杯口边缘抹点盐吗?"

他的情绪立刻开朗起来。

住在凯蒂和加里楼上的那位神父或许是对的,男人确实简单愚蠢。要取悦他们,你不得不表现得也同样简单愚蠢。她压制住了自己恐慌的心绪,而得到的回报就是安东那一个迷人的微笑。

夜校课程进展顺利。丽莎对学习内容的兴趣,事实上已远超她自己预料的程度。她意识到自己领悟得很快。

诺尔告诉她,不管理解和掌握任何概念,她都是这个班中最快的。他则感到自己学起来很慢,甚至都想半途而废,但他目前所做的工作是那么的沉闷沮丧、枯燥乏味,而且他又没有任何资质证书,所以拿下这门课程就很关键,那将会给他必要的信心和职业能力。

她是在课后喝咖啡的间隙了解他的。他说,来夜校上课和互戒协会的汇报会是他每周仅有的社交活动。

他是个温和又安静的人,从不问很多有关丽莎个人生活的问题。正因为这个,丽莎才告诉他,她的父母总是看上去彼此厌恶的样子,她实在无法搞懂父母为什么还待在一起。

"也许,是害怕碰上比现在更糟的生活吧。"诺尔忧郁地说道。丽莎表示认同,这个看法也可能很有道理。

他有一次问她是否有男友。她实事求是地回答说,她爱着某个人,但那份感情有点麻烦。对方不想稳定下来,怕被束缚,所以她真的不是很清楚自己处在什么状态。

"我猜想,这事会自行解决的。"诺尔说。不知怎的,这话在丽莎听来相当令人安慰。

某种意义上来看,诺尔说的没错。事情在一定程度上自行解决了。

丽莎现在如果去安东那里,都会在动身上路前就让他事先知道。对他所做的每一项工作,她都表示关注。四月参与任何事务,她也不再多加评论。取而代之的是,她专注于为开业前夕的派对准备,以最机智最醒目的图案效果来设计酒会的请柬与通告。同时,她盘算着要成为活动现场最吸引眼球的焦点。

买新衣服穿是根本不可能的了。她没有闲钱去购置一套礼服。她向诺尔吐露了这一烦恼。

"这个有那么重要吗?"他反问。

"一定程度上是吧,因为假如我觉得自己看上去很精神,实际表现得也会更好。我知道这听起来挺荒谬的,但去参加派对的很多人惯于以貌取人,多多少少会先敬罗衣后敬人的。"

"那他们肯定是疯了。"诺尔说,"他们怎么能不注意到你这个人本身?你看上去可是令人惊艳啊,个子高,相貌漂亮——还有那头发……"

丽莎目光锐利地看着他,但他明显很坦诚,是在说实话,而不是在试图恭维她。

"我也确信他们当中有些人是疯了,但我在这里跟你已经非常坦白了。我没有新衣服穿去酒会,真的很头疼。"

"我并不想给你建议这个,不过,去旧货店淘淘,你觉得怎样?我堂姐有时就在一个这样的店里帮忙。她说那里还经常能收到大品牌的衣服呢。"

"带我去看看。"带着一丝渺茫的希望,丽莎说道。

莫丽·卡罗尔手里恰好有一件晚礼服是丽莎的完美选择。长裙是红色的,下摆这一圈装饰着蓝条丝缎卷边。这颜色正好是她设计的安东餐馆内饰与标识所用的色彩组合。

莫丽说这件衣服简直是为她量身设计的。

"我的时尚品味是不是很好。"她说,"但我敢说,你穿着这个,肯定会让人家驻足欣赏的。"

丽莎愉快地笑了。它看来*确实*很好看。

凯蒂款待她,洗头吹干造型全套奉送。丽莎心情大好,神采奕奕地来到餐馆参加派对。四月在那里,以一种俨然主人的姿态迎候宾客。

"裙子很漂亮。"四月对丽莎说。

"谢谢。"丽莎回道,"但这是古着了。"紧接着,她去找安东。

"你看起来可真美。"第一眼看到她,他便说道。

"今天这个晚上可是属于*你*的。情况怎样?"丽莎问道。

"唉,为这些法式开胃小菜我都忙活两天了,但你可别以为这是属于我的一晚。四月觉得今晚是她的,她才是中心。她坚持要出现在每一张照片里。"

就在此时,一位摄影师向他们走过来。

"请问这位是?"他问道,一边向丽莎点头致意。

第四章

"这是我才华横溢的设计师,丽莎·凯利,这里的室内风格由她打造。"安东立刻回应道。

摄影师在采访本上记下了这个。丽莎利用眼角的余光能看到,四月脸上有不悦之色。她于是笑得更为开心一些。

"你真是光彩照人,知道吗。"安东这样公开地赞赏丽莎,"你甚至还穿出了我们餐馆的色彩。"

她享受着这份赞美。她知道,以后会有些时刻,她将在脑海中把眼下的这幕场景反复地重演。但她可不能单单只惦记着自己和这条长裙。如此结果,其他人也有贡献。

丽莎于是在心里为诺尔和莫丽·卡罗尔祈福。这件礼服几乎没花她什么钱,却让她成了在场最优雅的女士之一。更多的摄影记者来到近前给她拍照。她必须摆出一种姿态,就仿佛是不愿出风头,要将人们的注意力从她身上转移开。

"今天来的人可真多。"丽莎说,"你希望来捧场的那些客人全都到了吧?"她能看到,房间另一头的四月已经有点恼羞成怒,耷拉着脸,就如吃到了酸柠檬。"我当然不该独占着你。"她加了一句,然后从安东身边走开,去加入其他客人形成的小群落寒暄周旋。她知道他在她后方看着。

米伦达稍微有点喝高了。

"我认为全场比赛,每一盘,还有每一局,都是你的,丽莎。"她说道,身体摇晃不稳,说话也是。

"什么意思啊?"丽莎故作天真地问。

"哦,我认为你打败了四月,她成了也跑了的……"

"什么?"

"你不懂吗,这是赛马中的说法。有跑得最快的马,是胜利者,另外的就叫也跑了,是说它们没赢,是陪跑的。"

"我知道*那*是什么意思。"丽莎说,"可*你*说的是什么意思?"

"我觉得,安东·莫仑的全部注意力都放到你身上了,一点没分心。"米伦达说道。要表达的意思是那么复杂,要把这话说出来是那么费力,所以她讲完赶紧坐下了。

丽莎笑了。她现在该干什么呢?要争取逗留到四月走掉之后,还是自己早早离开?尽管挺不容易做到,但她下定决心提早离开。

安东的失望对她的灵魂来说就是蜜糖。

"你怎么说要走?我还想着派对结束你会跟我坐下来谈谈的,好好来个分析总结什么的。"

"别瞎说了!你可是有很多人陪着的,比如说,四月就是一个。"

"哎呀,老天,放过我吧。丽莎,你救救我。她只会跟我谈新闻报道版面、专栏广告篇幅之类的,还有她的生物钟。"

丽莎大笑着说:"不会的,安东,她当然不会那样的。回头见。记得给我打电话,告诉我事情的新进展。"

然后她走了。

巷口有台公车停了下来。她跑几步赶上了车子。车上全是面容疲惫的乘客,他们辛苦工作到很迟才回家。穿着漂亮的长裙和高跟鞋,她感觉自己像一只色彩缤纷、美丽轻盈的蝴蝶,而周围的人看上去是那般地灰头土脸、单调沉闷。她喝下了两杯鸡尾酒,她所爱恋的那个男人说她光彩照人,还求她留在那里。

而现在只是晚上九点钟。她是个相当相当幸运的姑娘。她一定不能忘记这一点。

第五章

对丝黛拉·迪克森来说,时间是在飞逝而过。每天,精确到每一天,都有那么多的事情要应付。有一个律师要面谈,有医疗主管部门的一位护士来巡视,另一位护士——这次是手术室派来的护士——来跟她讲解生产的过程(尽管丝黛拉根本不会对此有任何感受或反应,因为她到时会非常非常忙——护士就是这么说的)。她一旦被打了麻醉,所能意识到的还有什么呢?无非是身边的隔离帘。既然她现在还在病房,就不得不努力去处理各种事务。

她的医生迪克兰·卡罗尔定期来查房。她问起他妻子的情况。

"也许,小家伙们会相互认识的。"有一天,丝黛拉带着悠悠的神往之情说道。

"也许吧。这件事我们还需要安排一下。"

迪克兰是位开朗风趣的年轻人。

"你的意思是说,你要去安排啦,到时就看你的了。"丝黛拉微笑着说,而她的笑脸让迪克兰心碎。

对诺尔来说,每天的时间也不够用。他天天都去参加互戒协会的汇报恳谈,因为那种念头——大部事情在喝下几品脱啤酒或三杯威士忌后便可迎刃而解——还顽固地停留在他的意识深处。任何空余时间,只要他不在豪氏煎熬度日,也没去参加那"十二步骤"戒酒心得谈,也没有忙着抓紧夜校课程的学习,他都用来上网,搜集有关哺育新生儿的常识和建议。他已经搬入栗树街运动场的新住所,为一个小婴儿的到来进行着各方面的准备。

他不禁开始疑惑,自己以前怎么会找到那么多闲工夫去买醉的。

"也许,我差不多都搞定酒神了吧。"他满怀希望地对马拉奇说道。他第一次去互戒协会认识的这个人,现在是他的戒酒搭档与监督员。

"并不是我故意要显得悲观,但在戒酒初期,我们都曾有过这种感觉。"马拉奇提示他保持警醒。

"其实不算是初期了吧。我已经三周滴酒不沾了。"诺尔骄傲地说。

"你做得挺不赖,而我,都戒了四年了,但如果生活中有什么事情搞砸了,出了大麻烦,我还是太清楚不过,自己会*想要*去哪里寻找解决的办法。那似乎能解决一切问题,但可惜只是维持几个钟头而已,然后就不得不一切从头再来……就像第一次那样困难,但同时也只会更艰难……"

对布莱恩·弗林来说,时间也在飞逝。他已经完全适应了新的居住环境,甚至开始恍惚认为他长久以来一直都是住在一间生意繁忙的发廊楼上的。加里每月给他剪一次头发,让他那原本纷乱缠杂的灰黄色的头发柔顺下来,保持合理的造型。他们还说,他比任何安保公司更好:他住在这里——这一事实就足以给潜在的闯入者带来威慑。

每天上午,他都出门去他就职的移民中心工作。从楼下店堂经过时,他会不时遇上很多女士。这些女人们都衣衫凌乱、形貌不整,只是程度各有不同。神父于是暗自惊奇,在这份美的事业中,女人们怎么能忍得下如此多的苦和累。他会跟这些"受难者"愉快地打招呼,而凯蒂总是向客人们这样介绍他:神圣的楼上房客。

"布莱恩,你干脆在这里服务吧,听听她们的忏悔,只不过,我担心她们向你告解的小秘密会让你就像触了电般震惊的。"凯蒂开心地打趣道。

但在另一方面,她又发现,在经济不景气的年头,女人们反倒比从前更执着于做头发。某种意义上,这大概有助于她们保持理智吧,让她们有种事态尚未失控的感觉。

对丽莎·凯利来说,时间是在缓慢爬行。

她发现,为安东餐馆所准备的设计方案,现在很难做出什么最终决定,因为决定了就意味着要花钱。虽然餐馆已经开业,而且每晚生意好到爆棚,但餐具上是否要用到她提供的新标识和样式风格,依旧还没定论。她暂时只专心于夜校的功课,也不时向诺尔施以援手。

诺尔已经有了些惊人的转变。一开始,丽莎认为他抚养幼儿的计划完全是空想。她相当确信,他根本没法同时应对这么多头绪:日常工作、夜校课程,还有个新生儿。让一个人去对付这么多事,肯定超出了限度,尤其是诺尔这样一个软弱又内向的人。然而,她的看法现在开始有所改变。

诺尔让她感到惊讶,而且在某种意义上她几乎要妒忌他了。他对手头上的所有事情都非常投入。对他而言,一切都是新的。他面对的是全新的生活,而丽莎则觉得自己的世界更多程度上还是老一套。诚然,诺尔的父亲身份还只是理论意义上的,因为那小东西尚未出生。但他在尽其所能地准备去当爸爸。他那课堂笔记的边上总是潦草地写着一份份清单:尿布疹膏霜、婴儿擦湿巾、棉片,诸如此类的,还有,四只奶瓶、奶瓶刷、奶嘴、消毒清洁液……

丽莎的父母继续着那种冷冰冰的、彼此漠不关心的生活模式,同住一屋但分睡不同的房间,没有餐桌上的家常谈笑,也没有任何家庭娱乐。对丽莎本人和她的生活,他们毫不关注;凯蒂在发廊那边与加里过得怎么样,他们也同样不予关心。作为一对夫妻,他们之间存在着的并非彻头彻尾的敌意,而是漫不经心的冷漠。假如一方走入某个房间,起到的效果就是让另一方从房间中离开。

看起来,安东不是丽莎所能搞定的。她无法让他做出承诺。安东一会儿参加这个发布会,一会儿又参加*那个*推销会,一会儿出现在*这个*电视节目中,一会儿又出现在*那个*电台的访谈中。几周时间过去了,她都没有跟他单独见过面。酒会上她和安东在一起的那些照片,已经让位于更新的图像:安东在不同场合下与数量不一的美女们的合影。只是,如果他真的有了什么新女友,她应该会有所听闻的。那样的消息应该会出现在本城的星期日小报上。安东自我宣传、增加媒体曝光度的方法是这样的——他请专栏记者和摄影师们免费喝酒,而他们的镜头总喜欢抓拍安东与几个美女混在一起时的场景,而这些照片给人的印象就仿佛是他应接不暇,要在这众多女人当中有所抉择似的。

丽莎提醒自己,种种迹象看来,似乎也并不是他甩了她或忽略她。安东没有哪一天不发至少一条短信过来的。有时他会说,日子过得太忙碌了,要么就是告诉她餐厅前一晚请了个摇滚乐队来演出,要么是说那里将承办一场婚礼——男女双方还有点名气,要么是说将举办慈善拍卖会,或者有新的试吃菜单,或者是弄了个法国布列塔尼地区特色菜推广周。但没有任何地方提到丽莎或者她的设计与店堂形象方案。

然后,就在她打算接受现实,承认他已离开她之际,他又发来短信,说了解到翁弗勒尔古城那里有间美丽迷人的餐厅,出品的海鲜与贝类好吃得让人死而无憾,他们一定要挤出点时间,悄悄溜去过一个纵情享乐的周末,很快就去。但他没有确定具体日期,只说了"很快"就去。当她开始猜测这个"很快"的意思是"遥遥无期",他的短信又说下个月在巴黎有个餐饮行业展会,他们两人可以一起去参观,捕捉一点美食创意,随后便奔向翁弗勒尔。在法国期间,他们或许能灵感大发,为自己的餐馆构思出一整套诺曼底主题佳肴季的计划。

丝毫不夸张地说,这样的日子是令人不安的。

其他进一步的设计工作,丽莎看来是不能继续去做了。她只是在不断修改此前已经为安东准备好了的设计提纲。而那些设想,还从未被讨论过,甚至安东还从未明确表示知道丽莎做出了这些努力。

她在夜校的学习倒是顺风顺水。当然了,完全不像诺尔的那种状况。那个男生就仿佛是疯魔附体了一般。他说他每天竟然只睡四到四个半小时。他还对此一笑置之,说等新生儿到家,他的睡眠时间很可能会更少。但他是那样平静,对这一切全盘接受。

"这个丝黛拉,你爱她吗?"丽莎问他。

"我觉得爱这个字眼太强烈了。我很喜欢她。"他这样回答道,尽力显得诚实。

"那她肯定是爱过你的,所以才让你照管后事。"丽莎说。

"我不认为她爱我。我想她只是信任我。就这回事。"

"不过,信任已是生活中很重大的一部分。如果你信任一个人,那就差不多有一半是爱了。"丽莎说。

"你说过的那个安东,你信任他吗?"

"不能说真的信任,"丽莎说,但她脸上的表情使更进一步对话的大门被关上了。

诺尔对此也无意刨根问底。再说了,他还要赶去医院看看。已经没几天了,丝黛拉将接受剖腹产手术。而据各方面的说法来看,她不可能在手术之后存活下来。

三天后,迪克兰·卡罗尔在产房里握着菲奥娜的手,她正挣扎着呻吟哭喊。

"老婆,你真棒。只要再来三下……就三下子……"

"你怎么知道只要三下子?"菲奥娜大口喘气,脸红红的,头发湿漉漉地贴在前额上。

"相信我没错,我可是医生。"迪克兰说。

"但你又不是女人。"菲奥娜说,一边咬紧了牙,准备再一次用力。

事实证明迪克兰说对了——确实只再来了三下,然后儿子的头就出来了。迪克兰松了口气,带着欣慰与幸福喊出声来。

"看,儿子!"他把婴儿放到妻子怀中。他给母子俩拍了张照,然后一位护士给一家三口也拍了照。

"等他长大了,他会讨厌看到这丑照片的。"菲奥娜说。

那婴儿,乔尼·帕特里克·卡罗尔,发出一声啼哭,对妈妈的话表示赞同。

"只会讨厌一阵子吧,然后他就会喜欢的。"迪克兰说。他这么说可是有过切身体会的——他妈妈就曾在她所工作的洗衣房中,把他的照片展示给纯粹是陌生人的顾客们看。

迪克兰离开圣布丽吉德医院的产房去往肿瘤病区。他知道丝黛拉什么时候将被推去做手术,他打算到现场给她提供一点精神支持。

医护人员正要把她安顿到推车上。

"迪克兰!"她叫道,挺愉快的样子。

"我肯定要来的,祝福你一切顺利。"他说。

"诺尔你认识的。这位是他堂姐艾米莉。"

丝黛拉完全放松了,仿佛她是在参加派对,而不是要去走完生命的最后一程。

迪克兰已经认识艾米莉了,因为他也参与了旧货店的集体工作,而艾米莉则更是经常定期出现在那里。根据需要,她会站在入口前台充当接待员,或者煮咖啡,或者打扫场地。她在店里的职责从未确切地被规定过,但有一点大家都很确定,那就是没有她的话,店铺就会关张大吉。时不时地,她还在洗衣店里给迪克兰的妈妈帮忙。没有什么活儿在她看来是低贱卑微、会拉低她身份的,而她实际上竟有艺术史的专业学位。

他们正站在一幅画前,等着丝黛拉被推进手术室。他试着去想有关艾米莉的事,使自己专注于生活现实,而不去想即将失去这生活资格的丝黛拉。

"迪克兰,你的孩子有什么最新消息?"丝黛拉问。

刚刚降生的儿子为迪克兰带来巨大的幸福感,但他却抑制住兴奋,决定向丝黛拉隐瞒此事。因为这个女人根本没机会见到她自己的孩子,跟她讲你的幸福,只会让一切更糟糕。

"没有,还没见动静呢。"他撒谎道。

"记住,他们要成为朋友的。"丝黛拉叮嘱他。

"哦,当然,说好了的。"迪克兰说。

就在这时,护士长走了进来。看到迪克兰,她便笑着恭喜。

"祝贺祝贺,我们听说了,生了个漂亮的男宝宝!"

他很是尴尬,就仿佛被猛然靠近的汽车前方炫目的灯光罩住了。他不可能否认儿子已经出生,也没法假装出惊讶的样子,因为同事们会知道,孩子出生时他在产房。

他不得不澄清这个问题。

"对不起,丝黛拉,我那样只是不想显得太得意。"

"没事的,你也从来不是那种人啊。"她说道,"生了个男孩!想想都为你高兴!"

"是的,但我们之前不知道是男是女,直到他出生。"

"宝宝一切都好吧?"

"感谢上帝保佑。"

然后,她被推出了病房,诺尔、艾米莉和迪克兰留在了身后。

十月九日晚上七点,弗兰西丝·丝黛拉·迪克森·林齐经由剖腹手术出生了。她个头小小的,但一切完好。她有十根细小的、完好的手指和十根细小的、完好的脚趾,完好的小脑袋上顶着一绺湿头发。她对身边的世界皱着眉头,小小的鼻子也皱巴着,然后张开嘴啼哭起来,仿佛之前的一切都已经让她受够了委屈。

二十分钟之后,她的妈妈死了。

诺尔把第一个电话打给了马拉奇,他的戒酒搭档与监督员。

"今天晚上,我不喝上一顿是没法过了。"他告诉对方。

马拉奇说他马上就赶来医院。在他到场之前,他请诺尔别离开,不要轻举妄动。

病房里的女人们充满同情。她们给他准备了茶水和饼干。在诺尔口中,饼干的味道就如锯末碎屑。

丝黛拉的储物柜上遗留有一小扎文件,用橡皮筋绑着。最外面的一张便签纸上写着"诺尔"。

他泪眼模糊地看这些文稿。其中有一个信封,上面写着"弗兰琪"。其他的都是事务性的内容:她对自己葬礼仪式的简单嘱托;她对弗兰琪抚养方式的遗愿——只要孩子本人觉得还能领受,就可以继续用天主教的信仰传统来养育她;还有日期标注是昨天晚上的一封短笺:

诺尔,你要告诉弗兰琪,我不全是一个坏妈妈。自从知道她要来了,我就开始尽力地好好活着,以免害到她。告诉她,我直到最后都满怀着勇气,我没有无能地乱哭或者崩溃什么的。告诉她,如果事情是另一个样子,你和我就会两个人一起照顾她了。噢,对了,我会从天上看着她、守护她的。谁能知道呢?说不定我真的可以。

再次谢谢你。

丝黛拉

诺尔眼中含泪,低头去看那小小的婴儿。

"小东西,你妈妈也不想丢下你走掉。"他小声说道,"她想留下来陪着你,但她不得不走了。现在只剩下你和我了。我不知道我们该怎么过,但我们能对付的。我们要相互帮忙。"

婴儿认真严肃地看着他,似乎在专注地理解他的话,似乎要把这些话记到她那小脑袋里去。

医生宣布说,弗兰西丝是个健康良好的小婴儿。她睡在她的小床上,有那么多人来看她:诺尔,她的爸爸,每天都来,还有莫伊拉·迪尔尼,那位社工,还有艾米莉,她还将查尔斯和乔希带来看他们的孙女——第一眼看到小婴儿,林齐老两口的心显然都软得要融化掉了。看起来,他们已经完全忘记了此前对婚前性行为的谴责,乔希还将婴儿抱到怀中,轻柔地拍打孩子的后背。

丽莎·凯利来过两三次,马拉奇也是。诺尔上班的商行那里,豪先生也来了。老头凯西甚至也来了。他说对他的酒馆来说,失去诺尔是一件令人伤感的事。年轻的医生迪克兰也出现了,抱来了他自己的儿子,正式介绍两个小婴儿认识。

布莱恩·弗林神父也来了,一起带来的还有凯文·肯尼神父。肯尼神父的腿还没好透,依旧挂着一根拐杖,但已经急于重新恢复他驻院牧师的地位。他好像略微有点困惑和不快,因为暂时替他执行使命的弗林神父竟然是那般受欢迎。看起来,医院的很多人都认识弗林神父,还直呼其名喊他为布莱恩——照肯尼神父的见解,这未免有点过于亲切了,不够体现他们神圣职业的庄重。那位不幸女士的怀孕,还有躺在近前、眼睛乌溜溜朝上看着的这个失去了母亲的小婴儿,事情全程的每一个步骤,弗林都明显介入其中了。

肯尼神父以为,他们来这里是要主持一个洗礼仪式,于是开始清了清喉咙,准备先讲讲技术方面的细节。

但,且慢,弗林神父快速反应过来,摆手阻断了他。别急,孩子的爷爷奶奶是极为虔诚的信徒,诸如此类的事情稍后会详尽讨论和安排。

查尔斯和乔希的邻居,穆迪·斯加利,来向新生命表达他的一份关爱。他说,反正这天他自己恰好也在医院有事情处理,于是就想到应该顺便来看看孩子。

终于,医护人员告诉诺尔,他可以把宝贝女儿带回新家了。这是个令人惶恐的时刻。诺尔意识到,他将不再是一个探视者,而是要对这个小小的人类生命担负起全部的责任。他怎么才能记得所有那些千头万绪、需要他去做的事情?假如他不小心失手,孩子掉地上了怎么办?假如她吃东西中毒了呢?他干不了这事,他没法对这个婴儿负责,让他来当爸爸是荒谬的。丝黛拉是疯了,她病得昏了头,她不知道她在干什么。必须有另外的某个人来接管,他们必须找到别的什么人来照料她的孩子——她的孩子,跟他什么关系都没有。他突然有了一种要逃跑的冲动,他要顺着走廊飞奔出去,冲到街上去,然后一直跑,直到医院、丝黛拉、弗兰琪连同所有这些人和事都消失,成为一个虚幻的记忆。

就在他的双脚正要开始转向门口之际,护士抱着弗兰琪到了他跟前。婴儿被裹在一块大大的粉色襁褓布中。

她脸朝上,信任地看着他。蓦地,诺尔感到一阵保护欲凭空奔涌而出,几乎要把他淹没。这个可怜无助的婴儿,在这世界上再没有任何其他人可依赖。丝黛拉将她毕生曾有过的最珍爱的东西,这个她知道她没机会活着看到的孩子,委托给了他。

极为紧张地,甚至几乎是胆怯地,他从护士手中接过婴儿。

"弗兰琪小乖乖,"他说,"我们回家吧。"

艾米莉说了,她会过来跟诺尔同住一段时间,协助他渡过难关,尤其是在这最为令人惊恐的初始关头。公寓里有三个卧室,其中两间的面积还算合理,另一间小的最终会让弗兰琪入住,对她而言也是足够舒服了。每两三天一次,社区的保健护士会上门指导,但即便如此,还是有很多问题。

婴儿纸尿裤上那颜色可怕的东西,是正常的吗?或者还是说明她有了什么问题?这么小的一个生命,怎么可能要一天换十次尿布?她的呼吸是否正常?他自己怎么敢去睡觉,万一她的呼吸停掉了呢?

婴儿的小睡衣上那些揿纽按扣,见鬼,真的有人能把所有扣子都正确地扣到位?一条毯子太多还是太少?他明白不能让孩子太着凉,但那些育儿手册上怎么又满是可怕的警告,说让孩子过于受热会如何如何危险?

给孩子洗澡简直就是噩梦。他知道要用胳膊肘去试试水温,但一位母亲的胳膊肘试出的水温会不会与他体验到的不一样?要让艾米莉也过来试试水温才行。

艾米莉忙个不停:洗衣服以及家用棉纺品,帮着准备奶瓶和冲奶粉,与诺尔一起看医院带回来的注意事项、育儿书,还有从网上搜寻幼儿喂养经验。他们要不时给小家伙量体温,确保家中存有尿片、擦嘴湿巾和新生儿配方奶粉,随时可满足需求。必备的东西是那么多,也那么贵。谁能悠闲地对付这一切?

怎么才能学会分辨哪种哭声表示小东西饿了、不舒服或者哪里疼?在诺尔听来,所有的哭声都一样:尖厉、刺耳、恼人,即使是最筋疲力尽之后的最深的睡眠也会被这哭声钻穿而入。没人告诉过你,夜复一夜地每夜起来三四次,会是多么的累人。这样熬了三天之后,他差不多都要因为极度疲乏而号啕大哭了。夜里喂过第三顿奶后,他抱着女儿走来走去,一边轻轻拍背让她打嗝排气(以防肠梗阻),他睡眼迷离,以至于撞到了家具上,差点站立不稳摔倒在地。

艾米莉发现他在扶手椅上睡着了。

"别忘了,你每周还必须去(育儿)中心的。"

"他们对我可不抱有多大期望啊。"诺尔说。

"他们对每个人都一视同仁。那里虽然被叫作'妈妈与宝宝之家',但也有越来越多的爸爸带着宝宝去活动,说不定往后也会有'爸爸与宝宝之家'的。"艾米莉说话很务实。

"不就是因为他们认为我有点风险吗?我过去的酗酒历史,不就是这些?"诺尔反问。

"不是这回事。你不要这么偏执。你可是个闪光的样板啊,让大家看到一个人可以完成怎样的转变,不是吗?"

"艾米莉,我对眼前的生活没底。"

"你当然会这样啦。其实我也是。但我们能对付的。"

"你可不要回美国,把我丢在这里孤军奋战……"

"我没那么计划,但我认为,你也应该为自己建立起某种生活体系,从最基本的东西开始做起。比如每周日去你父母那里吃顿午饭什么的。"

"我不确定……每周都那样?"

"哦,至少吧……过一段时间,你还应该向迪克兰和菲奥娜提议,每周定一个晚上帮着照看他们的儿子,好让他们能有个属于自己的夜晚。他们也会同样来帮你。"

"你这样说,听起来的意思可是很明确的,就好像你打算跳出这破船,所以你要我形成日常秩序,得到些支持,以后能支撑下去。"诺尔恹恹地说道。

"不要胡思乱想,诺尔。但你必须学会这个,就是没有我你自己也能应付。你很快就得独立处理这一切了。"

艾米莉一段时间内并没有回纽约的计划,但她必须实事求是,让诺尔得到锻炼,拥有自立的能力,也让这一场人生大戏恰当地启动并延续下去。

弗林神父找到一个福音合唱队,在葬礼弥撒上唱起了圣歌。弥撒的场地就是他工作所在的新移民接待中心的教堂。穆迪·斯加利的孙女与孙子,分别名为瑁德与西蒙的那对双胞胎,在教堂隔壁的礼堂中准备了简便的午餐。葬礼上没有郑重其事的老套演讲。迪克兰和菲奥娜在查尔斯和乔希旁边落座。艾米莉提着装了婴儿必需品的大包,而诺尔则抱着弗兰琪。孩子用毯子裹着,够暖和。

弗林神父在简短发言中回顾了丝黛拉那短暂又命途多舛的一生,令人动容。她解脱了,他说,但在身后留下了一份非常珍贵的遗产,大家,每个认识和关心过丝黛拉的人,将会来共同支持诺尔,帮他为那失去妈妈的小婴儿提供一个温暖的家……

凯蒂与丈夫加里以及姐姐丽莎也一起参加了葬礼。她最近才了解到,丽莎跟诺尔在同一个班上课,同时开始了那个课程。他们已经彼此认识,一起喝过一两次咖啡,丽莎知道这件事的原委。凯蒂于是希望丽莎能从诺尔那里学到一点什么——比如说完全有可能独立,摆脱那习惯的家庭安全港。她们家不是个适宜久留的健康的地方,凯蒂想到,但跟丽莎又说不通。姐姐漂亮可又经常不得安宁,一向如此。

凯蒂注意到,这一次,丽莎表现得不像以前那样疏远冷淡。相反地,她主动去帮忙做事,递送装了食物的餐盘,或者为人们倒咖啡。她跟诺尔交谈,说的内容也很实际,着眼于日常具体事务。

"只要我能做到,我就会帮你的。万一你不得不缺课,我可以把课堂笔记借给你。"丽莎说。

"大家真是太好了,"诺尔说,"比我预想中的更为友善。"

"这跟小宝宝也有一定的关系。"丽莎提示道。

"确实是这样。她可实在是太小了。我不知道我是否能够……我的意思是说,我笨手笨脚。"

"所有刚当爸妈的人,都是笨手笨脚的。"丽莎安慰他。

"那边的那人是社工莫伊拉。"他悄悄指给丽莎看。

"她那张小脸绷得可真紧。"丽莎说。

"那份工作本来就紧张吧,让人容易焦躁。她大概总是会碰上我这样的失败者。"

"我不觉得你有多失败啊。我反倒认为你是足够有勇气的,像个英雄。"丽莎鼓励他。

当社工,是莫伊拉·迪尔尼一直以来的心愿。很小的时候,她想过自己或许可以去当个修女,但随着年月更替,这个想法不知不觉间也改变了。首先来说吧,修女就已经变了。她们不再住在大大的、安静的修女院中,在清晨与黄昏时分颂唱赞美诗。鸣响的钟铃,投下神秘暗影、与世隔绝的隐修院回廊,已经不复从前。没有了那些美好动人的仪式与典礼,修女如今也或多或少成了社会公益人员。

莫伊拉来自爱尔兰西部,现在单独租住在一间小公寓中。刚来到都柏林时,她每个月都回老家看望父母。他们见到女儿就长吁短叹,唠叨她怎么还不结婚。她工作时打交道的对象都是穷人与流氓无赖,而不是有助于她自我提升的精英人群,这一事实也是父母叹气的常规理由。

他们叹了无数的气。

然后妈妈死了,莫伊拉回家的次数也没那么频繁了。现在,她每年只回去一两次,看看那摇摇欲坠的老旧农舍,而那里曾被她称作家。

她希望自己租住其中的那片公寓能有座小花园,但其他住户投票一致主张要有更多的停车位,所以房子外面环绕着的就是光秃秃的水泥地。她心想,少数服从多数,民主获胜,有意见也白搭,但她用了点心思,在窗台搞了盆栽花草,让邻居们颇为羡慕。她喜欢自己的工作,但也没有多少时候——如果确曾有过这样的时刻——能说是肯定无疑地喜欢。

诺尔·林齐这个男人,让她感到迷惑和疑虑。看起来,直到那个婴儿出生前几周为止,他对他自己养出个孩子这件事都一无所知。他与孩子的妈妈早就断了联系。然后,很突然地,他近乎在一夜之间就彻底改变了生活方式,加入一个"十二步骤戒酒法"小组,重新回到了学校读书,对他在豪氏公司的工作也认真起来。这些事情里的任何一件单独发生的话,都可以简单地理解为个人生活的新变化,但所有这一切加起来,而且与此同时还要照料一个小婴儿,这就不免显得荒诞了。

莫伊拉已经读到过太多的文章,文章中对社工服务表示忧心与义愤。因为有些社工失职,不能恰当地处理工作,连这一点都做不到——基本尽职,能让自己感到最低程度的心安理得。她知道那些批评文章会怎么写。他们会说,所有这些迹象一目了然,连瞎子都看得见。情况是很危险的,但社工们在干*什么*?她不知道自己为什么对眼下的这一个案如此确信,但那种不好的感觉就是盘桓不去。每一项需要审核的内容,都做了应有的调查也打了钩,相关的管理部门也都联系过了,可她仍然完全确信这里有些事不对头。

这个诺尔·林齐就是个麻烦,只不过还在等着时机罢了。他是一颗定时炸弹。

与此同时,丽莎·凯利也在想着诺尔的事。

她曾有一次跟妹妹凯蒂说过,如果她喜欢赌博的话,她会赌他一周之后就又会恢复酒鬼的日子,两周之后就会放弃夜校课程,至于照料婴儿嘛,在你还没来得及说要送去"寄养所"之前,社工们恐怕已经先上门行动了!

幸好,她没能找到接受此类赌局的投注站。

丽莎在一处园艺中心找了点事情干,但她的心不在那上面。任何时候,每当她在手头摆弄着花篮、喷水壶与盛开的向日葵之类的设计图案时,就会想到安东的餐馆。她发现自己正在纸上无意识地画着一位新娘扔出捧花的场景——就在这时,一个念头冒了出来。

安东那里可以举办婚宴,以此为经营特色。

那会是真正的社交名流般的婚礼。然后生意接踵而至,新人们要争破头才能预约到一个日子。那里有一个利用率很低的庭院,暂时只供食客当中的瘾君子们逃出去抽上一两根小烟。这一场地可以改造成一个永久性的户外婚宴棚,旁边装上一面镜子墙,可以映照出一片衣香鬓影、觥筹交错的景象。

周六中午餐馆休息,所以这就是举办婚礼的时间。宾客们在晚上六点之前正好离开。附近还有个叫作"爱尔兰眼睛"的歌厅,他们可以与酒吧安排好,在那里为客人们提供一杯啤酒或鸡尾酒,感谢他们出席婚礼,后继的庆祝活动因此可以与下午的婚宴衔接起来。新娘的父亲也能大大松口气,因为他不用再为整晚的香槟掏钱,而餐馆这里也可以直接进入"晚餐照常供应"的模式。既然一年只有五十个"安东餐馆新娘"的名额,那么就将产生激烈的竞争局面,然后才能决定谁将有幸出现在预订名单中。

这个设想实在是太好了,把这么好的主意只埋藏在自己心里,她可忍不住。

在近期发来的短信中,安东似乎挺烦躁的。当然了,至于去诺曼底的旅程,他还没法有个确切的日期。现在还不行,还在经济衰退期,暂不考虑。生意起起落落的,太不稳定了。房地产高潮期,每天都有成群的销售代理与拍卖师在餐桌边举杯庆祝又一桩交易的敲定,但那是过去的事了。悠闲愉快的工作午餐场景也没影子了。日子不好过。

所以,丽莎知道他会欣赏这个"结婚"创意的。但何时告诉他呢?

她要是有自己的住处就好了。那将会是完全不同的情形:安东可以在下午或向晚时分冒出来短暂停留,或者是更好的安排,他可以在晚上店里打烊后再过来,白天的事情全都放下了,能轻松地安睡过夜。以前跟安东一起过夜时,她总是住在为会展活动服务的商务酒店里,或者是去拜访什么特色餐馆之后,在附近的小旅馆住上一晚。去翁弗勒尔逍遥一番的那份希望支撑着她,让她坚持了几个星期,但现在看来,那不能被当作是什么八字有一撇的事了。不过,如果看到她为"安东新娘"这个营销概念所完成的一切工作,他肯定会很高兴的。那样,她将会再一次拯救他,而他会感激涕零的。

她没法再多等片刻。她今晚就要告诉他。今晚上完课听完讲座后,她要直接去餐馆那里。首先,她得先回家换一身衣服。当她跑去告诉他这个新创意,去详述这个将会让他的命运翻转,同时也会改变他们的生活轨迹。当她面对他时,她想要呈现出自己最美的样子。

在家里,丽莎走进自己的房间,将两条连身裙举高,在灯光下打量。第一件是黑红配色,有着黑色蕾丝的镶边;另一件是玫瑰粉的轻薄羊毛长裙,配有宽宽的腰带。黑红的那件性感,那粉色的那件更为优雅。黑红的那件稍微有点轻佻,但粉色的太易脏,有什么污痕就立马可见,那就需要拿去干洗。

她快速地淋浴了,穿上那条黑红连身裙,化了浓妆。

她到餐馆时,服务生领班泰迪看见了她,显得有些惊讶。
"丽莎,你可是这里的稀客啊。"他带着职业的微笑说道。
"尽忙着为这里构思经营的好主意呢,就是这个原因。"
她笑着应答。在她自己的耳中,这笑声听来显得尖厉、脆弱又虚假。她不怎么喜欢泰迪这个家伙。不管怎样,今晚她要为自己确立在这间餐馆的地位。安东将会看到她那个营销策略是多么聪明,多么出彩。跟他再次见面,解释她的新方案,她连丝毫的紧张都感觉不到。
"你要在这里就餐吗,丽莎?"
泰迪保持着一贯的礼貌,但同时又非常专注于他的本职。在他的生活中,没有任何含糊不明的余地。
"是的。希望你能给我挤出个桌位。我有点事要跟他谈谈。"
"哎呀,今晚满座了。"泰迪遗憾地笑着,"一个空位也没有。"
今晚在搞特价活动,他解释道,四人餐只要两人餐的价,如此促销是为了把安东餐馆的名声打出去。不用说,这是四月出的主意。

"今天这里直接爆满。"泰迪说,"连预订被取消的桌位,都有大把人报了名在等着。"

这可不是她跑来打算听到的消息。她来这里是要给他新策略,去扭转那螺旋式下跌的生意。

"但我真的需要跟他谈谈。"她坚持道,"我有个很棒的策略,可以吸引到新的业务。泰迪,你明白吗?"她继续说着,同时意识到自己的声音已经变得高亢尖厉,开始引起了其他人的注意。"他真的需要听听我的这些想法,如果你不带我进去见他,他会很生气的。"

"对不起,丽莎。"他坚定地说,"那根本是不可能的事。你看到了,我们现在可是忙得很。"

"我自己到后面厨房去,看看安东会怎么说……"丽莎不耐烦了,要往里走。

"我想那不行。"泰迪坚定地说,稳稳地走到侧边抓住了她的胳膊,"你为什么不明天打个电话跟他约一下呢?或者更好的做法,在这里预订个桌位。我们很乐意你再次光临的,我也一定会告诉安东你来过了。"

他一边说着,一边坚定地带着她往门口那边去。

还没等明白到底是怎么回事,丽莎发现自己已经站在外面的街道上了,她还往里回看着那些食客,而他们则呆呆地凝视着她,仿佛被催眠了。

她必须赶快离去。她原地转身,尽快逃跑——脚步在那过于紧身的裙子下能跨多大就跨多大。

终于能喘一口气了。她掏出手机想叫一辆出租车,但令人懊丧的是，她发现手机的电量全用光了。这个夜晚变得更糟糕了。

雨开始下了起来。

她走进屋子时，家里一片安静，但这跟平日也并没有任何不同。这里通常都没人说话，除非是凯蒂偶尔回来——她回家的次数很少。丽莎希望今夜家中一个人也没有。她也许是撞了大运。她走到楼梯口这里时，整栋房子里只有寂静，就仿佛它屏住了呼吸。

而这事就是在这时发生的。丽莎看到一个半裸的女人——在报纸中可能会被说成是"一个局部穿了衣服的女人"——从楼梯顶部的浴室走了出来，将手机抓在耳朵旁。她的长头发湿漉漉的，穿着件绿色的缎面吊带睡裙。从她的样子来看，身上就没穿别的了。

"你是谁？"丽莎震惊地问。

"我还想问你同样的问题呢。"那女人说道。她看上去既不懊恼，也不生气，甚至都不尴尬。"你来这里陪他？中介那里没告诉我啊。我以前可没见过你。他全是你的了。我正打电话叫车呢。"

"那个，你为什么在这里叫车？"丽莎幼稚地问道。

这女的可能是什么人？你经常也听说有些放肆的盗贼，他们无耻得很，闯入民宅后竟敢跟屋主当面对峙。或许，她是某个犯罪团伙的一员？

接着，她听到了父亲的声音。

"贝拉，什么事？你在跟谁说话？"父亲出现在他卧室的门口，穿着件便袍。看到丽莎，他很吃惊。"我不知道 *你* 会在家里。"他狼狈地说道。

"显然如此。"丽莎说。她伸手去开前门，手在颤抖着。

第五章

"她是谁?"穿绿绸缎睡裙的女子问。

"这没关系的。"他回道。

丽莎意识到这确实没关系。她是谁,或者凯蒂是谁,父亲从来都是无所谓的。

"是啦,你自己的钱花到哪里,用在什么人身上,我有什么好说的呢……"这个叫作贝拉的女人在她的绿绸缎睡裙下耸了耸肩,回身进了卧室。

丽莎与父亲相互看着,看了有那么一小会儿——但也觉漫长。然后他跟着贝拉再次走回了卧室,而与此同时,丽莎跟跟跄跄地离开了家。

诺尔觉得自己干得还不太差,他不由想到,丝黛拉或许会对他照料女儿所进行的努力感到高兴。他戒酒已经两个多月了。每周至少五次,他都去参加互戒协会的交流,万一去不了,他也会电话告知他的搭档马拉奇。

他把弗兰琪带到了栗树街运动场的这处公寓生活,为她建立起一个家。诚然,由于极度疲劳,他走动时如同僵尸,但他毕竟养活了她。而且,社区的保健护士看来认为小东西发育得挺不错。她睡在一张婴儿床上,就靠着诺尔。她一哭,诺尔便醒来,抱着她在房间里晃上几圈。所有的奶瓶和奶嘴,他都仔细消毒。他给弗兰琪冲奶粉,轻拍她的后背让她适当打嗝,为她换尿片。他给她洗澡,爱抚她,摇着她,哄她入睡。

每天夜里抱着孩子在卧室里走动时,他给她唱歌,唱每一首他能想得起来的歌,即使有些曲目太吵闹,不适合婴儿听。

"坐在海湾的码头上"……"我讨厌周一"……"让我来款待

你"……"纽约的童话"……任何一首歌的任何零碎片段,只要是他还记得的。

一天夜里,他无意之中发觉自己在唱《弗兰琪和乔尼》给她听。其中的歌词让他犹豫着停下不唱了,但刚一停,她又开始哭起来。于是他赶快又唱起来。为什么他就是不记得那些适合的摇篮曲的歌词呢?

他与那位社工莫伊拉·迪尔尼已经有过三次令人满意的会见,而社区保健护士伊梅尔达已经来探视过五次了。

他请的假已然到期,他即将回到豪氏继续上班。他对此并不期待,但养孩子的花费可一点不低,他实在需要那笔工资。他会先等一段时间,然后向老板申请稍微涨一点薪水。夜校的课程,他也在紧追慢赶。丽莎说到做到,给了他很大的帮助。他已经恢复了正常的学习进度。

他时时刻刻都感到累得够呛,但在街上或者在超市遇到的每个年轻妈妈也一样辛苦啊。他无疑是太劳累了,都没空停下来去想一下,自己对这一切是否感到快乐。那小宝贝需要他,而他必须对她呵护备至。整件事就是这么回事。况且,他的生活状态跟八周之前相比,肯定已经好得多了。

他把课本放到一边。公寓里很安静。堂姐艾米莉睡在另一个房间里,小弗兰琪在婴儿床上睡着了,就在他自己的床边。他向窗外看去,外面紧靠着栗树街运动场。夜已深,黑蒙蒙的,下着毛毛雨,一片岑寂。

他看到一辆出租车开过来停下,一位年轻女子下了车。形形色色的人,每个人各自的生活是多么奇怪啊!然后,没过两三秒,他听到自家门铃响了。到底是谁啊,竟然来找他诺尔·林齐,在半夜三更的这个时刻!

第五章

"丽莎?!"看到她的面容在这个时间出现在可视门铃的屏幕上,诺尔很迷惑。

"我可以进来待会儿吗,诺尔?我想问你点事情。"

"可能……嗯……我是说……孩子睡着了……但是,当然可以,进来吧。"

他按下按钮打开门禁。

她看上去愁眉苦脸的。

"我想你这里应该没酒?不不,对不起,你当然没酒的。我很抱歉。请原谅。"

她已经忘了这一点。这并不少见。一个从未有过酗酒经历的人,对戒酒这码事通常都是这样的态度:漫不经心,心不在焉,不以为然。

马拉奇告诉过诺尔,正是这种松弛的态度让他真正明白了自己的问题。朋友们都说他们可以喝酒,也可以不喝,忽略了酗酒者一直都躲不开的那种火烧火燎般的可怕的急迫感。

"可以给你弄杯茶或可可热饮。"他说道,强行遏制住心底的懊恼。她不知道。她永远也不会知道戒酒是什么样的感受。他不会就此失控而发脾气,但她来这里是要为什么呢?

"茶就很好。"她回应道。

他放上水壶,等着水烧开。

"诺尔,我回不了家了。"

"确定?"

"确定。"

"那,你打算怎么办?"

"我能在这儿的沙发上睡吗?求你帮个忙,诺尔。就只是今晚。

明天我会想点办法的。"

"家里吵架了?"

"没。"

"那你的朋友安东那里呢? 你跟我说过很多次的。"

"我去过了。他不愿见我。"

"所以我这是最后的希望,对吧?"

"是这样。"她凄凉地说。

"那好吧。"他说。

"什么意思?"

"我说了好的。你可以留下。不过这里没有女式衣服可以借给你穿。我的床也没法让给你,因为弗兰琪的婴儿床就在那里,再过三四个钟头,又要给她喂奶了。明天,我们都得早点起床。这里的日子可不是郊游野餐。"

"我会很感激你的,诺尔。"

"不用了。你喝点茶就睡吧。那边有张叠起来的毛毯。这些沙发靠垫,你拿一个当枕头吧。"

"你不想知道这是怎么回事吗?"她问道。

"不,丽莎,我不用知道。我没那份精力去了解那个。哦,如果你在我之前起来了,你会看到艾米莉,我的堂姐,她要把弗兰琪收拾好带到保健中心去。"

"嗯,我会多多少少跟她解释一下的。"

"没那个必要。"

"你们家人的相处方式可真好。"丽莎诚心诚意地表示羡慕。

她以为自己根本不会睡得着,但她睡着了,其间也有一两次被轻微地扰动了,蒙眬中她觉得听到了孩子的哭声。透过惺忪的睡眼,她看到诺尔在那边来回走动,怀里抱着个婴儿。她甚至都没有时间去想一下安东是在跟她玩什么心理游戏,或者家中发生的意外遭遇是否让她父亲感到了哪怕是丝毫的尴尬,因为她很快又沉沉入睡了。直至听到有人在她旁边的小茶几上放下了一壶茶,她才醒过来。

肯定是那位艾米莉堂姐,一位奇迹般的女士,在别人最需要她的时候如期而至。看到一个身穿红黑配色、蕾丝镶边裙子的姑娘在客厅沙发上醒过来,艾米莉似乎一点也不惊讶。

"你是不是要去哪里上班,或者有别的什么事要去做?"这位女士问道。

"不,不用,我不用去。我只要等着,等父母离开家,我就回去收拾我的东西,然后……给自己另外找个地方住。哦,对了,我叫丽莎。"

艾米莉看着她:"我知道,我是艾米莉。我们在丝黛拉的葬礼上见过。你父母什么时候出门?"

"到九点钟吧——正常的话,早上都会那样。"

"但今天恐怕不是个正常的情况?"艾米莉猜测道。

"是的,可能不怎么正常。你看——"

"诺尔走了有半小时了。现在是八点。马上我就要带弗兰琪去保健所,半途先到旧货店去一下……我不太确定怎么安排才最好。"

"我跟诺尔是老朋友,是在大学夜校班……"丽莎语塞了。

"噢,我知道那个的。"

"所以你出去时,就不用担心把我一个人留在这里,不过也许你可能不想……"

艾米莉摇摇头,似乎是要消除显示她心里有戒备的任何痕迹。

"不,实际上,我想着的是早餐的事情。诺尔给自己做了香蕉三明治,他会在去上班的路上喝咖啡。等给弗兰琪喝了牛奶,我要去旧货店那里开门迎客,我会在那里吃点水果和麦片之类的。我在想,你也许愿意跟我一起去店里。这样行不行?"

"艾米莉,这样安排非常好。我这就去很快地梳洗一下。"

丽莎跳起身,跑进洗浴间。她的样子看上去相当糟糕。妆容在脸上抹得乱七八糟。她看上去简直像个交了霉运的妓女。

也难怪艾米莉不想把她留在家里看管这间公寓。任何人,只要看上去像她丽莎现在这般模样的,别人都根本不愿让她去照管任何东西。丽莎或许可以在旧货店那里买点衣服,好一改身上这副放荡轻浮的样子。她洗了脸,简单冲洗了身体,然后将艾米莉拿给她的一件套头衫穿在连身裙外面。

艾米莉已经整装待发,她穿着一条很合身的绿色羊毛长裙,挎着一只巨大的手提袋。推车中的婴儿小小的,还不足一个月。她仰脸信任地看着这两个女人。实际上,她们与她没有任何的亲缘关系。

这个全无防御能力的小宝宝,今天要依赖说到底是属于陌生人的她们两个,艾米莉与丽莎,去度过一整天。想到这一点,丽莎心中掀起一阵巨大的暖流,那是对孩子的温暖柔情。她怀疑,当自己也这么小时,是否有什么人曾如此地关爱、呵护过她。答案可能是否定的,她黯然忧戚地想到。

这是丽莎有生以来所度过的最非现实的一天。对丽莎的个人处境,艾米莉什么都没问。取而代之的是,她赞赏地说起诺尔,谈到他在各个方面正在做出的极大努力。她告诉丽莎,她本人和诺尔对抚养小孩是如何一无所知,但借助于网上得来的育儿经,还有保健中心的门诊指导,他们干得好像也挺不错。

在旧货店,艾米莉找到一套暗棕色的裤子套装让丽莎试穿,相当合身。

"我身上只有四十块,还要靠它支撑这一天呢。"丽莎抱歉地说道,"而且,我可能会需要打个车,好把自己的东西搬出父母的房子。"

"不要紧的。你可以干点活,用工时费来顶衣服钱,不就行了吗?"在艾米莉眼中,没有解决不了的问题。

"工时费?"丽莎问道,感到困惑茫然。

"是这样,我带弗兰琪去诊所时,你照看着这个店铺,然后我们给她喂奶、换尿片,再推着她去散散步。接下去,你可以跟着我,我要在医疗中心短暂停留,随后我们走到圣加拉斯弯月道,我去打理那里的花园。如果弗兰琪小宝宝嫌烦了,你就推着她在附近转转。这就差不多是像样的一天的工作量了,抵充那套衣服的价钱,应该绰绰有余了。"

"可我还得去拿自己的东西,"丽莎申诉说,"而且还要找个住的地方。"

"我们有整天的时间来考虑这个的。"艾米莉不慌不忙。

于是,这一天便开始了。

丽莎从未在单个工作日中接触过这么多的人。她单独在家中的桌子边忙活时,在为安东设计的图案和样稿上这里修修那里改改,经常几个小时都不跟另一个人说话。艾米莉·林齐则过着与她截然不同的生活。

她们离开店铺,去到诊所,给弗兰琪称了体重。保健员宣布,重量数据令人满意。之前约好了要去见社工莫伊拉的,但等她们到了那里,才听说有电话把莫伊拉叫走了,去处理一个突发情况。

"这可怜姑娘的整个生活,肯定就像一个长久的突发事件。"

她们白跑了一趟,但艾米莉并未因这次完全多余的拜访而抱怨,反倒是对莫伊拉挺同情。日程中的下一站是医院的外科办公室。艾米莉在那里收齐了一摞的文件,她对医生们愉快地说道:

"这位是丽莎。她今天来给我帮点忙。"

他们都朝她点头致意,表示认可与欢迎。没有其他的说明或解释。真的非常平和,令人惬意轻松。

看着弗兰琪,丽莎想道,这是个漂亮的宝宝。当然了,养孩子很辛苦,但孩子本来就不好养,不是吗?或者最起码说,人们原本就假定了小孩子不容易照料。眼前这个小宝贝享受着关心和爱护,而婴幼儿期的她自己或者凯蒂呢?大概连这样的一半都不曾得到过。

艾米莉给过会儿就要来医院的哈特医生留下了一包东西。哈特最近才退休,虽然不干全职了,但每周还是在外科当一天班,替补休假的同事。艾米莉发现他不会做饭,而且看来也没多大热情去学烹饪,所以无论她和诺尔前一晚做了什么菜,她都总是为哈特留一份。今天的菜单上是烟熏鳕鱼、鸡蛋菠菜馅饼,以及关于如何重新加热这餐饭的食用技术指南。

"很明显,这是那个帽子一星期中吃的唯一一顿饭。"艾米莉说道。她对他的饮食状况不甚赞同。

"帽子?"

"是啊,他就叫这名字。"

"是什么名字的缩写或简称吧?"丽莎有点好奇。

"我从没问过那个。我觉得那是因为他好像日日夜夜都戴着一顶帽子吧。"艾米莉说。

"夜里也戴?"丽莎问,不由得笑出声来。

"那个嘛,我就无从得知咯。"

艾米莉饶有兴味地看着丽莎。丽莎随之意识到这是今天以来第一次,她终于让自己充分放松到能开心微笑的程度,更别说竟然还出声大笑了。此前,她一直像个握紧的拳头,绷得死死的,无法去思考一下她所知道的那唯一一个家庭和她所爱的那唯一的男人——去把这两个问题想清楚。

"你说的有道理。现在去哪儿?"丽莎打定主意,要保持开朗快乐。

"我们可以先停下来吃午餐,回家弄点东西吃,把弗兰琪送给她奶奶照看两三个小时,然后我可以处理这一摞文件,先做个开头工作。我会叫腚狗·达根开车载你去搬运你那些东西。他可以用旧货店的小货车。"

"嘿,艾米莉,等一下,不用这么急。我还没找到住的地方呢。"

"哦,这倒也是,但你会找到地方的。"艾米莉显得非常有信心,"一旦做出了这样的决定,你就不想拖延的。"

"可你还不知道情况是多么糟糕。"丽莎说。

"我知道。"艾米莉说。

"你怎么会知道呢?我甚至连诺尔都还没告诉过。"

"你半夜跑到栗树街运动场这里,那肯定是遇到了非常糟糕的事情。"艾米莉说,但然后看似对此又失去了兴趣。"我们为什么不去市场那里,看看他们有没有鸡肝卖?我们还可以买点蘑菇和大米。今天晚上诺尔有课要上。他需要好好吃一餐,才能坚持那么久。那个,不用说,你是知道要上课的,要带上你所有的论文和资料,带上所有的东西。"

"哦,不行,今晚我上不了课。天都塌下来压在我身上了,世界都崩成碎片把我埋了。我没时间赶去上课!"丽莎叫了起来。

"天塌下来的时候,才正是我们必须行动的时候。这个,总是没错的。"艾米莉说,仿佛这是不言自明的道理。"午餐你想吃点什么,烤土豆和奶酪怎么样?我发现这个能量很高,能让你精力充沛,以后几天你都会需要的。"

"烤土豆挺好。"丽莎勉强地回应。

"这就好。那么,我们动起来吧。去过市场之后,我们要去巡查花园。圣加拉斯弯月道那里的花园各不相同,需要的东西也多种多样。你能否准备好纸和铅笔?我想让你记下我们都要置办些什么。"

丽莎禁不住好奇,拥有这样一种生活——每个人在一定程度上都要依赖你,但实际上又没一个人爱你——将会是什么样的体验。

腚狗·达根说他当然可以开车载着丽莎去搬家。但要把东西搬到哪里呢?

"这个,我们吃午饭时会讨论的。"艾米莉解释道,"等我们去找你,就会告诉你。"

这一切事情所发生的那种速度,让丽莎几乎感到晕眩。这位头发卷曲、忙得脚不沾地的小个子妇人,几乎不费吹灰之力就把她牵扯进了一连串的行动之中,而且在任何时段都未曾暗示过要她解释一下家中的情况以及她为什么被迫逃离家庭。

这个艾米莉对这些都不管不问,径直来到了市场,在每一个摊档前都讨价还价,似乎乐在其中。她好像谁都认识。然后她们推着婴儿车走过圣加拉斯弯月道。丽莎将待办的事情一一记下:需要增加的植物;

挖除野草；修补围栏所要购买的油漆。这里的有些花园维护得很好，达到了专业水准，有些则无人过问。但艾米莉定期的巡查和巧妙的打理让这条街有了一种舒服、安逸、稳定的气氛，一切显得井然有序。丽莎才刚刚开始领会到这其中的美好感受，她们便已到了诺尔父母的房子门前。再一次地，丽莎不由得惊叹于艾米莉的速度。

艾米莉干净利落、简明扼要地介绍双方认识。

"查尔斯和乔希都是很好的人，丽莎。他们整天都在做善事，正忙着建立一个基金来给圣人加拉斯在这一带立起一座雕像。这样的庄严事业很耗精力，我们当然不会耽搁他们很久。这位小姐是丽莎。她是诺尔在夜校课堂上认识的好朋友，今天帮了我大忙，照料弗兰琪直到现在。乔希，来看看你这可爱的小孙女。她可等不及地要来和你团聚呢。"

"可怜的小东西。"

乔希把孩子抱到怀里，查尔斯也放下那块看上去就让人没胃口的三明治，脸上泛出振奋的光。

他们把艾米莉的房间里的一瓶红酒拿了出来。

"通常，只要诺尔在附近，我就不会喝酒，但今天情况特殊。"她解释道，"等你把东西都搬出来，我们吃午饭时再喝这酒。"

"确实够忙的，你一定是累坏了。"艾米莉说今天是个特例，丽莎还以为她是指上午那马不停蹄的一通忙碌。

"哦，不是说那个，那不算什么。"艾米莉纠正了她的误解，"我的意思是说，对我们所有人而言，今天是做出决定的特殊一天。喝上一杯酒或许非常有必要。"

在餐馆里,安东正规划着菜单,一边也提起了丽莎。"我最好给她个电话。"他闷闷不乐地说。

"你知道该具体说些什么的,安东。你口才总是那么好。"泰迪老练地表达了对老板的崇拜。

"这可不像说起来那么容易。"安东说道,拿起手机。

丽莎的手机关机了。他试着拨打丽莎父母家的固定电话。丽莎的妈妈接了电话。

"她不在家。从昨天起我们就没看到她了。"声音显得冷淡疏远,对女儿的安危一点也不担心,"她昨晚没回来,所以……"

"所以……什么呢?"安东对这个女人感到不耐烦。

"这个……也没什么,实际上……"她的声音渐渐变低了。"丽莎是个,你肯定知道的,是个成年人了。为她操心,最起码来说,是徒劳无益的。要我为你带个口信给她吗?"

丽莎妈妈的声音同时将冷漠与礼貌奇特地组合在一起。这样的语气让安东觉得恼怒。

"不用麻烦了!"他回道,随即挂断了电话。

丽莎的妈妈耸耸肩,不以为意。她正准备上楼,而此刻丈夫刚从前门进来。

"丽莎跟你说过话吗?"他开口问道。

"没有,我没看到她。有什么事?"

"她会的。"他说。

"会干什么?"

"会跟你说话。昨晚有个意外。我带了个年轻女人回来,但我没有意识到她会在家里。"

"那可真够美妙啊。"她的轻蔑鄙视都写在了脸上。

"她看起来很不安。"

"我想象不到为什么要不安。"

"她不像你这么淡然,对什么都无所谓——这就是原因。"

"她还没有永远走掉。我看到她房间的门开着。所有的东西都还留在里面。"

丽莎妈妈说话的样子就仿佛在讲一个偶然相识的泛泛之交。

"她当然还没永远走掉。你以为她能去哪里?"

丽莎的妈妈又一次地耸耸肩:"她最终会去做她自己想做的事情,就像每个人一样……"她说着,走出了屋门,而她的丈夫才刚刚进门不久。

"我们要把你的东西搬去哪儿?"腚狗问丽莎。

"如果可以的话,暂时先放在车里,可以吗?"丽莎说。这天上午遇到了这么多的人和事,她现在还感觉有些晕头转向。

"你打算住哪儿?"腚狗一根筋地继续追问。

"我还没最后决定。"

丽莎知道,这听起来像是她在回避对方的问题,但事实上她说出来的也是实话。

"那么,今天夜里,你计划把脑袋搁在哪里睡上一觉呢?"腚狗不肯善罢甘休,决意弄个水落石出。

丽莎真的觉得非常厌烦。"大家为什么叫你腚狗?"她被逼急了,没好气地问道。

"因为我在澳大利亚待过七个星期呀,"他骄傲地说道,"所以就成了澳洲野狗啦,那里也用这个词说坏蛋。"

"那你为什么又回来?"她必须让这个关于他的对话继续下去,省得腚狗又提出那些深刻的哲学疑问,来探究她的终极归宿。

"因为我在那里觉得孤单呀。"腚狗说道,仿佛这是世上最自然不过的事情,"记住我的话,你也会这样的。等你跟乔希和查尔斯住在一起,每天念上十遍玫瑰经,就会转头去怀念你自己的家了。你心里会又痒又疼。"

"跟查尔斯和乔希·林齐住一起?不,那是决不可能的。"丽莎说,有点恐慌。

"那么,等收拾好你的东西,我要带你去哪儿呢?啊,看,你家到了。"

"腚狗,等我十分钟。"

她下了小货车。

"艾米莉说了,我要跟你进去,帮你搬东西。"

"她是不是认为整个世界都要由她来掌管?"丽莎嘟囔道。

"也可以让别人来,但活儿会干得更烂。"腚狗乐呵呵地说。

腚狗没一会儿便装好了车。他在货厢里事先固定了一组挂架,只要把丽莎的衣服挂上去就行了。他还准备了硬纸箱,很熟练地将电脑和文件资料装入其中。另外的纸箱被用来安置丽莎的个人杂物。在这里住了半辈子,竟然也没有多少东西可供展示,丽莎想道。

房子里很安静,但她知道父亲在家里。她看到他房间的窗帘轻微地拉动过一下。他没有采取行动,没有走出来劝阻她,也没有试图解释她昨夜在家里看到的是怎么回事。某种意义上来说,这对她也是解脱,让她走得更轻松,可这也清楚地表明了,父亲对她的去留是多么漠不关心。

跟腌狗一起装车完毕时,她看到窗帘又动了一下。无论她自己的生活是怎样失败,跟父母的失败相比,就不值一提了。

她写了张字条留在客厅的桌上。

> 大门的钥匙放在这里。你们看到就会明白,我再也不回来了。我祝愿你们都过得好好的,当然了,也希望你们能有比如今更多的幸福。我没跟凯蒂商议过我的计划。暂时要先等等,直到安顿下来,然后我会给你们一个联络地址。
>
> 丽莎

没有爱,没有感谢,没有解释,也没有一声道别。她环顾这栋屋子,就仿佛此前从未见过。她突然意识到,这就是她妈妈看东西的方式——视而不见。

不久前,凯蒂还说过,丽莎正渐渐变成父母的那种样子,应该尽快离开那个家。她现在也极想告诉凯蒂,说她最终采纳了她的建议,但要等落实了住的地方才能跟妹妹讲。不管腌狗怎么猜想的,也不管艾米莉可能会如何劝导她,她都绝不能住在圣加拉斯弯月道,陪着查尔斯和乔希拜神。

丽莎回到林齐夫妇家。艾米莉问她搬家的整个情况怎样。没有任何的冲突或对峙,这让艾米莉也松了一口气。她还担心丽莎会跟父母交锋,说出些无必要的气话。

"我永远也不会再跟他们说一句话了。"丽莎说。

"永远,那可太久了。现在,我们来把这些土豆放进微波炉烤一烤。"

丽莎软弱无助地坐着,看着艾米莉在这个小空间中娴熟地走动。她完全成了这里的主人,这里也完全是她的家。忽然之间,丽莎感到一切都容易了,她可以顺畅地开口说话,去解释昨夜看到父亲召妓回家带来的震惊,去坦白自己终于意识到安东并未视她为生活的中心,去承认这个窘迫的事实——她成了"三无"人员:无钱、无家可归、无事业可谈。

丽莎用一种平缓克制的语调继续说着。她提醒自己不能烦躁不安。艾米莉身上也有一种气质能让倾吐内心者放松和信赖——她适时地点头,小声地表示认同。她偶尔提出的问题也带着恰到好处的聪明,而不是令人难堪的愚蠢。丽莎以前从来都没能这样自在地向人倾诉。终于,她的故事画上了句号。

"对不起,艾米莉,整个下午我都在讲自己的事情。你肯定还有别的安排。"

"我给诺尔打过电话了。他五点钟左右会来这里。我到时带弗兰琪回栗树街运动场,然后腚狗就可以立刻行动了。"

丽莎茫然地看着她。

"究竟是什么行动?我对这个可有些糊涂。你是在建议我跟查尔斯和乔希住吗?说实话,我真的不认为——"

"不,不,不。我还会在那边稍稍住一住的,不过谁知道以后会发生什么事呢?"

艾米莉的神态看上去似乎在说,情况已经足够明显,任何人都应该能看出那件"什么事"将会发生。

"好吧,这个……但是,艾米莉,我的全部家当还在外面腚狗的车子上呢。我这是要住到哪里?"

"我想你可以去栗树街那边跟诺尔住。"艾米莉说,"那或许就能解决所有问题……"

第六章

莫伊拉·迪尔尼十分尽职。她享有一个美誉,就是对最微小的细节都不会忽略。她办公室的文件归档极尽完美,可当作其他年轻社工的效仿典范。谁也没听到过莫伊拉唉声叹气地抱怨工作过重或配套服务匮乏。分配给她的工作,她就只管完成。

社工永远也不会有朝九晚五的常规作息。下班后,你也得随时预备着会接到电话,去问题家庭出访。在她最忙的时期,这种情况实际上经常发生。她的手机从不离身,而同事们也习惯了看到莫伊拉在和他们一起就餐时,或在做其他任何事情时因为接到紧急电话而起身匆忙离开。她对此不加计较,任劳任怨。做这一行,这种情况是必不可免的。

莫伊拉不分白天黑夜地为人们捡拾生活碎片,收拾残局。这些问题大都是因为爱情出了差错:婚姻破裂,孩子被遗弃,家暴成为家常便饭。这些人的生活曾经也充满了浪漫与希望,但处于美好时期的他们,莫伊拉无缘认识。如果没遇上麻烦,他们也不会出现在她的资料本中。好在,这并未让她变得极端,对爱情和婚姻都执拗地拒绝信任。她明白,那更多是时间与机遇的问题。

一天工作结束,莫伊拉已然很疲惫,没有精力或心情去夜店消遣。况且,即使她去了,也可能不得不在舞池中接听那些不期而至的电话,而来电则意味着她必须离场,去处理别人的问题。

不过,话说回来,她还是不反对能遇到个什么人。又有谁会反对呢?

她不算是美女,一头卷曲的棕色头发,身材略短粗,但也不丑。长相比莫伊拉平庸得多的那些女人们都已经找到了男朋友、情人、丈夫。肯定有个什么人在哪里等着她。一个悠游、平静而又不苛求的人,一个比她丢在身后老家的那些男人要平和许多的男人。

起初,每隔一两个月,她就回利苏安一趟。她乘坐周六的火车横穿岛国,再搭巴士坐到运营线路的尽头。第二天,她便原路返回。待在老家的大部分时间,她都在打扫房屋,试着去找出有哪些社会福利或补助是她的老父亲可以领用的。

一切都是老样子。自从她离家去都柏林上学,这么多年来,家乡的一切都还是这样。一切都未曾改变。

人们已经不太愿意再来到她家的老房子了。她的父亲也开始动不动就跑去肯尼迪太太家里。他给那个女人砍木头,作为回报,他可以得到一顿饭菜的招待。乡亲们都知道,这家的男人肯尼迪去英国找工作了。他或许找到了活干,也或许没有,但从那以后就再也没回来过,杳无音信。

莫伊拉的弟弟帕特没人管,任由其自生自灭。他在老家的小农场看着两头牛,给它们挤挤奶,还喂养着一群母鸡。周六的晚上,他就去利苏安村里喝上两三品脱的黑啤酒,所以莫伊拉跟他说话的时间就非常少。看到弟弟穿上干净的衬衫、在头上抹好润发油去完成每周一次的外出活动,她不禁感到伤心。帕特的生活中,没有出现任何与恋爱相关的迹象,而且那比她自己生活中出现爱情的可能性似乎更低。

关于个人生活,帕特什么也不说。一晚又一晚,他只是煎培根和鸡蛋充当自己的晚餐。一只又一只煎锅的锅底被渐渐烧烂。在这个逼仄狭小的农舍中,看来再也不会听到孩童的欢笑。

回到利苏安的老家,是一种孤独的感受,但莫伊拉掩饰了这份情绪,表现得坦然自若。关于她在都柏林的生活,什么都不能跟家人说。如果他们知道她接手过什么样的个案,一定会被惊呆的——比如一个年仅十一岁的女孩子,时常遭到亲生父亲的强暴,还悲惨地怀孕了;或者是被丈夫毒打的妻子;或者是一位酒鬼妈妈,去酒馆鬼混时,竟然把三个孩子锁在家里的一个房间中。这类事情在利苏安是不可能发生的,或者是迪尔尼父子无法想象到的。

所以莫伊拉总是把想法埋在心底。这一个周末,她很高兴能有空闲。她需要想清楚一件事情。莫伊拉相信,如果有什么情况不对头,你便经常能够嗅出一丝可疑的气味,而这也是社工在整个工作中所扮演的角色。毕竟,多年的训练以及随后在这个岗位上多年的实践,已经教会了你在事情苗头不对之际便能有所警觉。

而让莫伊拉忧虑担心的,便是弗兰琪·林齐。

孩子的监护权交给诺尔,看起来是完全错误的。莫伊拉仔细审核过卷宗。他跟婴儿的母亲丝黛拉甚至都未曾同居过。仅仅是在她快要离世、孩子即将出生的时候,她才跟诺尔有了相对正常的联系。

整个情况非常令人难以信服。

诚然,诺尔确实建立起了一个照料婴儿的体系,从纸面上来看还相当不错。住的地方也干净、温暖,备齐了孩子所必需的东西。奶瓶的消毒措施也到位,婴儿洗澡的地方也就绪。这些,莫伊拉也挑不出任何

第六章

毛病。

他的堂姐,那位名叫艾米莉的中年女士,沉稳大方,已经跟他同住了一段时间,无论去哪儿,她仍然还带着那小家伙。有时候,这婴儿还被放在一位护士那里照管。那护士嫁给了一名医生,不久前也刚有了她自己的宝宝。很安全的抚养环境。另外还有一对叫作希劳拉和艾登的老夫妻,已经在照顾着自家的孙子,也会帮着看管弗兰琪。

还有其他人可以帮忙。诺尔的父母,那两个虔诚的宗教狂热分子,正忙着摇旗呐喊、发起呼吁,要为死了上千年的什么圣人立一座雕像。接着是斯加利夫妇,叫作穆迪与莉琪的,以及他们的双胞胎孙子孙女,也是看护孩子的团队成员。还有一个名字好像是叫什么哈特的退休医生——怎么搞的?偏叫这个名字!不用说,这个"帽子"哄起小婴儿来,大概尤其有抚慰作用吧。都是些可靠的人,但仍然……

这一切太支离破碎了,莫伊拉想道。这是个脆弱的人际关系链,比雏菊花环坚固不了多少,就仿佛出演音乐剧的临时阵容。只要一个环节出了差错,所有一切便都会分崩离析。但能有什么人来支持她的这个直觉判断吗?一个都没有。她的直接上司,也是团队的头儿,说她这是在自寻烦恼——这一个案中,所有要素看起来都各就其位。

她曾试图将那位美国堂姐艾米莉拉拢到自己这一边,但完全是徒劳。艾米莉的目光中看似存在着一个盲区,规避了诺尔的缺点。她说,他在全方位地扭转个人生活,已经迈出了惊人的步伐,所以有能力照顾自己的女儿。他在坚持做着那份工作。他甚至去了夜校进修,来增加在公司得到提升的机会。他已经戒酒,虽然他发现那很艰难,但他意志坚决。如果社工把他的孩子夺走,那对他所做出的这一切努力就将是不公正的回报。他向婴儿的妈妈承诺过,孩子不会被送去领养。

"领养人家给孩子的照料或许会比他所能提供的要好很多。"莫伊拉咕哝道。

"是有那可能,但话说回来,也可能正相反。"艾米莉不让步,根本没希望能把她说服。

莫伊拉不得不退缩了。但她目光敏锐地盯着事态的进展,时刻看着哪里会掉链子。

而现在就有了不靠谱的因素。

诺尔带了个女人住进公寓。

他把空余的那间房收拾了,给她用作卧室。

她还年轻,这个女人——年轻而且难得安宁。她是那种身材高挑修长的女人,长发及腰。她对照料幼儿一无所知。当被问到有没有什么养育孩子的技能时,她看似很戒备,还显得恼火和抗拒。

"我不会长期住在这里的。"她一遍又一遍地强调这一点,"我有自己的朋友,在别的地方住。他叫安东·莫仑,是厨师。诺尔只是给我个暂住的地方,作为回报,我帮着他照看弗兰琪。"

她不以为然地耸耸肩,仿佛认为这一切再简单再清楚不过,智商最低的人都能一目了然。

莫伊拉一点都不喜欢她。她身边有太多这类女人了,大长腿是不错,但头脑里空空如也,每天能想到的除了衣服就什么都没有。你该看看这个丽莎挂在墙上的那些衣服!那件红蓝配色的大牌晚装恐怕是天价!

莫伊拉本来就对诺尔之前的评估有怀疑。不管那些怀疑有无道理,反正丽莎·凯利的到来直接将莫伊拉的怀疑放大了一百倍。

第六章

一个精彩的双人洗礼仪式即将举行。弗兰琪·林齐与乔尼·卡罗尔同一天出生,负责照料他们的,也是同样的一群人,因此他们被安排在一起接受洗礼。

莫伊拉惊讶的是,她也受到了邀请。诺尔说,他们将在弗林神父那位于丽翡河畔的教堂中举办洗礼仪式,随后在旁边的礼堂中有简单的餐饮招待,非常欢迎莫伊拉到场加入庆祝。

她尽力在脸上表现出适量的感谢之情。他们没必要这样做,但或许他们是想以此来向她强调,照料孩子的这个阵营强大又稳定。

"你们想要什么样的洗礼礼物呢?"她唐突地说道。

诺尔诧异地看着她。

"莫伊拉,根本不用考虑那个的。大家都是送一张卡片给弗兰琪和乔尼。我们打算把贺卡与照片一起收藏在相册中,那样的话,以后他们就能看到这一天是什么样的情形。"

莫伊拉感到那是对自己的无情谴责与打击。"啊,对的,当然啦。"她说道。

看到她难得陷入窘态,诺尔禁不住暗中感到开心。

"我确信,莫伊拉,看到你能出席,大家都会很高兴的。"他这样说道,仿佛宽宏大量地,宣布对方无罪。

弗林神父的教堂中汇集的人比莫伊拉预想中的多得多。他们是怎么认识这么多人的?其中大部分人肯定是卡罗尔医生和他老婆的朋友。大概可以确定,诺尔·林齐认识的,应该不会超出这当中的一半人吧?

两位教母都在那里了。艾米莉抱着弗兰琪,而菲奥娜的朋友芭芭拉——也是心脏疾病理疗部的一位护士——则抱着乔尼。两个小宝宝都刚刚被喂过奶、换过尿布，表现得相当配合，仪式进行的整个过程，两人基本一直在睡觉。弗林神父的主持也简短扼要。圣水滴洒在孩子的小脑门上，当然惊醒了他们，不过稍微哄一下便又安稳下来。教父教母们代两个小东西起誓之后，他们也就成为神圣教会的成员，加入了上帝的大家庭。弗林祝福他们因此身份认知而能发现幸福、获得力量。

没什么过分虔敬的东西，也没有任何让人觉得反感抵触的东西。宝贝们从容自若地接受了这一切。然后，大家都转移到旁边的礼堂去享用自助餐。那里也准备了一只巨大的蛋糕，上面用冰霜糖衣写了弗兰琪和乔尼的名字。

珺德与西蒙·米切尔负责制作餐食。莫伊拉记得这两个名字也是列在帮诺尔看护弗兰琪的亲友团名单中。在她设想中的弗兰琪的生活场景里，这两位年轻人看似不太搭界。但话说回来，这整个的洗礼聚会也不是她所想象到的。

莫伊拉站在人群外围，看着人们汇聚、交谈，还不时去逗逗小宝贝们。不用说，这是一个愉快的派对，但她感觉到自己并未融入其中。现场有背景音乐，诺尔自在地走动，喝着橙汁，与每个人都聊上几句。莫伊拉也留意了丽莎。丽莎看上去光彩照人，蜜糖色的长发盘成了发髻，盖在一顶小巧的红帽子下面。

珺德注意到莫伊拉独自站着，便走到近前，拿给她一只餐盘："要不要再给你拿块蛋糕过来？"

"不用，谢谢。我叫莫伊拉，是照管弗兰琪的社工。"她说。

"我知道你是社工。我叫珺德·米切尔，也帮着照料弗兰琪。她情况很好，不是吗？"

莫伊拉立马来劲了。"你之前没预期到她的情况会很好?"她问道。

"啊,不,恰恰相反。诺尔既当爹又当妈,他做到这样真的已经很棒了。"

这个团队果然同心同德,莫伊拉心想。就仿佛是有一个军团在跟她对阵。但在脑海中,她依旧能看到这样的报纸头条标题:社工服务该当问责、事先已有警示、全部迹象皆被忽略……

"你和你那双胞胎兄弟,与诺尔具体是怎样的朋友关系?"她问。

"我们住在同一条街上。他之前就住那里,也就是他父母现在继续住着的地方。但我们估计很快也要走了,去美国新泽西。我们拿到了工作合约。"她的神色明亮起来。

"这里没工作吗?"

"自由职业的私厨没多少活干了,没了。如今人们的钱少了,不像以前那样搞大派对了。"

"你父母呢……他们知道你们要走,不难过吗?"

"不,我们的爸妈很多年前就不在了。我们跟穆迪和莉琪·斯加利生活,要和他们说再见,也挺不好受的。老实说,这话头要提起来就太长了,我现在得去收拾盘子了。穆迪就在那边,就是在那边中间讲故事的那个。"

她指给莫伊拉看一位小个子的老人。他说话时有些呼哧呼哧的哮喘声,但这并未阻碍他讲故事的兴致。

穆迪为什么收留并养大了这两个年轻人?这是个谜,而莫伊拉讨厌有猜不透的谜。

每周一次的例会上,莫伊拉的团队领导要大家汇报,是否在任何方面发现有需要警惕的迹象。

正如她一直所做的,莫伊拉提出了诺尔和他宝贝女儿的问题。领导拿起一叠文件,在她眼前翻动着。

"我们这里有护士的报告。她说孩子状况挺好。"

"她只看到她想看的那些情况。"

莫伊拉知道她这样说听上去必定显得小气又偏执。

"看看,体重增加正常,卫生也符合要求——到目前为止,这位父亲在任何方面都没出过差错。"

"他带了个花枝招展的姑娘一起住在那了。"

"莫伊拉,我们可不是修女。现在可不是20世纪50年代。只要他能恰当地照顾好孩子,他私人生活怎么安排都行,那不是我们管的事。这个案子中,他的女朋友完全无关紧要。"

"但她说了她*不是*他的女朋友,他自己也是这样说的。"

"说真的,莫伊拉,要让你满意简直是比登天还难。如果她*是*女朋友,你觉得不安;她不是了,你甚至感觉更为不爽。有什么事是能够让你满意的吗?"

"那孩子被送去寄养会更让人满意。"莫伊拉说。

"孩子的母亲心意坚定,那位父亲又没走错任何一步。我们该讨论下个案子了。"

莫伊拉觉得一股火热滞重的红色血流冲到了脖子这里。他们认为她是执迷不悟。好吧,就让他们等着瞧,直到有事情发生。社工总是因为工作不力而受到指责,他们将会再次被人指着骂的。

但她莫伊拉不会。她对此非常确信。

第六章

第二天上午,莫伊拉决定去察看圣加拉斯的旧货店,因为孩子每天会在那里停留两三个小时。

场地干干净净,通风透气。没有可指摘之处。艾米莉与一个邻居,莫丽·卡罗尔,正忙着将才送到店里来的衣服整理上架。

"啊,莫伊拉,是你。"艾米莉欢迎她的到来,"这里有件很不错的针织套装,你要不试试?你穿上身肯定很好看的。看,里面全部是丝缎的内衬。一位夫人说,老是看到这衣服放在衣柜里,已经看够了,所以今天早上就托人带过来了。这石楠色也挺漂亮的。"

确实是不错的套装。通常情况下,莫伊拉或许也会有兴趣购买。但现在是一次工作拜访,而不是出来逛街购物。

"林齐女士,我来访其实是想知道您对栗树街运动场那边的情况是否满意。"

"什么情况?"艾米莉看上去挺惊讶。

"那位新'房客'啊。我只有这么称呼了,实在想不到更恰当的用词。"

"哦,你说丽莎啊!这样难道不是很好吗?诺尔晚上一个人在那里会相当孤单的,现在他们能一起复习上课的笔记,每天上午她还把弗兰琪推到这里来。真是帮了很大的忙。"

莫伊拉不愿信服。"可她还有自己的男女关系。她说她跟另一个人有来往,不是吗?"

"哦,没错。她对那个开餐馆的年轻人用情挺深的。"

"那这份'关系'会发展到什么地步?"

"法国人对爱情这东西的看法既富于智慧又玩世不恭。莫伊拉,你知道吧,他们有个说法,'总有一个是去主动亲的,而另一个则只是转过脸蛋来被亲的'。我觉得现在这里的情况就是这样:丽莎去亲,而安东只是侧过脸蛋来被亲。"

这让莫伊拉一下子完全哑巴了。这位中年美国妇人理解起一切来,怎么会如此迅速,如此透彻?

莫伊拉琢磨着要不要买下那石楠色的针织套装。但她不想让对方觉得她因此似乎欠下了一份人情。稍后,她或许可以委托一个朋友来买。

莫伊拉办公室外面的走廊墙壁上贴着一张通知。圣布丽吉德医院的心脏病理疗科室需要一位社工去协助两三周。

克拉拉·凯西医生说,她们需要就此写一份报告交给医院的管理部门,来证明一位社工的非全职服务将对增进该科室病人的福祉安康有所贡献。科室的员工们尽管工作很热情也乐于帮忙,但对病人可享有哪些社会补贴与权益却不甚了了,他们也不具备那种专业技能去提供建议,教病人们如何以最佳的方式继续生活。

莫伊拉无动于衷地看着通知。这跟她一点关系都没有。这只是政治策略罢了,是办公室政治。这个女人,凯西医生,想壮大她自己的王国,仅此而已。难道莫伊拉还有必要对此多关注一丝一毫吗?

因此,当团队领导走进办公室来看她时,她在惊讶之余便感到相当恼火了。像往常那般,领导先赞赏了她那井井有条的办公室,并感叹说,真希望所有的社工都能跟莫伊拉一样有条有理。

"你看到圣布丽吉德的那份工作了吧,只要两周时间。莫伊拉,我希望你能去那里。"

"那不是我分内的事情。"莫伊拉有点不耐烦。

"哎呀,可那正是你擅长的!没人能做得比你好,比你细致。你能去的话,克拉拉·凯西会很高兴的。"

"那我自己手头的案子呢?"

"你去医院的期间,我们分摊一下你的工作量。"

莫伊拉都不必问领导,这是不是一道命令。她知道是。

圣布丽吉德的工作将持续两周。在这之前,莫伊拉先处理好了诺尔个案中的所有枝节,将任何头绪都收了个尾。但还有一处地方要稍事停留。她去拜访迪克兰·卡罗尔。迪克兰抱着儿子开了门。

"请进。"他表示欢迎,"家里就跟廉租公寓似的。菲奥娜明天就要回去上班了。"

"那你们怎么应付呢?"莫伊拉关注带孩子的问题。

"哦,好办。你知道的,这条街上有个民防团保护小宝贝的。我们都留意着帮忙照看弗兰琪,大家也会同样对待乔尼。我父母也早就巴不得能把孩子交到他们的手上,好把小家伙培养成我老爹那样的大师级屠夫哪!艾米莉、诺尔的爹妈、穆迪和莉琪、双胞胎、哈特医生、希劳拉和艾登,这些人也都在那随时待命。全部人员的名单可以跟我的胳膊一样长啦。"

"你太太是在心脏病理疗科上班?"莫伊拉事先查证了资料记录。

"是的,就在圣布丽吉德。"

"碰巧的是,明天起,我就要开始在那里工作两周。"莫伊拉郁闷地说。

"那会是你工作过的最好的地方。那里的气氛非常好。"迪克兰轻松随意地说道,在怀中把儿子换了个位置。

"你觉得诺尔适合抚养孩子吗?"莫伊拉突兀地问道。

如果她是想靠突然袭击,让迪克兰在猝不及防之际给出不假思索的直接回答,那她的希望不幸落空了。

迪克兰看着她,显得很迷惑。"你说什么?"他慢吞吞地问。

她绷紧神经,把问题重复了一遍。

"我真不敢相信自己的耳朵。你是在要我对一位邻居做出一个价值判定吗?"

"嗯,你毕竟对他知根知底。我就想可以来问问你。"

"我觉得,最好的做法就是,就当你刚刚没说什么,就当我根本没听到。"

莫伊拉感到那股沉重的红色血流又一次向上涌到了脖子这里。她凭什么还认为自己善于跟人打交道呢?很明显,不管去到哪里,她把每个人都得罪了,让大家对她退避三舍。

这天晚上,迪克兰说道:"那社工真是个讨厌鬼。"

"我想她只是在完成工作吧。"菲奥娜说。

"就算是吧,可我们也工作啊,但不会让人感觉芒刺在背。"他嘟囔道。

"这倒也是。"菲奥娜同意。

"她到底指望我说些什么呢?说诺尔是个喝不够就会发狂喊救命的超级酒鬼,孩子应该被带走?为了给弗兰琪一份像样的生活,那可怜的家伙已经是万死不辞了。"

"那些社工看人总是习惯于非黑即白的。"菲奥娜劝慰丈夫。

"那她们应该加入现实世界,像我们其他人一样有不黑不白的灰色地带。"迪克兰说。

"我爱你,迪克兰·卡罗尔!"菲奥娜说。

"我也爱你。但我敢打赌,没人爱这个小题大做的莫伊拉小姐。"

"迪克兰,这可不像你啊,积点口德吧!说不定人家也有热气腾腾的私生活呢,只是我们不知道罢了。"

莫伊拉派她的朋友多罗雷丝去店里买下了那针织套装。多罗雷丝比莫伊拉矮一头,但要宽出两个头。艾米莉很清楚这是怎么回事。

"喜欢就好,祝穿得开心。"她对多罗雷丝说。

"噢……嗯……谢谢。"多罗雷丝艰难地回应。看来她是永远也不可能在特工部门找到什么差事的。

第一天去心脏理疗科室上班,莫伊拉就穿着那石楠色的套装。克拉拉·凯西一见就夸上了。

"我爱死漂亮衣服了。这是我的小小软肋。不过,这套装真不错。"

"我自己对衣服倒是不太热衷。"莫伊拉想建立她身为一线实战精锐人员的形象,"工作这些年来,我看到有太多人在着装打扮上分散了精力。"

"很对。"

克拉拉的回应简短干脆。莫伊拉意识到她再一次地让自己失望了。这位心脏病专家的温暖好意被她用一句不疼不痒、脱口而出的"聪明"话给撂到了一旁。她真希望自己开口前能考虑片刻。不过,她已经有过许多许多次如此发愿了。

现在补救会不会太迟了?

"凯西医生,我盼望着能把这里的事情做好。你能否跟我简要指示一下,你希望我向你汇报哪些内容?"

"这个,我确信你不会把我讲过的话再原样返还给我吧,迪尔尼女士。你看上去应该不是那种人。"

"请叫我莫伊拉好了。"

"等等再说吧,也许。暂时还是叫迪尔尼女士比较好。我已经列出了那些要你去调查的工作范围。不管怎么说,在跟员工和病人谈话时,我还是极力主张要保持一定的敏感度,要随机应变。人们心脏有了麻烦时,通常是会精神紧张的。我们所做的,在很大程度上是要给他们信心和安慰,所以我们要强调积极的、有希望的一面。"

自从学校毕业以来,她还从未受到过如此明显的批评,如此不客气的耳提面命。她真希望这一天的时间能回拨,退回到她刚抵达科室的那一刻;那一瞬,当克拉拉夸奖她的套装时,她转而会兴高采烈地感谢对方的欣赏——甚至给她看上装的丝缎衬里。总有一天,她能学会这些待人处事之道,但那会不会太晚了呢?

团队领导没说她必须抛开手头上的那些个案。莫伊拉下班回家时便从栗树街运动场那边绕了一下。她按响诺尔公寓的门铃。他立刻为她开了门。

他们看上去如同一个正常的家庭。诺尔在给孩子喂奶,丽莎在做博洛尼亚风味的番茄酱意面。

"我还以为你要去其他什么地方工作两周了?"丽莎说。

"我不会丢下我负责的事,就像常说的,打球时眼睛永远不要离开

第六章

球。"莫伊拉说。

她看着丽莎。丽莎现在正紧紧地抱着孩子,按照学到的样子,一只手掌还托着孩子的后脑勺。她前后来回地轻轻摇着孩子。小婴儿睡得香香甜甜的。这姑娘显然已经跟这孩子形成了一种亲情。莫伊拉找不到任何可以挑剔的地方。相反地,这里有种非常安全而又稳固坚实的氛围。无论哪个外人看来,恐怕都会认为这是一个正常的家庭,而不是他们内在的实质状态:不可预见,随时会出纰漏。

"丽莎,这里对你来说肯定很闷吧。"她说,"我想,你是另外有个朋友的。"

"安东眼下不在都柏林。他去参加一个行业展会了。"丽莎愉快地说。

"我猜,你会有点孤单。"莫伊拉忍不住,无法抵御这些念头。

"根本没有的事。这对诺尔和我正是好时机,可以多花点工夫,赶上课程进度。哎,对了,你要不要来一碗意面?"

"不,谢谢。你真是太客气了,我这就得走了。"

"面多的是……"丽莎说。

"不用……再说声谢谢你了。"

她转身离开了。

莫伊拉向自己的住处走去。她刚才为什么就不能坐下吃一盘意面呢?味道还挺香的。她家里基本上没吃的了,只剩下一点点奶酪,两三条小面包卷。留在那里吃一点晚餐,也没有妥协,也不是背离她的整体立场。

但走着走着,莫伊拉又庆幸自己没有留下。如果留在那里,一切将以她悲从中来的眼泪为结局,而当真的流泪时,她可不愿意自己是待在那间公寓房中吃晚餐的那个莫伊拉。

沿着运河漫步时,莫伊拉看到,在狗群的前呼后拥中,一位小个子男人向她这边走过来。是诺尔的父亲查尔斯在"行军",伴随他的是形态品种不一的狗只:一条小猎犬,一条贵宾犬与一条迷你型雪纳瑞犬用拴狗绳牵着,在他一侧跑着,而另一侧,一头巨型丹麦大猎犬则被皮带拉着,不安分地扭来扭去。另有两条上了点年岁的拉布拉多犬,没拴,绕着狗群跑来跑去,一边欢快地吠叫着。查尔斯·林齐这副样子,本来或许会显得滑稽可笑,但他不以为意,看上去反倒极为快乐。

实际上,查尔斯对遛狗这件事非常认真。把宠物交给他来锻炼,主顾们给的价钱挺不错,而他也从不装糊涂少找给人家零钱。他认出了这位铁板面孔的社工——他儿子与孙女的案子不就是由这女人负责嘛。

"迪尔尼小姐。"他尊敬地打招呼。

"林齐先生,晚上好。很高兴看到这个城市里,除了我自己还有另一个人事实上也在工作,那就是你。"

"但是,迪尔尼小姐,我的工作没法跟你比。这活多么容易啊,这些狗儿也让人很开心。我照看它们一整天了,现在要把它们送回家交给各自的主人,除了这个叫凯撒的小伙子,它现在寄宿在我们家。"

"有两条狗没拴着——那是谁家的?"莫伊拉问道。

"啊,那是我们当地的狗,一个叫蹄子,另一个叫酒窝,都是圣加拉斯弯月道邻居家的。它们是跑过来找乐子的。"

他朝着不久前才刚跑过来分享乐趣的那两条无聊老狗的方向点点头。

莫伊拉希望自己的生活也能这么简单。查尔斯不用担心报纸上会出现一连串连篇累牍的文章,说什么遛狗人再度被发现不称职,说什么所有迹象都很明确,任何人都可一眼看出狗会出事……

第二天,莫伊拉开始懂得了她工作的性质。帮她看清内幕的是希拉里,那位办公室主任,还有一位波兰姑娘艾尼娅。艾尼娅最近不幸流产了,刚休息完回来上班。看起来,她对这个地方很钟情,对克拉拉·凯西则是死心塌地般忠诚。

显然,有一个坏人叫弗兰克·恩尼斯,是医院董事会的。他企图否决任何提案,不肯在心脏科花哪怕是一分钱。他说了,理疗所这里根本不需要什么社工服务。

"克拉拉自己为什么不能跟他去谈谈呢?"莫伊拉问。

"她能啊,她也谈了,但他是个极端顽固的家伙。"

"她不妨哪天请他出去吃个午餐,好好聊聊不行吗?"

莫伊拉急切希望这件事能早日了结,好回去干她的正经事。

"哎呀,她付出的努力比请吃饭多了去了。"艾尼娅解释说,"她都跟他睡了,但还是白搭。老滑头的生活公私分明,没情面讲。"

希拉里试图掩饰刚刚爆出的猛料。"艾尼娅给你说的就是些背景信息。"她急忙插嘴说道。

"噢,对不起。我以为她是我们的人呢。"艾尼娅这才悔悟。

"我是啊,真的。"莫伊拉说。

"啊,那就太好了。"艾尼娅又高兴起来。

心脏科室的整体氛围,就是把专业理疗与宽松安慰相结合。莫伊拉注意到,所有病人都理解他们所接受的各种药物治疗的功效,每次都会在病人来看病时在小本子上记录下他们的体重和血压。他们全都能相当熟练地在电脑上输入和检索调取各自的信息。

"我们组织安排一个培训讲座会有 多大麻烦,说出来你都不会信。按弗兰克·恩尼斯的反应,那培训似乎是魔鬼崇拜。克拉拉简直不得不找到联合国才能把培训导师弄进来。"希拉里告诉莫伊拉。

"这个人被你们说得就像个恐龙。"莫伊拉有些不以为然。

"他就是个恐龙,没错。"希拉里赞同这个比喻。

"但你们说了,凯西医生跟他……嗯……有社交往来?"莫伊拉试探道。

"不,那可不是我说的。是艾尼娅说的——但那其实也不是假话。克拉拉对他人道,已经让他开化了不少,但未来依旧任重道远啊。"

"弗兰克·恩尼斯知道 我在这里吗?"

"我不这样认为,莫伊拉。真的,没必要去烦他,或者增加他的忧虑。"

"我喜欢按常规办事。"莫伊拉古板严谨地说。

"规矩可多着呢,有这些规矩,有那些 规矩。"希拉里像是故作神秘,让人有些捉摸不透。

"如果要我去写一个报告,我也同样需要知道他那边的看法啊。"

"先别管他,直到你差不多写完了再说。"希拉里建议道。

就像这些天来她经常体验到的那样,莫伊拉感觉她把事情处理得不够好,不如她原本可能做到的那样好。就好像希拉里和整个科室都正在脱离她似的。她本来是要到这里充当她们的救星的,但莫名其妙的是,按章办事就多少意味着她把事情做过头了,走到了她们预期让她来完成的职责范围之外,所以她们的支持力度和热情都减弱了,都在疏

第六章

远她。

她的人生故事便是如此。

莫伊拉继续勤勉地工作。

她看到这里有一个病例,需要有个社工每周去服务一天。她仔细浏览自己的调查记录。有个叫吉蒂·雷利的,可能处于痴呆症的早期,在那里长时间地自言自语,说是在跟圣人对话;有个叫茱迪的,家中毫无疑问需要护理工,但她根本不知道可以去哪里找到帮手;有个叫拉尔·凯利的,表面上把自己伪装成一个外向而快乐的人,但内心显然要多孤独就有多孤独,正因为如此,他动不动就来理疗所"拜访","只不过是来确定一下没问题"——他自己就是这样说的。

有社工协助的话,可以为吉蒂·雷利申请到一周数天的日间陪护,为茱迪找到一个护工,可以安排拉尔去某处社交活动中心吃吃午饭,尝试尝试群体娱乐。

是时候去拜见那位弗兰克·恩尼斯大老爷了。

她做了个预约,安排自己在理疗所上班的最后一天去见他。他礼貌而亲切,完全不像她们所告诉她的那样像个史前怪物。

"迪尔尼女士!"他说道,脸上无一不透出愉快的情绪。

"请叫我莫伊拉。"她纠正他。

"不,不,克拉拉说了,你无疑是一位该被称为'女士'的人。"

"真的吗?她还说了我别的什么没有?"克拉拉已然捷足先登,跟弗兰克叨咕了自己的事,这让莫伊拉怒火中烧。

"说了。她说你的工作可谓极其出色,说你高度务实,注重问题解决方案的可操作性,同时还按章办事,遵守规范,极少感情用事。这些品质,无论怎么看来都是一个优秀社工的标志。"

但在莫伊拉听来可不是这么回事。在她耳中,克拉拉仿佛是在说,她是个整天板着脸的工作狂。不过,她还是要继续讨论工作。

"你认为他们那里不需要社工的兼职服务,是什么原因?"她问道。

"因为克拉拉以为医院是钱堆成的,有无限量的资金可以任由她支配。"

"我想,你跟她……据说是好朋友。"莫伊拉说。

"我也愿意认为我们是真正的朋友,甚至比那还要好,但关于这个无底洞般的经费投入,我俩永远也不会对上眼。"他说。

"知道吗,你们确实需要一个兼职的人,"莫伊拉说,"那将会让一切事情都得到完美的解决,然后圣布丽吉德也能被认为真正考虑和照顾到了病人的福利。"

"医院的所有社工和负责宗教关怀的人都已经忙得脚不沾地了。他们可不想再被派到心脏科去,去应付那些无中生有的问题——都是些一点毛病都没有的人凭空瞎想出的问题。"

"要新派一个人过去,一周干两到三天。"莫伊拉很坚定。

"一周一天。"

"一天半。"她讨价还价。

"克拉拉说的没错,迪尔尼女士,你果然有全套的谈判技巧。好吧,每周一天半,多半分钟也不行。"

"恩尼斯先生,我敢肯定那样会挺好。"

"你自己可以来做吗,迪尔尼女士?"

哪怕是想一下这种可能性,都让莫伊拉惶恐不已。

"哦,不!恩尼斯先生,不可能的。我算是个资深社工了,有一大堆的紧要事务要处理。我腾不出时间。"

"令人遗憾。我还想着你可以成为跟我并肩作战的盟友,做我的耳目,约束她们,防止她们耍花样、乱扔钱,把日常开支和出租车费当儿戏。"

不能把莫伊拉留在他的地盘上,他看上去是真心地感到失望。这段时期,这种待遇对莫伊拉来说可是难得一见。大部分人似乎都在规避和逐渐远离她。

但不用说,那是完全不可能的。她自己的既有业务几乎都忙不过来,更不用说再接手新的工作。不过,要离开心脏理疗科,她还是感到有点不舍。

艾尼娅带了些牛油酥脆饼干当作下午茶的点心,而这顿下午茶也就意味着为莫伊拉送别。克拉拉加入她们,做了个简单的总结致辞。

"莫伊拉·迪尔尼来帮忙,是我们莫大的幸运。她写的报告非常杰出。她甚至还勇闯虎穴,攻破了老家伙的堡垒。弗兰克·恩尼斯刚刚打来电话,说董事会已经同意我们这里要一个社工,每周来工作一天半。"

"那么,你就是还要再回来啦!"艾尼娅看上去很高兴。

"不,迪尔尼女士明确表态了,她在其他地方还有重要得多的工作要负责。在这里的两周时间,那些工作都被搁置一旁,对于由此带来的不便,我们要向她说声抱歉。我们很感激她的付出。"

显然,弗兰克已经给他的女朋友极为充分地阐述了到目前为止的事态。莫伊拉情愿她未曾向弗兰克那般郑重地强调自己的本职工作,说那跟诊疗所这里的事务比起来是如何紧要。就某些方面而言,定期来这里走访还算是令人愉快的差事。除了克拉拉,其他人看来都对她挺欢迎和热情。而且公正地说,对莫伊拉所做的工作,克拉拉此前也热情过。

希拉里总是比较实际。"或许,迪尔尼女士认识什么人适合推荐到这里来?"她说。

莫伊拉听到自己的声音仿佛是从几英里之外的地方传过来的一样:"我可以重新调整一下自己的日程,那也不难。如果你们都认为我合适的话,那我也很荣幸来这里。"

她们全都看着克拉拉。她先是沉默了片刻,然后说道:"我觉得我们都很乐意莫伊拉来加入我们的集体,可她也要承诺遵守办公室的'官方保密法案'。弗兰克会指望她充当他的耳目,但莫伊拉需要保证这阴谋绝不会得逞。"

莫伊拉微笑道:"我明白你的意思,克拉拉。"

让她大为惊讶的是,身边竟响起了一阵掌声。

团队领导对这事可不那么赞成。

"我要你去写一份报告,而不是给自己又揽一份活儿。莫伊拉,你工作已经太辛苦了。你需要减轻负担。"

"在那里就达到效果了。我轻松了好多。现在我清楚疗所的组织和运行模式了。我自己做要比培训一个新人送去更合理。"

"好吧。你应该知道哪些事自己*可以*做,哪些事*不可以*做。拜托你不要再表现得像个什么私家侦探了。"

"我只是保持警惕罢了,就是这样。"莫伊拉说。

第六章

她带着公文包和笔记夹板来到栗树街运动场。诺尔外出了,但丽莎在家。莫伊拉按照此前婴儿监护条款规定的项目例行检查。

"今天谁给孩子洗澡的?"她问。

"是我。"丽莎自豪地说,"自己单独干这个还挺难的,小宝贝身体太滑了,但她挺喜欢玩水,还高兴地拍手,拍个不停。"

孩子干干净净,清清爽爽,拍了爽身粉。没有可挑剔之处。

"下一次喂奶是什么时候?"莫伊拉问。

"再等一个钟头。配方奶粉在那边,奶瓶也消过毒了。"

同样地,莫伊拉找不到任何失误。她查看了尿片的数量,又看看小孩的衣服是否已烘干。

"要不要来一杯咖啡?"丽莎提议。

上一次,莫伊拉显得气量小、匆忙又失礼,所以这次她决定接受邀请。

"要么喝点吧,实际上,我都累坏了。你这里没有什么酒水吧?一杯红酒对我来说也没问题。"

丽莎看着她,目光直率、稳定又冷静。

"哦,莫伊拉,没有酒。任何酒类都没有。你知道的,诺尔过去有酗酒的问题,所以现在这里根本没有酒。你肯定知道这一点,以前你都一直追问这件事,以为能在哪里搜到码放起来的空酒瓶,或者发现任何喝酒的痕迹。"

莫伊拉感到被击败了,有些沮丧。她的心机表现得太明显了。她真像个什么私家侦探,只不过,是个不能胜任的失败的探员。

"我都忘记这事了。"她撒谎道。

"不,你应该没忘记。不过,还是喝杯咖啡吧。"丽莎说,从桌子旁站起身准备去厨房。桌上散放着学习资料和绘图稿。

"我打断你忙着的事了吧?"

"没有,我倒乐得中断一会儿。正好觉得乏味了。"

"诺尔今晚去哪里了?"

"我不知道。"

"他没说?"

"没说。我们没结婚,也没别的什么的。我想,他是回父母那边去了。"

"就留下你在这守着孩子?"

"他给了我一个地方住。我很乐意帮他看孩子。真的,心甘情愿。"丽莎说。

"那你到底是为什么离开父母的家的?"莫伊拉很轻易地就进入了讯问的模式。

"莫伊拉,这个,我们已经谈的够多的了。我之前跟你说过,我现在还是同样告诉你,那是个人原因。我不是离家出走的问题少女。我二十五岁了。我可没问过,你为什么从家里出来,我问了吗?"

"那不是同一回事……"莫伊拉有点词穷了。

"那根本没多大的不同,而且老实说,这跟你追踪的这一个案没有任何关系。我知道,为了弗兰琪的权益,你需要谨慎行事,而你做得也很好,但我在这里只是作为房客,顺便帮点忙。我的个人境遇跟这一切没有任何关系。"

她走进厨房,搞出一阵响动。

莫伊拉试图找出什么别的话题,只要那不会导致更进一步的争端。但她实在很难有所发现。

第六章

"我见过了菲奥娜·卡罗尔。你知道的……乔尼的妈妈。"

"哦,那又如何?"丽莎说。

"她说你和诺尔做得很好,把弗兰琪照料得很好。"

"是吗……好吧……那就好。"

"她看到非常感动,她说的。"

"那你觉得意外吗?"丽莎突然问道。

"没有,当然不意外。"

"那就好。告诉你吧,我对诺尔*相当地*赞赏。所有这一切来得猝不及防,对诺尔就像晴天霹雳。他表现得很坚强。我不愿听到任何人说他的坏话。任何人都不要。"

她看上去就像一头母老虎,正守护着自己的幼崽。

莫伊拉于是勉为其难地发出了一些叽叽咕咕、不知所云的声音,意图去提示她对照料弗兰琪这一大事的支持与满腔热忱。她希望她给丽莎留下了自己所要传达的那种印象。

她的另一个拜访目标是这样的一户家庭:家里人想把一位老父亲打发为法院监护的对象。在莫伊拉看来,杰拉德这位老人完全是神志健全的。他孤单而又病弱,那是确定的,但疯吗?没疯。

他的女儿和女婿却急切地盼着把他定性为无行事能力的废人,然后可以将房产转至他们名下,再把他送进一处可靠的老人院托管。

莫伊拉却根本不认同这一"如意算盘"。杰拉德想住在自己的房子里,而她则是他的同盟与权益捍卫者。她偶然注意到了那女婿的一句零星话语,让她认定了那男人欠有赌债。如果岳父被打发走了,那自然会让他称心如意。他们甚至会变卖房产,再去购买一处更小的住房。

莫伊拉绝不容许这一切发生。她的活页夹板里满是积累下来的笔录,随时可整理成信件,寄送给相关人员。那女婿得知此信息,便像纸牌屋一般垮掉了。

老爷子无限深情地看着莫伊拉。

"有了你,比有个贴身保镖还好。"他对她说。

莫伊拉对此感到非常自豪。这恰恰就是她心目中自己所应有的形象与职业使命。她拍拍老人的手。

"我会安排一个护工定期到家中来照顾你。任何人对你有越轨行为或诸如此类的,你都可以告诉她。我也会跟你的医生保持联络。我来看看……是卡罗尔医生,对吗?"

"以前是哈特医生。"杰拉德说,"卡罗尔医生是位很好的小伙子,这是不用说的,但他都可以当我的孙子啦。你大概能明白我的意思吧。哈特医生更接近于我的同代人。"

"他现在去了哪里?"莫伊拉问。

"医院缺人手的时候,他就时不时地去顶班接诊。"老头伤感地说道,"我总好像更怀念他给我看病的日子。"

"我会为你找到他的。"莫伊拉承诺说,随即直接去了圣加拉斯弯月道路尽头的执业医师联合医疗所。

卡罗尔医生接待了她,愉快地谈起了杰拉德老爷子。

"我认为他完全耳聪目明,神志清醒,打上八圈麻将都没问题。"

"可他家人却另有想法。"莫伊拉说得很简练。

"唉,他们会那样的,难道还能有别的好事?那女婿不择手段,只要能把家庭支票簿塞到他自己口袋里。"

"那也是我的看法。"莫伊拉说,"我想问问你,哈特医生能不能上门出诊?"

"不行吧,应该不太行得通。他退休了,但偶尔还来这里为我们顶顶班。你为什么问这个?"

莫伊拉这回稍稍斟酌了一下,谨慎用词。

"杰拉德对你评价很高,迪克兰。他好几次都这样说过,但我觉着他认为那个啊……嗯……哈特医生与他的那个年龄更接近。"

"老天,他比哈特一准要大上十五岁!"

"是的,可他比你要大上五十岁,医生。"

"哈特是个很好的人。他或许可以时不时地转一转,以社交拜访的名义去看看你的那位杰拉德老爷子。我会转告他的。"

"我可以去跟他讲吗,你认为怎样?"

莫伊拉已经有过不少次失望的经历,对方承诺了去做某些事,而且确实满心满意打算去做的,但结果却从未完成。

"当然可以的。我这就给你他的地址。"

对迪克兰·卡罗尔来说,这干脆就是少了一件要他去办的事。这位莫伊拉·迪尔尼还是颇有效率的,而且对其工作不遗余力。唯一遗憾的是,她却对可怜的诺尔那么不待见,而为了让一切继续运转,诺尔已经累断了腰。

哈特,我们的"帽子"医生,真的在头上戴着东西:一顶带帽檐的海军帽。他热情地欢迎莫伊拉进门,并给她弄来一杯热可可。

"您还不知道我来这里是为了什么事呢。"她慎重地说道。

或许,他会觉得那件事是强人所难,打扰了他的生活。所以,她不想在什么谎称的拜访缘由下接受那杯热可可所代表的好客之情。

"可我已经知道了。迪克兰打过电话来,因此我才有所准备。"

"那他真是太周到了。"莫伊拉说;尽管她更愿意自己来解决问题。

"我喜欢杰拉德。让我去看看他,完全没问题。实际上,我们可以下下棋。我喜欢这种活动。"

莫伊拉的双肩放松下来。她现在可以喝那热可可了。有时候,事情在上班时段就能解决得挺圆满。并非总是如此,但有时候会。就像现在。

刚回到租住的公寓不久,她接到了老家打来的电话。是弟弟帕特打来的,而他一般从不会给她电话。这让莫伊拉紧张起来。根据以往的经验,她知道催促弟弟快讲是没有意义的。让帕特说清楚什么事情,需要一定的时间。

"是爸爸,"他终于说了,"他已经搬出去了。他要卖掉全部东西。"

"搬去哪里?"

"去跟肯尼迪太太住。不会回来了。"

"哎呀,你就不能让他回来吗?"

"我试过一次,可他不是很高兴。"帕特说,"莫伊拉,你不能想点办法吗?"

"老天在上,帕特,我可是在两百英里之外啊。必须在你和老爸两人之间解决好这个问题。你继续去肯尼迪太太家跟爸爸谈,搞清楚他有什么打算。下周末我会回去,看看情况怎么样。"

"可是,"帕特说,"我该怎么办?如果他要把全部东西都卖掉,我就没地方去了。"

"他怎么可能会想起卖农场?"莫伊拉不耐烦了。

第六章

"这事你一点都不知道吗?"帕特问。

莫伊拉在椅子上坐了一会儿,思索着该怎么办。她知道如何去安排所有其他人的生活,但却搞不定自己。最终,她振作起来,准备打电话。她那巨大的地址簿中,也保存了肯尼迪太太家的电话号码,以防父亲在那里劈柴砍木头时她恰巧需要联系他。接通了,她问是否可以跟她父亲讲话。按照帕特的用词,父亲果然对这个来电不是很高兴。

"你为什么烦我都烦到这里来了?"他气呼呼地问道,听起来挺暴躁。

"我下周末回去。我要见见你,老爸,我们需要把所有事都谈一谈……"

在搞清楚父亲对她这通电话到底有多么不高兴之前,她便挂断了——听老头子在电话那头咆哮当然无济于事。

事实证明,克拉拉·凯西是朋友而非敌人。实际上,她甚至还暗示要请莫伊拉哪天共进午餐。在工作中,这可不是常规现象。莫伊拉团队的领导永远也不会提议来个社交午餐。

莫伊拉有些惊讶,但非常愉快。当她发现吃饭的地方是昆廷斯餐馆,心情就更愉快了。莫伊拉本以为她们只会去商业区的什么普通餐厅。

这里的人显然认识克拉拉,而莫伊拉此前从未来过昆廷斯。

就餐环境果然高档,极为幽雅。老板娘布兰达·布伦南过来推荐了扁鲨鱼:做得卖相好,口味佳,用一种藏红花酱汁预先腌泡过。

"我可没觉得你的餐馆受到了经济衰退的任何影响。"克拉拉对布兰达说。

"说出来你也不信。客人们都来得少了,花钱也不像以往那么大方了。况且我们现在还多了个竞争者:安东·莫仑那里分流了很多生意。"

"我在报纸上看过那里的介绍。他这人怎么样啊?"克拉拉问。

"很不错的。非常有天分,还风度翩翩。"

"你认识他?"

"是的。他以前在这里做过,后来还偶尔回来顶顶班。那家伙真是个万人迷——都柏林有一半女人都在排队等着吧,只要他招招手、点点头、打个电话。"

莫伊拉若有所思。肯定的,跟丽莎·凯利有来往的那个年轻人,不就叫这个名字?她不止一次地提到过此人。莫伊拉心中暗笑。最起码这一次,看起来似乎有可能,丽莎将会发现情况不妙——运气的天平并没有完全向她这边倾斜。

克拉拉很容易相处。她关心莫伊拉的个人困难,并为她弟弟的事情提供便利。

"周一上午恐怕你也要留在老家,那样才能碰上去你家的人。"克拉拉说,"我们可以调整你来理疗所的时间,没问题的。"

莫伊拉真希望她们不必再回头上班。如果喝上一瓶酒,来一场交心的对谈,让克拉拉告诉她理疗所其他同事的八卦,甚至或许是她跟弗兰克·恩尼斯之间的友谊——那听来可够离奇,几乎完全像胡编乱造。但这只是一个平常的工作日。她们各自喝了一杯,是什么烈酒加了矿泉水调成的混饮,然后吃饭时也没细细享受多久。

莫伊拉基本上没了解到克拉拉的什么秘密,除了这些:她跟原先的丈夫分手很久了,有两个女儿,都已结婚,一个在南美洲从事一个生态项目的工作,另一个经营着一间挺大的音像制品零售店。至于这个心脏衰竭理疗所,她原本只是被安排来暂管一年,但现在却被她视同自己的亲生骨肉。她不愿让任何人,特别是像弗兰克那样的老顽固,从这里夺走一丝一毫的权力或威严。

莫伊拉的母亲已离世,克拉拉对此尤其充满同情。她说她自己的母亲像是直接从地狱里跑出来的,但她也知道并不是每个人的妈妈都像她的一样。她办公室的同事希拉里,跟妈妈就很有感情,妈妈去世时,她心都碎了。

为了解决家里的问题,莫伊拉需要多长时间都可以安排。这很简单。

可以预料,当她回到利苏安的老家,事情并没那么简单。莫伊拉早就知道这不会简单。帕特已经完全垮了,牛奶不挤了,母鸡也不喂了。他喋喋不休地抱怨着父亲的计划:房子、农场全都卖掉,什么都不留给他,然后搬去跟肯尼迪太太住。而这看来真的是这么回事。

莫伊拉直言不讳地问父亲:"老爸,帕特是不是把这一切都搞错了?他认为你有计划搬去肯尼迪太太那边住,打算永远住在那里,还要把这里全部卖掉?"

"是这样。"她父亲说道,"我打算搬走,去跟肯尼迪太太过日子。"

"但帕特怎么办?"

"我要把一切都卖掉。"他对帕特的出路不加考虑,只管环视着破败的厨房,"莫伊拉,你往四周看一看。我不能再忍受了。整个一生,我都在对付这一切,而你呢,却在都柏林享受你的快活日子。现在,我也应该得到一点幸福了。"

对工作档案中的任何一个客户,莫伊拉都知道需要做些什么。她清楚怎样才能把事情理顺,她为心脏理疗科的吉蒂·雷利、茱迪和拉尔都解决了难题。但为何处理自己的困境就显得千难万难呢?

周一,她忙着帮助帕特寻找可提供食宿的去处。然后她跟父亲道别,祝他如愿,接着便搭火车回都柏林。

在栗树街运动场这里,弗兰琪又哭了。诺尔不禁想道,他永远也没法搞得清小婴儿的哭声是什么意思。有些夜晚,她每次入睡持续的时间不超出十分钟。一个方面是因为食物吧,但他刚给她喂过吃的,还拍着她打嗝消化。也许是肚子胀气?他小心翼翼地抱起女儿,让她趴在肩头,轻轻地拍拍小宝贝的后背。她还在哭。他坐下来,把她的胸部横搁在自己的胳膊上,揉摸那细小的背部,试图哄她安静下来。

"弗兰琪,弗兰琪,求你别哭啦,小乖乖,别哭啦,你该静一静喽……"

没用。诺尔意识到,随着弗兰琪继续可怜地哭闹,他的声音也变得越来越焦灼了。也许是要换尿片了?可能就只是要换个尿片?

他这回猜对了。尿片真的湿了。他很小心地把宝贝放到在桌面铺开的浴巾上,赶紧准备换尿布。湿尿片一取掉,哭声便停止了。小家伙给他的回报是一个灿烂的笑容和一声快乐的哼哼。

"你个小东西,弗兰琪,"他说,一边笑对着女儿,"要学会怎么跟爸爸交流才行哦。光是哭啊闹的可不好。爸爸可猜不透你想要什么。"

弗兰琪在嘴边嘟噜着吐出泡泡,一边还向上仰头,伸手去够桌子上方的活动挂件。那是只纸鹤。诺尔扭过身子去拿清洁湿巾。就在这一瞬,令他恐慌的事发生了:女儿的腰身用力一拧,从他手边挣脱,开始滑出桌面。

尽管他的反应很快,但也来不及了。

孩子从桌边跌落时,诺尔感觉一切仿佛是慢镜头,在缓慢但不可阻挡地发生着。诺尔僵在那里,惶恐万分。婴儿撞到了桌旁的椅子,然后摔到地板上。她的脑袋周围冒出了血迹,她随即也尖厉地哭号起来。

"弗兰琪,求求你没事,小乖乖。"他从地上抱起孩子,把她紧紧搂在胸前,语无伦次地哭诉着。他不知道女儿是否伤着了,或者哪里伤到了,或者是伤得有多重。恐慌压倒了他。

"千万别,求求你,求求上天,千万别,噢不,不要把她带走,你要让她好好的。弗兰琪,小乖乖,求求你,求你了……"

他不知所措地哭着求告了一会儿,终于回过神来,打电话叫了救护车。

就在火车开进都柏林减速靠站之际,莫伊拉收到了一条手机短信。

发生了意外。弗兰琪头上摔破了。诺尔带她到了圣布丽吉德医院的急诊室。他认为这应该让莫伊拉知道。

她搭乘巴士从火车站直接赶到了医院。她早就知道这样的事会发生,但现在预感被证实了,她却感觉不到得意或满足,有的只是怒气,极大的怒气。她愤怒的是,所有其他那些心在滴血的假惺惺人生哲学竟然装模作样地认定,一个酒鬼与一个轻浮的年轻女孩能够对一个小婴儿的养育负起责任。

这只是一个随时等着发生的事故罢了。

她在医院看到了脸色煞白的诺尔。他心中的巨石落下了,但还在那里口齿不清地叨叨个不停。

"他们说那就是个深点的擦伤,那里会出现一块瘀青。太谢天谢地了!有那么多的血,我都无法想象那有多可怕,想不到会是什么后果。"

"事情怎么发生的?"莫伊拉的声音像一把快刀砍断了他的念叨。

"给她换尿片的时候,她扭动着翻身了,然后就掉到桌子下面了。"他说。

"是你让她从桌上摔下去的?"莫伊拉使自己的语气听上去显得吃惊同时充满责难。

"她先撞到了椅子……这在一定程度上阻止了她会摔得更重。"诺尔意识到这解释听起来是多么恶劣而又无望。

"这是不可容忍的,诺尔。"

"莫伊拉,你以为我不知道吗?能做到的我都尽力了。我立刻叫了救护车,把她送到这里来了。"

"你为什么不通知卡罗尔医生?他住得更近。"

"我看到血了。我就想那很紧急,恐怕他最后也不得不把弗兰琪送到这里。"

"这一切发生的时候,你的搭档在哪里?"

"搭档?"

"也就是丽莎。"

"哦,她有事出门了。她没在家。"

"那你为什么让孩子摔下来?"

"我没有 让她掉下来。她自己扭动翻出去的。我刚才告诉你了……"

诺尔看上去很害怕。这一切所带来的紧张压力让他几乎要晕倒。

"老天在上,诺尔,我们是在说一个无自我保护能力的婴儿。"

"我知道。我这么担心,你以为是为什么啊?"

"那么,是什么导致你让她摔下去的?事情的实质就是这样的——你让她摔下桌子了。你当时精神不集中?心烦意乱?"

"不,不,没有。"

"也许,你喝了一点小酒?"

"没有,我没喝小酒也没喝大酒,尽管,对天发誓,我现在倒真想来上一杯了。这次意外让我的心都蹦出来了,把我吓得要死,当然我也很内疚,可现在,你却对着我乱说一通,就好像是我把孩子扔到地板上去似的!"

"我*没有*在暗示这个。我能认识到,这是个意外。我想弄清楚它是怎么发生的。"

"再也不会发生第二次。"诺尔说。

"这我们怎么能知道呢?"莫伊拉轻声地说,就仿佛是在引导一个智商低下者。

"我们能知道,是因为我们会把桌子靠墙放。"诺尔说。

"可我们没能早点想到这个,不是吗?"

"是的,没有。"

"回栗树街之后,我能不能和丽莎谈一谈?我想跟她把有些例行常规再温习一遍。"

"我告诉过你,她外出了。"

"可她会回来呀,不是吗?"

"这两三天回不来。安东受到邀请,去伦敦参加一个什么'名人大厨'之类的活动,那会在电视上播出的。他带着丽莎去了。"

"他的女朋友跟你住在一起,诺尔,你认为安东会觉得高兴吗?"

"这个问题我从没想过,不管从哪个方面都没想过。这种安排适合她。安东知道我们只是*这种*意义上的同居,跟那种关系不沾边。你为什么问这个?"

"我的职责就是要确保弗兰琪在一个稳定可靠的家庭环境中成长。"莫伊拉正气凛然地说。

"没错,那是当然的。那个,既然你在这里,能不能帮我带她去公车站?"

"怎么个帮法?"

"我意思就是,帮我开门之类的。我没带婴儿车来,你明白吗?我担心婴儿车没法放进出租车。"

莫伊拉走在诺尔前面,她一路推开门,协助他穿过医院里七弯八拐的走道迷宫。他看上去确实对孩子很在乎很关切。也许,这次意外是他所需要的一声当头棒喝,可让他真正醒过来。不过,她还是必须对他非常严格和坚决。这么多年来的经历让她看到,严格的要求最终会带来好结果。

诺尔不愿从他手中失去孩子。他躺倒在椅子里,将弗兰琪稳稳地抱在胸前。

"小宝贝,你很快就会好的,一切都会好好的。"他反反复复地说着,一边轻轻摇着怀中的孩子。

要是能喝一杯就好了,来镇定一下神经。他考虑着要不要给马拉奇打个电话商讨一下,但他眼下不是好好的嘛。孩子比酒更重要。他可以对付过来的。

"弗兰琪,我要停止这样自言自语了。小乖乖,我来给你讲个故事吧。"

他集中起全部的注意力,忘掉身边的世界,给女儿读书上的一个故事:关于一只小鸟从窝里掉出来的遭遇。故事的结局很圆满。这对诺尔起了作用:喝上一大杯威士忌这一诱人的念头,被远远地赶出了他的脑海。

故事对弗兰琪也奏效了——她进入了香甜的酣睡。

三天后,丽莎·凯利给莫伊拉打来电话。

"哦,莫伊拉,诺尔让我打电话给你。他说你要跟我谈谈照料弗兰琪的一些常规事项。"

"你在伦敦过得开心吧?"莫伊拉问。

"一般般啦。你想要讨论的是哪些常规?"

"都是些最基本的:洗澡时间、喂奶、换尿片。你应该知道了,你不在的时候,她出了个意外。"

"是的。因为这个,可怜的诺尔急得像热锅上的蚂蚁。好在伤得不重,我估计。"

"这次是不重,但让一个小宝宝的头撞到地上,可不是好事。"

"我当然懂,不过迪克兰到家里帮着检查了,说孩子没问题。"

莫伊拉感到满意。她显然已经把诺尔吓唬得不轻,让他意识到了这整个事态的严重性。

"那个'名人大厨'的活动,你朋友表现如何?"

"不算好,没有发挥出他应有的水准。我想,你肯定在报纸上看到相关报道了。"

"我是看到了一点,是的。"

"那完全朝错误的方向发展了。你看看这个女人,四月,可是不知从哪里冒出来的,在那儿大谈专栏报道的篇幅,还有什么未来前景之类的。她实际上什么都不懂,只知道把自己的名字塞进报纸版面。"

"是的,我看到报纸提到她了。我有点惊讶。诺尔告诉我,是你去协助安东的,但报道弄得看上去似乎是她做了所有工作。"

"如果喝喝鸡尾酒、发发她自己的名片算是工作的话,那她确实是完成了很多工作量的。"丽莎说。然后她缓过劲来,振作精神,"不谈这个了。你说的常规事项呢?"

"今天晚上我会过去拜访。"莫伊拉说。

已经不是第一次了,丽莎对诺尔说过,莫伊拉的社交生活一定是这整个世界上最空洞、最乏味无趣的一幅画面。

"我们请艾米莉来这里吧。她可以帮着分担分担压力,省得我们被逼得焦头烂额。"

"好主意。"丽莎赞同,"我让凯蒂也过来吃晚饭。我们组织起来的同盟越多,对付起莫伊拉大元帅就越轻松。"

看到小公寓里全是人,莫伊拉颇感意外。她真希望自己穿着的不是从圣加拉斯旧货店买来的那身石楠色套装。现在,他们会知道衣服是她请朋友多罗雷丝去代买的了!

诺尔给她看了桌子摆放的新位置。她检查和示范奶粉用量时,他在一边顺从地站着,尽管他冲奶粉已经冲了几个月,一切驾轻就熟。弗兰琪也乖巧听话地睡觉去了,就像育儿指南中的模范宝宝。

"莫伊拉,这次可一定要加入我们,一起吃点晚饭。"丽莎提议道,"做菜时我已多放了两条鸡腿进去啦。"

第六章

"真的不用,谢谢你了。"

"哎呀,就留下来嘛,莫伊拉,看在上帝的分上赏点光吧,否则我们会为多出来的那些吃的争破头的。"丽莎的妹妹凯蒂也来挽留莫伊拉。

大家坐下来就餐。丽莎准备的晚餐还真美味。莫伊拉承认,作为一个愚蠢的金发美女,丽莎确实倒是有点技能的。但话说回来,这是当然的,毕竟她是大厨的女友。

她的妹妹凯蒂则务实安分,是那种脚踏实地的类型。她给大家看她去伊斯坦布尔旅行的照片,还亲热地说起丈夫加里。

无论是凯蒂还是丽莎,都没有提及她们跟父母的家庭生活。不过,公平地说,莫伊拉提醒自己,她也很少聊到在老家的家庭生活。

她们谈论的更多是丽莎和诺尔的夜校课程。当凯蒂提起弗林神父,说神父去罗斯摩尔看望老妈妈了,这时诺尔便插嘴说,他第一次见到神父那会儿,神父还给丝黛拉偷偷带香烟进医院。

"当时那样的情形下,这可不是什么有益的事情。"莫伊拉非常不赞同。

"丝黛拉的看法是,那反正已经太迟了,她只想最后享受一下生活。"诺尔说。

"教会怎么不给那牧师安排个住的地方?他们无疑是有宿舍的,我相信……"不管什么事情,莫伊拉都想得到个答案。

"他自己不想那样。他说那就像住在一个宗教社区里。说真的,他就如同一只不合群的孤鸟。"

"丽莎,那你为什么不搬到凯蒂那边的房子去住,反而借住在这里?"莫伊拉问。

丽莎不耐烦地看着她。"莫伊拉,你这是在调查吗?请问,你有过停下工作的时候吗?"她颇为光火地问道。

艾米莉走进来打圆场。"一个社工所需要的优秀素质,莫伊拉都有。丽莎,这就是她的本职,她对所有人的境况都很关心。"接着她转向莫伊拉,"在丽莎需要搬出来之前,弗林神父就已先住到那里了。就是这么回事,很简单,不是吗?"她向身边环视一眼,显得和善温厚。

"就是这样。"丽莎简短地说。

"确实。"凯蒂更简短。

再提任何恼人的问题,比如丽莎为什么要从家里搬出来,那就不免粗鲁无礼,自讨无趣,所以尽管很不情愿,莫伊拉决定到此为止。为掩饰尴尬,她说鸡肉的味道很鲜美。

"配料只是橄榄、蒜头和番茄。"丽莎说道,为自己的手艺感到高兴,"实际上,这是跟艾米莉学来的。"

看上去,这个聚餐的小群体显得足够正常。整个吃饭的过程中,无论哪里都没有任何酒精的迹象。莫伊拉有时不禁希望自己没有那种强烈的直觉,希望自己不会对可能发生的坏事过度警觉。但从一开始,她对诺尔就有这种不妙的预感。

安东的餐馆打出了周六午餐的广告。莫伊拉决定请凯西医生吃饭,以回报她在昆廷斯欠下的人情。

"没这个必要,莫伊拉。"克拉拉说。

"我知道,当然没这个必要,但我很乐意做东款待你一回。请你务必答应。"

这个饭局的时间安排对克拉拉一点也不方便。周六这天,她通常会跟弗兰克·恩尼斯吃一顿轻松随意的午餐,然后去看一部电影或者是午后场的戏剧演出。有时候,他们就去看看艺术展。这已经成为两人之间的一个悠闲自在的周末活动惯例。但,管它呢,她可以等稍后再跟他碰头。

"那就恭敬不如从命了,莫伊拉。"她说。

莫伊拉预订了餐位。她也要像克拉拉那样从容安逸。她希望她看上去就像是安东那里的熟客,就好像店员们都认识她,她到了之后他们就会来大献殷勤、嘘寒问暖,一如克拉拉去到昆廷斯所发生的情形。但那是不可能的。可能吗?

她去订餐时,接待她的是安东本人。他真的很有魅力。个子并不高大,但挺英俊潇洒,像一个美少年。他朝餐厅指了一圈。

"迪尔尼女士,你们想要坐在哪个位置?我一定尽力,给你预留厅里最好的那张台。"他说。

她指向一张桌子。

"非常出色的选择。坐在那里既能看到别人,也可以被别人注意到。你是要宴请一位朋友?"

"实际上是我的老板。她是一个心脏病疗所的医生。"

"啊,那好,我们将确保你们两位都能进餐愉快,享受在这里的美好时光。"

莫伊拉离开餐馆,感觉自己仿佛年轻了十岁,而且也更好看了。怪不得丽莎这个姑娘对这位小伙子情有独钟。安东确实是挺特别的一个人物。

而且他没忘记,她们到了之后要好生招待。她一走进餐厅,服务生领班就过来问候,仿佛她是那里的常客,而且是宝贵的多金客。

在她报了名字之后,泰迪说道:"啊,迪尔尼女士！安东交代了,要留意迎候您的到来,要请您和您的客人品赏本店的独家特色鸡尾酒。"

"老天,我想这个就不必了。"克拉拉说。

"为什么不呢？是免费赠送的。"莫伊拉咯咯笑着说。

她们于是啜饮起一杯色彩明快的调制酒,其中有鲜薄荷叶、冰块和苏打水,加入了异国风味口感的力娇甜酒,还有差不多足量三份的伏特加。①

"谢天谢地,好在是周六。"克拉拉说,"喝下这么一杯特色鸡尾酒,没人能回去正常上班。"

午餐很愉快。克拉拉说起了女儿琳达。琳达很想有个孩子,可就是不生,便尝试不孕治疗,已经持续了十八个月,但没见动静。

"你经手的业务中,有没有碰巧有个小家伙可以收养的？"克拉拉问。

莫伊拉认真地考虑起这个问题。"可能有吧,"她说,"一个小女婴,现在已经几个月大了。"

"这个,我的意思是说能不能允许领养？"克拉拉是这种想要什么就喜欢随时能得到它的性格。

"暂时不行,但我认为目前的监护关系不会维持很久,她以后大概要委托给别的监护人。"莫伊拉解释道。

"为什么？她受到虐待？"

"不,完全没这回事。只是,他们不能恰当地照料孩子。"

"但,他们爱她吗？我是说,如果他们非常喜爱那孩子,就决不肯放

---

① 西方常规一客分量的烈酒为 1.5 盎司,约 45 毫升。

弃她。"

"在这件事上,他们恐怕没什么选择权。"莫伊拉说。

"这个消息,我不会对琳达说一个字,免得多事。诱发她产生虚幻的希望,绝非明智。"克拉拉道。

"是不能说。万一,如果这事能确定了,我到时会立刻告诉你。"

她们又聊起了心脏科室收治过的形形色色的病人。莫伊拉问到了克拉拉的朋友弗兰克,得知他在绝大多数方面其实是个很正直的好人,只是在为圣布丽吉德省钱这一点上,抠门到不可理喻。

克拉拉问莫伊拉生活中有没有一个什么人,莫伊拉说没有,因为她一直都太忙了。她们很简略地提及了克拉拉的前夫艾伦,那是渣男中的渣男;还有莫伊拉的父亲,现在与肯尼迪太太开心美满地住到了一起,他想要的只是一生中再多一次机会,去尝试寻求幸福——似乎,他已经发现了那东西。

就在莫伊拉要买单的时候,安东来了。跟在他身边的是个很漂亮的姑娘,看上去约莫二十岁。他向桌子这边走来。

"迪尔尼女士,我希望,一切都还好吧?"他说。

"很好。"莫伊拉说,"这位是凯西医生……克拉拉,这是安东·莫仑。"

"菜非常美味,"克拉拉说,"我肯定会告诉身边的所有人。"

"那正是我们想要的。"安东那轻松自如的风度令人愉悦。

莫伊拉看着那姑娘,仿佛有所期待。

安东最终主动开口,介绍了那位美女。"这位是'四月',艾普若·莫纳翰。"他说。

"噢,我在报上看到过你的新闻。你们最近去伦敦了。"莫伊拉说道,几乎脱口而出。

"是这样。"四月认同。

"碰巧我认识你们的一个朋友,一个*很好的*朋友,丽莎·凯利。同一个时间,她也在伦敦。"

"没错,她也去了。"四月依旧认同。

安东的笑容可从不会畏缩或消退。

"迪尔尼女士,你跟丽莎具体是怎么认识的呢?"

"因为工作认识的。我是做社工的。"莫伊拉说。回答得这么直接和不假思索,这让她自己有些惊讶。

"我还以为社工不会公开谈论他们经手的案子呢。"安东的笑容仍在那里,但眼睛里却没有笑容。

"不,不是这样,丽莎不是我接手的服务对象。我认识她,只是通过别的什么事情……"

莫伊拉现在有点慌乱了。她能感觉到克拉拉的不悦。不过,她为什么要提起这码事?是为了填补栗树街运动场那边的游戏拼图中缺失的部分,让画面得以完整。一瓶红酒,还有那杯她不太习惯的特色鸡尾酒,让她口无遮拦了。现在,她反正是把这一整天给搞砸了。

理疗所的一切都形成了固定的日常程序。克拉拉·凯西看似很乐意接纳莫伊拉加入她们的团队。在勤勉工作、跟进追踪所有需要落实的事项这方面,莫伊拉的表现也无可挑剔。但那种友情和暖意没有了。莫伊拉此前以为她已是团队的自己人,但现在并非那般确定。

其他人对她依旧欢迎,但克拉拉似乎对她失去了尊重。在希拉里的桌子上,莫伊拉看到过一些表格。其中的内容是在核实,这份兼职性质的社工协助是否需要设置为理疗所的一个长期职位。

克拉拉在表格上附了一张字条:暂时不要答复他们。职位尚在评估中。

就因为在餐馆中那个愚蠢而失策的口误,所以克拉拉不能真正地信任她。莫伊拉于是在工作中加倍努力、全方位地努力。

她为杰拉德争取到了全职的上门陪护服务,这让老头的女儿和女婿大为不爽。杰拉德对老人院感到恐惧,而她挽救了他,让他避免了被送走的命运,因此他逢人便夸莫伊拉是行侠仗义的骑士,美德的盔甲闪闪发亮;她努力为一名吸毒女人的孩子们联系了一个温暖快乐的寄养家庭。有生以来第一次,他们有了关爱、玩具和正常的一日三餐;她发现了一个离家出走、在河边桥下风餐露宿的少女,便邀请她到自己家中,为她煮汤,跟她好好谈心。女孩在莫伊拉的沙发上睡了十七个钟头,然后像个温顺听话的羊羔,回到了亲人的身边。

她设法挫败了一对夫妻:两人经营着一间三明治小吃店,收入很不错,日子过得像模像样,而与此同时却继续登记申领失业救济金;一位工厂主支付给雇工的薪水远低于最低工资标准,她威胁说要通过主流媒体曝光此事,把那人吓得给员工补了钱;她甚至还及时地为弟弟帕特谈定了镇上的一处公寓,以及当地汽修服务站的一份工作。

她父亲同意将出售房产所得的钱款在自己和两个孩子之间分配。显然,肯尼迪太太认为这一做法非常令人满意,已经在忙着计划装修一个新厨房。所以,莫伊拉的生活中,有些地方还是相当成功的。

但并非全部。也许,她的野心太强大,对自己的命中率抱有太高的要求。

她父亲的房产在拍卖中没能拿到很高的价钱。物业本身小了点，出售的时机也不对。不过，这还是意味着她有了买房子的首付款。她得在附近转转，看看有什么可考虑的住房。

"要保证那房子能带个小花园。"艾米莉建议说。

"要靠近电车或公车站。"这是希拉里在理疗所给出的意见。

"选个便宜的老旧房子，然后翻新装修。"强尼在理疗所做常规功能训练，他也积极建言。

"买个漂亮、现代的住所，不能要快散架的旧房子。"杰拉德也有话要说。他原本可能被送进老人院，而他讨厌在那里生活，正是莫伊拉将他从这种可怕的前景中拯救出来。他现在看似又重获新生了，大脑细胞看来也恢复了全部的能量。

莫伊拉造访了诺尔父母在圣加拉斯弯月道的家，而这也是她时不时来打探打探的地方。这要比去栗树街运动场那边"捋老虎须"轻松得多——对她在任何事项中扮演的角色，诺尔和丽莎看似都心怀怨恨、牢骚满腹。至少，她跟艾米莉以及诺尔的父母还是可以正常交谈的，他们有起码的礼貌与教养。

"这里的街道完全就是我想要的那种居住环境。"莫伊拉说，"你们有没有听说这一带恰好有什么房子要卖的？"

艾米莉知道，诺尔将莫伊拉视为"敌人"，当然不会乐于见到她住得离自己越发靠近，而且还成为他爸妈的邻居。

"我没听说有什么人要搬走。"艾米莉说，而乔希和查尔斯也听从她的意见，随声附和——如今林齐夫妇经常会这样做。

"有人愿意搬到这里来住，想到这个我还是蛮开心的。"乔希一边说道,一边就顺着回忆的小径一路向前奔过去了,"当年,查尔斯和我还年轻,这里可不受欢迎,除非世上没别的地儿可去了,大家才会考虑这里。"

"也许,迪克兰知道有什么人打算搬走……"艾米莉说。

她很清楚,迪克兰与菲奥娜对莫伊拉也不以为意,认为她是在不必要地过度干扰诺尔——诺尔可是在尽心竭力地为他自己和弗兰琪营造一个可靠的家。即使迪克兰知道半条街的房子都在出售,也不会给莫伊拉透露半点风声。

莫伊拉礼貌地问起圣加拉斯雕像项目的进展。乔希和查尔斯便给她看雕塑家们报出的几个预算。青铜雕像的成本很高,但他们有希望能筹集到足够的资金。

"随便问一下,也许还能碰巧呢,你对圣加拉斯有没有特别的热爱敬仰?"乔希总是希望能招募更多的人加入她的事业。

"赞赏是当然的,"莫伊拉嘟囔道,"但说热爱与奉献可能就有点过头了。"

艾米莉忍住了她的微笑。莫伊拉圆滑地耍弄辞令时,你可以看出,她其实是能够做得相当灵活变通的。但她就是看不到诺尔所迈出的自我改善的巨大步伐,真是遗憾。她为什么一定要对他表现得像个警察,而不是一个鼓励者,一个不巧出了麻烦时他可以去寻求帮助的人?

正如她现在常做的那样,艾米莉把这些都告诉她在纽约的朋友贝丝。不知怎的,在笔记本上打字后,这些事看起来多少显得更为清晰明了一点。

坦白说,贝丝,这里真的值得你自己跑过来看看。也许,等你和埃里克结婚了，你们迟早都会结婚的，迟不如早，快点办了，然后我希望你们会考虑来这里度上一个蜜月。留意着订价格优惠的机票，我会给你们找住的地方。你一定要跟这群人认识认识。诺尔和他的小宝贝。他悔过自新了，几个月滴酒没沾。带着个小婴儿，挺凄凉沮丧的，诺尔忙得差不多屁滚尿流了，但他同时还要跟上夜校的课程。

丽莎是个稍微有点不开窍的姑娘，为爱昏了头。她跟诺尔住在一起，像一对老夫老妻那样照料着孩子，一边共同学习，要拿到文凭证书。两人之间不是那种男女关系，因为这丫头跟一个算是社交名人的家伙，不太夸张地说，是一位知名大厨，还处在恋爱当中吧。一位社工叫作莫伊拉，动不动就来侦查诺尔这里的情况。她是在做本职工作，但多少有点鬼鬼祟祟地，就像藏在公寓前的花园里那样暗中突袭，想抓住他们的把柄。

建雕像这项工程倒是搞得有声有色。目前，我们的设想是用青铜铸造这尊雕像。旧货店的生意让乔希精神抖擞，像是有了第二次生命。她、莫丽·卡罗尔和我自己，都在店里快活地忙碌着。上周店里新到手一顶漂亮的男式软呢帽，乔希把它给了那位哈特医生——"帽子"医生，为他家里的那些宝货又增加了一个藏品。

叔叔查尔斯的遛狗生意现在已经很兴隆了。他以前工作过的那个大酒店甚至又雇请了他，去负责遛客人的狗。

诺尔和丽莎去上课的那些晚上，查尔斯的职责就是看护他的孙女。

除了去医院门诊部帮医生们整理资料，我在其他时间就忙着打理附近的花园，侍弄那些窗台盆花。整条弯月道看起来又整洁又漂亮,好极了。市里的那个"最美街道"比赛,我们或许能赢得一个大奖。实际上,我太忙了,到现在没读过一本书,也没看过一场戏,更没去过一场艺术展——已经几个月了!

告诉我,你自己还有那里的生活有什么变化。我几乎都要忘了我以前是住在纽约的!

爱你的,

艾米莉

几分钟之后,她便收到了回复:

艾米莉,

你肯定是巫师。

埃里克昨晚跟我求婚了。我说我愿意,如果,而且只要是,你能回纽约来做我的伴娘。考虑到我们一把年纪了,我觉得有挚友和至亲出席的一场小小婚礼是最适宜的。当然喽,没人说蜜月也要搞得多低调啦。

爱尔兰,我们就来了!

爱你的,

贝丝

"我听说你姑妈要回美国休假了。"莫伊拉对诺尔说。

"她事实上是我的堂姐,不过你说的没错,她是要回纽约。你怎么知道的?"诺尔问道,诧异于莫伊拉的消息灵通。

"有人提到了这事。"

莫伊拉语焉不详,故作神秘。去打探一切事情,似乎被她当成了自己的正经工作。

"是这样吧,她要参加一个朋友的婚礼,当伴娘。"诺尔说,"但在那之后她还会回来的。告诉你吧,我父母对此觉得非常欣慰。没有艾米莉,他们会不知道该干什么的。"

"你也会那样的,诺尔,会不会?"莫伊拉说。

"这个嘛,我当然会想念堂姐的。但按照我妈对她的依赖程度,艾米莉不回来的话,旧货店或许会关门大吉,我爸认为我妈的整个世界也会因此崩塌。"

"可毫无疑问的是,诺尔,你才是她帮助最多的那个人吧?"莫伊拉穷追不舍。

"你什么意思?"

"嗯,大学课程的学费,不是她替你交的吗?她还给你找到这处公寓,为你安排看护孩子的名单,兴许还有更多别的事情……"

一股沉重的红色血流涌到了诺尔的脖颈和脸上。有生以来,他从未被这样烦扰或激怒过。难道是艾米莉向这个可恶的女人泄密了吗?她转变立场,投向了这个敌人,告诉了莫伊拉所有那些事情,那些原本只属于他和艾米莉两人之间的隐私?应该没有人会知道学费的内情——那是他和她之间的绝对秘密。他感到被出卖了,这是他以前从未有过的痛苦体验。他根本不可能知道,这一切仅仅只是莫伊拉的猜测推断。

她礼貌地看着他,等着他的回应。但他没有说话,他怕开口即错。

"你肯定想过这个吧,她不在的时候,找谁来接替那些事情?"

"我想,腌狗或许能够帮忙。"诺尔最终说话了,声音艰难又软弱,像被人死死掐住了喉咙。

"腌狗?"莫伊拉带着厌恶说出这个名字。

"他有时帮着运东西到旧货店那里,你该知道的。叫腌狗·达根。"

"我不认识他,不知道。"

"他只是偶尔来帮忙,其他人都没空的时候。"

"而你根本没想过,也就是没打算告诉我关于这个腌狗的事?"莫伊拉问,似乎因诺尔的隐瞒而大为惊骇。

"听着,莫伊拉,你简直太让人讨厌了!"诺尔突然失控道。

"你说什么?"她看着他,难以置信。

"你听到我说什么了。为了带好孩子,我都累断腰了。有时候我站着就能睡着,我都累得快死了,但这些情况,你有看到一丝一毫吗?噢,你才看不到呢!你就只是不断地'挪动球门柱',把要求改来改去,只管指责我做得不到位。你的行为就像秘密警察!"

"真的,诺尔,请你不要失控。"

"不,我不想忍了,不想控制自己。你来这里调查我,就仿佛我是什么罪犯似的。你重复念叨可怜的腌狗的名字,就仿佛他是个要了多少条人命的杀人狂魔似的。他只不过是个可怜的白痴大好人,明白吗!"

"可怜的白痴大好人。我清楚了。"她开始在纸上记下什么东西,但她的活页夹板被诺尔抬手一扫,甩到了地上。

"你只知道来偷窥,来刺探,来讯问别人,想要他们说我的坏话,而你还假惺惺地装作是为了弗兰琪的好。"

诺尔爆发的过程中,莫伊拉保持着冷静,也不辩解。最后,她说道:"我现在要走了,诺尔,明天再回来。到时候,我希望你已经平静下来了。"

她转身离开了公寓。

诺尔坐在那里,呆呆地盯着前方。那女人肯定会带几个帮手过来,把弗兰琪从他这里夺走。他的眼中涌满了泪水。他和丽莎都已经在筹划庆祝弗兰琪的第一个圣诞节了,但现在却不能肯定,到下周时弗兰琪还会不会跟他们在一起。

诺尔拿起电话拨打腚狗的号码。

"老兄,能不能帮我个忙,来这里坚守一下城堡,只要两三个小时。"

腚狗总是那么好说话。

"没问题,诺尔。我可以带张影碟去看吗?小东西已经睡着了吧?"

"只要声音不太大,她就会一直睡的。"

诺尔等着,直到腚狗到来就位。

"我要开溜了。"他简单地说。

腚狗看着他:"诺尔,你没事吧?你看起来有点,我说不好,但有点滑稽。"

"我没事。"诺尔说。

"你手机会开机吧?"

"也许不开吧。所有紧急联系号码厨房那里都有,腚狗,你知道的,有丽莎、我爸妈、艾米莉、医院,哪里的都有。都贴在墙上呢。"

然后他走了,搭公车来到都柏林城区的另一边。在一处洞穴般的酒吧空间中,诺尔·林齐得以匿名隐身。时隔数月,他第一次开怀畅饮。

感觉好极了……太他妈的好了……

第七章

　　来收拾局面的人是迪克兰。大约午夜十二点半,腌狗打来电话,语气中满是沮丧和不安。

　　"很抱歉把你吵醒了,迪克兰,可我实在不知道该怎么办——她现在闹得像一头牛。"

　　"谁闹得像一头牛?"迪克兰挣扎着让自己清醒过来。

　　"弗兰琪。你听不到她哭吗?"

　　"她怎么了?你最后一次喂她是什么时候?是不是要换尿片了?"迪克兰提醒他。

　　"我什么也没给她换,什么也没给她喂。我就只是在这里坚守城堡。他要我做的也就是这个。"

　　"他在哪儿?诺尔到哪里去了?"

　　"哎呀,我不知道,我怎么知道?守一下城堡,听起来多容易啊,结果可太美好啰。我在这里守了六个小时了!"

　　"你没打他手机?"

　　"关机了。迪克兰,我该怎么办?上帝啊,她小脸又红又亮。"

　　"我十分钟后就到。"迪克兰说着,一边从被窝里爬出来。

　　"为什么啊,迪克兰,你这时候要出去吗?你又不是值班,要随叫随到!"菲奥娜也醒来了,反对他走。

"诺尔不知道跑哪里去了,"迪克兰告诉老婆,"把孩子留给了腚狗看着。我必须去处理一下。"

"老天啊,诺尔可从不会这么做的!"菲奥娜很震惊。

"我说也是啊,所以我才要去看看。"

"丽莎呢?"

"很明显不在那边。菲奥娜,你睡你的。明天两个人都不能上班就没必要了。"

他很快便穿好衣服,走出了家门。

他为诺尔感到忧心——真的,非常担忧。

"上帝保佑你,迪克兰。"看到迪克兰进入公寓,腚狗大大地松了一口气。

迪克兰熟练地给孩子洗屁股、扑爽身粉、换上新尿片,然后量取、冲调、加热奶粉,一系列动作天衣无缝、一气呵成。腚狗在一旁看傻了眼。

"我可永远也做不了这个。"他赞叹地说道。

"你当然可以做到的。等你有了自己的孩子就学会了。"

"这一切,我要留给那个女人去做,可还不知道她会是谁呢……"腚狗自我招供。

"腚狗,我的老伙计,要是我就不会依赖这个念头。如今时代不同了。听我的没错,所有事情都要男女双方分担。而且这也完全正确。"

弗兰琪已经彻底安稳了。他们现在唯一的要务就是找到她的爸爸。

"他没说要去哪儿,我就以为那大概也就一两个钟头。我还想着,他是回父母家中拿什么东西去了呢。"

"出门之前,他是不是对什么感到焦虑不安?"

"我觉得他有点魂不守舍的。他给我看了墙上贴着的所有号码……"

"那看来,似乎他是准备整夜待在外面,你觉得呢?"

"上帝啊,我可说不准。也许,这可怜的小子被车撞了呢,那我们就都错怪他了。他说不定躺在哪家医院的急诊室呢,手机也摔烂了。"

"有这个可能吧。"

迪克兰不知道是什么原因,但他感到相当确定,诺尔是又喝上酒了。这家伙已经挺了有几个月,表现一直很棒。到底是什么让他又变了呢?更紧迫的是,他们怎么才能把他找出来?

"腚狗,你回家吧,"迪克兰叹气道,"你守城堡守得已经够久了。现在我来吧,我会守到诺尔回来为止。"

"你觉得,我们要不要给这名单上的什么人打电话?"腚狗不想前功尽弃。

"都夜里一点钟了。把大家都惊动了也没必要。"

"是啊,我料想也是。"腚狗仍然不情愿离开。

"腚狗,等找到诺尔了,我会给你电话的。我会告诉他,不是你自己要走,而是我逼着你回去的。"

这一句说到了点子上。腚狗只是不愿损害自己的名声而已,怕人家说他未经许可便擅自离岗。现在,他可以问心无愧地回家了。

迪克兰低头去看弗兰琪的小床。小东西继续安宁地睡着,就像他自己的儿子在家中睡得那样香甜。但与眼前这个可怜的宝宝弗兰琪相比,在乔尼·卡罗尔前方的,是一个远为安全的未来。迪克兰在一把扶手椅上安顿下来,一边重重地叹了一口气。

已经是这个时候了,诺尔能在*哪里*呢?

都柏林城区的另一侧,诺尔在一个棚屋中睡着了。

怎么到的那里,他毫无印象。他能记得的最后一件事,大概是在一间酒吧中吵了一架,人家不肯卖酒给他继续喝。他懊恼地离开了一会儿,然后愤怒地发现酒吧拒绝他再次进入,而那一带附近也没有别的酒馆了。他于是漫无目的地走动,走了似乎很长一段时间,然后天冷了,他就决定先休息一会儿再回家。

家?

走进圣加拉斯弯月道23号的房子时,他可一定得小心翼翼——然后他突然震惊地记起来,自己已经不再住那里了。

他住在栗树街运动场这边,与弗兰琪和丽莎在一起。

回到那里时,他甚至必须更加小心翼翼。他喝成这样,丽莎会震怒的,而弗兰琪或许会被吓到。

但丽莎不在家啊。他现在想起了这一点。心猛地狂跳起来。孩子怎么办?他可是从来不会把弗兰琪单独留在公寓里的,怎么会呢?

不,他当然没那么做。他记起腚狗到家里来了。

诺尔看看手表。那已经是几个钟头之前的事了。几个钟头了呀。腚狗还在那里吗?他不会是已经联系了莫伊拉吧,他会吗?哦,求求上帝,拜托了,加拉斯圣人,求求天上的不管哪位大神,千万别让腚狗打莫伊拉的电话。

一想到这里,他感到的不仅是心理上的恐慌,而且还有生理上的不适。他意识到,自己真的是要生病了。为免给这个花园棚屋的主人带来不便,诺尔出来走到路上。然后他感到双腿极其无力,无法支撑住自己,于是又走回了那棚屋,在昏醉中失去了知觉。

尽管很不舒服,迪克兰还是在椅子上迷糊了几小时。曙光降临时,他意识到诺尔还没回来。他去给自己弄了一杯茶,思索接下去该怎么办。

他拨通了老婆的电话。

"今天莫伊拉是不是要去你们理疗所上班?"

"是的,但只有半天,她上午会在那里。你还不回来?"

"暂时还不行。记住,这件事你一个字都不要跟她说。我们要尽力帮诺尔掩饰过去,不能让莫伊拉知道。要拖住她,直到找到诺尔。"

"迪克兰,他人在哪里?"听上去,菲奥娜也被吓坏了,害怕出大事。

"大概在什么地方哭鼻子吧,我猜是这样……"

"听好了,希劳拉和艾登很快就会来咱家。他们会带走乔尼,然后去接弗兰琪,再把俩孩子一起带到他们女儿那边去……"

"我会等着,直到他们过来。我会把孩子准备停当,等他们。"

"迪克兰,你可真是个圣徒。"菲奥娜说。

"有什么办法?我们还能怎样呢?记住,确保莫伊拉什么都不知道。"

"绝不向'集中营指挥官'大人透露半个字。"菲奥娜保证。

理疗所处于大惊小怪的忙乱状态,因为弗兰克·恩尼斯突然到访。

"你昨晚不是跟他出去了吗?他就没有给你透露半点信息,说今天要来?"希拉里问克拉拉。

"给我?"克拉拉带着怀疑反问,"这样的事,轮到我知道的话,那我肯定已是世上最后一个人了。他可一直指望着抓我的现行。目前为止,他还没得逞,都快要抓狂了。"

"看,他在那里对莫伊拉说着什么事呢,好像居心不良啊。"希拉里耳语道。

"这个,我们在她的考察卡上记下一笔,就看她对弗兰克说了什么。"克拉拉指示,"如果迪尔尼女士说了半句不合规矩的话,那就把她扫地出门。"

"让我去靠近点儿,听听他们在讲什么。"希拉里自告奋勇。

"真要去吗,希拉里,你可让我吃惊不小。"克拉拉说,假装出害怕的样子。

"你只管走开,我去近旁转悠转悠。"希拉里说,"做隔墙耳偷听人家说话,我可在行了。所以我才无所不知。"

克拉拉向着理疗所中央自己的办公桌走过去。就在这时,手机响了。是迪克兰。

"不要说出我的名字。"一接通他就立刻交代。

"好,没问题。有什么事?"

"莫伊拉离你近吗?"

"是,比较近。"

"能不能搞清楚她今天从你那离开之后要干什么?我还是先把事情跟你说明白吧。我们有一个朋友,他的孩子跟我儿子都是由大家共同照料的。麻烦就在于,他和孩子是莫伊拉的监管对象,莫伊拉对他挺凶,要求很严。他昨夜游荡出去喝迷糊了。我必须把他给拖回来,把事情给解决掉。无论如何,决不能让莫伊拉来这里,最迟要熬到明天。如果她发现出了这种状况,那一切就真的玩儿完了。"

"我懂了……"

"那么,能不能安排点别的什么日程,让她朝着那些事情去……"

"交给我吧。"克拉拉说,"你不妨乐观一点——也许你设想中的最坏局面并不是事实呢。"

"不,遗憾的是,我的猜想恐怕是再准确不过了。他的互戒搭档刚刚打过电话来。他正把这伙计往回弄呢,大概半个小时后能到。"

希拉里走上前来汇报"窃听"成果。

"他在盘问她,想多套出一些信息。比如,她是不是看到什么地方存在显而易见的浪费;又比如,健康饮食烹饪培训课对病人有没有用,或者这只不过是一种消遣罢了。你知道的,都是些他一直唠叨的常规事情。"

"她回答了些什么?"

"倒没什么出格的,但那也许是因为她,就在我们眼皮底下吧。如果他把她单独找去谈话,天知道会从她嘴里问出什么来。"

"希拉里,多点信心好不好。我们在这里可没犯什么错误。不过,你倒是让我有了个想法。"

克拉拉走近弗兰克与莫伊拉。

"看到你们两个在一起,我这才想起来,莫伊拉跟医院主病区的社工组织还没见过面呢。弗兰克,也许你可以介绍她跟那边团队的一些人认识一下——今天就能顺便搞定吧?"

"唉,我手头上有大把的服务对象,有很多要去做拜访的。"

克拉拉发出银铃般的笑声。"哎呀,莫伊拉,说真的,你什么事情都安排得妥妥当当,尽在掌控之中。可以想象,你把你负责的那些个案管理得井井有条,就像时钟一样精准。"

听到夸奖,莫伊拉看似颇为高兴。

"你知道那是怎样的一种工作。你不得不多留心。"她说。

"对此,我也认同,"弗兰克出乎意料地发言了,"每个人都应该更留心,应该比现有的状态警醒许多,谨慎许多。"

"莫伊拉,我希望你能与医院的整个社工系统建立联系,有所沟通。不过,当然了,如果你觉得这有点难以接受……那么……"

克拉拉对局面的判断恰到好处。

莫伊拉与弗兰克约好在午餐时间碰头。克拉拉不辱使命,为诺尔、迪克兰,还有那个来自互戒协会的搭档,争取到了一点时间,让他们可以先行一步。

艾登与希劳拉·杜恩老两口带着乔尼·卡罗尔到来,把弗兰琪接走了。他们各推一台婴儿车,沿着运河散步,去到艾登女儿的家中。在那里,他们同时照料三个小宝贝——自家的外孙约瑟夫·爱德华,以及弗兰琪和乔尼。与此同时,艾登还给要报读大学的几个高中生上点拉丁文辅导课。

这是个宁静的、不慌不忙的早晨。卡罗尔医生为何出现在诺尔·林齐那里、在干什么,还有那个通常都全情付出、尽心尽力的单身父亲怎么没了踪影,即使老两口对此觉得奇怪,他们也不会说什么。他们关注的是自己的事情,关注的是杜恩一家人。有很多次,迪克兰对他们都很感激,很高兴他们能慷慨相助,但也从未比今天更为感激。这次的风波,知道的人越少越好。

马拉奇到了门口。诺尔多多少少被硬架着才回来的。他摇摇晃晃、哆哆嗦嗦。他的衣服很脏,污迹斑斑驳驳。他看上去完全神志昏乱。

"他还醉着吧?"迪克兰问马拉奇。

"难说。可能吧。"马拉奇是个话很少的人。

"我去放洗澡水。麻烦你把他弄进去洗洗。"

"好的。"

马拉奇言出必行。他把诺尔推进浴缸的热水中,然后让水温不断降低,直至几乎变成冷水。与此同时,迪克兰把所有脏衣服扔进洗衣机清洗。他从诺尔的房间里找出干净衣服,又烧了一壶茶。

诺尔的目光现在没那么涣散了,但依旧一声不吭。

马拉奇也不说话。

迪克兰为三个人又都斟了一杯茶。他决意要让这沉默变得更为难堪、难受。他不想让诺尔轻易地蒙混过关。这家伙一定得明白一些道理,得到一些教训,找到问题的答案,或者是扪心自问的反省。

终于,诺尔问道:"弗兰琪在哪里?"

"艾登和希劳拉那里。"

"脏狗呢?"

"去工作了。"迪克兰回答得很简要,以此迫使诺尔再次开口。

"他给你打电话了?"他对着迪克兰点了下头。

"是,所以我才会在这里。"迪克兰说。

"你是他唯一一个联系的人吗?"诺尔声音很小,听上去像胆怯的低语。

迪克兰耸耸肩。"我不知道。"他说。

他想吓唬诺尔一下,让他冒点冷汗,让他以为莫伊拉也卷进来了。

"唉,老天啊……"诺尔说。他的脸几乎淹没在悲伤之中了。

迪克兰不禁同情他了。"嗯,既然没有其他人来这里,所以估计我是唯一接到电话的人。"他说。

"我很抱歉。"诺尔啜嚅着,觉得愧疚。

"怎么说呢?"迪克兰插话道。

"我记不清了。真的记不清了。我觉得有点烦躁,我就想,喝上一两杯或许会好点,而且少喝点也没关系。我没想到事情会这样收场……"

迪克兰不出声,马拉奇也沉默不语。诺尔无法忍受了。

"马拉奇,你为什么不阻止我?"他问道。

"因为我在家里陪我十岁的儿子玩拼图游戏。我没听到你说你要出去。原因就是这样。"

马拉奇以前都没说过这么长的句子。

"可是,马拉奇,我以为你会——"

"当出现危险迹象,当我得到消息,知道你可能又会去喝酒,我就会来帮你。如果你完全是自作主张,自己决定搞出这一类的举动,可没有哪个圣灵来给我托梦,让我能*预知*你什么时候会出事了。"马拉奇说。

"我真不知道结果会是这个样子。"诺尔哀怜地说。

"你是想不到。你以为这会有趣又容易,跟电影里演的一样。我敢打赌,参加见面恳谈时,你大概还在想,那些活动算什么名堂。"

诺尔的表情显示,他确实有过那样的想法。迪克兰突然感觉到非常疲倦。

"从这里开始,往后要怎么办?"他问另外两个。

"这取决于诺尔。"马拉奇说。

"为什么是我?"诺尔叫道。

"如果你想试着从头再来,我会尽力帮你。但那会很痛苦,就像人间地狱。"

"我当然还要戒酒的。"诺尔说。

"如果你只是跟我玩猫鼠游戏,一旦我没盯着你,不烦你了,你就悄悄溜出去埋头滥饮,那样的话,根本没用。"

"我不会那样的,"诺尔哀告道,"从明天起,一切就恢复到前几个月直到昨天前那样。"

"你说*明天*是什么意思? 今天有什么问题吗?"马拉奇问。

"那个,明天,全新的开始,一切从头开始。"

"今天,一切重新开始。"马拉奇说。

"但喝上两三杯伏特加就能先让我有点精神,然后咱们再洗心革面不行吗?"诺尔几乎是在哀求了。

"你是大人了,诺尔。"马拉奇说。

迪克兰开口了。"诺尔,我不能再让你帮着照顾儿子了。乔尼往后不会再被送到这里来,除非我们明确知道你改过自新,真的戒了酒。"他特意说得又慢又沉重。

"啊,迪克兰,不要落井下石好吧。我绝不会伤你儿子一根汗毛。"诺尔眼中含泪。

"你把自己的女儿留给脏狗好几个小时。不,诺尔,我不会再拿儿子冒这样的险。即使我愿意,菲奥娜也不会同意的。"

"一定要告诉她吗?"

"我想是的,要告诉。"

迪克兰并不愿这样做,但事实就是如此。他们没法再信任诺尔。

既然他都这样想了,那莫伊拉岂不是更不会相信诺尔?

这件事的后果不堪设想。

"我们还必须告诉艾登和希劳拉。"迪克兰说。

"为什么?"诺尔问道,很是忧虑,"现在我都要改了。我不想让他们知道我这么软弱。"

"你并不软弱,诺尔,你挺坚强的。我知道,你做到目前的地步,很不容易。相信我,我说的是实话。"

"不,我不能相信你,迪克兰。你喝酒一直很理性的,那是你的一种社交消遣罢了,晚上就只一杯,不再多喝。稳定,又有节制——这两样我从来都做不好。"

"你所承担的,比世上大多数人所能做到的已经更多了。我很赞赏你。"迪克兰简单地说。

"我看不起自己。我厌恶自己。"诺尔说。

"弗兰琪要慢慢长大,你这样说,能对她有什么帮助?振作起来,诺尔,她出生后的第一个圣诞节就要到了。整条街道都会来庆祝的。你一定要打起精神,调整好状态,来迎接这个日子。不要再自暴自弃、自怜自哀了。"

"那,希劳拉和艾登呢?"

"他们已经知道出了一点问题。我们可不能跟他们撒谎。诺尔,他们能应付这个的。老两口一生中经历的风浪何止这些。"

"还有其他人应该告诉吗?"诺尔看起来很戒备。这次经历也确实对他打击很大。

"有的,当然要告诉丽莎,还有艾米莉。"迪克兰很明确。

"不,求求你了。请不要告诉艾米莉。"

"没必要告诉你父母或者我的爸妈,或者任何类似这样的人,但艾米莉和丽莎是一定要知道的。"

"我还以为这件事已经过去了。"诺尔伤心地说道。

迪克兰强迫自己开朗起来。"是会很快过去的,但与此同时,你能得到的帮助还是越多越好吧。"

"回到你的现实世界,去给病人看病吧,迪克兰。不要再为我和我的酒瘾烦恼了。你有你的正经事务要去打理。"

"有个人的女儿和我儿子同年同月同日生,还有什么能比这更现实的?如果丝黛拉知道这次的事,她会怎么骂你?"

"谢天谢地,她不知道一切被搞成了这个样子。"诺尔诚挚恳切地说道。

"到现在为止,一切结果都还非常不错,以后也将会如此。只不过,根据你父母还有我爸妈这类人的看法,丝黛拉是*肯定*知道这一切的,也能完全理解。"

"这种神神鬼鬼、天花乱坠的废话,你也信?不会吧?"

"不是完全当真,但你明白的……"迪克兰含糊地表达他的观点,没把话说完。

"不,我不明白,一点都不。但如果一定要我告诉艾登和希劳拉的话,那我会跟他们说的。这样行了吧?"

"谢谢你,诺尔。"

当然了,迪克兰已经把有关诺尔的事情全都告诉了菲奥娜。一如往常,她保持着务实乐观的态度。

"听起来,他是被自己的行为给吓蒙了。"她说。

"是的,但我还是希望能知道他 *为什么会这样*。"让迪克兰忧心的是这个。

"你自己都说了,是他行为失当。"

"但如果真是这样,过去这几个月,他行为失当出状况,哪怕是上百次都有可能啊,可他那么久根本没出去鬼混。他显然很爱那孩子。你应该看到他照顾女儿的样子了,做得那么好,简直不亚于任何一位母亲。"

"我知道,我看到他那样子了……大家也都看到了。这附近几乎有十多个家庭都把那孩子当成自家的,在这个关头,所有人都有必要再多出一点力。"

"诺尔对这个很介意,他不想让人们知道这次的事情,但他又不得不向大家坦白。在这之前,先什么都别说出去。"

"我保证守口如瓶。"菲奥娜说。

上午迪克兰·卡罗尔在外科值班。他耽搁了两个小时,所以哈特医生被喊去顶班了。

"穆迪·斯加利打过两三个电话来。他说你今天有一些检查结果要告诉他。"

"确实有。"迪克兰显得怏怏不乐。

"我想,可能是有点什么吧。"哈特医生表示同情。

"生活真他妈的狗屎,哈特,你说是不是?"迪克兰说。

"确实如此,但通常我才是说这话的人吧,而你总是说生活没那么糟糕的。"

"今天我不会这样说了。我要去穆迪家一趟。你能多坚持一会儿吗?"

"你希望我在这待多久我就待多久。不过,病人们已经不要我喽,他们都会问,*真正的*医生什么时候会回来呀。"哈特说。

"我打赌他们是这样的!有些病人现在还问我呢,说他们有什么什么病的,那毛病第一次发作的时候,我是不是已经出生了,而答案永远是否定的。"

穆迪开了门。

"噢,是迪克兰,有什么消息吗?"他说话声很低,不想让妻子莉琪听到这边的对话。

"你知道他们是怎么个情况,"迪克兰说,"医院的那些家伙太懒散了,他们说马上就好,其实肯定会拖拉到明天,拖拉到将来某一天……"

"所以呢?"穆迪问。

"我就想啊,我们还是先去喝一杯如何?"迪克兰说。

"这就走,我去把狗狗'蹄子'牵着。"穆迪提议道。

"不了,我们去老凯西那里,还是别去你和我老爸常光顾的那家了——那里'同好'太多了……没法说话。"

从穆迪脸上的神色,迪克兰能看出,他已经立刻意识到了消息不妙。

老凯西给他们上了酒。他随口提了提天气、邻里琐闻和经济的不景气,却都没得到回应,所以就识时务地走开了。

"不用兜圈子,直接讲吧,迪克兰。"穆迪说。

"穆迪,只是早期而已。"

"小兄弟,中午时分来喝酒,说明这已是足够糟了。你是要坦白告诉我呢,还是要我逼你说出来?"

"X射线的片子上看到有个暗影,扫描显示是小肿瘤。"

"肿瘤?"

"也就是说……一个小肿块。我预约了一位专家,请他下个月给你治疗一下。"

"下个*月*?"

"处理得越早,结果会越好,穆迪。"

"不过,老天在上,你是怎么这么快就能预约到专家的?我想,你手上等待会诊的病人名单肯定有胳膊长了吧?"

"我给你找了私人执业医生。"迪克兰说。

"可是,迪克兰,我只是个工薪族,那么高昂的费用我承担不起……"

"你几年前押注过一匹马,不是赢了嘛。钱都存在银行了——你告诉过我的。"

"但那是应急用的,以防天有不测风云……"

"穆迪,这次就已经遇上风云了。"

他拿起纸巾擤鼻子,搞得声音很大。眼下的这一切已经超出了他所能承受的。他听到自己在说谎,而他感到自己这一整天都在撒谎。

"事情是这样的,穆迪,一旦预约成功了,你就不能取消。不管怎样,你都要付款的。"

"那岂不是太不像话!"穆迪显得很愤慨,"这些人,他们岂不是太贪心了?"

"制度规定就是这样。"迪克兰疲惫无奈地说道。

"应该不允许这样的事发生。"穆迪摇着头,表示反对。

"但你还是要去看专家的,是吧?告诉我,你去不去?"

"我只好去啦,因为你不能帮我取消这个。但迪克兰,你这次可有点太自行其是了吧,没问我就安排好了。如果那人要求我接受什么昂贵的、发疯的治疗,他可别想我再掏出一分钱!"穆迪发誓说。

"不会,看专家只是为了让他对治疗提出建议。只有一次拜访……"

"那就好。"穆迪嘟囔道。

"这种病情的具体信息,你可从没问过我半句。"迪克兰说,"我想说的是,其实也有多种方式可选择:化疗、放射疗法、外科手术……"

穆迪看着他,那样子就仿佛一个对此一清二楚的人,看见了一切也听到了一切。

"下个月,我不是会从那个家伙口中听到这所有的一切吗?他的劳斯莱斯可也有我出的一份钱喔。等到我必须接受那些治疗再去考虑,好吗?否则说了也没意义。"

"你说的也对。"迪克兰表示认同。他开始自问,这一天到底还有完没完。

及至莫伊拉到访栗树街运动场,事态已经平息了很多。

诺尔同意了今天不再碰酒。马拉奇带他去参加互戒小组的汇报会。没人指责他,大家反倒祝贺他回头是岸,欢迎他来参加活动。

恳谈会开到一半,诺尔想起来还没跟豪氏那边请假说今天不能去上班。

"迪克兰早就给搞定了。"马拉奇说。

"他怎么说的?"

"说了他是你的医生,你今天上不了班。说他是从你的公寓打电话过去的。"

"不知道豪先生会有什么反应呢?"诺尔满是忐忑焦灼。

"这个,迪克兰应该已经让他安心了吧。医生嘛,他说什么,你当然都会信的。再说了,这些都是事实啦。你没法去办公室,而他 是在你家里。"

"看起来,他对这一切都挺恼火的。"诺尔说,"我希望他不会从此就跟我形同路人。"

"不会的,我觉得让他恼火的是别的什么事情。"

马拉奇很清楚,要有张有弛,有时要强硬而严格,有时则要宽容大度。

看到马拉奇也在屋里,莫伊拉可谈不上多高兴。

"你是来帮着带孩子的?"她问。

"不,迪尔尼女士,我是 AA 互戒协会的,所以才认识了诺尔。"

"哦,是吗……"她微微眯起眼睛,"来这里有何贵干呢?"

"我们一起参加了个恳谈会,地点就在街道另一头。我顺道来跟诺尔喝杯茶。这无伤大雅,对吧?"

"当然——你大可不必把我当成是什么恐怖的怪物。我来这里只是因为弗兰琪。碰巧我跟诺尔昨天有过充实而坦率的意见交流,所以我就以为,那个,正好看到你在这里,我就想了你可能是……我以为诺尔大概也许出了意外……情况就不太好了。"

"所以,现在你该放心了吧?"马拉奇问得圆滑又温和。

第七章

"弗兰琪很快就要回来了。我们要把小宝贝的东西都准备好……除非,还有什么问题吗?"诺尔说得很礼貌。

莫伊拉走了。

马拉奇转头对着诺尔。"真是让人精疲力竭。"他说。诺尔笑了,这是他今天第一次笑。

大家都在准备弗兰琪和乔尼的圣诞派对。气球、拉花彩纸装饰等等,都充分详细地讨论过了。派对地点是栗树街运动场的公寓,因为这里有个挺大的会所房间,可以租来举办这类活动,丽莎和诺尔提前几周就预订好了。派对是不是会按计划进行?或者,诺尔身心都太虚弱,没法应付局面?

"我们必须全力以赴。"丽莎鼓励诺尔,"否则,将来翻看相册时,她会奇怪出生后的第一个圣诞节怎么没有庆祝。"

"她以后不会跟我们一起翻看相册的。"诺尔神色黯然,语气沮丧。

"你什么意思?"

"他们会把她带走的,那是理所当然的。谁愿意把孩子托付给我这样的人?"

"哎呀,那就要跟你说声多谢啦。我们所有其他人都在竭尽全力给她一个家,要多谢你的配合啦。"丽莎尖酸地讽刺道,"我们可不愿这么轻易就放弃。诺尔,把宝贝抱到婴儿车里,我们这就去看看会所的那个房间。"

就在这时,门铃响了。

"诺尔,是我,迪克兰。我们能不能把乔尼在你这儿放几个小时?可以的话,就是帮了大忙了。"

从诺尔失控醉酒到现在,这是乔尼第一次被委托给他。

诺尔明白,这是老邻居在向他伸出橄榄枝。但他同时更明白,这是一张信任票。他的腰杆现在挺直了一些。

"没问题,迪克兰,我们会带乔尼去看看那个房间,他的第一个圣诞派对就安排在那里。"他说。

他觉察到迪克兰也颇为高兴,为派对能照常举办而感到欣慰。

在圣诞日之前三天为两个小朋友举办派对,是家人亲友欢聚一堂的绝佳机会。圣诞当天,很多人都只是静悄悄地庆祝这个节日:放开胃口大吃烤火鸡,然后跟家人一起坐在电视机前消磨时间。而这次派对却是街坊们热闹聚会的好借口,可以戴上纸帽子尽情欢乐,并且还能假称这完全是为了小家伙们。

派对的大部分时间,两个小宝贝儿都只会呼呼大睡。

丽莎负责装饰会所,用的是大红与亮银两种颜色。艾米莉帮着她挂起了从教堂边上副堂借来的巨大的红色窗帘。腔狗·达根运来了满满一小车厢的冬青树——他只含糊地描述说冬青是从什么乡下弄来的。艾登与希劳拉精心装饰了一棵树,打算整个圣诞季都把它保留在那个大房间中。他们还将带自己的小外孙约瑟夫·爱德华来派对做客。而穆迪的外孙托马斯·马登斯·费泽尔也会"赏光",但前提是,他不必去跟小宝宝们逗趣说话,也不会被安排在小娃娃们的餐桌上。

乔希和查尔斯思索着圣加拉斯的画像放在现场的装饰中是否合适,而丽莎巧妙委婉地为画像找了个地方。挂在那里,不至于看起来极为扎眼和荒谬。

西蒙和珺德那天要去为一个私人聚会服务,所以就没法给这个圣诞派对做菜。不过,艾米莉安排了一顿晚餐:所有女士各带一道菜到场,鸡肉或蔬菜之类的都可以,而所有男士则要带酒水过来,同时还要准备甜点。不出所料,甜点都是从超市买来的各种巧克力食品——数量倒是多得惊人,可以吃到下个圣诞季。"甜点"被雅致地装进一个个纸盘子,堆满一张桌子。等主菜吃完,将会动用一台餐车将"甜点"运进来。

诺尔抱着弗兰琪,给她看所有那些圣诞装饰。小丫头一边吮着手指,不时发出尖叫来表达快乐,而诺尔看着她,疼爱不已。穿着小可爱的红色连身婴儿服,戴着小可爱的红色尖顶小精灵帽子来给小可爱的脑袋保暖,弗兰琪饱受宠爱,在大人们怀中被传来传去。跟乔尼一起,两个小宝贝也成为上百张照片中的主角。甚至连托马斯也被说服,加入了他所"鄙夷"的三个小娃娃,在一盘百果甜馅饼前来了张合影。

弗林神父带了个捷克人组成的三重唱乐队来助兴。他们在都柏林举目无亲,难免思乡之苦,所以神父安排了一系列类似这样的外出活动,让他们能够乐在其中,同时又能享受一顿美餐,拿到一笔适当的交通费,并且有一群观众来给他们捧场。

他们唱圣诞颂歌和其他应景节庆的歌曲,用捷克语也用英语唱。当唱到

> 有个马槽在远方
>
> 既非摇篮也非床
>
> 小小耶稣睡得香
>
> 睡在槽中多安详

时,大家都感受到了一种庄重静穆的氛围,每个人都将目光转向那两个甜甜入睡的小宝贝。然后,所有人都一起合唱接下来的一小节:

天上星星闪闪亮

星光齐聚马槽上

小小耶稣睡得香

头枕干草也安康

在场的每一个人,不管是信徒还是非信徒,都多少感受到了一种特别的圣诞气息,而这种体验是他们未曾有过的。

一月,一个寒冷阴沉的上午,迪克兰来到斯加利家中。

"你开车带穆迪去,那真是太好了。"莉琪说道,"他讨厌去银行,说那会让他感觉不舒服。他今天把自己打扮得狗模狗样的,但整个早上都不安生,像关在笼中的狮子。"

"哦,不用担心,莉琪。我自己本来就要去那里,我也很乐意有穆迪结伴同去。"

迪克兰意识到,与专家预约问诊这件事,穆迪没有对莉琪透露任何风声。穆迪身上穿的大概是他最好的西服,还打了领带。迪克兰看着他,没法不注意到这位大伯近来已经变得多么瘦。奇怪的是,莉琪竟然没发现这一变化。

他们开车前行,没说话。穆迪握着空拳,一路用双手的手指对敲着。迪克兰则在心里演练着自己要说的话——当哈里斯先生向穆迪传达实情时,他该说些什么,而那些拍的片子、扫描图像和检查报告已经对迪克兰明确宣告了穆迪的病情。

他们先到了银行。迪克兰兑现了一张支票,而这只是为了做给穆迪看,证明他去那里确实有事要办。穆迪从自己的储蓄中支取了五百欧元。

第七章

"虽然他是'见钱眼开'的什么哈里斯,但这个老贪财鬼也不能收这么高的费用吧。"他说着,一边小心地将钞票放进钱包。

随身带着这么大笔的现金,穆迪不高兴。但令他更不高兴的是,要把这笔钱交给那贪婪的专家。

事实表明,"贪财鬼"哈里斯先生是个和蔼可亲的人。他也非常乐意迪克兰能加入诊断咨询。

"如果我不小心开始讲医学术语了,卡罗尔医生可以帮着翻译成通俗易懂的大白话。"他微笑着说。

"在我们那条街长大的人当中,迪克兰是第一个成为真正的专业人士的。"穆迪引以为豪。

"是这样吗?我也是我们家第一个上大学拿学位的。我敢打赌,你家墙上肯定挂着张尺寸超大的照片——你的毕业照。"看起来,哈里斯对此的兴趣是真诚的,不是逢场作戏。

"这张照片占据了家里圣心耶稣壁灯的位置。"迪克兰咧嘴笑道。

"好吧,斯加利先生,我们不能再聊美好的往事了,省得浪费你的时间。"哈里斯回到正题,"你去圣布丽吉德做了检查,他们给你的肺部拍出的片子也非常清晰。这里没什么灰色的朦胧概念,都是黑白分明、一清二楚的。你的左肺这里有一个大肿瘤,还在扩散之中,你的肝脏中也有继发性肿瘤。"

迪克兰注意到桌子上有一个玻璃水瓶,还有一只玻璃杯。哈里斯为穆迪倒了一杯水。穆迪一声不吭,极为沉默。这绝非他常有的状态。

"那么,斯加利先生,现在,我们要考虑的就是怎样才能最好地处理这个状况。"

穆迪仍旧一言不发。

"手术有没有可能?"迪克兰问道。

"没有,到了现阶段就不用考虑了。现在要选择的,就是用放射疗法还是化疗,另外就是在家里还是在临终关怀医院接受姑息护理。"

"什么叫姑息护理?"长久沉默之后,穆迪开口了。

"就是指有些护士在经过相关培训之后,专门来护理像你这样的病患。她们都很出色,非常善解人意,对这方面的事情也了如指掌。"

"她们自己也得过这种病?"穆迪问道。

"没有,但她们都受过良好的培训,在护理其他类似病人时也学会了很多,比如病人想要什么,以及怎样才能为你提供最高质量的生活之类的。"

穆迪思考了片刻。

"我想要的生活质量,就是活得足够长,跟莉琪生活在一起,能再次看到我所有的孩子们,能看到那对双胞胎有稳定的生意或不错的工作安排,能看到我的外孙托马斯·马登斯·费泽尔长成一个像样的好小伙子。我想要牵着我的狗狗'蹄子'去我常去的酒馆,多年以来,我都在那里跟我的同好们碰头。每年我还要去看差不多三次赛马。那对我来说就是高质量的生活。"

迪克兰看到,哈里斯将眼镜摘下了一会儿,专注地用镜片布擦拭着。等他调整好情绪,可以开口了,他说道:"这些事,你还是可以有相当多的机会去做,在一定时间内是能够做到的。我们预期会这样。"

"但不会活得很久很久,是吧?"

"不会是很久很久的时间,斯加利先生,不可能很久。所以,重要的是,我们怎么去利用剩下的时间。"

"到底多久?"

"很难说得很准确……"

"那是多久呢?"

"按月说吧。也许六个月?或许更久一点,如果运气不错……"

"那么,多谢您了,哈里斯先生。我必须说,你说得已经很清楚了。虽然值不了几百欧元,但你很坦白,也很和善。我究竟该付您多少钱?"

穆迪从口袋里掏出钱包,放在桌上。

哈里斯看都没看。

"不,不用,斯加利先生,你是我的同行卡罗尔医生带来的。我们有个传统,同行来问诊咨询,从不收任何费用。"

"可迪克兰他没有任何问题啊。"穆迪说道,感到颇为困惑。

"你是他的朋友,是他带你来的。他原本也完全可以带你去其他专家那里。请你接受我们的这个规矩,这是正常的程序,把你的钱包收起来吧。我会写诊断报告和治疗建议给卡罗尔医生,他会把你照料得好好的。"

哈里斯先生送他们到电梯口。迪克兰注意到,他对前台接待处的姑娘摇了摇头,而那姑娘正准备开出账单。迪克兰的呼吸因此更轻松了一点。现在,他要做的全部事情就是让诺尔坚持戒酒,此外,更为紧迫的是跟穆迪回家,帮着他向莉琪说明情况。

谢天谢地,哈特医生能让医院那边正常运转,直至他回到外科门诊。

他走进家门的那一刻,菲奥娜就知道出了问题。

"迪克兰,你脸色白得像纸!发生什么事了?是因为诺尔?"

"菲奥娜,我爱你,也爱乔尼。"他说道,同时在桌边用双手托着低垂的脑袋。

"啊,老天!迪克兰,出了*什么*事?"

"是穆迪出事了。"

"他怎么了?发生了什么情况?看在上天分上,请你告诉我……"

"他只有几个月可活了。"迪克兰说。

"不会吧!"她大惊失色,以至于不得不赶紧坐下。

"但就是这样。今天上午我陪他去看了专家。"

"我还以为你送他去银行的。"

"这样做,是为了让他取钱付给专家。"

"穆迪去看私人专家?老天,他肯定会很不安的。"菲奥娜说。

"我逼迫他去的,但专家没收费。"

"他到底为什么那么做?"

"因为穆迪是穆迪啊。"迪克兰说。

"他得把这事告诉莉琪。"菲奥娜说。

"已经告诉了。当时我在那里。"迪克兰看上去也受到了不小的打击。

"情况呢?"

"跟你能想到的一样凄惨,还要更糟。莉琪说她还有太多事要跟穆迪一起做。她打算明年陪他去利物浦看全英障碍赛马的。你明白的,菲奥娜,穆迪是永远去不了安特里的赛马场了。"

然后他就呜咽着抽泣起来,哭得像个孩子。

珥德与西蒙是在穆迪和莉琪身边长大的,他们对那以前的生活都几乎毫无记忆。听到消息,他们也极为伤心。

"他其实还真的不算是老人呢。"珺德说。

"如今长寿的人多,六十岁都可以说是中年。"西蒙赞同珺德的意见。

"记得我们给他做的生日蛋糕吗?"

"是啊,六十华诞。"

"我们必须推迟去美国。"珺德说。

"不能推迟啊。人家不会给我们留着工作的。"西蒙很是焦虑。

"还会有其他工作机会的。你懂的,往后,将来,会有的。"

但西蒙不想轻易放弃。"珺德,这次机会是这么好,穆迪也会希望我们抓住的。我们可以挣到大笔的工资。我们可以给他汇款回来。"

"穆迪什么时候看重钱了?"

"我知道……你说的对。我这么说,其实只是在为自己找借口,真的。"西蒙坦白道。

"那么,我们试着在都柏林生意好的餐厅找点零工做。"

"人家不会要我们的。我们经验不足。"

"哎呀,乐观点,西蒙,为什么这么垂头丧气的。我们做过私厨服务的那些人对我们评价都很高,都愿意强烈推荐我们。我打赌那些餐馆会收我们的。"

"那从哪里开始呢?"

"我觉得我们应该先来点小投资,在昆廷斯、柯尔姆或安东之类的餐馆吃上一两顿。你知道的,这都是些高档的馆子。我们把就餐经历当作调研考察,留神看那里的情况,然后再回去求职。"

"可怜的穆迪处于这么糟糕的状态,我们现在去那些地方点菜,看上去可有点没心没肺吧。"

"总比跑到地球另一边去好点。"瑁德说。

他们决定从塔拉路的柯尔姆开始。他们点了菜单上最便宜的东西,但随手记下店里的每一个事项:服务生上菜的态度和方式、他们怎样向客人推荐试饮的酒水、奶酪端上餐桌的样式,还有奶酪是如何根据顾客的意愿并结合服务生的建议来切片的。

"我们最好先研究了自家的奶酪,再来尝试这里的。"瑁德低语道。

"看,这里的老板在那边呢。"西蒙指向餐馆的主人柯尔姆。

他走到两人的桌边。

"看到年轻客人光临本店,真是高兴。"他说道,表示欢迎。

"我们自己是做私厨餐饮的。"瑁德突然说道。

"是吗?"

西蒙感到懊恼。他们本来的计划可不是这么快就亮出底牌的。现在暴露了自己,使他们看上去不是真正的顾客,而更像是探子了。

"我们有非常好的从业经历,客人都乐意举荐。不知你能否收下我们的名片,万一店里人手不足的时候可以联系我们。"

"谢谢。我当然会收着名片的。那个,我问一下,你们跟斯加利—费泽尔餐饮,也就是'红羽毛'私厨的嘉茜·米切尔是有关系吧?"

"是的,是她教我们做菜的。"瑁德自豪地说。

"她嫁给了我们的一位堂哥,尼尔·米切尔。"西蒙觉得点到为止,不必再去过多解释这些。

"哦,是这样啊,既然是嘉茜教出来的,你们肯定很棒!但我这里暂时没什么事。我合伙人的女儿安妮,就是在那边的姑娘,她刚开始在店里做,所以目前人员配备挺充分的。不过呢,我会把你们的名字记在通讯本上的。"

然后他回了厨房。

"他人很好。"瑁德低语。

"是吧。我希望他现在不至于就去跟嘉茜核对我们的信息。她正为穆迪的病情烦着呢,听到我们来这里吃饭,那会显得我们有点狠心。"

他们最终决定对穆迪进行化疗。到了这时候,圣加拉斯弯月道的每个人都听说了他的事,也热心地提出了各种各样的"偏方疗法"。乔希和查尔斯说,穆迪对圣加拉斯雕像的关注和贡献,有目共睹,加拉斯本人也认可,会在上面向神替穆迪求告几句的;哈特医生说,不管哪天晚上,只要穆迪想去酒馆,他都乐意当专职司机。哈特不泡酒馆,他会先开车回来,过后再去接穆迪;艾米莉则在斯加利家的花园里种上了耐寒的常青灌木,以此来给穆迪散心。

"可是,艾米莉,转季时我还会在这里看到它们活过来吗?"他有一天问道。

"哦,别悲观,穆迪。历史上的那些伟大园丁一直相信,总有人会看到他们的成果的。就是这么个道理。"

"说得不错。"穆迪若有所思,把自哀自怜的念头先抛到了一边。

迪克兰自己的父母则必定在每天肉档收市后还留有半条小羊腿或者几片里脊肉牛排。

嘉茜·斯加利现在每天来娘家探望,经常带着吃食。

"老爸,这些三文鱼小馅饼我们做得太多了。妈,如果你能吃掉一些,那就是帮了我的忙了。"

嘉茜常常拉着儿子托马斯一起来。这是个活泼好动的小小少年,给外公穆迪带来不少快乐。

实际上,一切都比迪克兰此前所预期的要更好。他之前担忧,一贯开朗快乐的穆迪会陷入消沉抑郁的泥潭。但结果好在根本不是那样。迪克兰的爸爸说,穆迪还是酒馆里的活跃人物,是那里的"生命与灵魂",还是喝跟以前同样多的啤酒——理由是,反正现在酒精无法对他造成更大伤害了。

迪克兰给专家哈里斯先生写去短信:

我带穆迪·斯加利去贵所咨询时,你实在是太友善太亲和了。关于费用,你的慷慨免单令我们感激不尽。我想,你或许也愿意听到一些好消息吧;穆迪的状态挺不错的,情绪正常,精神饱满,基本上每一天过得都算开心尽兴。

你本人以及你对此病例的正面态度,无疑对目前的成果有着巨大贡献,我要致以最真诚的感谢。

迪克兰·卡罗尔

哈里斯先生做出了这样的回应:

卡罗尔医生,你好。

很高兴收到你的来函。我有几个朋友经营着一间全科诊所,正想招募一位新合伙人。他们问我有无人选可推荐,我立刻便想到了你。诊所位于都柏林一处很雅致的地方,并提供住房。如果认为有需要,你也可优先购买此物业。信中随附一些详细信息供你参阅。

这几个朋友都是很好的人,关注民生疾苦。诊所位于富裕的街区,但这并不意味着他们的病人就只是些闲出疑心病来的富人,有事没事地去查查身体。那里接待的还是忧心忡忡、真正有病在身的人,就如其他任何地方的病人一样。

如果你对此感兴趣,请告知我并发来你的简历资料。他们对我说了,只要合适,就会尽快敲定此事。

你的朋友穆迪·斯加利,我是不会忘记的。生活中,我们只会很偶然地才能遇到像他那样实实在在的大好人。这个人身上没有任何的伪装矫饰。

期待听到你的回音。

致礼

詹姆斯·哈里斯

这封信,迪克兰不得不来回读了三遍,然后才完全领悟。在整个都柏林,那都是最高端的私人执业诊所之一,而现在他正面临着机遇,可以在其中得到一个位置。旁边还有带大花园的独立大宅,乔尼可以入读富家子弟聚集的名校。这样的一个职位,他本来可能还要再努力十年才够资历的。但,竟然是*现在*!而他还未满三十岁!真是太出乎意料了。

收到信的时候,菲奥娜去上班了,所以迪克兰暂时不会跟她分享这个喜讯。艾米莉来过,她将乔尼接走,推到诺尔公寓那边去与弗兰琪碰面。今天上午,两个小家伙都会在旧货店那里,下午再送回来交给迪克兰的父母照看。这个育儿系统运转精准,一如时钟。诺尔看似也回到了正轨。

迪克兰在外科门诊的值班是从十点开始的,所以他还有空去穆迪那里看看,讨论一下临终关怀护理的事情。专业护士今天将第一次上门。迪克兰认识那位护士。她叫杰西卡,性格温和,经验丰富,受过良好培训,善于应对反常情况,能把意外处理得妥帖自然。任何可能需要的东西,她也能很机敏地预见到。

"杰西卡,他可是个很固执的人。"迪克兰提醒过她,"穆迪或许会对你说,他根本什么病也没有。"

"我知道这种性格的人。迪克兰,你尽管放心,我们会相处得不错的。"

迪克兰也相信杰西卡能做到。

莫伊拉在圣加拉斯弯月道东跑西颠已经有一会儿了。迪克兰出门的当儿,正巧遇上她。她和手上的活页记事夹看似早已连为一体——做了外科手术嵌到她小臂上去的吧。迪克兰没有哪一次看到她没拿着这玩意儿的。他对她挥了下手,继续前行,但她拦住了他。她心里显然惦记着什么事。

"你这是要去哪儿呢?"他随意地对付一下。

"我听说这条街上有套房子要卖。"莫伊拉说,"我一直想找个带小花园的房子。你知道那房子的情况吗?就在22号。"

迪克兰快速地想了想。那是一位老太太的房产,老太太即将入住老人院,但房子正好就在诺尔父母住处的隔壁,是不折不扣的比邻而居。诺尔可不会欢迎莫伊拉搬来。

"可能那里已经很破旧了吧。"迪克兰说,"房主差不多与世隔绝。"

"嗯,但那也许可以让价格更便宜点呀。"莫伊拉开心地说道。

她微笑时要显得好看不少。

"诺尔情况还好吧?"她问。

"实际上,莫伊拉,你可是比我还更常见到他的。"迪克兰说。

"是吧,唉,那是我的工作。但有时候他挺暴躁的,你没发现吗?"

"暴躁?不会啊,我从没发现这个情况。"

"就是最近有一次,他把我手上的记事夹打掉了,似乎想不管不顾地冲到屋外去。"

"那到底是为了什么事呢?"

"是因为一个叫腌狗·达根的人。腌狗被当成照看孩子的另一个人选。我就问这人的情况了,可诺尔却对我大吼,说那是个*可怜的白痴大好人*。他的用词非常粗鲁,相当令人难以容忍。"

迪克兰定定地看着她。所以,这就是那天晚上导致诺尔失控烂醉的原因。他几乎无法掌握好自己的情绪,因此没让自己立刻开口。

"有什么不对的地方吗,迪克兰?"她问道,"我有一种感觉,就是你们并没有把事情全部都告诉我。"

迪克兰抑制着,把到嘴边的话咽了下去。不久,他就会搬走了,远离莫伊拉、诺尔和圣加拉斯弯月道。他提醒自己,千万不要爆发,不要留下一条令人困惑和糟糕的印迹。

"莫伊拉,我相信你有能力把这事处理得稳稳当当的。"他言不由衷地说道,"客户的心态难免有起落变化,我们的病人也是这样的,你必须习惯这个。"

"如果别人告诉你事情的全部原委,不加隐瞒,那是最好的。"莫伊拉说,"但现在我认为,有某样事情还没让我知道。"

"这个,等你发现真有什么事是藏着掖着的,你可要告诉我,怎样?"

迪克兰尽力在脸上浮起一丝微笑,然后继续前行。

他来到妈妈工作的洗衣房,亲了亲在旁边旧货店里的儿子。乔尼与他的密友弗兰琪坐在那里,两人都像"漂亮宝贝"品牌童装的实体广告中的模特。他们现阶段似乎最为迷恋不已、把玩个不停的,是自己的小手。

"谁是老爸的小乖宝宝呢?是谁呢?"迪克兰逗孩子。

他的声音听起来有点异样。莫丽看着自己的儿子,眼神中露出关切。

"迪克兰,你来这里是要拿什么东西吗?"她问。

"就是来跟我的儿子和继承人问声好啦,还要向我圣人般、天使般的妈妈,还有好朋友艾米莉,说声谢谢。有你们的帮助,我们的生活才这么轻松愉快。"

他脸上浮起笑容。这次是自然真心的笑容。

"这个,难道不是最起码的一点事吗?是我力所能及的。"莫丽很高兴,"我不是得到了每个母亲都梦寐以求的东西吗?自己的儿子,现在还有孙子,三代同堂!一想到有些人连孙儿孙女都几乎没见着,我就感到活着的每一天,都是上帝托福了。"

这样的状况不会太久了,迪克兰暗中想道,心里自感黯然与无情。他接着去看穆迪与莉琪。知道杰西卡这天要来家中进行首次探访,老两口正在心平气和地争论着,应该怎样接待这位护工。

"我已经做好了一些烤松饼,但穆迪认为应该请人家好好吃顿饭。迪克兰,你的意见呢?"

"我觉得烤松饼就好了,以后哪天你们再提议请她吃午饭吧。"迪克兰答。

"她是已婚呢,还是单身?"穆迪问道。

"碰巧都不是,她是个寡妇。她丈夫大约三年前去世了。"

"但愿上天怜悯逝者,杰西卡肯定受苦了。"莉琪说道。表面上看来,她显然完全没有认识到,她自己很快也将成为寡妇。

"大概是吧,但杰西卡意志坚强、心胸开阔,将所有精力放到了家庭和工作上。"

"很明智的做法。"莉琪说,"我希望当年她也遇上了一位好医生,就像我们现在这样。"她信任而亲切地看着迪克兰。

"你说得再对不过了。"穆迪赞同道。

"不用这样,穆迪,你们都让我头脑膨胀,飘飘然了!"迪克兰说。

"这是值得的。我跟每个人都说了那个哈里斯先生,说了因为你是他的专业同行,而我又是你的老熟人,所以他就不收钱了。"

迪克兰感到眼睛后面有轻微的灼痛,热辣辣的。等到穆迪身故之时,菲奥娜与他已经搬去了都柏林的另一个街区,一个与这里截然不同的地方。不仅是穆迪和莉琪将失去他们喜欢和深信的医生,他自己的父母也会与儿子和孙子产生距离,各居于城市一隅。

去上班之前,他还跟乔希和查尔斯碰了个面。

"你家隔壁的房子要卖,对吧?"他说。

"是啊,告示牌明天就会挂出去。你是怎么知道的?"

"听莫伊拉讲的。"他回得很简短。

"天神啊,一有什么风吹草动,那女人都能听到。"乔希说。

"她来过我们家里了,检查地板上有没有狗毛。她到底生活在一个什么样的天堂里?竟然认为狗不会掉毛!"查尔斯摇着脑袋。

"她考虑要买那房子。"迪克兰说。

"不行!"乔希很震惊,"上帝啊,那样她就等于是*住到我们家里了*!"

查尔斯还是摇头。"诺尔可不会喜欢这个……一丝一毫都不喜欢。"

"好在一直有迪克兰帮我们所有人顶着,来对付她。"乔希总是去看事情光明积极的一面。

但不会太久了,迪克兰暗自想道。

这天上午,外科的所有病人看似都需要向他倾诉点什么,给他讲一些故事,或者回顾一下在什么情形下他曾经帮过他们。这天上午得到的赞赏,假如迪克兰即使对其中的四分之一太当回事或引以为傲,那他都足以成为一个虚荣自满的人。他只是默默地感到奇怪,病人们怎么不选择另外哪一天来告诉他这些。所有的日子中,他们偏偏要在今天说出那些话,而这一天他正要决定改变自己的生活,离开他们。

他在安东餐馆预订了晚餐。他想要在一个高级点的环境中向菲奥娜宣布消息,而不是在与父母同住的那栋房子里,因为那里说什么话都可能会被爸妈听到一些。

"先生,您是怎么得知本餐馆的?"领班在电话中问道。

迪克兰本打算说是听丽莎·凯利稍稍提到过安东,但转念一想,他决定将这个信息只保留在自己的脑海中。

"我在报纸上看到过介绍。"他笼统地说。

"但愿我们的表现能达到您的期望,先生。"泰迪说。

"希望如此。"迪克兰说。

这一天看似相当漫长。一直要到七点,腌狗才会开车来接送他们。

第七章

两三周之前,腚狗去一间希腊餐馆参加了一个派对,结果踩到了地上的碎片。迪克兰用镊子从腚狗的脚底取出了一些可怕的尖利的碎渣。没有什么钱款的转手交易。在腚狗的人生中,一般都没有金钱易手的事,但他同意用自己的小货车提供四趟运送服务,来作为公平交易。这就意味着,告诉菲奥娜这个好消息时,他们两口子可以喝上一瓶香槟。

就在他下班之前,诺尔打来了电话。

"只耽误你三分钟时间,迪克兰,拜托了。"

"好的,说吧。"

"迪克兰,你一直都是好脾气。那是真实本性,还是装出来的?"

"有时候是装出来的,但有时候呢,比如现在,是真实的。"迪克兰笑了笑,鼓励对方说下去。

"那我跟你有话直说吧。我对丽莎有点担忧。我不知道该怎么办……"

"有什么问题?"迪克兰耐心又温和。

"一旦牵涉到这个安东,她就跟现实完全脱节了。我的意思是说,她分不清哪些是真实的,哪些不是。听着,我当然是知道的。我知道她会怎么来否认这个。她就是深陷其中,不能自拔。"

"她酗酒了吗?或者是别的什么?"

迪克兰疑虑诺尔是不是像有些戒酒者那样,对其他人任何类型的饮酒行为都突然感到无法容忍。

"不,没这回事,就只是一种心理上的偏执。她还在设想着与安东共有的未来生活,但她那样只不过是一直在哄骗自己罢了。"

"这个真难办,我可以这样说。"

"迪克兰,她需要帮助。她会毁了自己的生活。你可得推荐个什么医生,让她去就诊。"

"我没给她看过病,而且她也*没*要任何人给她建议去任何地方看医生。"

"哎呀,迪克兰,你可从来都不是那种墨守成规的人。请个什么人……也就是,某个心理医生,请他看着她一点。"

"诺尔,这个我*做*不到。事情不是这样操作的。我不可能贸然地从路边冲出来说:啊,丽莎,诺尔觉得你前进的方向搞错了,所以,让我们换个目标,去拜访一位心理医生。"

"要解决问题,就*应*该走这条路啊。而且,说到底,只有你知道该怎么谈起这个话题。"诺尔在恳求他。

"可她至今没有什么出格的言行啊。你对这一切的感觉,当然有你自己的道理,但坦白说,外部的干预不可能会有任何的帮助。你自己就不能让她看明白事实真相吗?你可是跟她住在一起的——你们是室友啊。"

"这个是没错,但我说的任何一个字,有谁愿意听呢?"诺尔问道,"*你*一直倒是听的,当然不能否认你的贡献。你让我觉得自己多少算是个正常的人类,而不是什么疯子。"

"你确实*不疯*,诺尔。"

迪克兰心中嘀咕,还有没有别的什么人不曾告诉他,他对他们是如何重要?

菲奥娜的样子美极了。她说她中午几乎没吃什么东西。同事芭芭拉想邀大家一起去午餐,顺便长聊一番,说说男人是多么难以理喻的复杂物种,但菲奥娜宣告说当天晚上要去安东餐馆跟迪克兰就餐,于是芭芭拉就说,跟菲奥娜谈男人的复杂性那是白搭,因为她的丈夫是男人当中的无瑕美玉,只可惜这样的丈夫总量有限,不够分配。

她穿了一身新衣服;一条粉色的长裙,搭配一件黑色小外套。俩人在餐馆被服务生领着入座时,迪克兰一直看着自己的老婆,满是骄傲。她看上去真是太漂亮了。她的格调不逊于在场的任何女宾。坐下后,他不禁用双手捧住她的脸,亲了又亲。

"迪克兰,你可真是的!别人会怎么看我们?"她有所介意。

"人家会认为我们很活跃,认为我们很幸福。"他满不在乎地说,而与此同时,他突然做出了人生中第二个最重要的决定。第一个决定是永远陪伴菲奥娜,直到世界的尽头。而第二个决定则颇为不一样。这一次他决定放弃什么。

现在,他不打算告诉她有关哈里斯先生来信的事了。甚至,他也可能永远不再会对她提及这封信。那个模糊的念头,突然之间,在他意识中变得如此清晰。

"我在考虑……我寻思着,我们是不是该买下弯月道22号的房子?我们可以把那里改造成我们自己的小家……"

第八章

"我有一点点小问题要处理。"在心脏理疗所接到克拉拉·凯西之后,弗兰克·恩尼斯说道。

"我来猜猜看,"她笑着说,"上个月,我们在盥洗室用的空气清新剂太多了?"

"不,跟这类事扯不上。"他不耐烦地说道,一边在车流中穿梭。

"不,不用告诉我。我会想出来的。是门上的铜牌吧。我们新添置了一罐清洁铜制品的抛光剂之类的小玩意,我都忘了跟你请示了。是这个吧,是不是?"

"说实在的,克拉拉,我不懂你为什么总是热衷于把我描绘成一个锱铢必较的小职员,而不是医院经理。我现在担心的,跟你,跟你在你们理疗所那临时起意、大手大脚的开支没有任何关系。"

"是*我们的*理疗所,弗兰克。那也是圣布丽吉德的一部分。"

"但你可是自有主张啊。那里是你的独立共和国——从第一天开始就那样了。"

"你也太小肚鸡肠、太孩子气了。"她不以为然地说道。

"克拉拉,你是不是铁定了要去今晚的音乐会?"他突然问道。

"有什么问题吗?"

她目光敏锐地看着他。说好了的任何约定,弗兰克从不会无故取消的。

"没什么,确切地说,是没*任何*问题,只是,我真的需要跟你好好谈谈。"他说。

"你能不能发誓,要谈的不是盒装纸巾,文件夹或回形针什么的,也不是这个地方或那个地方存在着什么巨大的浪费,让你的医院在失血枯竭之类的事情?"克拉拉提出要求。

他不禁笑了。"不会,保证不是那一类的废话。"

"那好吧。我们就取消音乐会的安排。他们是不是要去哪里吃晚餐?"

"跟我回家。"

"弗兰克,我们得先找个地方吃饭呀,你又不会做饭。"

"我请私厨做了菜留在家里。"他有点尴尬地解释道。

"你就那么肯定我会答应?"

"这个,在生活中的很多方面,你还是相当讲理的嘛,甚至应该说是——正常的。"他努力想给出公正的评价。

"私厨服务。我觉得……"

"还好啦,他们还挺年轻的。是半专业人士,要我说就是。还没学会开口要吓人的高价。"

"未成年奴工? 成年没啊? 剥削也要有底线吧?"克拉拉调侃。

"哎呀,克拉拉,你能不能消停一下,就一个晚上?"弗兰克求饶了。

珺德和西蒙在弗兰克的公寓中做菜。他们布置好餐桌,带来了自己提供的餐巾,还有一朵玫瑰。

"这会不会有点过了头?"西蒙表示担心。

"不会,他是准备向她求婚吧。我就知道是这样。"瑁德说。

"他跟你说了?"

"当然没有,但在自己家里为一个女人准备一顿晚餐,那还能有什么别的缘由呢?"

在瑁德看来,这是不言自明的。

他们已经将烟熏三文鱼配牛油果慕斯以及用一只西西里柠檬雕出的玫瑰小装饰在桌布上陈列妥当;芥黄咖喱鸡做好了,备在烤箱里;奶油苹果馅饼放在餐具柜台面上。

"求求上帝,让她接受求婚。"西蒙说道,"对那男人来说,这可是花了挺大的心思和本钱了,这些食物,我们的人工费,还有所有其他的。"

"她年龄也一定相当大了……"瑁德若有所思,"我的意思是说,恩尼斯先生都已经是老头子了,竟然还有精气神儿来求婚,可够让人瞪大眼珠子的!别的任何事情,我们可都不要再提了。"

"是的,我们可不能提。"西蒙说道,为完成任务而松了口气。

他们于是走出了屋子,将钥匙从大门上的邮件投递孔塞进去。

克拉拉一直认为弗兰克的公寓房相当简朴荒凉,没有人气。不过,这天晚上,房子看上去有所不同。房内有柔和雅致的灯光,还有一桌布置精美的餐食。

她注意到了那枝玫瑰。这可不是弗兰克喜欢的东西——他才没这份情调。她估摸着是不是那些做私厨的年轻人灵机一动带过来的。突然间,她感到一阵慌乱,就如同被人猛击了一般。看这阵势,他不会是打算向她求婚吧?可能吗?

肯定是不可能的。弗兰克与她都已很明确他们要遵循什么样的交往原则,他们所拥有的只是一份不必相互承诺、无须负责的关系。双方都有权利与其他人自由外出。有时候,当他们去外地度周末,或者当他们在苏格兰高地度假时,两人当然是同住一间房,也同睡一张床的——让克拉拉来描述的话,她会说他们之间有不多的,但愉悦的性生活。如果她会对什么人提及此事,说出来的便是如此。但她没告诉过任何人,没告诉过在诊疗所的好闺蜜希拉里,也没告诉过她认识最久的老朋友德弗拉。

当然也没告诉过自己的妈妈。母亲偶尔会问一问克拉拉,这位新护花使者大致是个什么情况。当然喽,克拉拉的女儿们也不会关心她的性生活,她们倾向于认为,可怜的妈妈已经老了,早就过了干那种事的年龄。克拉拉的前夫艾伦当然也不会知道这个,这家伙总是像个幽灵般潜伏在克拉拉生活的背景深处,幻想着有朝一日她会回头重修旧好。

不,当然是不可能的。弗兰克难道会如此糊涂,如此不可救药地把脑神经搭错线?绝对不可能的!

他走进书房,拿了一沓信笺出来。

"这里整个看起来很不错。"克拉拉赞赏房中的新气象。

"你喜欢就好,还好吧。谢谢你欣然同意改变安排,没让我为难。"

"没什么好谢的。一定是很重要的事情,你才……"

克拉拉盘算着,如果他真的一时失控,提出求婚,自己该说什么。毫无疑问,要说不。但该怎么说,怎样才能不伤害到他,或者不让他显得荒唐难堪,这才是问题所在。

弗兰克为她斟上一杯红酒,然后将那几页信纸递过来。

"这就是我的问题,克拉拉。澳大利亚有个孩子给我写来一封信,说他是我的儿子。"

这天晚上,西蒙和瑁德请穆迪品尝一道"库里比亚科"①,给他们鉴定一下配方是否成功。实际上,两人都已知道这个馅饼的制作很成功,无可挑剔。他们只是找个借口,让自己好去"打搅"一下穆迪,让他角色扮演一下。他们给穆迪详细地演示如何弄出酥皮部分的花纹样式,如何预先加工制备三文鱼、米饭与煮老的鸡蛋搭配成的馅料。

他在一旁看着,颇感兴趣。

"我们小的时候,如果有运气吃到一点三文鱼,那会高兴得不得了,但根本不会用米饭、鸡蛋,或什么乱七八糟的东西裹鱼肉!"他摇着头,对这么烦琐的吃法表示奇怪。

"哎呀,穆迪,时代不同啦,人们喜欢弄得复杂的东西,那样显得精致。"瑁德解释道。

"你总是说自己做意大利面食,而不是像其他人那样在店里买一些了事,那就是因为这个原因吧?"

"才不是呢,"西蒙大笑着插嘴,"她对意大利面食考究,是因为对马可有意思!"

"我几乎都不认识他。"瑁德辩解道,但显然让人无法信服。

"可你会乐意多了解了解他的。"西蒙回应道,语气很确定。

"不过,这个马可是谁啊?"穆迪问。

"他爸爸是恩尼奥·罗马诺,你应该知道的。我们要跟你说的地方,就是恩尼奥的餐馆。"西蒙解释说。

---

① 俄罗斯风味鱼肉馅饼。

"我们希望能在那里得到工作。"珺德说。

"我们这里有人可是在*祈祷*哦,祈祷能去那里工作。"西蒙追加一句,拿妹妹脸上的红晕开玩笑。

珺德努力显得公事公办。"那是一间意大利餐馆,所以我们想了解如何制作意大利面点就是顺理成章的事情。即使我们不会去那里工作,这对我们的私厨服务也是有用的。主顾们会另眼相待的。"

"想象一下,这些面点会让客人们眼珠子都瞪出来的,他们会对主人羡慕得一塌糊涂。"西蒙说道。

"但是,请客人来到你家里,却让人家一惊一乍的,这说得通吗?"在穆迪看来,这是个现实的问题。

双胞胎竟无言以对,只有叹叹气。

"我好奇的是,他是不是向她求婚了?"珺德转了话题。

"如果他不想让咖喱鸡烤成脆脆鸡,那我认为他已经求了。"

"你们说的是谁?"穆迪饶有兴味地问道。

"一个名叫弗兰克·恩尼斯的,都快老掉牙了,要向某个老女人求婚罢。"

"弗兰克·恩尼斯?是在圣布丽吉德工作吗?"

"是的。穆迪,你认识他?"

"不是真的认识,没照过面,但我从菲奥娜那里听说过。很明显,他在菲奥娜工作的科室被认为是天然公敌。迪克兰也认识他。迪克兰说了,你们说的这个家伙其实不是什么老坏蛋,只不过执着于他的本职,太较真罢了。"

"如果他娶了那个老女人,一切就都会暂告平静。"西蒙若有所思地说。

"别忘了,对那位老太太来说,情况也会大不一样。"琚德提醒他们。

"他把钱给了你们没有?"穆迪突然问道。

"给了,他在家里留了个信封给我们。"西蒙表示确认。

"好的,那就好。我从菲奥娜那里听说,那人是个百分百的铁公鸡,不到最后一刻不会付钱的。"

"他也确实提到了,能不能有三十天的付款宽限期。"西蒙说。

"你可没告诉我这个!"琚德喊道。

"不需要告诉你啊。我对他说了,我们做的是现款现付、概不赊账的生意。他也完全明白了。"

看起来,西蒙对自己的谈判技巧,还有他对本行交易专业语汇的掌握,都感到极为自豪。

克拉拉·凯西看着弗兰克递过来的信笺。

"你确定要我来看吗?"她问道,"这可不是写给我的……"

"他根本都不*知道*你啊。"弗兰克说道。

"可这里的问题在于,他知道*你*有哪些情况,不是吗?"克拉拉温和地提示道。

"你看信吧,克拉拉。"

于是,她开始读那位年轻人的来信:

收到此信,您大概会惊讶的。我叫迪斯·雷文。我相信我实际上是你的儿子。这很可能会让你心生惶恐,然后你会担心某个梦想发横财的什么人会忽然出现在你家门口。我要立刻告诉你的是,这样的事根本不会发生。

我现在在新南威尔士,是一名教师,生活很快乐。你大可放心,我还将继续在这里生活!

如果我出现在都柏林,会给你和你的家人带来尴尬和不便,这一点我可以想象,也很能理解。我只希望,我去爱尔兰的时候,我们或许能见上至少一面。我的母亲,丽塔·雷文,去年过世了。她得了严重的肺炎,没能及时地好好治疗。

过去的六年间,我都在读师范学院和接受相关的培训,所以没在家里住,但我每周必定回家一次,为妈妈做一餐饭。当然了,她会把我的脏衣服都扔进洗衣机里洗,不过,这是她乐意做的。她确实是心甘情愿做这个的。

也许有点滑稽,我从未问过她我来自何方,以及我的父亲是个什么样的人。我之所以没问,是因为她看似对这一切讳莫如深,无法轻松面对。她或许会说,那时候她太蠢了,没能让一切安排得稍微好一点?她说过,生下我是一件好事,她并不后悔生下了我,一天也没后悔过。澳大利亚待她也不薄。她到这里时,怀着孩子,身无分文,然后有了我,接着受了点培训,当了酒店的前台服务生。

她有过两三次恋爱经历,其中一段持续了六年。我不怎么喜欢那个家伙,但他让她觉得幸福……然后他消失了。我想,大约是什么让他略微感到更为有趣的东西出现了吧。妈妈有很多好朋友,她跟她嫁到英格兰的一个姐妹也保持着联系。去世的那一年,她四十二岁,虽然她对外声称自己只有三十九岁。总而言之,我还是应该说,她生命虽短,但还是开心快乐的。

关于你,弗兰克·恩尼斯,我一无所知,除了我的出生证书上写有你的名字。我在网上找到了你的联络信息,从澳洲这里打了电话到医院,问你是否还在那里工作,得到的答复是肯定的。

因此,才有了你手中的这一封信!

你尽管放心,我可以保证,对你和你现在的生活以及家庭,我不会带来任何麻烦。我也清楚,对我所生活的地方,你肯定一无所知。妈妈在这一点上非常固执和强硬。每次我过生日,她都提醒我这个,所以我也从不指望会有什么礼物。

我真诚地希望我们能见上一面。

见面再叙……

迪斯·雷文

克拉拉放下信,看着桌子对面的弗兰克。他的眼睛看上去亮闪闪的,脸颊上还挂着一颗泪珠。她站起身,走过去,张开了双臂。

"弗兰克,这不是太好了嘛!"她激动不已,"你有个儿子!这不是世上最好的消息吗?"

"嗯,是吧,但我们还是要谨慎。"弗兰克吞吞吐吐。

"我们要谨慎什么呢?是有过一个叫丽塔·雷文的女人吧,不是吗?"

"是的,可是——"

"她从你的生活场景中消失了?"

"她去投靠美国的什么表兄妹了。"他说。

"可她也可能去投靠澳洲的什么堂兄妹啊……"克拉拉试图修正他的说法。

"但所有这一切还需要核实……"他开始强行为自己辩护。

第八章

她故意曲解他的话。"当然啦,机票之类的所有这类事情都有待核查落实,但,弗兰克,让他自己去做吧,年轻人在网上查航班订机票什么的,可比我们在行得多。现在主要的事情是,澳大利亚现在几点?你可以直接打电话给他。"她边说边忙着从烟熏三文鱼上去除保鲜膜。

他坐着没动。他没法对克拉拉说,他收到这封信已经有两周了,但一直未能决定该怎么办。

"拜托,弗兰克,那里现在当然是早上了,如果你再拖延,他可能就要出门去学校了。立刻给他打电话,好吗?"

"这个,我们不需要谈谈吗?"

"可我们要谈什么呢?"

"那你一点不介意?"

"介意什么,弗兰克?我高兴还来不及。我唯一介意的是你,怕过了这么多年,你打电话过去却只能对着答录机留言。"

他看着她,有点困惑。这女人身上有太多事情是他永远也难以理解的。

"昨晚,弗兰克表现如何?"第二天在诊疗所,希拉里问克拉拉。这里能得到一些信息的,只有希拉里;敢对克拉拉开口就问的,也只有希拉里。

"意想不到。"克拉拉这样说道,但就此打住,留下悬念。

"那,你们很享受那音乐会吧?"希拉里不屈不挠。

"我们没去。他请私厨上门,安排了一顿晚餐。"

"我的神啊,事态可是有点严重呢!"

希拉里颇为高兴。她总是说克拉拉和弗兰克是天造地设的一对,而克拉拉则持续地否认这一点。

"弗兰克还是老样子啦,也一直会是老样子,谨慎又戒备,从不会率性而为或心血来潮什么的。拜托别再给我当媒婆了,好吗,希拉里?"

昨天夜里,弗兰克犹豫不决,拖拉得太久,结果地球另一边迪斯·雷文家中的电话没人接。他之前都不知道有这么个儿子,只是因为他想慎重地考虑这件事,想核实确定,终于人为地错过了与儿子的电话交谈。他这么做没带来任何结论,但这些经过,克拉拉对希拉里丝毫没有透露。那毕竟依旧是弗兰克的个人秘密。她不想现在就把它给捅出去。

"莫伊拉人呢?今天她要上班的,对吧?"

"她领着吉蒂·雷利去巡游了,去参观那些养老院。她列了个清单,简直有她的胳膊长,上面都是吉蒂的需求,你知道的,比如去教堂要方便,有素食提供……诸如此类的东西。"从希拉里的语气听得出,她对莫伊拉半是佩服,半是不耐烦。

"她很是周到仔细啊,这一点我倒是不否认。"虽然不情愿,克拉拉还是说了公道话。

"我明白你的意思。如果她多点笑脸,或许更好?"希拉里寻思着。"还有,琳达刚刚打电话来了,"希拉里说,"可那时你在跟别人说话,所以我就接了。"

希拉里的儿子娶了克拉拉的女儿。这两个女人耍了点小手腕把自己的儿女撮合到了一起,结果倒也非常不错——除了没能生出个孙子或孙女。尽管接受了很多的干预治疗,但依旧未能如愿。希拉里的儿子尼克和克拉拉家的琳达都很沮丧苦恼。

"她说还是没交上好运。"

第八章

"如果她老是这么焦虑紧张,那永远也怀不上。她总在电话里诉苦,每个月要找上三打人通话。找你,找我,还有别的三十个什么人。"

"克拉拉!"希拉里受不了了,"她可是你的女儿呀。一想到你会成为外婆,而我同时会成为奶奶,她还认为你会跟她一样高兴激动的!"

"还是你说的对,我都忘了这事儿啦。把电话给我。"

克拉拉劝解琳达,抚慰女儿慢慢安静下来。希拉里在一旁看着。

电话另一头,琳达显然在哭。希拉里走开了。她也望眼欲穿,期待着尼克与琳达能给她们带来好消息。

她能听到克拉拉在说什么:"当然啦,琳达,你没问题的。甜心小宝贝,别再哭了。你眼睛会哭红的,跟猪眼睛一样,要多难看有多难看。我*知道*,你不在乎,但过会儿等你打扮打扮要出去的时候,你就会在乎的……嗯,去哪里啊,当然是去希拉里家里呀。今天晚上我们全都要去的。琳达,你别说什么不想去,想都别想,就这样定了。希拉里已经买好了*超赞的*甜点。"

"哦,我买了甜点,我买了吗?"克拉拉一挂断电话,希拉里就说道。

"我总得说点什么。她打算自己回家,又待在黑乎乎的房间里。"

"那我就做点牺牲呗。本来是要准备好奶酪和葡萄的,但现在你又提高了我的餐饮档次啦。"希拉里说,"另外,昨晚上弗兰克给你弄了什么甜点?"

"苹果馅饼。"

"你*确定*他没问你某个什么问题吗?也许是有某件什么事你忘了告诉我吧……"

"唉,住嘴啦,希拉里。看,莫伊拉回来了。我们还是装作在忙点什么事吧。"

莫伊拉凯旋而归。她们考察的第五个地方对吉蒂·雷利来讲很完美——有大把的退休尼姑和退休神父,每一餐还都有素食可选。实际上,你所想要的条件,这里无一不满足你。

"老天,等那一天到来时,我希望能提出比这多得多的要求。"克拉拉说,摆出一副虔诚的样子。

"那你具体要些什么呢?"莫伊拉问。

这是一个足够清白、没有任何冒犯之意的问题,但莫伊拉的语气却似乎在暗示,克拉拉的这一天已经到来了。

"我也说不准,比如一间图书馆,一个小赌场,一座健身房,哦,还有,一个外孙!"克拉拉说,"你呢,莫伊拉,等那一天到来时,你要什么?"

"我想跟一群朋友待在一起。你懂的,就是我认识了很久的那些人,那样我们就能一起聊聊天,回顾往事。"

"你会那样做?你是这样想的吗?召集一群朋友,组成自己的场子,一起来找乐子?"

克拉拉对此很感兴趣。她和老朋友德弗拉经常讨论将来要这么过。

"也许不能实现吧。我没有很多朋友。这份工作够忙,我一直都没时间交朋友。"莫伊拉出乎意料地说。

克拉拉看着她,目光尖锐透彻。这一刻,面纱被掀开了,她看到面前这个女人真的非常孤单。然后,面纱又迅速落下来,一切复归原样。

"今天晚上你能不能过来,我们给他打电话。这次要比昨天早点打⋯⋯"弗兰克给克拉拉打来电话,似乎拿定了主意,也做了很多计划。

"不行,弗兰克,我今晚没空。希拉里安排了晚餐。"

"但你*必须*来!"他显得很愤怒。

"我来不了,弗兰克。听我说……"

"你真是教条死板。"他蛮横地说道。

"你也是。如果你昨天立刻打电话,都已经联系上他了。"

"求求你了,克拉拉。"

"不行。我不想再说第二遍。如果你还要我去,去帮你稳住那发抖的手,那也要等到明晚。"她随即挂断了电话。

弗兰克坐在那里,听着电话中的忙音。没有及时给那孩子打电话,他真是个大蠢货!克拉拉说的对。他犹豫不决,而他拖延的唯一后果,就是会让对方认为他不愿相认,等于当着那孩子的面,在那孩子的鼻尖前砰的一声关上了门。当然了,他记得丽塔·雷文。难道他能把她遗忘在记忆深处?只不过是他的父母极力反对这场恋爱。

丽塔出身低微,来自完全门不当户不对的家庭。恩尼斯一家苦心经营,爬升到这种令人尊敬的社会层次,可不能因为儿子的婚事又被拖下水。弗兰克的父母是那种果决坚定、行动迅速的人。丽塔·雷文从大家的生活中突然消失了。弗兰克时不时地也会想到她,略微有点惆怅惘然。现在她已经死了,那么年轻就死了。在他的记忆中,她还是那个十七岁的美丽少女。真是无法想象,她一路漂洋过海去了澳大利亚,在那里生下并养大了他的孩子,还一直对他守口如瓶。他对此根本就毫不知情。

即使知道了,他可能又会有何举动?要做出这番设想,真的并非易事。回到当年,那时他的事业才刚刚入门,连起步都谈不上;回到当年,处于那个更为狭隘顽固和阶层敌对的时代环境,他或许也无法做到多好。对他和丽塔的关系,他的父母是那样地仇视,她离开这个国家之后,他们的轻松心态又表现得那样昭然若揭、毫不掩饰。他们知道的,应该不会比他们说出来的更多,或许会更多?一想到这种可能性,他的胃就不禁搅动翻腾。但他们不可能那么阴毒吧,应该没有用一笔钱收买她,把她打发走吧。那是不可能的。他们是那种对钱谨小慎微、斤斤计较的人。不,太可怕了,他不能再顺着这条思路怀疑下去了。

该死的克拉拉,还有她的女士茶宴派对!他真的需要她陪伴在身边。

希拉里这天的晚餐果然提升了品位。去美食店买一款奢华精致的甜点时,她看到有不常见的特色沙拉,于是也买了回来。

一如往日,琳达每次再度发现自己又没怀上时,桌边的家常闲聊就不免神经紧张和生硬艰难了。克拉拉和希拉里无计可施,只能大眼瞪小眼。多年前,情况可是大不一样。那时候孤儿院中有大把的孩子等着领养,渴盼着一个幸福温暖的家。但如今,单亲妈妈已经不用舍弃孩子,还能拿到育儿津贴和政府补助。

莫伊拉提过有个孩子很快就可供领养,克拉拉禁不住默念,那边有没有更进一步的消息?那小女婴才几个月,跟迪克兰和菲奥娜的儿子正好一般大。如果能有琳达和尼克给她当父母,未尝不是那小娃娃的莫大幸运。没有哪个孩子能找到比这更温馨友爱的收养家庭了,更不必说还有她们的黄金组合:一个外婆,一个奶奶,对孩子只会爱不释手、如痴如醉。明天,她一定要追问一下莫伊拉。

克拉拉让自己的思绪又飘到了弗兰克的公寓房中。她希望他跟迪斯·雷文能婉转通达、和睦融洽一点。弗兰克的语气听上去一定要显

第八章

得喜出望外,充满欢迎的热忱,她不是已经充分强调了这个吗?第一印象是至关重要的。这位儿子等着跟父亲讲话,已经等了四分之一个世纪了。弗兰克千万要让这通电话给对方带去良好的体验啊,千万千万。

又一次,电话接通后是语音信箱。

尽管没道理,弗兰克还是忍不住感到很懊恼。这个家伙有什么时间是待在家里的吗?现在那里肯定才清晨六点半。他在哪里?

心不在焉地,他在对方的晚上时间再次拨通了电话。意想不到的是,一个女声出现在电话中,带着非常浓重的澳大利亚口音。弗兰克这才意识到,迪斯·雷文大抵也是讲这样的英语。

"我找迪斯·雷文……"他语塞了。

"老兄,你错过他了。"她说,好像挺快乐的。

"我可以知道我在跟谁说话吗?"弗兰克问。

"我叫伊娃,在帮他看家。"

"他何时能回来?"

"三个月之后。我帮他遛狗、打理花园。"

"哦,那么,你是她女朋友?"

"你是哪位?"她问道,有点好奇兼警觉的情绪。

"对不起,我只是一个……他的朋友……从爱尔兰打来的。"

"这样啊,那么,他就正在去看你的路上。"这么轻松地就解决了所有疑问,伊娃感到挺高兴,"现在很可能都已经到那边了吧。不不,等一下,他首先到英格兰,那是他航班落地的地方。那儿离你很近,对吧?"

"是的,乘飞机都要不了一小时。"

弗兰克觉得这整个对话都很超现实。

"那就好。他知道去哪儿找你。"

"他知道吗?"

"这个,他走时带了一个公文包,里面装满了文件、笔记和信件什么的。他给我看过一大摞。我认为那都是他写过信的那些人的回信。"

"对,对的,应该如此……"弗兰克感到不是滋味。

"那么,我能不能告诉他是谁打电话过来?我在列一个名单,就放在电话机旁。"

"很多人打电话吗?"出于关注,他好奇地问道。

"没有,你是第一个。我该怎么记呢,你的名字?"

"正如你所说的,他一两天之后就会来这里……"

弗兰克·恩尼斯不想再搅浑这趟浑水。

他思虑着要不要把这些情况告诉克拉拉,但她正在那该死的茶宴派对上快活着呢,她大概不会觉得来关心一下他的私人生活有多大的价值。要了解女人对任何事情会有怎样的反应,简直就是*痴心妄想*!看看丽塔·雷文,竟然跑到天涯海角般的蛮荒澳洲独自生养了一个孩子!再看看克拉拉,听到弗兰克有了个婚外生育的孩子,竟然表现得那样高兴,真是幼稚得一塌糊涂!

他忧郁怅惘地想起丽塔之后、克拉拉之前的那些女人。她们可以排成一条线,不过不是一根长线,但都有一个共同之处:难以理解到不可思议。

那孩子将不得不通过医院来跟他联系。他不知道弗兰克的住房地址。他不会脱口而出,将整个故事透露给他见到的第一个人。弗兰克对这一点倒是不用害怕。迪斯那孩子,肯定学会了为他这个父亲着想,他在另一封信中已经写过,说他能理解爱尔兰的道德风气或许还没有

第八章

像澳大利亚那样变化巨大或与时俱进。他真希望迪斯此前给他寄来了照片,那样他就可以认出那孩子……算了吧,毕竟,迪斯……也不知道他这个父亲长什么样。

也许很有可能,澳洲那里有弗兰克多年前的一张什么照片。但他希望宁愿没有。他不想与那张年轻时的照片隔了二十五年之久,儿子才见到他本人,看到他头发开始稀疏,小肚子开始往外鼓凸。迪斯等待了这么久才见到他,而看到父亲是这副样子,会怎么想?

时间似乎停滞了,每一天都在缓缓地爬行。

事情最终发生时,反倒是波澜不惊,平淡得令人讶异。

戈尔曼小姐走进来见弗兰克。由于为人不轻浮,她十年前就被弗兰克聘用,一直工作至今。岁月的流逝在戈小姐这里带来的成果,就是她变得甚至更不轻浮了——如果这是确有可能的话。对任何事情,戈小姐几乎都一律持反对意见。一个带有澳洲口音的家伙打电话到她那里,说因为私人事务要跟恩尼斯先生谈谈。因为他的口音,他的坚持,还有他拒绝说明到底是什么私事要谈,这人在戈小姐眼中当然就不是什么好鸟了,而是该受谴责的坏蛋。戈小姐简直觉得这一潜在的可疑威胁就是对着她本人而来的。然后,当弗兰克看上去显得那样认真,把这个来电颇当回事时,就让戈小姐暗自吃惊了。

"他是从哪里打过来的?"弗兰克干脆地问道,似乎早有准备。

"就在都柏林某个地方。他并不很清楚他自己到底在哪个地方,恩尼斯先生。"戈小姐对此嗤之以鼻,绝无同情。

"他再打过来时,你务必立刻把电话接进来给我……"

"嗯,如果我刚才做错了,恩尼斯先生,那我很抱歉。只是,你从来都不跟不认识的人通话的。"

"戈尔曼小姐,你没做错什么。你是不可能做什么错事的。"

"我只希望,这些年来,我的工作已经说明了这一点。"

她的情绪得到了缓解,又退回去专注地等电话了。

"恩尼斯先生,我给你把电话转进来。"终于,她说道。

"谢谢你,戈尔曼小姐。"他等着,直到她在外面把听筒挂上,然后才用控制不住的颤抖的声音问道,"迪斯?是你?"

"这么说,你是看到我写的信了?"他有很浓的澳大利亚口音,但不很温情,不像他在信中表现得那样兴奋、热切。

"是的。我试着给你打电话了,但起先只有答录机的声音,后来才是伊娃接的电话。我跟她说了几句,她告诉我你已经动身了。我一直等着你的来电。"

"我差点就不打了……"

"为什么?是因为紧张吗?"弗兰克问。

"不,我想的是何必多事。你不愿跟我有牵扯。你已经表明了这个。"

"那就太冤枉我了,"弗兰克嚷道,感觉被如此不公的说法给刺痛了,"我真的想跟你取得联系。否则,我打电话到澳大利亚给你,我跟伊娃说话,是为了什么呢?"他几乎能看到电话另一头迪斯不以为然地耸了耸肩,"我那样做是为了什么呢?"

弗兰克感到身软心虚,空落落的。不管怎么说,克拉拉是对的。当他应该满怀热忱地张开双臂上前时,他却止步踌躇了。可那样积极也不是他的天性啊。他的天性就是要详尽地核查一切细枝末节,当他完全确信时——也就是不一会儿之前——才会出声。

"你或许认为我是来要我的那份继承权。"迪斯说。

"这个,我连一闪念都没有过。你说了是想跟我取得联系,那也就是我认定的你的想法。我跟你其实是一样惊诧。你要知道,我也只是才听说了有你的存在,然后就感到很高兴!"

"高兴?"听起来,迪斯对此并不相信。

"是的,当然,我很高兴,"弗兰克现在有点笨口拙舌了,"迪斯,这一切究竟 是怎么回事?你不明白吗?你跟我联系,所以我给你打电话了。今天你能不能跟我一起去吃午饭?"

"去哪里,你说?"迪斯问。

弗兰克长舒了一口气。他随即意识到自己必须速战速决,想出合适的地方。该带这孩子去哪里呢?

"这取决于你喜欢哪里……昆廷斯是很好,还有这个新地方,安东的餐厅。"

"这些餐馆都要穿正装打领带吧?"

弗兰克意识到,自己去任何 不需要着装正规的地方,恍然已是多年以前。未来的日子里,看来有很多习惯需要调整了。

"差不多算是传统吧,但也不是非得那么古板。"

"你这样说,那就是要了。我们去哪一家?"

"安东餐厅。我也没去过那里。一点钟可不可以?"

"一点钟怎么会 不可以?"迪斯的语气听上去略微有点嘲弄,仿佛是在故意模仿弗兰克。

"我等一下会告诉你怎么去到那里——"弗兰克开口道。

"我自己能找到的。"迪斯说,然后挂断了电话。

弗兰克按键呼叫戈尔曼小姐。她能否帮他查一下安东餐馆的电话号码？不，不用帮订，他会自己预订桌位的。是的，他确定要自己订。也许，她应该通知取消下午所有的安排。

她打回来，报了餐馆的号码，又加了一句说她跟心脏理疗科的凯西医生讲了，但医生说，下午四点的那个会议绝不可能取消。太多人对那个会非常关切，就等着会议结果呢。假如弗兰克不出席会议，就等于《哈姆雷特》中王子没出场。他无论如何*必须*在四点之前回来。什么样的午餐需要吃上三个钟头？

弗兰克抑制着情绪，拨通了餐馆的电话。

"能否让安东·莫仑接电话？是莫仑先生？我从未向你求助过，以后也不会再这样，但今天，莫仑先生，我要安排跟我的儿子——我之前甚至都不知道有他的存在——的第一次见面，我选定了你们的餐馆。我希望你能给我预留一个桌位。我都不知道那年轻人……我儿子……住哪里，没法联系他。如果我不得不告诉他，没能订到餐位，那对我们的关系来说，肯定是很糟糕的一个开端。"

电话那头的人很礼貌很殷勤。

"这个事情太重要了，根本不容搞砸。"他热情得体地回应，"毫无问题，您会有一个台位的。今天餐位还没订满，"他补充说道，"但您的经历听上去是如此非同一般，而且显然是真人真事。哪怕没有空位，我无论如何也要给您找到地方，即使是我自己四肢着地趴着来充当那张餐桌。"

弗兰克笑了笑。他突然想起克拉拉说过，他做事应该更果断迅速，与人相处应该更坦率直白。没有什么比真实、事实会更有效——她这样劝告过他。

第八章

克拉拉又赢了他一局。这个女人难道在*每件事*上都正确?

弗兰克提早来到餐厅。他环视其他的食客,没有一个男士不打领带,不穿硬领衬衫和西服之类的正规上装的。他为什么要选这个地方?但话说回来,如果他们只是去到汉堡店那一类的地方,那看上去既不欢乐,也没有庆祝父子相见的仪式感。那样看起来就仿佛是他故意要隐藏家里的这位新成员。他盯着门那边看,每次有个样子二十五岁左右的年轻人走进来,他的心里都咯噔一下。

然后,他看到他了。他跟丽塔·雷文是如此相像,以至于让弗兰克感到一阵伤痛。同样的鼻梁上的小雀斑,同样的浓密的金发,同样的大大的黑眼睛。

弗兰克有点哽咽,喉咙蠕动了一下。那孩子在门口跟领班侍者说话,指着脖颈做了个手势。几乎是天衣无缝般地熟练又自然,泰迪从手边变出一条领带,迪斯很快地系上了。随后泰迪便领着他来到了餐桌旁。

"恩尼斯先生,您的客人。"他说道,随即悄无声息地走开了。

弗兰克觉得这家伙简直可以在什么地方当个外交使节,而不是屈才在这里当服务生,尽管他也意识到了这里是一间价格贵得几乎离谱的高档餐馆。

"迪斯!"他说着,伸出了手。

那孩子用评价的眼光看着他。

"嗯,嗯,对……"他语焉不详。弗兰克伸出去的手被忽略了。

弗兰克犹豫,是不是该尝试跟儿子来个熊抱,就像如今不少男士见面时那样?

当然了,他肯定是做不好的,他动作笨拙,大概会把桌上的一半东西都打翻掉。而这个孩子,也许更习惯于澳洲那种粗犷的生活方式,或许会对此反感,抽身躲开。

"你找到了这个地方。"弗兰克的这句显得挺愚蠢。

他耸耸肩,看上去很是抗拒,不愿理会。

"你应该明白的,我不知道你住在哪里。不知道你会从哪里动身来这里……"

弗兰克的音量渐渐变弱了。这个局面比他预想中的要艰难很多。

在厨房门附近,泰迪跟安东说话。

"丽莎刚才打电话来了。"

"我不想再听到这样的事。"

"在我们不很忙的什么时候,她打算过来吃一顿饭。"

"你试一试,泰迪,引导她放弃这种想法,可以吗?"

"那可不容易……"泰迪说。

"那给我一周时间。告诉她下周三再说。"

"午餐还是晚餐?"

"哦,老天,午餐吧。"

"她的意思是想晚餐时间来。"泰迪说。

"那就安排个早晚餐。"安东似乎让步了,听天由命。

"为这个地方,她可是不遗余力了。我记得我们好像没给过她任何报酬吧。"

"但也没人叫她去当苦工。"

安东竖起耳朵,去听那刚刚相聚的父子在对彼此说些什么。看起来,那边的对话不顺利。

第八章

"泰迪,家庭之类的事情,不让你觉得厌烦吗?"安东出乎意料地说道。

回答之前,泰迪先停顿了片刻。安东的家人并未给他带来过多大的麻烦。泰迪不知道,从安东的角度来看,家庭到底有什么问题,但他足够清楚,自己应该对老板表示赞同。

"安东,你说得太对了,但想想我们做的生意,几乎都是由家庭所犯下的罪过而带来的!今天来这里的客人,有一半都是出自这种或那种的家庭罪过。结婚周年纪念日啦,生日啦,订婚啦,毕业啦之类的。没有这个,我们就会破产了。"

泰迪总是看到事物光明的一面。

"泰迪,你是好人。"安东稍微有点神不守舍。那个人,恩尼斯先生,跟儿子的初次见面,遭遇了"恶劣天气",障碍多多,气氛僵硬得简直可以用刀子去切割。即便是站在大厅的这一边,你也能感受得到。

克拉拉总是说,有疑虑时,你就应该听从内心,讲出最真实的想法。什么问题让你烦恼,就老实地问出来。不要兜圈子、耍花招。

"迪斯,怎么了?有什么变了吗?在信中,你是希望能早点见面的……今天为什么变化这么大?"

"事情的来龙去脉我不清楚。我可不知道你的家人做了些什么。"

"他们做了什么?"弗兰克有些激动。

"好像你不知道似的。"

"我确实不知道。"弗兰克抗辩。

"你别想骗我。我已经拿到了文件、收条、签字的表格——现在我知道这整个的把戏了。"

"那你知道的比我多,"弗兰克说,"谁写了这些文件,填了这些表格?"

"妈妈当年只是个十七岁的小姑娘,都被吓坏了。你父亲给了她一个选择。她永远离开爱尔兰,就能拿到一千英镑。一千英镑!我的命就只值这么多。令人痛苦的一千大洋。为了这个,她就必须签字承诺,永远不再来打扰可尊敬的恩尼斯家族,也不能为她的怀孕提出任何的权利要求。"

"这不可能是真的!"弗兰克很震惊,声音虚弱。

"你为什么认为她是自己跑掉的?"

"你外婆告诉我的,说她去美国找表姐妹了。"弗兰克说。

"是吧,那就是他们一起编出的故事。"

"但我又怎么能不信他们说的呢?"

"因为你不是个傻瓜,所以才信!只要你按照他们的规则去玩了,你们就会处于一种共赢的局面。棘手的小姑娘,还令人恼火地怀了孕,要把她弄出这个国家,眼不见,心不烦。一切头疼问题会迎刃而解。你巴不得有这个机会,就欣然接受了。"

"不,不是这样的。我根本都不知道当时有什么事情要解决。接到你的信之前,也从不知道我竟然还有个孩子。"

"我不信,你再扯点别的吧,弗兰克。"

"我父母要丽塔签那些文件,这一切你是从哪里听来的?"

"从诺拉那里。妈妈的姐姐,我的姨妈诺拉告诉我的。我去伦敦看她,她告诉了我一切。"

"她告诉你的是错的,迪斯。没有那样的事发生过。"

"我怎么信你啊,我还是有点智商的。既然你那时没承认过这事,现在也不会。"

"我没有什么好承认的。你不能理解。这一切对我来说就像晴空里的炸雷,完全意想不到。"

"你从没跟她再联系。你一封信也没写过。"

"有三个月时间,我天天写信给她。信封上都贴足了到美国应付的邮票,但任何回复都没有。"

"这难道还没让你警醒过来?"

"没有。我问了你外婆,问她是否把信都替我转出去了,她说寄了。"

"最后,你放弃了?"

"是的,因为我一直都得不到回音。还有,你外婆说过……"他停住了,仿佛是想起了什么。

"说什么呢?"

"说我应该放过丽塔,别再打扰她,说她已经开始自己的生活,日子还要继续过下去。说已经被我搞得鸡飞狗跳了,但每件事,雷文一家都是规规矩矩,按照法律条文去做的。"

"你没听出她话里的意思吗?"迪斯还是未被说服。

"她说的意思我毫无觉察,但现在我明白了……不,那不可能是……"

"什么不可能?"

"我的父母——迪斯,只要你见过他们、了解他们,你就会知道的!性这个字眼在我们家里从未被提起过。他们就不可能讨论拿钱去打发丽塔。"

"他们喜欢她吗?"

"不是很喜欢。让我从学习和考试上分心的任何人,他们都不会喜欢。"

"她的亲戚朋友呢?他们喜欢你吗?"

"谈不上。那也是出于同样的原因吧。为了跟我在一起,丽塔常翘课。"

"实际上,他们认为你是一头自私的蠢猪。"迪斯说。

"怎么能这样说!"面对如此侮辱,还能保持冷静,弗兰克自己都感到吃惊。

"那是诺拉说的。她说你毁了所有人的生活。你和你那高贵的家族!你们把他们一家全都拆散了。丽塔永远也不能从澳洲回来,因为她被迫发誓不回来。绝对正直、老实本分的一家人,兢兢业业地忙着自己的事,却因为你,因为你那势利的家庭,被毁掉了。"

他看上去非常愤怒,极为心烦气躁。

弗兰克知道,他必须谨言慎行,如履薄冰。这孩子之前因为要见到他而那般激动,那般热切,而现在却是如此地仇视他,甚至几乎无法忍受与他跨越半个地球来相见的父亲坐在同一张桌子边。

"丽塔的姐姐是在伦敦——叫诺拉,是不是?她一定也相当不安。"

"程度肯定超过你。"迪斯偏执地说,如同一头犟驴。

"我真的很遗憾。我努力向你表明这一点了,但我们却在一场愚蠢的争论的泥沼中越陷越深。"

"你把这称作愚蠢的争论?这场争执可是毁了我妈妈的全家!"

"迪斯,那些事我一无所知,懂吗?直到读了你的信,我才知道一些。"

第八章

"那你相信我吗?"

"当然,我相信那些都是诺拉对你讲的。"

"那么,你认为她是在说谎?"

"没有。别人告诉她的事,我认为她也是全心相信的。我父母现在死了,你妈也不在了,我们找不到人去核实了。"

他知道自己的辩解听上去很无力和挫败。

不过说也奇怪,迪斯看似觉察到了他语气中的这份诚实。"你说得对,"他说道,尽管还是不情愿,"现在只能靠我们自己来决断了。"

弗兰克·恩尼斯注意到服务生转悠到近旁又离开,这样已经重复了几次。他们必须尽快点菜了。

"你还是吃点东西吧,迪斯。我叫了一瓶澳大利亚红酒,希望能让你感到像在本国一样亲切。"

"对不起,我想弄清楚我这是在跟谁一起吃饭喝酒。"迪斯毫不留情。

"这个,我不知道你会怎么看我这个人……有人说我难以交往,把很多事情都搞得一塌糊涂。"弗兰克说,"不论如何,这倒确实是别人对我说过的。"

"那是谁说的呢? 你的妻子?"

"不是,我没结过婚。"

迪斯惊讶了。"那么,也没有孩子?"

"没有,除了你。"

"听到我的消息,你肯定震惊了。"

弗兰克踌躇着,停顿了片刻。这里,他可绝不能说错话。固然,现在是应当坦率并听从内心的声音的时刻。但他怎么能向这孩子承认,他最初的直觉和反应是怀疑,是困惑,焦灼不安地想核实这一切?他知道,自己假如完全诚实地将这些情况和盘托出,那就可能彻底地疏远了迪斯·雷文,也将永远失去这个他刚刚得以谋面的儿子。

"迪斯,这在你听来可能觉得怪异和冷酷,但我的第一反应确实是震惊。我无法相信我还有个孩子。我自己的骨肉在这世上已经生活了二十五年,而我却一无所知,连想一下都没想过。我是那种活得谨小慎微,凡事一丝不苟的人。而突然之间,我那井然有序的世界整个儿就像被颠倒过来了一样。因此我要好好考虑一下。那就是我接到你的信后所做的,迪斯。我思考问题一直很慢、很仔细。"

"真的吗?"迪斯听上去稍微有点嘲讽与轻蔑。

"是真的。所以,在脑袋里想清楚这件事后,我就给你打电话了。"

"那到底是什么让你开窍的呢?"

"我必须强迫自己来直面这个事实:我是父亲,我养了个儿子。如果你觉得这没什么大不了的,在两分钟之内就能接受,把它当成是自然和正常的事情,那么你一定是个非凡之人。像我这样的,就需要一点时间,才能去习惯一个新概念和新事物。一旦接受了,我就立刻给你打了电话,但你已经动身出来了。"

"但你肯定觉得措手不及,很惶恐吧?怕别人会发现这件事?"迪斯还在奚落他。

"不,我不害怕那个。一点也不怕。"他设想着克拉拉可能会怎么回应,然后就照样说了出来,"有了个儿子,我感到骄傲。我想要人们知道。"

"我可不这么认为……天主教大医院的堂堂经理有了个私生子。不,我看不出你有什么理由会希望别人知道此事。"

"没有这样的用词了,如今没有什么私生子的概念了。法律变了,社会也变了。不管孩子是婚生还是非婚生,人们都一样引以为豪。"弗兰克说,带着振奋的情绪。

迪斯摇摇头。"说的都很好,体面又高尚,但你至今没对任何人提到过我。"

"你根本就错了,迪斯,我确实说到过你,说就要与你会面,我是多么兴奋……"

"你告诉谁了呢?肯定没告诉你办公室的那个'冰霜小姐'秘书吧,这是不用说的。高尔夫俱乐部或者赛马场,或者你去活动的任何地方,那里的老朋友们,你告诉过他们吗?你说过吗?'我也有个儿子,我跟你们一样,是有家庭的人'?根本没有。你谁都没告诉过。"

弗兰克坐在那里,沮丧又无助。如果他开始跟迪斯说起克拉拉,那只会让这一切显得愈加可怜又可鄙。他确实向对方透露过这个秘密,此外就只有一人。就在此时,安东·莫仑出现在他们的桌边。

"恩尼斯先生。"他语气亲热,似乎从开业那天起,弗兰克就是那里的常客。

"啊,莫仑先生。"弗兰克感到有了获救的希望,就仿佛悬崖崩塌之际,这个人向他扔来了一根救命绳。

"恩尼斯先生,我在想,您和贵公子是否愿意尝尝敝店的龙虾?是今天早上新鲜捕获的,做法也简单,保持风味,旁边配用牛油和两三样调味酱。"

安东看着他们,目光从这个移到那个身上。突然的一阵静默落在两人之间。他们彼此看着,都愣在那里,哑然失声。

"对不起。"那年轻人说。

"不,是我对不起你,迪斯,"弗兰克说,"我很抱歉,这么多年来……"

安东喃喃低语说他稍后再回来为他们点菜。他根本不知道那里发生了些什么事,但那对父子看似化解了一次危机。至少,他们是在顺利交谈了,很快就会点菜。

他再次转头看去。他们已经举起一杯猎人谷产地的霞多丽干白相互致意了。这令人感到安慰。而刚刚他在那边说话时,由于将那小伙子指称为那位客人的儿子,他还怕自己说错,感到有些焦灼呢。

或许,他之前的表现还是不够审慎?但那没问题,而且看来还效果良好。

安东深深地吸了一口气,走回厨房。想一下吧,竟然还有人坚信,经营餐馆跟别的没关系,只要专注于提供食物!

食物只是餐饮业中很小的一个部分,安东这样想道。

第九章

莫伊拉与弗兰克预约了谈业务,内容是她两周的工作汇报。她必须向经理展示她的病员服务案例名单,来说明她所完成的工作,而医院毕竟是雇主,支付了她每周一天半的工资。

戈尔曼小姐,那令人生畏的秘书,她让莫伊拉先坐下等着。这一天,她甚至显得更为令人生畏——如果她之前真的没这么可怕的话。

"恩尼斯先生很忙吗?"莫伊拉礼貌地问道。

"他们可从没让他闲着,不是把他拉到这里就是那里。"

戈小姐显得颇为愤怒,还充满了保护欲。或许她对他有意思,而他被凯西医生独占,戈小姐因此很是懊恼。

"他可总是显得对一切尽在掌控之中的样子。"莫伊拉嘟囔道。

"哦,不是这样的。他整天都被他们使唤,招之即来,挥之即去。他自己的时间表被完全打乱了。"

"那打扰他的是谁呢?"

莫伊拉来了兴致。她喜欢听那些充满对抗的故事。

戈小姐含糊其词。"唉,就是那些人,你懂的。那些无事生非的人,说那些是个人事务什么的。对可怜的恩尼斯先生来说,这可够劳神分心的。"

她对他有意思,是*确凿无疑的*,莫伊拉心想,于是暗中哀叹人们如何因为盲目的爱而浪费生命。看看那个丽莎·凯利,自认为是安东的女朋友,但那家伙毫不避讳,炫耀身边的大把女人,可丽莎仿佛视而不见。看看自己社工团队中那个傻女孩子,竟然拒绝职位升迁,就因为怕她那在职场上疲于奔命的男朋友相形见绌。

看看这位可怜的戈小姐,坐在这里气得冒烟,就只是因为有人,管他是什么人,竟敢来打搅心爱的弗兰克,在电话里说有什么私事!

莫伊拉又默默叹息了一声,在一边安心等着。

弗兰克·恩尼斯比她此前几次见面的时候要开心得多。他仔细翻阅报告,查看其中的数据资料。

"毫无疑问,看来你是给主病区……也就是*真正的*医院这里,减轻了很大的负担。"他说。

"我想,你会发现心脏理疗所也很重要,这里可是很积极地认为自己是*真正的医院的*。"莫伊拉试图纠正他的看法。

"这也就是我为什么不愿在她们理疗所之前加上那个修饰词的原因。迪尔尼女士,给我透露一些*情报*吧。"

"我必须说,那里运营得很好。"

"嗯,是吧,她们确实提供了一点服务。我给了她们那么多钱和物,但那里就像个妈咪聊天室——谁要生宝宝了,谁订婚了,谁要结婚了,掉价的低级小报上的八卦专栏也就这个样子。"

"我丝毫不能同意你的观点。"莫伊拉很冷静,"她们都是专业女性,了解自己的专题领域,工作也干得挺好。她们让病人消除了疑虑,教病人怎么去应对自己的处境。我可没看出那里有*哪*一点是如你所说的什么八卦专栏或者妈咪聊天室的样子。"

"我之前还认为是可以跟你讲讲这些事的。我觉得你可以充当我的耳目,我安插在那边的间谍……"

"当然,你暗示过这个,但我可从没表示过接受这个角色。"

"你确实是没有答应过。我想,你大概和其他所有人一样,到了那里就被她们给同化了。"

"恩尼斯先生,我对这一说法表示怀疑。我不是那种容易被吸进什么小群体的人。要我把报告留在您这儿吗?"

"迪尔尼女士,我是不是在什么地方得罪你了?"弗兰克问道。

"不,恩尼斯先生,完全没有的事。你有你的工作要做,我也有我的。这里所牵涉到的只是相互尊重。你为什么认为可能会得罪我呢?"

"因为那显然就是我做的事,迪尔尼女士,你让我觉得我就是在得罪人,你看上去颇不满意,似乎不喜欢你所看到的东西。"

好几个人对莫伊拉说过这一点,但那通常是在工作中,她按照规则不得不做的某件事遭到人们反对时,他们在一时激动之下才说的。还没有人曾经这样就事论事、直来直去地对她说过,更别说是用弗兰克这样的腔调。

"恩尼斯先生,这肯定是因为我脸上的表情的缘故。请放心,我并不是反对你所做的任何事情。"

"好,那就好。"他看似满意了,"那么,从此以后你会多点微笑,是不是?"

"我没法按照命令去笑。那样只会变成鬼脸似的苦笑。"莫伊拉说,"你清楚的……就是扭曲五官挤出个笑脸……比哭还难看,既不真实也不真诚。"

弗兰克看着她,思索片刻。

"你说的没错,迪尔尼女士,我希望我们能在另外一些场合再相见,那时候的情况能唤起一些真实或真诚的笑容。"

"我也希望如此。"莫伊拉说。

她觉得,他看着她时,是带着一定程度的同情和关切的。想象一下,这个人竟然可怜*她*!

多么荒谬。

这是个周末,所有人都自得其乐,去了各自想去的地方。

诺尔和他的父母带着弗兰琪宝贝去乡下待上两晚。他们预订了含早餐的民宿,就在罗斯摩尔郊外。那里有圣安娜的一座雕像和一眼圣井,乔希和查尔斯对此非常感兴趣。诺尔说他就不去看圣井了,但会带着小宝宝在丛林中散散步,呼吸呼吸新鲜空气。他给莫伊拉看了整理打包好的行李箱。一切都已齐备。

丽莎要去伦敦。安东计划去那边考察几家餐馆,而她就负责做些记录。那将会是精彩的行程。莫伊拉对此嗤之以鼻,但什么都没说。

弗兰克·恩尼斯说要搭乘大巴去旅行。游程中包括爱尔兰几处最佳的景点。对他来说,这种旅游活动可是难得一见。他要带一个人去看看爱尔兰的山水风情,而乘坐观光巴士看来是最好的安排。他告诉莫伊拉,这趟行程一定会充满乐趣。

艾米莉说要去看看爱尔兰的西部。这也是她第一次去那些地方。腚狗将开着厢式小货车载她前往,同行的有迪克兰的父母帕迪和莫丽。他们当然也会玩得尽兴。

西蒙和瑨德将跟朋友们一起去威尔士北部。他们带了睡袋,还有便携的简易帐篷。他们要乘船去霍利海德岛,然后或许能找到一间小

第九章

旅社。如果住不了旅店,随身的装备就有了用武之地,哪里都可以宿营。一共有六个人同去,肯定会乐翻天。

迪克兰医生与他在心脏理疗所工作的妻子菲奥娜,将会带儿子乔尼去海边的酒店。菲奥娜说,度假的这两天她都要睡到午饭时间才起床。酒店里有专门的人负责照料小孩子。那真是太棒了。

哈特医生与三个朋友约好去钓鱼。这个周末活动的报价包含了所有费用,没有任何隐藏的额外开销。哈特说,他现在是个领退休金的可怜老头子了,用钱不得不省着点。莫伊拉从来都无法分清他到底是不是在开玩笑。这当然就不是足够幽默的时刻,能够让莫伊拉露出一个微笑——要知道那可是非常珍稀的。

莫伊拉的绝大多数同事也都打算远行,要么参加派对,或者打理自家花园。

突然之间,莫伊拉觉得自己彻底被孤立了,仿佛是站在生活和各类事务的边缘,只有旁观的份儿。她为什么不去往某地;比如坐在腚狗的车上驶向西部,或者去罗斯摩尔看看什么雕像,或者与哈特医生和他的伙伴们一起出发去爱尔兰中部内陆的湖泊?

答案实在太清楚不过了。

她没有朋友。

生活中她从未需要过朋友——工作太耗时了,要做好的话,你一天二十四小时都需要全程待命。才刚吃主菜,你可能就不得不去处理紧急情况——跟一个这样的人出去共享晚餐,朋友们只会觉得乏味。

但看到这个长周末,除了自己,其余每个人都有了计划,她不免感到孤独和烦躁。

莫伊拉宣告说她要回利苏安的老家。关于自己的私人生活,她说的是如此之少,所以大家都想当然地认为一定有个大家族在等着她回去团聚。

"回老家去见见每一个亲朋好友,那也很好呀。"艾尼娅说,"他们会热烈欢迎你的,不是吗?"

"对啊,就是那样。"莫伊拉撒了谎。

艾尼娅生活在这样一个世界中,那里人人都纯朴、善良又快乐。她又怀孕了,对谁都笑脸相迎,对什么都宽容大度。医生说她需要卧床休息,她就听话地躺在家里,憧憬着与孩子共有的精彩未来。这一次,这些美好的预期会实现的。如果卧床能确保这件事,那么艾尼娅就会心甘情愿地躺着。

丈夫卡尔每周一次送她来理疗所散心,让她见到每个同事,也好及时追踪这里最新发生的故事。莫伊拉要去乡下过周末,她为她感到高兴:那或许会让她心情开朗一点……

火车开向家乡,穿过爱尔兰的田野。莫伊拉望着窗外。小小的行囊打点得整整齐齐,但晚上要住在哪里,她心中完全没有主意。也许,她父亲和肯尼迪太太可以给她提供一张床?

莫伊拉拨通电话找她父亲时,肯尼迪太太的声音相当冷若冰霜。

"他正躺着呢。从五点到六点,他总要小睡一会儿。"她说道,仿佛是觉得莫伊拉无论怎样都应该早已知悉这一点。

"我已经在附近这一带了,"莫伊拉说,"我寻思着是不是可以去拜访一下,看看他?"

"那是在晚饭前还是晚饭后呢?"肯尼迪太太询问道。

莫伊拉深吸了一口气。

"要么就在晚饭时间吧?"她提议道。

肯尼迪太太并未说欢迎不欢迎,而是更为实际。"我们只有两块羊排。"她说。

"哦,不必为我操心这个。对我来说蔬菜就行。"

"那等你父亲醒来,你能不能跟他商议一下?我们不知道他的意见。"

"好的,我六点钟再打电话过去。"莫伊拉从齿缝间挤出这个回复。

父亲搬去与肯尼迪太太公开同居,她没有设置任何障碍,而这就是她眼下得到的回报。生活果然是不公平的。

但话说回来,莫伊拉在她的工作经历中已经了解到这一点。有些男人突然就被辞退了,一点预警都没有,拿到的补偿也微不足道,很可怜;有些妇女被迫卷入毒品生意,因为除此之外,她们没有门道去赚取一点生活费;有些少女离家出走,拒绝再回去,是因为在家里的处境甚至还不如流浪街头、睡桥洞;莫伊拉接触的案例中也有不少的新生儿从医院被接回家,但那里的哺育条件完全无法令人满意,而与此同时,又有成百上千的不孕不育的夫妇望眼欲穿地盼着领养孩子。

莫伊拉在一处咖啡屋中独坐着,等着父亲从小睡中醒来。小睡!过去的那些年,基本上没有这个概念。父亲往往一身疲惫地从农田间回来。有时候妈妈做好了饭菜——但大多数情形下没有。年幼时的莫伊拉和帕特曾经帮着给土豆削皮,但土豆肉常常也被削掉很多。帕特不是个可靠的农场小帮手,爸爸没法指望他,所以还必须自己去清点,确保母鸡们都关回了笼中。爸爸会向远处大声呼叫,直至牧羊狗跑回家。然后他会拍拍狗头说:"好家伙,谢普。"多年以来,家里养过的每条狗都被叫作"谢普"。

在这一切之后,他才会吃晚餐。他经常还不得不自己做好晚饭——煮一大锅土豆,配上几片火腿。土豆往往就直接从长柄深锅中取食,加盐的话就直接从原有的包装袋中用勺子挖出来。

就她父亲这边而言,生活已经改善了。肯尼迪太太虽然沉默寡言、不声不响,但毕竟在照顾着他,晚上还能给他做个羊排,莫伊拉应该为父亲感到高兴。

那个女人为什么如此冷淡?莫伊拉于她而言没什么好怕的,她也应该知道这一点。但另一方面来说,莫伊拉确实总是显得太严厉,让人望而生畏。她几乎从来不笑。

带着莫大的震惊,她意识到这实际上就是人们对她的看法和评价。即便是恩尼斯先生,最近也提到过这个,说莫伊拉严肃得很,从没有个笑脸,看似对一切都不满意。

莫伊拉再打电话回去。听上去,她父亲很有活力,也很高兴。他说近来都花很多时间做木刻,甚至已经整理出额外的一个房间来安置作品。他没听说帕特有什么消息,但认为儿子已经自立了,还找到了一份不错的工作。

她乘公车去肯尼迪太太家,拘谨地敲响了大门。

"哦,是莫伊拉。"肯尼迪太太做出了识别和确认的反应,但只不过足够宣告一下她的到来而已,根本没有真正的喜悦。

"我没打搅您或者我父亲吧?"

"没有,请进。你父亲正在拾掇自己,准备吃晚餐。"

莫伊拉暗想,对父亲来说这可是第一次。可怜的爸爸以往总是穿着泥泞的靴子和汗渍斑斑的衬衫就坐下来了,有什么就吃点什么,一边还自然地用勺子将土豆分到帕特和莫伊拉的盘子中。如果妈妈曾经也在桌边坐下的话,爸爸也会拿勺子挖土豆给她。现在的情况看来已大为不同。

莫伊拉看到一张桌子上布置了三个餐位,有折叠好的餐巾和一只小花瓶,亮闪闪的盐罐子和亮晶晶的玻璃杯。这一切与父亲以前的晚餐场景可是有了天壤之别。

"您把房子收拾得非常漂亮。"

莫伊拉环顾屋内,仿佛她是一个房屋验收专员,在检查有无缺陷或潮湿霉变的痕迹。

"很高兴这里通过了检验。"肯尼迪太太说。

就在这时,她父亲出来了。莫伊拉不禁目瞪口呆——看上去,他比她上一次见到时似乎年轻了十岁。他穿着挺括精神的夹克外套和硬领衬衫,还打了领带。

"老爸,你看起来可真是有模有样啊。"她赞赏地说道,"你这是要去哪里吗?"

"我就是在自己家里吃晚饭呀。那难道不值得穿戴整齐,打扮一下子吗?"他反问道。然后,他的语气和神色都缓和温柔了一点,"莫伊拉,你还好吧?又见到你真是太好了。"

"我挺好的,爸。"

"那你晚上住哪儿呢?"

如此说来,这里没空床,莫伊拉心想。她迅速甩开了这个问题。"我会找个地方的……别为我担心。"

说的仿佛他当真会担心似的!他如果确实为此操心的话,那应该叫他这位搭伙的好伴侣去铺一张客床。

"那好吧。来,坐下。"

"是啊,坐下来,"肯尼迪太太说,"陪你父亲喝一杯雪利酒吧。大概十分钟后我就把吃的弄好拿过来。"

"她是不是很好?"看着向屋内厨房那边走去的肯尼迪太太,他父亲脸上满是赞赏。

"很好,一切都很好。"莫伊拉并无热情,依旧冷淡。

"莫伊拉,有什么问题吗?"父亲看着她,表示关心。

"没有。怎么了?难道应该有吗?"

"你看起来就像有什么问题似的。"

莫伊拉爆发了。"老天在上,爸,我可是横穿了全国来看你。你没给我写过信……也从没打过电话……而现在却来指责我的态度,说我看上去怎么怎么的!"

"我只是对你有些担忧,怕你丢了工作之类的。"

莫伊拉盯着他看。他说的是实话。自己的样子肯定显得悲哀或恼火,或不满了——这些问题人们都曾说过。

"没那回事,只不过遇上个空闲的周末,我就回来看看家人。这有什么不同寻常的吗?火车上全是人,都是回家探亲的。"

"我就是觉得这对你来说稍微有点难过吧:以前的家没了,卖给别人了,帕特眼下又忙着谈恋爱。"

"帕特在谈恋爱?"

"那你是还没跟他见面喽?"

"没,我直接先到了这里。对象是谁?她是什么样的人?"

"记得经营汽车服务站的欧莱瑞一家吗?"

"记得,但那家的女孩子都太小了吧。应该才十四五岁。"莫伊拉又大大吃了一惊。

"是她们的妈妈。是欧莱瑞夫人——艾琳·欧莱瑞。"

"欧莱瑞先生呢?他人呢?"莫伊拉一时转不过弯来。

"显然,他跑了,失踪了。"

"老天可怜见的!"莫伊拉惊叫道。这是她母亲的一句口头禅。她也已经多年没说了。

"确实如此。下一刻会发生什么,下一个路边拐角会遇到什么,你永远都无法知道。"父亲表示认同。

莫伊拉意识到,父亲处于一个尴尬的境地。儿子帕特搬去跟一个已婚妇人同居,他真的没法加以责备。因为,他自己所做的不是完全一样的事情吗?

肯尼迪太太很及时地出现,问莫伊拉吃饭前要不要先稍微梳洗一下。父亲在一旁点头。莫伊拉决定自己确实要稍作梳洗。她从行李箱中拿出一件干净的衬衣,去了浴室。

洗浴间布置得非常漂亮。墙纸图案中有很多蓝色的小美人鱼和蓝色的海马。窗台上放着蓝白青花的陶瓷装饰品,装肥皂的是一个蓝色贝壳形状的小托盘。备用的另一卷厕纸上,罩有一个蓝色的淑女造型人偶,那鼓凸的硬衬裙子正好盖住卷纸,以免外人一眼看出那是什么——省得直接去面对那不雅的俗物。窗帘是蓝色格子条纹的,浴帘上也是蓝色的花纹。

莫伊拉洗了脸,擦洗了肩颈、胸口和腋下部位。她换上那件干净的衬衣,回到桌边。

"洗浴间很漂亮。"她对肯尼迪太太说。

"我们尽力而为了。"肯尼迪太太一边说,一边端上来切片的甜瓜,每片瓜的最上方还点缀了一颗小樱桃。

然后她拿来了晚餐的主食。

"要知道,蔬菜对我来说就可以了。"莫伊拉说。

父亲一挥手,将女儿客套的抗议放到一边。"我走路去镇上,又多买了一块羊排。"他说。

肯尼迪太太看着那羊排,仿佛是莫伊拉的父亲给了女儿一件什么无价的珠宝。

莫伊拉对父亲的好意表示极为感谢。

她觉得自己无法轻松自在地谈论帕特的新境遇,所以进餐期间大体上都保持着沉默。她父亲与肯尼迪太太则兴致勃勃,热火朝天地聊东说西——他用木头雕刻的一只猫头鹰;将会展出一些当地的手工艺品的一个节庆活动。肯尼迪太太说,毫无疑问,他应该拿出一些自己的作品以供展出。对莫伊拉而言,这也是闻所未闻的新鲜事。

他们谈起肯尼迪太太在当地一个妇女团体中的活动。女人们都觉得农耕经济的时代已经玩完了,再想靠土地谋生根本没有出路。她们当中有很多人都跃跃欲试,准备做民宿生意。肯尼迪太太考虑着,自己也可以加入这个行当。毕竟,家中有三个空房间多多少少算是准备停当了,唯一剩下要买的只有新床。三个房间意味着六位住客,也意味着他们可以有不错的房费收入,维持令人满意的生活。

莫伊拉此时才意识到她还不知道肯尼迪太太本人的名字。

如果知道的话,她或许会突然冒出一句,"奥拉"——或者是"珍妮特",管她到底叫什么名字呢,反正都一样——"这三个房间,我今天夜里能否临时占用一个?"但她从未听说过这位太太的名字,父亲每次说到对方,都是用"她自己"来指代,而且,他跟她说话的时候,一开口总是"亲爱的"或"我的爱人";从那里根本得不到任何提示。

吃完盘中的餐食,莫伊拉站起身去拿她的行李箱。

"这里的一切真的非常好,但如果我要去找个地方住的话,最好现在就动身吧。公车七点半之后还开的吧?"

"再等一个小时,八点半都没问题。"父亲说道,"你去'海洋之星圣母'旅馆,很容易到的。那里还有很棒的豪华客房。"

"我寻思着还要给帕特打电话。"莫伊拉说。

"他不会在家里的。他夜里应该会去服务站顶班。要我说的话,先别管他,等到明天早上再说。"

"好的,那我就等明天再去。但既然我都起身准备好了,那还是先告辞吧。再次感谢你们,麻烦你们准备了这么美味的晚餐。"

"别客气,真心欢迎你再来。"肯尼迪太太说。

"莫伊拉,见到你真是很开心。在都柏林上班时不要太辛苦啦。"

"爸,你知道我做的是什么样的工作吗?"

"不是在什么政府部门干活吗,办公室工作?"

"差不多吧,你说的没错。"莫伊拉忧郁地说道,然后出门上了路。

她想先去自家老房子那里看看,然后再搭乘下一班公车。她顺着熟悉的老旧巷道走过去。这条路她父亲肯定走了很多很多个来回,然后才正式离开自己的旧房子,搬去与肯尼迪太太同居了。难道有什么理由反对他去跟她同居吗?那座独立屋敞亮又干净,他在那里受到欢迎,有温热的饭菜可享用,或许也能得到一点拥抱。那难道不是比他此前在自己家中所能得到的要好很多?

她到了老房子那里。一眼就可以看出,房屋的新主人重新粉刷了外墙,还精心整理了园子,种了各种花木。马厩、牛棚与附属的小屋都旧貌换新颜,打扫得干干净净,做了现代化的改造。这里成了这家人制作奶酪的家庭作坊。他们的生意很成功,而这门生意围绕着莫伊拉出生成长的这栋房屋,在周边的村落和民居社区中展开。

她走进以前的旧场院,四望环视,感到迷茫和不知所措。她现在只想看看自家的这栋老屋。如果有人出来,她会告诉对方,她曾经在这里生活。透过窗户,她能看到客厅壁炉的隔栅后面点着闪耀的炉火,大堆的火苗充满温暖,而一旁的桌子上则放着一瓶红酒和两只玻璃杯。

她突然觉得非常伤感。

父母为什么不能为帕特和她提供一个这样的家庭环境?那时候为什么没有社工?社工们或许会将帕特和她带走,安置到更好、更快乐的家庭。

过去那么多年,她的父母并未能尽到合格父母应有的责任。妈妈根本就自身难保,急需有外人帮助,而父亲也只能挣扎着养家糊口,完全力不从心。如果运气够好,莫伊拉和帕特应该在一个童年语言能得到理解的家庭中长大。那样的家里,当小男孩帕特跑来跑去,假扮一匹马时,大人会跟着一起笑,并鼓励他自得其乐,而不是像在这栋房子中曾发生过的那样——被甩上几个巴掌。

莫伊拉从未有过自己的洋娃娃,更别说是娃娃屋了。就她所能记得的,也从未为她举办过生日庆祝活动。她从不敢邀请学校的同学和那些似乎能称作朋友的人来做客。在学校,她只好保持冷淡,学会了离群索居。小时候,她便害怕友谊,畏惧亲密关系,因为朋友们迟早会希望能去莫伊拉家里玩,那样一来,她家的混乱就会暴露无遗。

想到自己小时候,这座屋子原本也可以是另一种样子,她的眼中不禁涌上了泪水。这里原本也有可能成为一个家的。

第九章

莫伊拉搭公车去到镇上,在"海洋之星圣母"旅馆订下了两晚的住宿。客房挺好,价格也合理,但莫伊拉心中火烧火燎,感到愤愤难平。她有父亲,父亲家中也有空余的卧房,而她在家乡还被迫花钱住旅馆。

第二天上午,她要去看看帕特过得怎么样。欧莱瑞夫人的年龄比帕特大很多。想到弟弟与她搅在一起,莫伊拉感到很荒诞。真是胡来。不可能是因为帕特,欧莱瑞先生才出走的吧?帕特又怎么开得了口,直呼对方为艾琳?

明天,她会弄清楚这些疑问的。

新的一天到来,她去了汽车服务站。在房子前面的开阔场地上,帕特正给过往车辆加油,有汽油也有柴油。见到姐姐,他看上去真的很高兴。

"莫伊拉,这么久了,你自己也买了车吧?"他招呼道。

"买了,但放在都柏林了。"她说。

"哎呀,那我们在这里就没法给你加满油了。"他亲热地笑着。

这份差事他完全胜任,也很适合他,只要对客人随和一点,显得自然轻松就行。在这个有些人可能会认为单调乏味、机械重复的工作中,好脾气的帕特却眉开眼笑。

"帕特,实际上我是来看*你*的。你现在有空吗,还是有事要忙?"

"当然有空,我随时都可以走,只要跟艾琳说一声。"

莫伊拉跟着他走向收银台,走向那新建的店面和工作间。房屋是在原先破败不堪的旧服务站上建起来的。

"艾琳,我姐姐莫伊拉来了。我休息一下,陪她去喝杯咖啡,没问题吧?"

"哦,帕特,当然没问题。老天赐给你那么多时间,你可都是在干活啊,不是吗?你去吧,多久都行。莫伊拉,你还好吧?好久不见了。"

莫伊拉看着她。艾琳·欧莱瑞比莫伊拉年长十岁,是三个女儿的母亲,丈夫名叫哈利,是一位"旅行家",经常跑得比他工作所需要到的地方更为遥远,远行在外的时间也越来越长。他如今直接跑出了这个国家。这是她在"海洋之星圣母"听到的传闻,在那吃早餐时,莫伊拉有意提起了这个话头。

艾琳穿着件漂亮的黄色工作服,衣襟上有海军蓝的滚边。她那蓬松的、相当散乱的头发用一根蓝黄两色的丝带麻利地扎在脑后。她整洁利落、身材匀称,看上去比实际年龄年轻很多,而她肯定已经有四十四五岁了。她看帕特的目光中有着无可讳言的爱恋之情。

"我听说你对我弟弟非常好。"莫伊拉说。

"告诉你吧,那是相互的。没有他,我连现在一半的事情都做不了。"

帕特穿好夹克回来,听到了艾琳在说什么。这样的夸奖让他很受用,像孩子得到了表扬。

"我感到高兴。他是个很好的弟弟。"莫伊拉说,努力在声音中表现出尽量多的诚恳之意。

实际上,过去这么多年来,弟弟一直都是个心事,也让她非常担心。但跟艾琳·欧莱瑞透露这些信息,是没有道理的。

"我对此毫无疑问。"艾琳·欧莱瑞说着,一边抬起胳膊亲热地搂住了帕特的肩膀。

"还有,那个,这事情是不是长久的安排呢?"莫伊拉问道,同时还勉为其难地拼命露出一些微笑,以便让帕特他们看到,她心境开朗,询问也充满善意。

第九章

"我当然希望长久。"艾琳说,"没有帕特,我想不出日子该怎么过,女儿们也会这样认为。"

"我不会跑去什么鬼地方的。"帕特骄傲地说。

作为一名社工,从本职角度来说,她会鼓励这种组合吗?她或许会更仔细地调查审核艾琳·欧莱瑞的生活状况,来确定她丈夫是否会突然又跑回来,将帕特从他家中,从他家经营的生意中赶出去。她一直都重视自己服务对象的最佳利益,把这一点作为最优先的考虑,但如果质疑和核查欧莱瑞夫人目前的生活安排,是不是可能带来这一后果:帕特因此就被剥夺了他心爱的家庭以及工作?至少现在看来,他是拥有这一切的。

他们去了附近的一个地方喝咖啡。那里的人都认识帕特。他如今已经自主自立,感觉良好,有很多话可说。

人们问他艾琳的近况如何。他告诉对方,上周自己过生日,艾琳是如何做了个蛋糕,上面还有他的名字,家里所有人都给了他一份礼物。艾琳肯定也告诉了一些老顾客,因为家里的壁炉台上全是生日贺卡,都放不下了。

莫伊拉的心沉重得像石头,她想起自己没有给弟弟送过生日卡。

她已经去过了,她说,去看了父亲。

"跟肯尼迪太太在一起,他看来挺快乐的。"她说,但显得勉强。

"这个嘛,他凭什么不快乐呢?莫琳难道不是世上最好的那一个?"

"莫琳?"莫伊拉一片茫然。

"莫琳·肯尼迪啊。"他说,仿佛每个人都理所当然知道这个名字。

"你怎么得知她的名字的?"

"我问了她呀。"帕特简洁地说道,一边看了看手表。

"你是着急要回去吗?"莫伊拉问。

"嗯,现在只有她一个人在忙——店里另外只有个小女儿,但那丫头用起收银机来不灵光。"

莫伊拉看着弟弟,默默咬住了嘴唇。她希望自己眼中没有泛起泪光。帕特伸过手来,抓住了她的。

"我能懂的,莫伊拉,看到老爸跟莫琳,还有我跟艾琳都有着落了,你自己却还单着,心里就不好受,但你很快也会碰上好人的。我敢肯定。"

她无言地点点头。

"跟我回服务站吧。坐会儿,跟艾琳聊聊。"

"好的。"

莫伊拉付了咖啡钱,像个机器人那样麻木地走着,跟帕特回到了服务站。

又见到他们,艾琳显得很愉快。"帕特,不用急着回来的。你们可以在那多待一会儿的。"

"我不想留下你独自一人在这儿太久。"

"哎呀,看你说的!莫伊拉,你听到了,那不是比音乐还动听吗?"

帕特已经进屋去换工作服了。

莫伊拉看着艾琳。"他在这里,跟你在一起真的很好。以前他得到的温暖和亲情太少了。他从未在一个有爱的家庭中生活过。你不会……我希望你不会——"

艾琳打断了她:"他现在找到有爱的家庭了,也会一直在这里生活下去。这一点你大可放心。"

"谢谢你,我会放心的。"莫伊拉说。

"以后常回来看看我们吧。下次来时,你就住在我们家,不用再在'海洋之星圣母'浪费房钱了。"

"你怎么知道我住在那里?"

"我的一个朋友在那工作。她打电话告诉我,说你问到我了。莫伊拉,哈利已经消失很久了,他不会回来的。帕特会留在这里。他正是我们母女都需要的一个家庭成员。他开心、快乐又可靠,重要的是他总是在身边。以前我没有过这样的生活。对我来说,这也是很美好的事。"

莫伊拉笨拙地拥抱了她,然后回到旅店。

"今晚的客房我也预订了,如果取消的话,不知是否会给你们带来麻烦?我刚发现自己必须搭下午的火车回都柏林。"

"迪尔尼女士,没问题。我这就给你开昨天一晚的账单。你还会来我们店里入住吗?"

莫伊拉想起来,艾琳有个朋友在这里,凡事必定通报。

"嗯,往后我恐怕会住在艾琳·欧莱瑞那里。她人很好,邀请了我。我也非常乐意去住。"

"那很好啊,"前台服务员说道,"住在家里当然更好……"

莫伊拉看向车窗外那雨水浸润着的乡村田野。奶牛们湿漉漉地站着,茫然地发呆;马匹在树下避雨;羊群似乎对雨水浑然不觉,完全不放在心上;穿雨衣的农夫们走在窄窄的田间小径上。

火车上的大部分人都是去往都柏林参加什么活动或因事外出的。或者,他们是在回家,回到亲友身旁。这个长周末才过了一半,莫伊拉就回去了,要回到她空落落的公寓房间。在老家,弟弟与父亲都找到了幸福,是那样心满意足,而她发现自己在那里什么都没有,除了怨愤和悲哀。她无法继续在故乡停留。

时间还很早,可以去个什么地方。但去哪里呢?她觉得饿了,但又不想独自去咖啡吧或餐馆。她走进一间商店,买了一条巧克力。

"很棒的一天,是不是?雨停了。"柜台后面,一位跟莫伊拉年龄差不多的女子说道。

"是哦,是的。"莫伊拉说,惊讶地觉察自己没有注意到天气已经变好了。

"我只要再干一个小时,然后就可以离开这里了。"这位店员坦露心事。她笑容灿烂,浓密的头发一绺一绺的。

"那你要去哪里?"莫伊拉问。这样应答并非出于礼貌,而是她对此有兴趣,想了解更多。这位女士也许跟世间所有其他人都一样,有一个充满亲情与友爱的大家庭,他们正迫不及待地等着她值班结束,回去团聚。

"我要搭火车去海边,"她说,"还没确定去哪里,但可能是'黑石'、邓莱里、道尔基,或许甚至是布莱。任何地方,只要能在海边散步就可以,随手拿一袋薯片,再吃上一个冰淇淋。也许我会游上一会儿,也许会去见个什么人。外面阳光灿烂,每个人都像鸟儿一样自由,我可不想在这里,在室内站上一整天。"

"就你自己一个人去吗?"莫伊拉不禁感到好奇。

"那不正是最好的一点吗?没必要去取悦任何人,自己开心就好,所有的选择都可临时改变。"

莫伊拉从店里走开,若有所思。她还从未搭火车去过海边。在都柏林这么多年,一直都没有过。如果是公干需要让她去那边,她也就去了。但其他情况下,她就不会去那里。她甚至没想到过人们会 *那样做*——只是去海边,并无任何理由,就像故事书中的小孩子那样。

这正是她现在想做的一件事。她要沿着丽翡河岸散步,直到搭上一趟向南行驶的小火车为止。她将在海边闲坐着散心,或许会划上一会儿小船。那将让她的心境得到平复,情绪得到安慰。是的,当然了,海边会有吵吵嚷嚷的人群,有欢快的幸福家庭,或者热恋中如胶似漆的情侣,但莫伊拉会像那店里的女人一样,在海边享受悠游时刻,让阳光落到肩膀与胳膊上,看着海浪一拨拨重叠而来,抚触那无声的海岸。

那就是她想要做的。这个漫长的周末,她将在海边消磨一些时间。

可以预料的是,这并不是什么奇妙的经历。

奇迹事实上根本并未发生。

莫伊拉并未能因此变得平静或温和。阳光确实照到了肩头与胳膊上,但同时也有微风从海上吹来,让她感到过重的寒意。看来有太多的人们预先计划好了,一定要将家人带来海边。

莫伊拉便开始研究这些人。

她不记得在整个童年期曾有什么时候被带去海边,而都柏林的每个孩童似乎都有着上帝赋予的一项天然权利——只要出太阳就可以去往海边。当她默默地在沙滩上那些大呼小叫的家庭中坐下时,她不禁因为暗自的专注思索而皱起了眉头。她内心的愤懑情绪不禁变得非常强烈。

让她意想不到的是,一位穿红色衬衫、衣领敞开、脸色红红的大个子男人在她身边停住了脚步。

"莫伊拉·迪尔尼!只要我还有一口气,就相信没搞错!"

她一时想不起这人是谁。

"啊,你好。"她谨慎地回应道。

他在她旁边坐下来。

"老天爷做证,来到户外坐坐可不是很美吗?生活在一个首都城市,离海边还这么近,我们真是福气不错啊。"他说。

她看着他,依旧一头雾水。

"我是布莱恩·弗林。丝黛拉住院时,我们照过面。后来在她的葬礼上,还有小孩子的洗礼仪式上,我们也见过。"

"啊,弗林*神父*。是的,当然,我记得。我只是一下子很难认出你,你穿着……我的意思是你今天没有……"

"罗马教廷式的和尚袍子跟这样的天气真是不搭调。"

布莱恩·弗林乐呵呵的,对身份的束缚不屑一顾。他这个人平时很少穿牧师的服装,除非是在正式场合主持仪式时。

"小时候父母带你来过海边吗?"莫伊拉说道。这个问题有点突如其来。

"小时候,我父亲就过世了,但每年夏天,妈妈都会带着我们在海边待上一周。我们住在一个叫作圣安东尼的宾馆中,每个孩子都有一只小桶和一把玩具铲。真的,那时挺美好的。"他说。

"那你还蛮幸运的。"莫伊拉说,心境黯然。

"你小时候没去过海边?"

"没有。哪里都没去过。我们本不该被留在我们那样的家庭中。我们本该被安置在什么其他地方的……真的,其他任何地方,也许都会更好。"

弗林明白了这场对话是要引向哪个方向。这个女人看似走火入魔了,执念于把有些孩子从父母身边带走,交给他人照管。或者,无论如何,诺尔说过的也是这个意思。诺尔害怕莫伊拉,怕她这种强迫症似的理念。凯蒂还说过,丽莎对莫伊拉也是同样的感觉。

"这个嘛,我认为现在的情形已经略微改变了……凡事都在进步。"布莱恩·弗林含糊其词地说。他不禁暗中懊悔不该主动接近莫伊拉,但置身于海边休闲的人群中,这个女人身穿夹克和长裙,显得那样孤独,让他忍不住打招呼了。

"神父,你有没有感到过自己的工作很无望?"

"我情愿你直接叫我布莱恩。没有,我并未感到过这种工作很无望。我认为我们时不时地把事情给搞错了。我的意思是说,教会把有些事情弄错了。教会没能顺应形势,适时改变。除了教会,我自己也把事情给搞错了。我忙着给人们张罗天主教仪式的婚礼,然后,就在我把仪式确定了的当儿,结果这些人已经等得不耐烦了,跑到婚姻登记处直接把事儿给办了,而我像个傻瓜被扔在一旁。但是,如果回答你的问题,我还是会说不,我不认为这一切完全是无望的。我想我们毕竟做了些事情,对人们也有所帮助。我当然也看到了很多,让我得到启迪和激励。我估计,你也是这样吧?"

神父以一个升调语气结束了他的言论,但如果他预期莫伊拉相应地会对工作表示满意,那他就错了。

"我觉得自己并没有那样的感受,弗林神父。真的,我没有。我处理的案件都是来自些不快乐的人,其中大多数的人还将他们的不幸归咎于我。"

"我确信实际上不是这么回事。"

布莱恩·弗林真希望自己身在万里之外。

"神父,可实际上就是这么回事。有个老妇人,我努力让她进了她真正想要的那种养老机构,那里有素食提供,还有,希望你能原谅这种说法——那里的墙壁上都会渗透出宗教的甘泉。那里满是圣洁与虔敬,但我的这位当事人还是不高兴。"

"我想那是因为她太老了,又受了惊吓。"布莱恩说。

"是吧,但她只是我经手的很多个案之一。另一个当事人叫杰拉德,是一个很好的老爷子。我尽力让他如愿,不用被送进老人院,也跟他的孩子们屡次交涉,阻止了很多的胡作非为,为老爷子建立了完备的养老扶持体系,但他现在又说整天太孤单了。他说想去个什么地方,能有一帮老头子一起玩室内滚木球游戏。"

"很可能是因为他太老了,确实也很寂寞。"布莱恩提示道。

"但那些并不老的当事人又怎样呢?他们也不想要任何帮助。我经手的有个十三岁的小姑娘,流浪街头,风餐露宿。我把她劝回家了。父母跟她有过争吵,因为黑色唇膏和黑色指甲油之类的事情——我想就是这个。可是,她又离家出走了。警察那边现在还在到处找她。事态原本没必要恶化到这个程度。我陪她坐在桥洞里,一直坐到深夜,反反复复的劝导都是白费口舌。"

"你从来都不了解的——"弗林又有些烦躁不安了。

"但有一点我还是清楚的。我知道那是怎么回事,就是有一大群人联手组成一个同盟来对付我,来争夺那个不幸的小孩子。现在抚养她的,是一个酒鬼……"

布莱恩·弗林的声音强硬了许多。

"各方面综合起来说,诺尔可不仅仅只是个酒鬼。莫伊拉,他的生活已经一百八十度转向了,就是为了给那孩子一个家。"

"我们把她交给了一个对抚养义务心怀怨恨的醉鬼父亲,你觉得那孩子有朝一日会对我们这些人都感激不尽吗?"

"他很爱他的女儿。他不是酒鬼,他已经戒酒了。"布莱恩对此有绝对的信心。

"你能手放心口起誓,告诉我自从有了弗兰琪,诺尔从未走偏,也永远不会再回到酗酒的老路上吗?"

弗林无法撒谎。

"只有过一次,而且那次也没持续几天。"他说。

他立刻又意识到,莫伊拉对此其实并不知情。他从她的表情中看到了这个。一如往日,他这次又是好心办坏事,把情况搞得更糟了。从今往后,他闲逛散步时一定要在头上套个纸袋子,只在眼睛这里留出两个孔隙。他不能再跟任何人说话,再也不能。

"我希望你不要觉得我粗鲁无礼,莫伊拉,但我真的要……嗯……要去见一个人……那个……从这里还要走挺远的……"

"不会,我当然不会那样想的。"

莫伊拉意识到弗林脸上的温暖之意现在已大大减少。但话说回来,她有过的与人交谈的经历中,经常会有这样的情形发生。

弗林神父走了。她感到自己在这处沙滩上十分惹眼。这不是适合她待的地方。莫伊拉慢慢地收拾好随身的东西,向火车站那边走去。一列小火车将把她带回市区。

大多数人都喜欢这样的火车旅程。窗外的风光,莫伊拉却连一眼都不看。她一门心思想着的是她怎么被愚弄了。神父与这件事没什么关联,他们却告诉了他诺尔的事。但面对被安排来负责此事的社工,他们却认为告诉她不好。

获得了这一新信息,莫伊拉还是不能去造访栗树街运动场,因为她知道诺尔和父母已经带着小婴儿去了她从未听说过的某个小镇——那里显然是有着一座什么神奇的雕像,或者,换一种说法,查尔斯和乔希将会研究那座雕像。而诺尔说不定已经带着孩子,跑到哪个酒馆中喝开了。

艾米莉在爱尔兰西部旅行,等她与腚狗一起回来,莫伊拉要去跟她交涉一番。丽莎和安东从伦敦回来后,莫伊拉也要去跟她交涉。最终,她要跟诺尔交涉。他已经欺骗了她。可以安置弗兰琪的地方非常之多,能够让那孩子在爱的环绕之中安全成长。看看这对夫妇,克拉拉·凯西的女儿琳达和女婿尼克,那个尼克同时也是心脏病疗所的希拉里的儿子,这两人望眼欲穿,渴盼着能收养一个孩子。只消想一下就可以知道这个家庭多么稳固可靠:奶奶和外婆会呵护备至,把她当成洋娃娃。一个人手充足的大家庭,一个温暖舒适的家,关键还有安全感。

莫伊拉又叹气了。要是有过某位奇迹般的社工,把帕特和她安置到一个这样的家庭,那她拥有的会是怎样的人生!在那里,他们会得到关爱。书架上会有大把的儿童书,或许在晚上入睡前,还会有人给他们读一个故事;家里人会对孩子带来的学校作业加以关注;炎热的天气里,还会带她去海边,会给她一只小桶和玩具铲,让她去堆垒沙滩城堡。

她自己的童年,如今只剩下残迹碎片。她刚刚去探访过。莫伊拉现在想振作起来,下定决心要改变弗兰琪的人生轨迹,让她加入一个稳固的家庭,走上更平坦的成长道路。

如果能帮其他某个人找到恰当的归宿,那在一定程度上将会是对莫伊拉自己不幸经历的匡正或补偿,而这似乎也是唯一可令她略感释然的设想。她所要做的所有事情,就是熬过这个漫无尽头的周末,直到

第九章

这幕生活大戏中的全体角色从旅途上归来,重新集结,然后她才能推动剧情继续向前。

丽莎实际上已经回到了都柏林,只是莫伊拉不知道而已。这次在伦敦,有些事情还是搞拧了。丽莎他们就是去拜访一些餐馆,跟形形色色的店主们讨教一番,跟客人们了解了解意见。而四月则认为这是一次公关之旅,为安东安排了几个采访活动。

"这个周末英格兰没有公众假日,所以我们还是照常工作。"四月叽叽呱呱地对他们说。

"但在周末可没多少人工作的。"丽莎努力表现得随意平淡。

"是没多少,但伦敦的下周一可是常规工作日,我们在周日就可以演练演练。"

四月志得意满,因为公关大业的成就和成功而脸上放光。倘若不因此表示出一点热情或兴奋的意思,那么丽莎就不免有粗鲁无礼和小肚鸡肠的嫌疑。所以她就表现出为此而愉快欣喜的样子。她决定主动退出,以保全自己的个人尊严。

她看似漫不经心地随意说道,她在都柏林还有大把的事务要处理,然后心里颇安慰地看到,安东似乎为她的提前离去而感到真诚的遗憾和难过。于是她回到了都柏林,无事可做,也无人可见。

她听任自己的脚步走回了栗树街运动场这里。她认为自己看到了莫伊拉在公共庭院中跟一些邻居说着什么。但那不可能是她吧。诺尔带着孩子外出了,去了罗斯摩尔那个地方。莫伊拉她自己则去了乡下看望家人。丽莎认定自己出现了错觉。

但她的目光越过通向公寓楼的那道走廊的矮墙定睛细看时,发现那确实是莫伊拉。虽然听不到交谈的内容,光是看着那边的情形就已经令她厌恶。这座公寓的居民中,除了她和诺尔,莫伊拉一个人都不认识。她是来这里刺探情况的。

丽莎再次走下台阶,穿过庭院。

"哎呀,*你好*,莫伊拉,"她说,表现出极大的惊讶。莫伊拉正在询问的那两位中年妇女,面露尴尬的歉意,想悄悄躲开。丽莎跟这两人都算认得,挺面熟。她对着她们飞快地点了下头。

"哦,是丽莎……我以为你出远门了,还没回来。"

"啊,是的,我是外出了,"丽莎表示同意,"但我刚刚回来了。你呢?你也出远门了吗?"

"我也回来了。"莫伊拉说,"诺尔跟弗兰琪也回来了吗?"

"我并不这样认为。我还没进公寓房呢。你为什么不跟我一起上去看看?"

两位女邻居正忙着找借口,想尽快逃离。

"不,我不上去了,那样不太合适,"莫伊拉说,"毕竟你刚刚才从伦敦回来。"

"莫伊拉是我们的社工。"丽莎对快速撤离的女邻居们解释道,"她可真是一位绝对杰出的社工。在最预料不到的时刻,她都会上门到访,以免诺尔和我虐待弗兰琪,把小宝宝给打死了,或者是把孩子关在笼子里,要么是关在其他什么东西里面,把她给饿死了。到目前为止,她还没在任何事情上抓住我们的把柄。不过,当然了,时间将会证明一切。"

"丽莎,你完全误解了我的职责。我去你们那里只是为了弗兰琪的利益。"

"我们该天杀的在这里可都是为了弗兰琪,"丽莎说道,"这是你应该已经意识到的事情,只要你能看到夜里她睡不着的时候,我们是怎样辛苦地抱着她走来走去,左摇右晃,只要你能看到我们怎样给她换尿布,看到她固执地把头扭向一旁时,我们是如何耐心地给她喂奶、喂吃的。"

"这正是问题所在。"莫伊拉叫道,"这事对你们两个来说都太难了。在一个更为常规的家庭中……家庭成员相对成熟,足以照料一个幼儿,她是否可以得到更好的养育,这就是我的工作责任要我去考虑的。"

"可她是诺尔的女儿啊!"丽莎说,已经忘记了其他那些妇女,她们刚才正要离开,现在却站在那里看起了热闹,呆呆地张着嘴。"我还以为你们这些人都是做帮助别人维持家庭完整这类事情。"

"事实也是这样,但丽莎,你们可不是一家人呀。你只是一个住客,而诺尔作为一个父亲,是不可靠的。我们必须承认这一点。"

"我*不需要*承认这个!"

丽莎知道自己这时看起来大概像个悍妇,像个卖鱼的小贩,双手叉腰,满嘴撒泼,但对方实在是太过分了。她开始历数起诺尔所付出过的全部努力和现在正做着的事。

莫伊拉像一把冷冷的利刃,打断了她。

"拜托了,我们能否换个地方谈,好多一点隐私?"

她瞪着此前询问过的那两个妇人,她们还徘徊在廊道的拐角,然后迅速地消失了。

"我不想跟你打交道,哪怕是再多一分钟也不想。"丽莎说。她清楚自己听上去肯定气呼呼的,但她毫不介意。

莫伊拉很冷静,但同时也很恼火。

"你为诺尔说了这么多好话,"她说,"但你却故意忘记了这一点,他越轨了,失控了,又喝上了酒。在这种情形下,婴儿就处于风险之中,而你们两个谁都没对我提过这一点。"

"那件事几乎还没开始就结束了,"丽莎说,"完全没必要跟你说,省得引起第三次世界大战!"

莫伊拉盯着她看了一会儿。"我们可都是在同一阵营中的。"她最终说道。

"不,我们才不是一伙,"丽莎说,"你想把弗兰琪弄走,我们想留着她,怎么可能是站在同一边的?"

"我们都想要的,就是让她得到*最好的*安置。"莫伊拉说话的语气就像是在引导一个弱智。

"莫伊拉,如果她跟诺尔生活,那对我们所有人来说就是最好的。"丽莎的声音突然显得疲惫起来,"她让他远离了酒精,让他能埋头去学习,所以他会成为一个有教养的好爸爸,而将来,到时候,弗兰琪就需要这些帮助,也会理解这一切。她还让我也保持了神志清醒。在自己的生活中,我有很多担忧,但照料弗兰琪时,我多多少少感觉脚落到了实处。这事让整个生活似乎有了方向——要是你能明白我指的是什么的话。"

莫伊拉叹了口气。

"我确实能明白你的意思。你知道吗,某种程度上,弗兰琪对我产生的影响也完全一样。把她照料好,对*我*也一样重要。我运气不好,从未有机会享受童年。我现在只希望她的人生能有某种意义上的良好开局,而不是像我那样,因为无所适从的困顿童年而陷入生活的泥沼。"

丽莎震惊不已。在这之前,莫伊拉可从未透露过任何个人隐私。

第九章

"别跟我讲童年！我敢打赌,跟我的童年相比,你的只能是小巫见大巫,不值一提！"丽莎说道,声音听起来还挺欢乐。

"今天晚上你有没有心情吃晚餐？我这么说,只是因为情绪有点沮丧。我回乡下老家了,看到的情形让我忍不住感到不安,而城里看起来暂时也没什么熟人……"

这一邀请笨拙而生硬,但丽莎对此并不计较。她也不想一个人孤零零地回到公寓。那里什么都没有——虽然,厨房吊柜里也许能发现一听什么东西,或者也许能在冰箱里找到一包带调味汁的意粉。但那依旧是形影相吊的孤单一人。去听听莫伊拉有什么想说,也许是更好的选择,可那会不会还是旧调重弹？

"我们能否达成协定,待会儿别谈弗兰琪的事？"

"哪个弗兰琪？"莫伊拉回应道,脸上有一种奇怪的歪斜不对称的表情。

丽莎意识到,莫伊拉的这个表情是想传递出一个微笑。

她们选择去恩尼奥的小餐馆。那是间家庭餐馆,恩尼奥自己负责烹饪和招呼客人,他儿子当侍应生。恩尼奥在都柏林生活已经有二十多年了,娶了一位爱尔兰女士。但他心里很清楚,自己的意大利口音反倒是一个卖点,增加了店里的异域氛围。

不过,安东私下里对丽莎说过,恩尼奥是个十足的傻瓜,搞不出多大的名堂。他从不为餐馆做宣传推广,你永远也不会看到有社会名流在那里进出,新闻媒体不会报道他的餐馆,也不会有任何其他形式的评论推荐。因此,丽莎去那里用餐,看上去就是一个表示独立的举动。

莫伊拉经常路过那里,每次都疑惑会有谁愿意进去花七个欧元吃上一份肉酱意面——既然你在家里只需三四个欧元就能自己搞定。对她来说,去那里用餐,就是一个反叛或挑战的举动,背离了她那天生节俭的习惯。

恩尼奥愉快地欢迎她们的到来,那份愉悦之情让人产生错觉,仿佛为了她们的光临,他似乎已经等了好几周。他给她们拿来巨大的红白相间的餐巾,餐馆自备的免费饮品,还顺带透露了一条消息:这里的通心粉烤肉卷简直就是天使惠赐的食物——她们一定会对此喜爱得一塌糊涂。他才开餐馆时,那简单、新鲜的菜式立刻便得到了人们的莫大欢迎。从那以后直到如今,食客们的口碑相传让这里几乎每一晚都要人满为患。

丽莎心中暗想,安东对恩尼奥餐馆的见解也许是错误的。这里已经几乎满座,每个人都高高兴兴的。这家餐馆也几乎没有什么日常的杂项开支。被吸引到这里的客人,不是因为格调或室内装饰,或者灯光——实在地说,也不是因为媒体上有什么公开报道或推介。或许,恩尼奥远远谈不上是个傻瓜。

莫伊拉开始意识到,人们为什么真的愿意花七块钱来享用一盘意面。这份开销中,包括了餐馆里明亮的灯光、格子图案的桌布、温暖热情的问候,还有那种惬意放松的整体氛围。她自己也可以弄出一盘通心粉烤肉卷,但如果是在她那小小的、空落落的公寓房中独自吃这一美食,就不会跟在餐馆这里的感受完全一样。那就不会是天使惠赐的美味。

很久以来第一次,她终于彻底松弛下来,举起了酒杯。

"敬我们自己一杯。"她说道,"我们的人生开局或许确实不美妙,但,哎呀,还真不错,我们熬过来了!"

"为幸存至今干一杯。"丽莎说,"我是否可以开始坦白了?"

"我们还是先点了通心粉烤肉卷吧,然后你再开始也不迟。"莫伊拉对丽莎的主动表示认同。

她是个很好的倾听者,丽莎不得不承认莫伊拉的这一优点。她听得清楚明白,能记得你所说的任何信息,然后还能适时回顾,提出些相关的问题,比如当丽莎意识到父母彼此厌倦的时候是几岁;还有些不相关的问题,比如丽莎父母是否曾带她们姐妹俩去过海边,等等。需要有所表现的时候,莫伊拉便显出同情之色;在恰当的时机,她也显露出震惊的神色。她还表示奇怪,丽莎的妈妈为什么要继续生活在这样一个完全无爱的家庭中。她还问起了丽莎的朋友,并且看似确切地理解了丽莎为什么从来都几乎没朋友。

有谁可以将朋友带回这样一个家呢?

丽莎继续讲了在凯文的公司当平面设计师的经历,讲了她怎样结识了安东,结果一切都风云突变了。她离开了凯文公司写字楼的安全港湾,要自立门户。但很惭愧,她实际上除了安东并无任何其他客户,而安东又总是需要她在身边给他打气,总是说什么如果没有丽莎,他就会茫然无措。即使是这次在伦敦,也就是这一天的上午,他还求她别走,别把他丢在那里,丢给同行的四月。

"哦,四月,"莫伊拉说道,饶有风趣的样子,回忆起她第一次在安东的餐馆吃饭,跟克拉拉一起的情形,"那是个非常*乏味无趣*的人。"

"*乏味!*"丽莎愉快地抓住了这个单词,"她确实就是这样的一个人!乏味又枯燥!"她带着愉悦之情又说了一遍这个词。

莫伊拉委婉温和地将对话转向另一个方向,实际上就是转向诺尔。

"那不是很幸运吗,你轻易地就找到了一个地方,可以安顿下来?"她暗示道。

"哦,是的,如果不是因为诺尔,我真不知道那个晚上会做出什么傻事。那天,我意识到我父亲,我的亲爹,在我们自家的房子里……"她停住了,对这份往日记忆仍心有余悸。

"但诺尔不是对你表示了欢迎吗?"莫伊拉不放弃。

"这个,我以为'欢迎'可能是有点言过其实了……但他确实给了我一个地方落脚。鉴于我跟他几乎还未真正认识,他的这一举动确实是很慷慨。然后我们跟艾米莉商讨了此事,发现如果我在那里待下来,倒可能是最好的安排。这让我可以分担照料弗兰琪的这件大事,同时我也能有个地方免费暂住。"

"免费?你意思是说除了所有其他的开支,诺尔还同时为你付那一份房租?"

莫伊拉的眼睛开始闪闪发亮。甚至不用她主动发问,越来越多的信息便已送上门来。

丽莎看来意识到了自己说话不假思虑,失之于随意。

"怎么说呢?确切说来也不是*免费*。我的意思是说,买吃的东西,我们双方都付账,电话账单也是各管各的,照顾孩子的事,我们则相互分担,彼此帮忙。"

"但他完全可以将空余房间租给真正的房客,得到一笔真正的收入呀。"

"我对此表示怀疑,"丽莎说,一边来了精神,"房子里有个小婴儿,不会有人愿意分租来付给你一点真金白银的。相信我说的没错,莫伊拉,那里就像戏里说的,'麦克白已将睡眠谋杀'。凌晨三点,那里也可能完全是一片混乱,吵吵嚷嚷,令人抓狂,我们只能竭尽全力去哄她,让她恢复安宁。"

莫伊拉只是同情地点头。到此刻为止,她已获得了越来越多的弹药,可供发起攻击。

但,奇怪的是,这并未让她感到如曾经所预想的那般愉快。不知怎的,她如今反倒宁愿两个孤单疲惫、手忙脚乱、焦头烂额的人儿,也就是丽莎和诺尔,能够借由这个女婴来击溃命运中的魔怪,找到幸福。如果按照好莱坞言情剧的套路去编排,这对年轻人也会最终牵手,共度美好人生。

对莫伊拉的这些想法,丽莎毫无觉察。

"现在轮到你了,莫伊拉,"丽莎说,"告诉我你有过什么可怕经历。"

于是莫伊拉开始讲述,每个细节都和盘托出,从小时候她放学回家,家中却没有任何可吃的东西,讲到辛苦劳作一天的父亲稍后回来,但看到的只是几个削了皮的土豆。她诉说的语气中完全没有自艾自怜或怨天尤人的意思。这很多年来,莫伊拉对自己的私人生活始终都守口如瓶,眼下却能够对这个姑娘毫无保留地公开,是因为丽莎受到的伤害甚至比她更严重。

她的人生故事一直讲到了最近这一天:她离开利苏安回到了都柏林,是因为看到父亲和弟弟那摇摇欲坠的生活都有了转机,而自己还是形影相吊,这让她实在无法释然。

丽莎听着,一边希望能有个什么人——任何人都可以——曾对莫伊拉说过,实际上有个办法来应对所有这一切,那就是要转变态度,乐得见到他人交好运,而不是看到别人倒霉失败就感到自己胜利了。一开始,她或许不得不假装有如此良好的心态,但这很快将变成一种自然而然的习惯。凯蒂婚姻幸福,生意红火,丽莎并未嫉妒,而是由衷地替妹妹高兴。凯文的设计公司经营良好,她也同样感到欣慰。当然了,如果对方是自己的敌对者,比如她的父亲,比如四月,那要再祝愿其好运常伴,就不是常人所能具备的心胸了……

丽莎的思绪散发开去。就在这走神的当儿,她注意到邻座餐桌边的一位女士吃东西噎住了,还挺严重。一块蛋白杏仁饼卡在她的喉咙口,动不了了。看着客人的脸色由红变白,年轻的服务生急得眼珠子都要瞪出来了,但束手无策。

"出了什么事,马可?"同样年轻的金发女招待上前问道——那不是珺德·米切尔吗?她在这里干什么?丽莎还在疑惑着,而与此同时,珺德一眼便看明白出了什么麻烦,转头喊道,"西蒙,你立刻过来,需要你帮忙!"

她的双胞胎弟弟随即就跑过来了,他也穿着一身服务生的制服。

"她都快窒息了——"珺德说。

"要用海姆里克急救法——"西蒙同意珺德的判断。

"你能让她再咳一咳吗?"珺德问道,很镇静,似乎一切完全可控。

"她是在拼命咳的,有东西卡在那里了……"到了这个关头,那妇人的女儿几乎歇斯底里要失控了。

"夫人,现在请站起来,然后我弟弟要抱住你,很大力地挤压。请冷静,这是绝对正常的一种急救手段。"珺德的声音既坚定又让人感到宽心。

"做这个,我们是受过专项培训的。"西蒙表示确认。

站在妇人的身后,西蒙将双臂环抱在这位食客上身的横膈膜部位,用力向内向上挤压。第一次紧压时没什么反应,但第二次时,他挤压到了那女士的腹腔,一小块饼干从她嘴中吐出。

她立刻就又能重新呼吸了。随之而来的是感激的眼泪,她又喝了几小口水。这位客人诚恳地要求知道两位年轻人的名字,因为他们救了她的命。

丽莎坐在那里,刚刚发生的这整个一幕让她如同被催眠了。她此刻才突然意识到,过去的这几分钟内,莫伊拉说的任何一个字,她都没有听到。刚才的这个意外发生得非常快,看上去其他食客几乎没人注意到有什么事情出了差错。可以十分肯定的是,那对双胞胎却经受了一番考验。在余光中,她看到那个叫作马可的服务生热切地握住西蒙的手,激动地摇了几下,然后给了瑁德一个热烈的拥抱,而那样子看似不止是表达感激之情……

丽莎与莫伊拉各付了一半的饭钱,起身准备离开。共同经历的这个夜晚让她们感到满意。此次聚餐的基本准则看似得到了遵守,她们没有再提起弗兰琪的事。

恩尼奥过来送客,说着那一口精心维护着的破烂英语。

"好朋友一起光临本店,快乐地共进晚餐,那是很好的。我们一直很乐意见到这样的朋友们。"他将她们送到门口,一边愉快地说道。

她们不是什么好朋友,但他不知情。如果她们真是好友的话,就不会带着相互间未曾了结的矛盾纠葛回家了。实际上,她们只是触及了这些层面,讲了各自的孤独心事,但并不曾努力设法为对方找到一条逃出困局的线路,或是为了未来在彼此间搭建一座桥。一系列的情况,还有恩尼奥那热情的问候,让这个夜晚显得没那么惨淡,但也只是仅此而已。

她们是今晚最后离开餐馆的顾客。如果知道真相,恩尼奥在送别她们后锁上店门之际,或许也会感到沮丧的。恩尼奥是个乐天派,总是那么开朗。他更倾向于理所当然地认为,他此前招待过的这两位女士,是推心置腹的好友。

第十章

艾米莉与帕迪和莫丽·卡罗尔两口子在西部享受了一个尽兴的周末。腚狗是个热情洋溢的司机,或许某种程度上还有点爱冒险。看起来,他根本不懂怎么看地图,也完全不愿去看。艾米莉试着为他找出地图上那些标注着不同编号的公路,但这片好意被达根一挥手给挥到一边去了。

"艾米莉,这些编号没人能懂的。"他语气坚定地说,"这些数字只会把你的头给搞大。我们最大的要点,就是一路向西,朝着大海那边开。"

他们一路确实看到了很多美景,比如克里夫登湾的"天路"。车子穿过了连绵的山地,那里体形硕大的山羊从山坡走下来,满怀期待地看着车子和车上的乘客,就仿佛这些人类是新鲜的玩伴,是来给羊儿们娱乐的。晚上,他们都在酒馆度过,在那里放声唱歌。每个人都说这是他或她所曾有过的最美好的出游体验之一。

艾米莉告诉了他们她要回美国参加贝丝婚礼的这一计划。卡罗尔夫妇听到这个消息感到非常欣喜,对此充满热情:一场晚来的婚姻,也是一个机会,可让艾米莉盛装出场,也参与到婚礼庆典当中。结婚的这两人志趣相投,延误这么多年后最终找到了彼此。

腚狗对此则没那么确信。"以她现在的这个年龄,这一切恐怕不是那么轻松吧。"他以一种友善的态度,诚实地说道。

艾米莉将交谈转向更为安全的话题。

"腚狗,你到底是怎么起了这么个名字的?"她问道。

"啊,那是很久以前我去澳洲碰运气时得到的名字。"腚狗说得很简单,似乎这应该是人所共知的常识,而且并不是每个人都问过他这个问题。腚狗碰上的运气,这辈子发的财,如果是体现在他所驾驶的这辆破旧不堪的小货车上,那看上去也没什么值得一提的,不过艾米莉总是看到事情积极的那一面。

"那应该是很难忘的精彩体验吧?"她问道。

"真的很难忘。那是十年之前的事了,但我经常回顾那些经历,想起我所见到的一切:随处可见的袋鼠和鸸鹋,还有考拉和美妙的鸟类,我的意思是说真正的鸟儿,羽毛非常漂亮,看上去似乎都是从哪个动物园中逃出去的,它们在那里的野地中飞来飞去,有一搭没一搭地啄着大自然的食物。你们可从没见过那样的景象。"

他安静了下来,快乐地沉浸到记忆当中,脸上有幸福的微笑。

"你在那里待了多久?"

对腚狗在数千英里之外的异域所度过的生活,艾米莉有些好奇。

"七周,"腚狗回道,显得挺愉悦,"美妙的七个星期。关于这段日子,我都说过很多很多了,你明白的,就是当我回来之后,所以他们才给我起了这么个绰号'腚狗'。你知道的,那是澳洲的一种野狗……"

"我明白了。"艾米莉对腚狗在澳洲停留的时间如此之短感到诧异,"这个,呃……你是为什么又回来了呢?"

"这个啊,因为我所有的钱都花光了,而且直到那时我也没法找到一份工作……那里有太多的爱尔兰非法移民,把所有工作都抢光了。

所以我就想要掉头回家。"

腌狗的心态,还有,他只是在十年前去了澳大利亚,而且只停留了不到两个月,却怎么敢如此肯定地自认是与澳洲有关的所有方面的话题专家?对此,艾米莉可没有时间去揣摩。她可是有很多来自纽约的邮件要回复呢。

贝丝正经受着婚前紧张心理的困扰。她并不喜欢未来的婆婆,也就是埃里克的妈妈。自己买下的那件灰色的婚纱礼服,让她感到失望。鞋子也太紧了。婚礼的安排花费方面,他哥哥又太小气,恨不得把一分钱掰成两半花。她急需艾米莉的帮助和抚慰。

艾米莉能不能提早几天回去看她?要么干脆就取消仪式算了,不需要艾米莉去参加什么婚礼了?

艾米莉在邮件中安抚她,同时也在查询有没有可能买到提早几天的机票。诺尔帮她在航空公司的订票系统中不断地刷新检索,终于找到了一张票。

"我竟然在帮你早点回美国去,这可真让我自己难以理解。"诺尔嘟囔道,"艾米莉,我们所有人都会非常想念你。丽莎和我在列出一个轮值时间表,来照料弗兰琪。但那看上去可真像是噩梦啊。"

"你应该把哈特医生也拉进来。"艾米莉提到哈特,显得有点突然。

"我可没法请他帮忙。"

"我有时带弗兰琪去哈特家里。她喜欢哈特,哈特对她也非常好。"

"我该告诉莫伊拉这件事吗?"诺尔对此心怀恐惧。

"当然应该通知她。"

艾米莉已经忙着将好消息发给她的老友贝丝了。她将在三天之后回到纽约,她将会解决一切问题:难看的灰色礼服、过紧的鞋子、连干酪切片碎屑都心疼的斤斤计较的吝啬鬼哥哥、埃里克那难缠的妈妈。一切都将不成问题。

"你离开之后,莫伊拉会变本加厉,更难对付的。"诺尔说道,满怀不祥的预感。

"下午没空的那些天,你只管把弗兰琪送到哈特那里去。他经常跟波士顿的一个人下棋——我猜那人是个在校大学生吧。哈特在这其中找到了极大的乐趣。他甚至还问我,我回美国的时候能不能带一副棋给那小伙子,可我告诉他了,说回国待的时间那么短,根本抽不出空跑大老远的去送什么国际象棋。"

"哈特在网上下棋!他是怎么学会用电脑的?"

"我教的,"艾米莉说,轻描淡写,"作为回报,他教我下棋。"

"身边发生的这些事,我可连一半都不知情。"诺尔说。

"不用害怕莫伊拉。你该知道的,她也并非敌人。"

"艾米莉,她可是疑神疑鬼的。到我的公寓房来的时候,她甚至会突然摇晃起一个沙发软垫,估计是想发现靠垫背后藏着的一瓶威士忌什么之类的。放面包的小柜子里面,她也要看一看。这样做没有任何理由,只是她大概希望能从里面翻出什么半瓶装的小包装金酒吧。"

"诺尔,我会回来的。弗兰琪也会很快又长大一些的,她会需要我从纽约带回来的两三件新连衣裙。你只要稍微坚持坚持,然后她就会又长大了,大到足以让我来教她画画。我们可以开始预订二十年后的画廊空间了,因为她到时将在世界各地都有画作展出。"

"她兴许会吧。"

第十章

想到女儿有朝一日可能成为著名的艺术家,诺尔的脸色亮了起来。也许,他该把自己的美术用品工具箱从壁橱中翻出来吧。安置箱子之前,他特地检查过了,确保里面没有隐藏着哪怕是半瓶酒。他过去不曾有过时间去作画,但如果他能重新开始,那给弗兰琪岂不是能带来正面的影响?

"如果她足够喜欢画画,那就是有可能发生的事。"

艾米莉点点头,似乎对这样的未来图景颇为确信。

"你呢,艾米莉?你自己想要什么呢?"

"我想要教艺术,结果也如愿以偿了,但最后,他们认为我不够现代,无法继续担任教职,于是我就想旅行,而且也已经开始了行动。我对此非常喜欢。"

"我只希望你能在这里停留下来,不想再离开。"诺尔说。

"我会一直等到弗兰琪被抚养长大,等到你为自己找了个好老婆。"她对诺尔微微一笑。

"我可是把你的话当真了。"诺尔说。

他感到很高兴。艾米莉不会轻易许诺,但如果她真的要等到诺尔找到一个好老婆……如果她当真能等下去,那恐怕是要一直待在这里了!

所有人都会想念艾米莉的。旧货店那里已经出现了困惑和焦虑。莫丽说,客人一走进店里,艾米莉就能判断出对方的尺码大小和衣着爱好。还记得莫伊拉买去的那件漂亮的石楠色针织套装吗?她起初还假装并不喜欢呢。她给他们栽种了窗台盆花并负责后续打理的那些人家,现在开始担心,艾米莉有三周不在,自家的花草是不是会枯死。

查尔斯·林齐思虑的是,他怎么才能让自己的遛狗生意继续运转下去。艾米莉总是能为他招徕新客户,而且总是能记得将不同性别的狗隔离开,以免这些家伙干出坏事,给它们的主人带来多余的烦恼。艾米莉还为查尔斯做账,免得被税局管个人所得税的哪个小吏抓住把柄,说这份遛狗业务并非微不足道的小营生。

医院诊疗部那里的人也会记挂艾米莉的。看起来,似乎没有哪个医生能确切地知道在哪里可以找到这个或那个资料记录,艾米莉在附近的话,谁都可以安心。在那里工作的每个医护人员都熟知她的手机号码,但现在却被告知,竟然有三周时间不能随时呼叫艾米莉了。正如迪克兰·卡罗尔说的,这可真够令人心虚崩溃的,就好似站上了高台跳板,而艾米莉不在场,他们只能自己面对这紧张焦虑的时刻。

艾米莉所了如指掌的那一切,任何其他哪个人能清楚地知道?来医院的最佳公车线路、所有病人都一致喜爱的那位手足科医师的住址、圣布丽吉德医院负责教牧精神关怀的那位顾问牧师的名字,这些信息还有谁能脱口而出?

"也许,你可以在一周之内就解决掉这场婚礼?"迪克兰建言暗示他的心愿。

"别做梦啦,迪克兰。我可不想'解决掉'这件事。我是在期盼着它。我希望这事能持续至少两个月!我最好的朋友要嫁人了,而这个男人又偷偷暗恋了她很多年!我必须去解决一堆的麻烦:穿上去太紧的鞋子、新娘的哥哥、未来的婆婆、一件效果不佳的沉闷礼服。迪克兰,我可不能光打理你的事情。对了,你把干洗物品签单放到哪里了……"

"我估计,你不在的这些日子,我们只能糊里糊涂地应付应付了,"迪克兰嘟哝道,"你可不要过太久才回来啊。"

第十章

丽莎也一样。"万一弗兰琪开始咳嗽了,我们就没法打电话给你了。"

"行了,你们通常也不打电话给我的。"艾米莉温和地说。

"不,我们就是*觉得*我们可能需要求助。"丽莎坦白道,"艾米莉,趁着你还在身边,我赶紧说实话吧,我也许把事情已经多多少少给搞糟了。我和莫伊拉一起吃了顿饭,我大致是说了,或者是泄露出这一点信息:给弗兰琪清洗、喂食,抱着她拍背消食,带着她去这里那里的,实在是够令人精疲力竭的。我这样说的意思是想夸赞诺尔,你知道吧,也告诉莫伊拉,我们是在尽力把一切都做得多么好,但这些话听起来却像是哭诉、哀告或者悲叹。而莫伊拉当然是不会放过这一点的,她只会以此来做文章,来质疑我们有没有能力照料弗兰琪以及诸如此类等等,而这是我*最*不想要的后果……"

"不要担心这个,"艾米莉劝说道,"我会跟莫伊拉谈谈的。"

"我希望你能留下来,每天都跟她谈一谈。"丽莎喃喃地说。

"你随时可以给我发邮件的,但看在老天分上,不要任何人的事都在邮件里说。"

"就只说弗兰琪的事。"丽莎承诺道。

"那就说定了——只讲弗兰琪的事。"艾米莉这么说时,心中也明白,没有什么约定或规则是绝对严格的,只要有了紧急情况,也照样会通融。

终于,艾米莉走了。

她几乎无法想象,这才三几个月的工夫。她才来时谁都不认识,而现在她只是离开三周,却看似要给这些人的生活带来如地震般令人惴惴不安的空白。她已经被彻底地吸纳融入了这个小社区,真是令人诧异。

她希望自己回到美国后,讲话时不会带有爱尔兰的土腔调。她也希望嘴里不会冒出任何爱尔兰式的典型措辞,比如把"耶稣啊"说成"牙酥啊",而这是都柏林人的习惯性发音,其中并无明显的渎神或不恭之意。起初,这种说法还让她很是吓了一跳,但后来也变成了她的第二天性。

离纽约越来越近,她也对等待在前方的那一切感到更为兴奋。她试着从脑海里的中心舞台上将那一群爱尔兰的人物角色强行赶到幕后。眼下她必须集中精力来对付埃里克的妈妈和贝丝的哥哥,可爱尔兰的那些音容笑貌却不断浮现在她眼前。

诺尔和丽莎在栗树街运动场这边哄着小宝贝,同时在为考取一个大学学位做准备。对两人当中的任何一方来说,这学位或许有好处,也或许并无任何帮助。

乔希和查尔斯在厨房间跪着念玫瑰经,总记着为圣加拉斯喊上三声"玛利亚万福",同时还提醒圣人一句,说雕像的资金筹措进展不错。

哈特医生在跟波士顿的一个小伙子下棋。那位年轻人的脚出了一点状况,请假休学一周。

莫丽在旧货店里。有一件别人从未穿过的亚麻面料的百褶裙,莫丽不知该向客人要价几何。

帕迪·卡罗尔不时带回捆扎成圆圆一大包的口袋,里面装着的是美滋滋的骨头,足够让路过的狗儿们吃个痛快。

艾登与他的太太,也就是希劳拉,唱着意大利语歌曲,而听众是三个小娃娃:他们自家的外孙,以及弗兰琪和小乔尼·卡罗尔。

艾米莉又想起了穆迪呼哧呼哧地喘着气,对着他的狗儿"蹄子"乐呵呵地说话的样子,要么就是在酒馆与"同好"们商议解决世界大事。

她还想到了那位和气善心的神父布莱恩·弗林,想到他是如何掩饰对那座雕像的看法:这位6世纪的圣人像要矗立在都柏林的一个工薪阶层居住的街区。

艾米莉迷迷糊糊地想小睡片刻,但有如此多的人物却浮现在她的脑海,让她思来想去。然后她就到了肯尼迪机场。领取行李和清关之后,艾米莉便看到贝丝和埃里克在迎客区那里兴奋地上蹿下跳。两人甚至还举着一块小牌子,上面用不工整的字迹写着:"艾米莉,欢迎回家!"

但这里看似不再像家了,这真是非常怪异的感觉。

不管是不是家,回来也是一次很棒的经历。

以一种"饱经世故的女人"的言说方式,艾米莉向埃里克的妈妈建言。她成功地传递出这样的讯息:埃里克很快就要到保鲜期,眼看就推销不出去了,贝丝被劝服,考虑接受他,那他还是非常幸运的。

毫无疑问,贝丝已经往爱尔兰发过邮件,说有些"障碍"阻隔在她的婚姻之路上。艾米莉想不出那障碍可能是什么。她看着埃里克妈妈的眼睛,问她是否对那障碍有所知晓。贝丝未来的这位婆婆显然只是有点吹毛求疵,被艾米莉这一问,便开始胡言乱语起来,不知所云地唠叨了一会儿。艾米莉感到自己已经说清楚要点了。面对结婚这个大日子,贝丝需要极大的热情和勇气,也需要强有力的支持,否则的话,她或许会在最后一刻临阵脱逃,而可怜的埃里克将会被孤苦无依地撂在现场。

鞋子问题的解决很简单,艾米莉坚持让贝丝又买了一双尺码合适的新鞋。至于婚纱礼服不好看的问题,艾米莉的解决方案就是将这件很是沉闷的灰色礼服拿去了服装配饰店,在那里征询所有人的建议。贝丝和艾米莉一起在店里选了一块玫瑰粉和奶油色的披肩丝巾,一下子便让礼服变了个样子。

她去贝丝的哥哥那里解释说,既然贝丝等了这么多年才结婚,那最好该有个像样的庆祝仪式。这样一来,她就让婚宴菜单的档次得到了显著的提升,还安排了起泡酒。

还有,不用说了,婚礼相当精彩。看着多年的好友穿着舒适合脚的鞋子与那件经过最新装点的礼服,艾米莉感到很愉快。贝丝的哥哥为宾客们奉献了一席相当雅致的婚宴,而那位婆婆呢,表现得就如同是亲善友爱的化身。

贝丝幸福地哭了。埃里克也哭了,他说这是他一生中最美好的日子。艾米莉也哭了,因为一切都是那么圆满。连伴郎也哭了,因为他自己那婚姻的小船不幸触礁,眼看着要劳燕分飞,所以他羡慕新婚燕尔的小夫妻。

全部的亲友都告辞了。伴郎也回家修补那破裂的夫妻关系,想再努力一次,虽然注定徒劳无益。新郎、新娘和伴娘一起,去往唐人街享受另一顿欢宴。蜜月是不打算度了,但去爱尔兰度假小憩当然是在计划之中的,在这年年底前就会成行。

艾米莉告诉贝丝,他们将会在那里遇到哪些人。埃里克两口子都说,他们简直等不及了,要尽快去。那里发生的一切是如此地妙趣横生。他们真想立马就动身去肯尼迪机场,即刻便飞往爱尔兰。

第十章

收件人:艾米莉

发件人:丽莎

我知道我们有约定,邮件里只谈弗兰琪的事。现在也没有什么危机发生——我只是想跟你说说话。弗兰琪很好,睡觉也安稳多了。

我说过照料弗兰琪很不容易,莫伊拉看来没有拿那番话大做文章,所以我也许碰了什么大运吧,那些话已经被她给忘了。

弗兰琪似乎很喜欢去哈特医生那里。他唱一些航海水手的小歌谣给她听。他还准备了几罐子苹果糊,动不动就拿小勺子喂弗兰琪吃——她好像一直都吃不够似的!

瑁德和恩尼奥餐馆的那个马可恋爱,是板上钉钉的事了。有人看到他们一起去看电影了。这对瑁德来说是好事,因为斯加利家中的气氛挺哀伤的,可是我又想,西蒙大概要觉得被冷落了。

诺尔上周出去约会了。我撮合他跟凯蒂的一个名叫苏菲的朋友交往,但两人并不投缘。他向苏菲讲到弗兰琪,她就问:"你打算什么时候把她送回她妈妈那里?"诺尔告诉她,丝黛拉死了,结果这个名叫苏菲的姑娘立刻就巴不得离诺尔十里远。带着个小婴儿的单身汉!搞明白没有!搞什么名堂!

可怜的穆迪看上去情况很糟。迪克兰没说什么,但我觉得要是说出来,肯定不是好消息。

其余的一切都很好。

一切都按部就班,进展顺利。安东的照片登在了今天的报纸上。四月又办了蠢事,就像老把墨渍搞到抄写本上的笨学生——我是不是幸灾乐祸了?

婚礼怎么样?

爱你的,

丽莎

贝丝和埃里克问了很多问题,艾米莉简略地解释了这些人物关系:莫伊拉被认为是他们的敌人,四月则是丽莎的情敌,双胞胎是做私厨餐饮服务的,穆迪可算是他们的爷爷或伯伯或监护人,没人对此了解得很清楚。那个安东呢?他是丽莎爱慕却不得的对象……

收件人:丽莎

发件人:艾米莉

谢谢你带来的消息。婚礼办得很棒,以后会给你看照片。

四月做了什么?她是怎么把墨渍搞到抄写本上的?

爱你的,

艾米莉

收件人:艾米莉

发件人:丽莎

上周四月对所有人都放出风声说,周二会有一群美食评论家造访安东的餐馆,然后令人惊异的是,这些人根本没出现。有人通知他们,这次美食品评聚会被取消了。安东因此对四月非常恼火。他和我在餐馆一起吃了顿晚餐,想借此来振奋情绪……

三周时间过去了,埃里克和贝丝相处融洽,成了稳定的正式夫妻。

他们一起到机场为艾米莉送行。艾米莉跟随着人流走向四号航站楼,消失在人群中,而他们还久久地停留在送客区,挥着手。他们会想念她的,但他们也知道,艾米莉很快就会坐在爱尔兰航空的班机上,重新调整她的思维,再度转向都柏林。

据说,那里可真是个疯疯癫癫的地方,而且显然改变了艾米莉。正常来说,她是内敛、淡漠和宁静的性格,但被一群匪夷所思的人物完全吸引住了,而那些人似乎只应该出现在百老汇旧式杂耍综艺表演的舞台上……

很多其他同机乘客都睡觉了,但艾米莉没有。她坐在那里,将这次的旅程与她第一次造访爱尔兰时那趟横跨大西洋的航程加以比较。

那时,她是去寻根,试图搞清楚父亲以前在都柏林过的是怎样一种生活,而那种生活又是怎样塑造了他。她对那一方面生活信息的了解接近于零,但却深深地卷入了一系列意外事件:从帮着抚养一个失去母亲的小婴儿——陪同这娃娃生活的是个表面正常的酗酒者——直到在一间旧货店工作,尝试帮姐姐筹募资金来建起一尊雕像,敬献给某位闻所未闻的大圣人——如果此君确曾存在过,那也早在 6 世纪就升天了——再到为叔叔编排一份遛狗明细表单。

这一切看起来果真是很有些疯狂,而她现在却还觉得自己是在回家的路上!

都柏林时间的一大早,这趟横跨大西洋的航班到港了,乘客们汇聚在行李传送带旁。艾米莉等到了她那些漂亮的新行李箱——是来自埃里克的礼物,感谢她赏光担任伴娘。

随着人群向外走,过了海关申报区,她想道,如果有人来接机,那将是很美好的感觉。可话说回来,又有谁能不辞辛苦地跑来接她呢?

乔希和查尔斯家里没车,诺尔和丽莎也没有。腌狗如果将小货车开过来,那也不错,但这显然是不太可能的事。她只有跟上次一样,去搭乘机场巴士了。与上次不一样的是,这一次她知道自己将会进入怎样的一种生活现实。

就在走出机场的那一刻,她看到了一个熟悉的身影:哈特医生站在那里,正对着她挥手。

"我想我要来接你的。"他说着,一边将她的行李箱拖过去一只。

熙攘穿梭的人群中,很多亲友在相互拥抱。艾米莉在这人群中看见哈特,感到振奋和惊喜。

"车子就在短时停车区。"他自豪地说着,一边领着路。为了及时赶到机场,他肯定起了个大早。

"哈特,见到你真是太好了。"她坐进他那台小车,一边说道。

"我用保温壶给你带来了咖啡,还有一个鸡蛋三明治。这里的感觉是不是跟美国一样好?"他问道。

"哦,哈特,回家的感觉真是好极了!"艾米莉说。

"我们都还担心你会留在那边,把自己也给嫁出去了呢。"

事情并未朝着那个方向发展,哈特看似对此大大松了口气,放下心来。

"我可不会扔下你们的。"他们都要她回来,艾米莉感到挺开心,"不用再等我回到圣加拉斯弯月道了,你现在就可以告诉我全部的新消息。"

"有很多的消息。"哈特说。

"我们也有很多的时间。"

艾米莉愉快地靠到椅背上坐稳,开始倾听。

除了好消息,也有一些坏消息。

坏消息是,穆迪的情况严重了许多。他的预计存活期限,虽然没有被公开谈论或承认过,已经不会超过几个月。莉琪看似很难认识并正视或接受这一点,她正忙着计划去阳光普照的外国某地旅行休养,甚至还督促双胞胎加快实践他们远赴新泽西的设想——那里也是她和穆迪可以前往的一个目的地。

西蒙和瑁德却清楚,将不会有那样的一次行程。两人情绪都非常低落。年轻的卡罗尔医生对他们极为体贴照顾,为他们额外多安排了时间去照看他的孩子,想以此来分散他们的注意力,省得老想着穆迪的事。

哈特带来的好消息是,宝贝弗兰琪长得越来越健康结实了。艾米莉不敢问,但哈特清楚地猜到她想知道什么。

"还有诺尔,是个可靠的好小子。丽莎近来外出了一段时间,但诺尔做得挺不错。"

"这意味着你也帮了不少忙。"艾米莉感激地看看他。

"我爱那个小宝贝。她一点也不烦人。"

哈特转动方向盘,在车流中避让。

"还有别的消息吗?"艾米莉发问。

"嗯,有的。莫丽·卡罗尔说了,你肯定无法相信,她从某个发癫的女人那里得到了多少多少件衣服。"

"发癫?是愤怒还是疯狂?我搞不清你指的是哪个意思。"

"噢,那她就是发疯了。她发现她老公一直都在为另一个女的付账买衣服,于是就把所有那些衣服都收缴过来,送进了你们的旧货店!"看上去,哈特被此事给逗乐了。

"可我们有资格收下它们吗?那位狂怒的女士确定是要把这些衣服白送给店里?"

"显然就是这样。那位丈夫对这一切的回应愚蠢至极,竟说什么这些衣服都是为老婆买的!但尺码完全不对,颜色也不对,根本不是他老婆喜欢的。我听到的情况可够让人震撼一下子的,比如其中有什么黑红配色的束身胸衣之类的!"

"老天!我真等不及要回去开开眼界了。"艾米莉说。

"把狗托付给查尔斯的那位老夫人,你知道吗?"

"蒙蒂夫人,怎么啦?别跟我说她把她的凯撒领走了……"

"不是这回事。那可怜的老太太死了,自然死亡,安息了,可你信吗,她竟然把所有的钱都留给了查尔斯!"

"她又能有多少钱呢?"

"让你意想不到的是,她确实有钱。"

"那岂不是撞上了大运,非常好!"艾米莉嚷道。

"是很好,但当你想到这钱要怎么花掉时,就不那么好了……"哈特说着,一边伸出手指绕着头画了一圈,画出一道圣人的光环……

查尔斯和乔希在圣加拉斯弯月道 23 号等着她。弗兰琪稍稍感冒了,躁动不安,不再是往常那阳光讨喜的小天使。林齐夫妇为此而如临大敌,张罗个不停。又看到弗兰琪,艾米莉很开心,抱起她来查看情况。这小宝贝立刻便停止了哭泣。

"三周的时间,她无疑又长大了好多。她的状况不是很棒吗?"

她搂抱了一番这小家伙,而得到的回报则是一连串含糊的牙牙学语,听来还挺饶舌的。艾米莉意识到自己是多么想念这个小乖乖。这个小东西是他们谁都没预料到的。诚实地说,一开始他们谁都不想要这个孩子。但现在,看看这小宝贝!她成了他们世界的中心。

哈特医生被请进屋喝杯茶。他乐此不疲地跟弗兰琪玩起一个游戏:反复捡起她的泰迪小熊,而这样做只是为了让她将熊再次扔到地上。莫丽也来串门了,对艾米莉表示欢迎。

诺尔从办公室打来电话。他要亲耳听到艾米莉真的回来了,要确认艾米莉没有决定重新在纽约安居。

弗兰琪很好,他说,只是有点流鼻涕,但其他一切都好。护士说小家伙很健康,发育良好。丽莎又外出了,已经缺席了三堂讲座,她要补上这些课程得费点儿劲了。喔,是的,他运气不错,有很多人帮忙。夜校班上有个同学叫菲丝,她家里竟然有五个弟弟,因此以前就没时间正常学习。她向诺尔施以援手,每周有三个晚上都来帮忙。

菲丝很喜欢弗兰琪。看护自家的那些小弟弟,让她有了充足的带孩子的经验,但她还从未这么亲近地照料过一个小姑娘。

于是每个晚上就变得有条不紊了:给孩子洗澡、喂奶、清洗瓶瓶罐罐,弗兰琪去睡觉,然后就是复习功课,从网上查找资料辅助他们的学习。诺尔不得不在豪氏那样的地方工作谋生,菲丝表示深切同情。她自己也做着一份看不到前途的办公室工作,但怀抱着极大的希望,预期他们正在攻读的这个课程证书能带来改变。在她那个公司中,人们对这类证书非常看重。

她是个开朗乐观的女子,二十九岁,有着黑色的卷发、绿褐色的眼睛、生动灵活的面庞和心无芥蒂的快乐笑容。她喜爱散步。她给诺尔看了城中的很多很多地方,而诺尔虽然在这个城市出生并长大至今,却从来不知道这些地方。她说她需要长时间散步,走很远的路,因为这能让她的思维集中。她曾受过一次沉重的打击:六年前,就离预定婚期几周的时候,她的未婚夫在一场车祸中丧生。她靠长距离的散步和倔强的沉默度过了那艰难的阶段。最近,她觉得自己有必要融入身边的世界,来与他人接触。这是她报读学院里这门文凭课程的原因之一,也是她能如此顺利地适应诺尔那忙碌紧张的生活日程的原因之一。

她为弗兰琪买了本儿童成长纪念册,在里面放了这孩子的两三小绺头发、穿过的第一双小袜子,还有几十张相片。

"你有丝黛拉的照片吗?"她问诺尔。

"没有,一张也没有。"

菲丝便不再多问了。

"也许,我可以为她画一张像。"过了片刻,他说道。

"那真是再好不过了。等弗兰琪长大一些,她会喜欢那画像的。"

诺尔感激地看着她。在这么个地方,在自己身边,能有她这样的人陪伴,那将会非常好。或许,他往后也能试着给她画一幅肖像。

丽莎和安东在苏格兰参加一个凯尔特传统美食节。他们在寻找机会,看有无可能与某个同类型的苏格兰餐馆合作,结成姊妹关系,达成一个协议:任何客人,只要在安东餐馆的消费达到一定的金额,就能拿到一张优惠券,在相应的这间苏格兰餐馆享受餐费金额减半的优惠;反过来,在苏格兰餐馆这里消费的客人到了安东那里也能享受同等的优惠。这一营销策略将会奏效,因为这打开了一个全新的市场,主要是做美国游客的生意。

这是丽莎的主意。她特地制作了卡片,来展示这一策略如何执行。暂时,卡片上苏格兰餐馆名字的位置还是空白的,直至找到恰当的合作方,交易确定之后再填上。

有几次,丽莎觉得——而不是看到——安东的眼光中有认可的意思,以为那已经够好,而她现在则打定了主意,必须看到安东露出赞许的目光才会收手。于是,她全神贯注于将眼前的工作彻底完成。稍后一起吃饭时,将会有更多的机会供两人交流。

在他们以往曾住过的一间酒店,前台服务员问他们是否想要一个蜜月套间。丽莎故意一言不发。安东表面上显得兴致盎然,反问对方,他和丽莎看上去真像度蜜月的新婚小夫妻吗?

"也不是真像,但你们看上去*确实挺幸福的样子*。"前台姑娘回道。

丽莎决定还是让安东开口。

"哎呀,我希望我们确实如此。我的意思是说,在这么可爱的地方,如果能得到优待,免费升级到蜜月套间,谁会不感到幸福呢?那等于是锦上添花了。"

他亮出那攻无不破的万人迷般的微笑。丽莎觉察到,那前台姑娘随即也加入了那一长串的队伍——对安东怦然心动的女人们排成了这个队列。

这是如此令人振奋:跟他在一起出双入对,同时还确知四月犹如失势的在野党被冷落在一边,而不是将那细腿紧身牛仔裤里包着的小屁股搔首弄姿地搁在安东的桌上或座椅的扶手上。四月已经远在千万里之外……

然而,旅程结束了,一切又回归现实,回到了一周三晚的夜校讲座课堂,回到了弗兰琪整夜不肯安睡的公寓房,回到了四月依旧存在的现状——她施展手腕,一寸一寸地挪移,又一次进入了安东的生活。

丽莎注意到,安东的餐馆里又安排了很多的免费活动。也许,这些宣传和推广活动的报道会出现在报纸的相关版面上,但并没有将那些付费就餐的真实顾客恭请入座,加以周到款待,而这些客人才是餐馆最需要的。丽莎忧心,太多的资源和精力都被用在了表面文章上,而实质反倒被忽视了。生意的底线和要点,在于你能让多少客人主动进店,为食物欣然付费,还津津乐道地向新朋故交们推荐,然后这些人又慕名而来,在享受美食后递上钞票。而不只是邀请几个知者甚寡的小社交名流来店里白吃,开左一个右一个的慈善项目新闻发布会。这些所谓名人的照片只会出现在报纸的八卦专栏中,说的都是些无足轻重的城中琐事。而此类活动和报道,则是四月活跃的天地。

丽莎并不很确信自己的做法完全正确。但和安东独处时,她却对内心的这些忧虑守口如瓶。安东讨厌别人跟他唠叨。如果对他说,他过于热衷公关,总是想着抛头露脸,而对那些拿钱来消费的真正的顾客过于怠慢,那就免不了会被他视为烦人的唠叨。

回到都柏林,丽莎并不高兴。

艾米莉正往穆迪和莉琪的房子那边走。就在这时,她看到了丽莎。隔着大老远,她已判断出丽莎的情绪。艾米莉暗中思忖,从此以后,给人们打气鼓劲、强调事情的积极因素,是不是就将成为她在生活中扮演的唯一角色?

"丽莎,情况还好吧?诺尔告诉我,你去苏格兰享受了一次很精彩

第十章

的旅行。"艾米莉开口道。

"艾米莉,那里可真有魔力。你有过这样的行程体验吗,去了某个地方,然后就希望这旅程永远不要终止?"

艾米莉想了想。"说真的,我还没有过这样的旅行经历。我估摸着,曾经在这里或者那里,也有过我情愿永远不要落幕的日子。我朋友贝丝的结婚日应该算是这样的一天,乘车在康尼马拉那一带游览看风景的那天算是另一个这样的日子,以前教美术的时候,我想,也有过类似这样的好日子。"

"我有过一些日子,就像在苏格兰度过的那几天一样。"丽莎说道。因为想到了那些经历,她的脸上容光焕发。

"那太好了——回头来继续学习时,你会受到那些美好记忆的鼓舞,让你不断向前。"艾米莉很清楚,自己的语气听来十分轻快。

"诺尔真是太棒了。他把所有的课堂笔记都复印了一份给我。我外出的那些天,他跟莫丽协商好了,让莫丽带弗兰琪去公园散步。他还不得不重新安排好每一件事情,让那个总是发号施令、咄咄逼人的事儿妈清楚我们照看孩子的人员与时间表。我现在来旧货店这里就是为了跟莫丽交接班,保证店里有人。"

"你可不能整天站在店里值班哦——你还有落下的课程要补上的。"

"我带了些课堂笔记过来。夜校的学习也没那么紧张的。"丽莎回道。

"去看了穆迪和莉琪之后,我就会回来看店的。"

"他们那里可是没什么好消息啊。"丽莎说,一边摇着头,"穆迪的化疗已经停掉了,而莉琪还在想着她的未来计划,想着去那里来这里的,但那些都不可能有机会了。哎呀,不扯了,你还有很多事要做,要倒一下时差,要去看穆迪。我在店里多坚持一会儿没事的,完全没问题。"

"那就等一等再见喽。"艾米莉说。

即便只相隔了三周,穆迪看上去也憔悴了许多。他的气色很差,脸上似乎都有了塌陷,腮帮子向内凹进去。衣服变得肥大了,仿佛挂在他身上。不过,他开朗达观的好脾气显然并未受到影响。

"那个……给我们看看照片嘛,看看美国人是怎么操办婚礼的。"穆迪边说边戴上了眼镜。

"这可不是很典型的美国婚礼,"艾米莉解释道,"最起码的一点,新娘和伴娘可都是青春不再了。"

"新郎也不是什么小雏鸡啦。"穆迪表示同意。

"看,衣服可真漂亮!"莉琪对这一切都显得兴高采烈,"这里的这些中国字是怎么回事?"

"哦,我们去唐人街吃晚餐了,"艾米莉说,"那里有几十家中餐馆,华人店铺、塔形小建筑和东方风格的装饰到处都是。"

"今年稍迟些时候,等我们旅行到了纽约之后,也要去唐人街。艾米莉会给我们很多有用的信息的。"

"如果我自己还能走上飞机,那才会成行。"穆迪摇着头,"艾米莉,我看来气都不够用喽。'蹄子'想要我带它出去,去酒馆那里跟我的'同好'们喝上几杯,但我发现走一小段路就会让我筋疲力尽了。"

"你最近有没有去看看老朋友们?"

艾米莉知道,穆迪是多么喜欢在酒馆里跟那帮哥们闲聊,是多么享受他们听他信口吹牛的那些时光。穆迪说话时,蹄子就蹲坐在他身边,头搁在他的膝盖上,满眼崇拜地看着主人。

"噢,哈特医生可真是好人。有时候,迪克兰·卡罗尔这小子也会酒虫上身、干得喉咙冒烟,他就开车载我一起去酒馆喝上几杯。"

艾米莉很清楚,迪克兰开车载这位老邻居去酒馆时,肯定是装出再不喝上两杯就要倒地而亡的样子,但在那里只是给自己点上一两杯兑了很多柠檬汁的果味啤酒。

"家里人都还好吧?"艾米莉问道。

正如她所预计的,家庭亲友们,无论是在芝加哥或是澳大利亚的悉尼,都突然回到了爱尔兰探亲。分散各地的亲眷们如此巧合地回乡省亲,对此,穆迪摇摇头,并不赞同。

"我不知道他们的钱是从哪里弄到的,艾米莉,我真不懂他们这样有什么必要。我的意思是说,跟爱尔兰这里差不多,他们所在的那些地方也一样经济衰退啊。"

"双胞胎怎样了?还是跟以前一样忙?"

"噢,珺德和西蒙的情况好极了。去不去新泽西的,现在提得少了。但话说回来,珺德现在可是有了个男朋友,是个意大利人,叫马可——真是个谦恭有礼的好小伙子。他们给我们搞了这个新科技的玩意儿,你可以看到电话另一头的那个人。这东西叫 skype。这个周末,我们就要用这个网络视频电话跟在芝加哥的闺女玛丽安通话,我们会看到她还有她家里所有人的。在我听来,这可有些天方夜谭的意思。"

"科技可是很神奇的。"艾米莉随口回应道。

"是的,可这科技发展得也太快了吧。想想看,我们的孩子登上飞机,从地球的另一头,从天涯海角跑回来看我们,然后还有这个神奇的电话。我可真是不太能搞明白……"

艾米莉去往旧货店,发现双胞胎在店里帮忙。丽莎坐在店堂的一个角落处,翻看着讲座笔记,时不时不耐烦地叹叹气。没有顾客。

"我们不用都守在这里的。"艾米莉说着,脱下了外套。

"瑁德和我就是不很确定要不要——"

"我们不想给谁带来麻烦,也不是要撇开谁——"

"只是这里有个活动,意大利厨艺的一个展示活动——"

"就在码头那边,场地就在恩尼奥的餐馆——"

"对那人家的儿子,瑁德可是很有意思呢,非常中意——"

西蒙想把一切都挑明了。

"这不是事实。我们只是一起外出了几次——"

"但半个钟后,那活动就要开始了,你看——"

"如果可以的话,以后什么时候我们再来帮忙吧——"

艾米莉打断了他们的双人搭档表演。

"你们走吧,立马开溜。"她说。

"你确定吗——"

"希望这不会给你们带来麻烦——"

"上周,我看到你们在那干活的餐馆就是那家店吧?"丽莎问道。

"你是跟莫伊拉去的那里?叛徒,你!"瑁德毫不留情。

"你把她当作朋友?"西蒙的语气中满是厌恶。

"事实并非如此。她当时很孤单,可怜兮兮的。"

"我搞不懂你为什么……"瑁德不依不饶。

"你们还在这里为什么呢?"艾米莉开口道,一边打开旧货店的门,用手拉着保持敞开。双胞胎走后,她转头对丽莎说,"回栗树街运动场那边去吧,在那里才能安心学习。这些新到货的衣服,我来写标签定价。你不走的话,你我就都会浪费今天上午的时间,也不会为圣加拉斯雕像的项目挣到一分钱。"

丽莎诧异地看着她。"艾米莉,这个圣加拉斯的什么胡诌乱扯,你根本不信的吧?"

"我想,我们还是暂时不做定论吧,留点回旋的余地。"艾米莉回复道,稍微有点抱歉的意思。

"可是,艾米莉,你想想看,如果真有个上帝,那我就应该跟安东订婚了,丝黛拉也不会因为生产而送命,弗兰琪也就有了妈妈;因为在豪氏付出的那些苦劳,诺尔也应该得到认可和提拔,得到他应有的地位和声誉;如果真有上帝,穆迪就不会得癌症,不会因此而只剩下屈指可数的日子;你就应该有机会去掌管这个世界,甚至是去负责国家行政部或者其他什么机构,而你也应该有个温和亲切的丈夫,不会对你颐指气使,在你每晚回家后为你下厨,做上一顿美餐。"

"那是我想让上帝为我安排的东西吗?你为什么会这么想的?"艾米莉问道。

"那你还想要什么?除了控制局面,让事态按你的设想进展……"

"我想要的其实是完全不同的东西,我想要我自己的一个家,想要有机会从事绘画,来看看我是不是真的有这方面的天赋,想要有一间小小的办公室,在那里经营自己的小生意——艾米莉的窗台盆栽园艺……我并不想要一个温顺听话的丈夫,或者是掌管国家事务的至高权力。我根本没有那类远大的抱负!"

"你这样说,我就懂了。"丽莎表示全部理解。

"要让你消失,会跟赶走双胞胎一样难吗?"艾米莉笑问。

"得了吧,我这就走。谢谢你,艾米莉。你真可怕。如果我刚从美国飞过来,那肯定会累得像条狗,只能四肢着地趴着,而不是直接来店里值班干活。仅仅是从苏格兰回来就让我累得像摊烂泥!"

"哎呀,是嘛,你去度假的那些天,恐怕活动要比我在美国时多得多。"艾米莉回应道。

丽莎并没有试图去搞清艾米莉心里可能有的那些想法,而是离开了店铺。在沿路走向公车站的途中,她想到了苏格兰。他们总共住了五家不同的酒店,在每一处,安东和她都做爱了。在升级到蜜月套房的那家酒店,他们还做了两次。安东为什么不会顾念这个,不想要她每夜都跟他在一起呢?回到都柏林的时候,他跟她亲吻道别,说与她共度的那些时光很美妙。他为什么用了个过去式,似乎那已经成为往事?他们回来之后,这一切难道不可以继续下去吗?

本来就是打算要继续下去的。

他说他爱她,一共说过四次,两次是带点开玩笑的意思。那时,她把旅程中要拜访的杂七杂八的诸多酒店和餐馆终于搞定了,而另外两次,都是在云雨欢爱的时候。所以,他说爱她就一定是出自真心的。因为,在那样烈焰燃情的时刻,有谁会说出这般的话语却言不由衷呢?

旧货店里有一件绿黑配色的真丝女衬衣,很漂亮。拿来衬衣的那位女士说,这是一个"不想要的礼物"。衣服还装在盒子里,裹着包装棉纸。艾米莉将那衬衣挂到衣架上,准备给定个售卖价格。

如果是新的,这衣服很可能会要价一百欧元,但光顾这个店铺的任何客人,谁都不会出价那么高,连接近于一百也绝不会。免费送来衬衣的那位女士,不可能回头来看看这东西到底被标价多少,但无论如何,艾米莉也不想把衬衣标价太低。衣服很好看。如果尺寸合适的话,艾米莉自己都很乐意付出五十欧元将衬衣收为己有。当莫伊拉走进店铺时,艾米莉手里还拿着那衣服。

"我就是来看看弗兰琪在哪里。"她挺生硬地说道。

"早上好,莫伊拉,"艾米莉说道,特意强调语气中的礼貌,"弗兰琪去公园了,卡罗尔太太,也就是迪克兰医生的妈妈,带她去的。"

"哦,我认识卡罗尔夫人,是的。我今天只是来确认一下,弗兰琪没有被扔在一边没人管。"

莫伊拉笑了笑,试图以此剔除其语气中伤人的成分。此举并未能获得完全成功。

艾米莉的声音中有一丝冷若冰霜的意味:"这样的疏忽永远不会发生在弗兰琪身上。"

"艾米莉,你的用意当然是很好的,但这孩子毕竟不在*你的*责任范围之内。"

"她也是林齐家的一员。"艾米莉眼中闪起亮光,"她可是我嫡亲堂弟的女儿啊。这就意味着,弗兰琪是我的隔代堂亲。"

"这关系还真要想象一下!"莫伊拉对此不以为意。

"莫伊拉,还有什么别的可以为你效劳吗?"

艾米莉依旧保持着礼貌,但也只是勉强忍着没发火而已。

"这个嘛,我正要去心脏理疗所那边,负责管理那里的那位女士极度爱打扮,简直就是个衣裳架子。除了衣服,别的她都不关心。"

"我相信,她也是个称职的心脏理疗专家。"艾米莉回道。

"哦,对啊,我也相信她是,但她总是评说别人穿的衣服……我就想问问,你这里是否有什么合适的……哎呀,你知道的……"

"今天你很走运。这里有件绿黑配色的衬衣很漂亮,跟你的黑裙子相配,应该再好不过。你试穿看一看。"

穿上衬衣,莫伊拉显得焕然一新。

"多少钱?"她问道,还是通常那种不讨喜的说话方式。

"在常规店铺里售卖,会超过一百块。我原打算给衣服标价五十的,但你是我们的尊贵顾客,所以,四十五怎么样?"

这比莫伊拉心中预想的价格要高,但她还是同意了艾米莉的要价。莫伊拉穿着她的华贵新装,转头去向心脏病理疗所。此前所穿的那件破旧的灰色衬衣,被卷起来放在了她手提公文包的最底部。

一等到她离去,艾米莉就将电话打到诊疗所,找到了菲奥娜。

"说实在的,我知道这有点嚼舌头的嫌疑……"她说道。

"背后嚼舌头才是*最好玩的*。"菲奥娜回应。

"莫伊拉·迪尔尼正向着你们那边去呢,穿了件很炫的新衬衣,刚刚在这里买的。她可能会半真半假地懊悔买了衣服,会埋怨花了多少多少钱什么的,所以你们就吹捧吹捧她,最好把她捧上天。"

"包在我身上,你放心。"菲奥娜兴致勃勃地说道。

诊疗所里的人已经相当多。弗兰克·恩尼斯又不告而来,尽管他的这种突袭式检查很不受待见。他到来时,大家正在喝茶小憩。

"喔,饼干挺不错嘛。"他说道,脸上纯粹是反对的表情。

"这可是我们自己出钱买的,弗兰克,"克拉拉满脸喜色地说道,"每周都有一个人来轮值选购这些饼干,也负责买单。老天在上,心脏所可不敢造次,绝不敢动用医院的中心基金来买饼干。万一圣布丽吉德的整个业务因为这份资金缺口而中断,那麻烦就大了。你既然已经

第十章

来了,那不妨就多坐一会儿……"

就在这时,莫伊拉进来了。

"你可是为这个地方带来了一些品位。"弗兰克说道。

艾尼娅现在明显怀孕了,样子显得有点疲惫。她表示生气和不满。

"有品位,是因为她在这里例外,没有规定要她穿工作服。"她朝着莫伊拉的方向点点头,对菲奥娜和芭芭拉耳语道。

让她困惑不解的是,菲奥娜看似对此观点并不赞同,站到了外人那一边。

"那真是件很漂亮的衬衣,莫伊拉。"菲奥娜完美地扮演着自己的角色。

克拉拉也看着那件新衣。

"莫伊拉,你挑衣服的眼光好极了。那可是一流的真丝面料。"

哪怕是再等一万年,莫伊拉也绝不会告诉她们衣服是在哪里买的。她含糊地低语两声,谢绝了一起喝茶吃饼干的邀请,径直去了自己的小办公间。

她今天要见三个新病人。第一个人进来了。这是个大个子,脸上皱纹纵横,头发粗密又蓬乱,相当沉默。莫伊拉对着这人快速闪过一个简练的微笑,随即拿出一张纸。

"嗯,现在开始吧,肯……呃……肯尼迪先生。首先请告诉我你的住址。"

"圣帕特里克旅馆。"

"好的,我看到了,你出院之后就一直住在那里。在那……之前呢?"

"我在英格兰。"

"住址呢?"

"唉,那个嘛,我就这里住住,那里住的,你明白的……"

莫伊拉确实明白那是怎么回事,而且太明白了。有些爱尔兰人以漂泊为生,有很多年都失去行迹——他们在工地上打零工讨生活,几乎每个月都会用一个不同的名字;他们不交税,没有保险,度过的那些年岁也没有档案记录,而他们赖以为生的那点工资,通常都是在某个周五的晚上,在某间酒馆中,雇主以现金的方式递交过去的。

"那么,去英格兰之前的住址?"她倦怠地说道。无论如何,也不管事实是怎样,她需要为这个男人准备好一定形式的书面材料。

"哦,很久以前,我住在利苏安。"男人说道。

她警觉地抬起头,目光锐利地看着他。她此前已觉得这人看上去莫名有点面熟。

莫琳·肯尼迪那消失很久的丈夫,便是眼前的这位先生。这人的妻子如今跟莫伊拉的父亲共同生活,而莫伊拉现在则要为此人的未来生活做规划。

诺尔从豪氏下班回来,很是疲惫。

他头脑昏沉,下意识地走入栗树街运动场的公寓。他看到丽莎趴在餐桌上睡着了,脑袋旁边四散着他的讲座笔记。他原本还指望着丽莎可能已经做好了晚饭,甚至已经去到卡罗尔夫妇那里接回了弗兰琪。

可是呢,真是见鬼,在苏格兰度过的那几天日子很可能让她精疲力竭了。回来之后,她感到不舍和失落吧。只有他自己去接弗兰琪了。他甚至可以顺路带点油炸鱼和土豆条回来。谢天谢地,今天晚上不用去听课。他或许甚至可以稍稍停留,去看看穆迪。可怜的老头,这段日子看起来越来越没希望了。

穆迪欢迎诺尔的到来,他的脸上浮现出一抹大大的笑容,这让他骷髅般干瘪的面容显得比以往任何时候都更憔悴。

"莉琪,是诺尔来了。有没有蛋糕给这小伙子来一块?"

"不用了,穆迪,谢谢。我这是要去莫丽和帕迪那里接弗兰琪。我只是进来跟你打个招呼,必须就马上把小东西接回家,哄她上床睡觉。"

瑁德和西蒙也在家里,两人都弓着腰,金发脑袋聚拢在电脑前。

"我们给穆迪装好了视频通话软件。"瑁德骄傲地说道。

"这样他就能跟亲友们面对面说话了。"西蒙加了一句,显得跟瑁德一样愉快自豪。

"好吧,等你们两个在新泽西安顿下来,我也可以每周都跟你们通话了!"对这番未来前景,穆迪感到一片光明,很是高兴。

"当然可以,不过,我们不打算去新泽西了。"瑁德说。

"有太多事需要我们留下来。"西蒙含混地补充一句。

"恩尼奥餐馆今天举办的厨艺展示活动很精彩。"瑁德说。

"那个马可是个很好的小伙子。这样的好小伙子,要走过人山人海才能碰到,"穆迪说,"西蒙,你现在动作可要快点啦,为自己找个好姑娘吧,省得太迟了,我们看不到。"

大家警觉地看着穆迪,但他的话中似乎并未有什么不祥的弦外之音。

"现在就定下终身,还是太早了吧。"西蒙漫不经心地说。

"谁说要定下终身?没人说是这个意思。"瑁德在一旁辩驳。

响起了敲门声。一个满头黑卷发的年轻人走了进来,手里提着个硕大的长柄炖锅,里面盛着什么东西,在番茄汁的包围下冒着泡。

"这是为可爱的珺德那尊敬的爷爷而烹制的。"他说道。

"啊,谢谢你,马可。"穆迪喜形于色,"莉琪,快过来,看看是什么好东西。"

莉琪从厨房那边小跑过来。

"马可!真想不到,我可是正要准备弄晚餐呢。"

"这就是说,我来得正巧咯?"马可满面笑容,环视身边的这一小群人。

"那个,我必须要走了。"诺尔站起身,"顺便认识一下,我叫诺尔。我很乐意能留下来与你们相伴,但现在我不得不去接女儿了。*祝你们好胃口。*[①]"

诺尔确实希望自己能多待一会儿。这栋房子很快就将被悲哀笼罩,而眼下却能看到这么多的欢乐,真是令人欣慰。

在栗树街运动场这边,丽莎醒来了,她感到脖子很僵硬。她看到诺尔的外套挂在门背后,他肯定回来过又走了。她本应给他做一点晚餐什么的,或者应该去莫丽那里将弗兰琪接回来的。但现在一切都为时晚矣。他潦草地写了一张便条,说会带一份炸鱼晚餐回来。他真是个好人。如果她爱的人是诺尔,而不是安东,那一切岂不会轻松许多?可生活并未那样安排,而且未来也许还会有更多的障碍与波折。她站起身,伸了下懒腰,然后开始收拾和布置餐桌。

有油炸鳕鱼块和薯条,她真想同时再来上一杯葡萄酒,但酒是永远

[①] 意大利语。

第十章

不能再被带入这套房子的东西。她回想起她和安东在苏格兰喝过的美酒。当时在那里吃饭,她和他是轮流买单的,所以丽莎现在已几乎身无分文,但安东似乎从未意识到这一点。她希望事态会很快改变。如果安东还是不做出任何承诺,她将不得不去找一份工作来应对日常开支。

诺尔就要回来了,她不能再让那些晦暗的思绪笼罩自己。

圣加拉斯弯月道23号的屋子中,乔希和查尔斯·林齐呆呆地坐在那里——他们因为太震惊而哑口无言。

一位穿着条纹的西装、样子非常严肃的律师,来拜访过,林齐夫妇刚刚关上了大门。律师是来告诉他们,从死去的梅丽尔·蒙蒂夫人那里,他们继承了多少遗产。所有资产都出售清算之后,预估的遗赠金额是——律师的语速在这一瞬变得很慢很慢——总额大致是二十八万九千欧元。

第十一章

莫伊拉心想,幸好埃迪·肯尼迪没认出她来。这样一来,她可以继续保持专业社工的姿态。

他所待过的那间小旅馆只是短期的落脚点,很快他就会需要一个从长计议的生活方案。如果事情不是这样,她大概会继续询问对方在利苏安的家庭状况,寻思即便是在目前这样为时已晚的情形下,这人是否还有可能从头再来,与家里人达成和解。毕竟,他现在不酗酒了。他甚至可以跟莫琳·肯尼迪重修旧好,但这就意味着要摧毁她父亲的幸福——那可是父亲辛苦了一生,在晚年才好不容易得到的安慰与满足。这个念头是莫伊拉难以忍受的,连想一想都觉得不可接受。

埃迪·肯尼迪将会得到安置和救助,但无论那答案在哪里,都绝不能是在利苏安。

莫伊拉深深地叹了口气,她努力去设想,如果事情不是这样,她可能会,或者应该,为眼前的这个人做些什么——如果她不是确定无疑地知道,此人那已被遗弃多年的妻子现在正跟她自己的父亲同居。她心神倦怠地继续例行公事,提出那些毫无结果的常规问题,看看这人在英国打了一辈子零工之后,是否还有可能享受爱尔兰的任何应得福利。此人从未在任何地方做过签字笔录,或加入过任何社会福利体系。从今往后,他的容身之地也许只能是一连串的廉价旅馆而已。

第十一章

如果负责接待他的碰巧是其他任何一位社工,情形也会是完全一样的,不是吗?他们当中的某位社工或许会到利苏安那边去调查。如果*真的*调查了,又会怎样?也许,肯尼迪太太和莫伊拉的父亲会谨言慎行,不会像如今那般高调,那样一来,结果还不是跟她莫伊拉眼下的处理方式无甚差异……

不过,莫伊拉依旧感到愧疚。难道这个人的权利选择应该被限制,就因为接待他的社工想让她自己的父亲能安稳地住在本应属于这人的家中,继续不受打扰地生活下去?并非是前所未有的第一次,莫伊拉此刻真心希望能有一个朋友,一个可以推心置腹的密友,能让她有个人来商议目前的这一难题。

她想起了与丽莎在恩尼奥餐馆吃饭的情形,那次交谈令人愉快,而且令人惊讶的是,和丽莎说话出乎意料地轻松。可是,如果她提议再跟丽莎一起吃饭聊天,那姑娘会认为她是相当疯狂了。

甚至会更糟——认为她不仅发疯,还可怜可悲。

穆迪对妻子莉琪说,有件事让他担忧。

"说出来听听,穆迪。"

莉琪听穆迪唠叨,已经听了很多年。她听过那些赛马的故事,听他说哪些马会赢;听过他抱怨背痛;听过他说灌下了多少多少的啤酒;还有,近些时段,听过他说在医院遇到过怎样不幸的可怜人儿。穆迪发现,身边其实有着非常多绝望的病痛——当你身强体健、无病无灾的时候,根本不会得知这些事情。

她不知道现在会听到穆迪讲什么。

"我担忧的是,只不过是因为我必须要接受治疗,双胞胎就推迟了去美国的行程。"

他说得不屑一顾,带有抗拒的意思,仿佛就等着,希望莉琪也来否认这件事。

如果那是他希望得到的反馈,那么那就是他最终得到的。莉琪响亮地发出一声大笑,脸都快要分成了两半。

"哎呀,穆迪,如果让你烦心的全部事情就是这个,那你难道不是很幸运吗?你头上还长着眼睛吗?他们不想走,是因为珥德对马可一往情深。她最不愿意做的,就是远走他乡,让都柏林的哪个大美妞乘虚而入,抢走了马可。这可跟你穆迪一点关系也没有!"

他得到了极大的放松。

"我想,我是把自己太当回事了……"他说。

在艾米莉指定的一个市场上,诺尔·林齐和丽莎·凯利在购买水果与蔬菜。莫伊拉此前提出过批评,说他们在家做饭的次数太少,弗兰琪的饮食可能成问题,各种营养成分都不足。

"她老是改变标准,真该死,球门柱总是随她移来移去。"丽莎挺恼火。

"凭什么说家里做的果菜泥就会比我们在超市买的好?"诺尔气呼呼地说,"她说的那些食品添加成分都是*什么鬼东西*?生产商有什么理由要加入这些成分?"

"我打赌他们压根就没加这些东西。只不过是莫伊拉故意要让我们的日子更难过。算了,给我看看艾米莉列出的购物清单。要买苹果,还有香蕉。不能买蜂蜜,那可能会让弗兰琪中毒的。要买蔬菜,但西蓝花要排除在外。家里有原汤汤料,低钠量,而且是有机的,我核查过。"

第十一章

"我们有这个?"诺尔表示惊讶,"那玩意儿看上去是什么样的?"

"就像是某种太妃糖裹成一团的样子。诺尔,放心,我们有这个的。走吧,这么多东西了,我们去买单吧,然后回家做果菜泥。菜在灶上煮的时候,我们可以复习功课,看看我们都落下的那堂课的笔记。谢天谢地,幸好有菲丝借给我们笔记!"

"是啊,真的要感谢她。"

丽莎目光敏锐地看了看诺尔。除了诺尔自己,所有人都能一眼看出,菲丝喜欢他。丽莎则对诺尔根本没有过来电的感觉。诺尔只不过是个很好的朋友,此外也是同居一室的好搭档。但她可不想这种情形变得多么复杂。

挺奇怪的是,因为丽莎跟一个男人住在一起,安东倒是显得略微有点鬼祟和警觉。但怎么说呢,某种意义上来讲,他的表现更可谓是有点龌龊。有过一两次,安东问丽莎和诺尔之间是否有过什么*战栗*。那是非常典型的安东式用词,而他这样问时又显得很随意,仿佛只是无意中信口说起,而对可能得到的回答完全不以为意似的。

这就是他行为处事的方式。如果他真的不在意,是不会提问的。

住在栗树街运动场这里,丽莎觉得挺舒服。只要她没有跟安东跑到哪里去——通常都像是临时起意的决定,前脚刚说了后脚立马就走——诺尔都会确保督促她去夜校上课。尽管不愿向任何人承认,她实际上也已经不可思议地喜欢上了弗兰琪这个小丫头,非常喜欢。如果没有弗兰琪,按照目前已然发生的这种状况,生活对她来说将会十分困难。只要安东能意识到,对情感关系的承诺或投入,并不意味着终生的判决,并非是逼他从一而终,那他和她之间就可能有别的未来之门可以敞开。

艾米莉也在菜市场。她答应了哈特医生,要教他怎么去为即将到访的好友迈克尔做一道咖喱炖蔬菜。

"你能不能直接……呃……直接替我做了这道菜?"哈特请求道。

"想都别想!我想要你自己做,让你能够告诉迈克尔你是怎么做这个菜的。"艾米莉态度坚决。

"艾米莉,求求你了。烹饪本就应该是女人的事。"

"那为什么知名大厨大多都是男的呢?"她温和地反问道。

"那只不过是卖弄罢了。"哈特不以为然地抗辩,"艾米莉,那对我来说是行不通的。我只会把所有东西都给烧煳了。"

"你不用这样荒唐吧——我们一起来切菜,你会找到很大乐趣的——然后你每周都会愿意做一次这道菜的。"

"我表示怀疑,"哈特说,"我对此严重怀疑。"

与埃迪·肯尼迪的意外遭遇,让莫伊拉很是心神不安。她感觉自己的那间小公寓就像监狱,四面墙壁似乎越来越向内收缩,压迫着她。或许,她跟埃迪是同一类的孤魂野鬼,最终会被人群遗忘和抛弃,无亲无友,到时打理她的也将是某个社工,而这位未来社工眼下大概还是小学生吧。

这个周五是她的生日。没有什么人可以跟她共庆生日,真是悲哀,根本就没人。她的思绪再一次回到了在恩尼奥餐馆的那个愉快的夜晚。只有那么一次,她曾感到自己的生活是正常的。

如果莫伊拉请丽莎吃饭——除非她没空——她会有何反应?不管她说什么,反正也不会失去什么。莫伊拉现在就要转悠到栗树街那

第十一章

边去。

"老天救救我吧,又是莫伊拉!"放下对讲机,按下开门按钮之后,丽莎说道。

"她现在又要提什么要求?"

诺尔紧张地环视房间,以免有任何未达标的细节会被莫伊拉发现,否则那就是对他们不利的一个污点。弗兰琪的衣服挂在取暖器上烘干——但那样做挺好的,不是吗?他们总是确保那些小衣服能充分干燥、温暖舒适。

他继续用勺子给弗兰琪喂食果菜泥。弗兰琪对此挺享受的,但只是把这当成一种涂画大花脸的活动,同时也是她可以揉进自己头发里的好玩的东西。

莫伊拉走了进来,穿着灰色的衫裤正式套装,配着略有些高跟的鞋子。她看起来一副公事公办的样子,但话说回来,她也总是这个样子。

这么久以来,诺尔第一次仔细地打量了她。似乎有某种铠甲一般的防护罩环绕在她周身,将别人都阻隔在一定距离之外。她皮肤挺好,干净光洁,头发卷卷的,那种发色还是挺配她这个人的。但也仅此而已,那头发并不能为她增色几许。

"请你喝杯茶吧,要不要?"他倦怠地问道。

室内的情况,莫伊拉扫了一眼便看了个差不离:孩子被照料得好好的。随便哪个人都能看出这一点。他们甚至已经遵照她的指令,买了新鲜蔬菜回来做果菜泥。

她看到了他们放在桌上的夜校学习的书本和笔记资料。这就是她所指称的无望的监管对象,一个岌岌可危的家庭,没有能力来照管弗兰琪。但看起来,他们却同心协力地干好了这件事,应付得比她莫伊拉自己过的日子要好得多。

"今天我可是累得够呛。"她出乎意料地说道。

即便公寓房的屋顶突然被掀掉了,都不会比听到莫伊拉的这句话更让诺尔和丽莎惊讶。甚至是弗兰琪也被惊动了,仰起那沾满果菜泥的小花脸看着,似乎甚为诧异。

莫伊拉从未抱怨过她的工作负担。她不遗余力地想给这个疯癫的世界施加某种秩序,风风火火地干着,好似永不知疲倦。这可是至今以来第一次,她流露出一点迹象,暗示她自己是人而不是神。

"什么事让你觉得最累人?"丽莎礼貌地问道。

"主要是我感到挫折。我知道有一对夫妻,他们眼巴巴地想有个孩子。他们能提供一个非常棒的家,可他们能得到一个小宝贝吗?不可能,直接就没可能。那些人可以忽视自己的孩子,伤害他们,以至于在他们身边吸毒,但只要他们还是跟亲生父母在一起,那似乎就万事大吉了。我们还被指望着要对此感到骄傲,因为这样一来,我们没拆散人家,保持了家庭单元的完整……"

诺尔发觉自己无意识地将弗兰琪抱得更紧了。

"我不是说你,诺尔,"莫伊拉疲惫地说道,"你和丽莎已经尽力了。"

这一褒奖可是令人震惊。丽莎和诺尔被吓了一大跳,大眼瞪小眼地对视着,仿佛在向彼此求证是否听错了。

"我的意思是说,这种局面令人绝望,但起码你们是遵守规则的。"莫伊拉表示承认,但有点勉强。

诺尔和丽莎都松了口气,微笑着相互看了一眼。

"但其余的这一切还是令人身心俱疲。我不禁问自己,这到底能让谁得到好处?"

丽莎开始疑惑,莫伊拉是不是正面临精神崩溃的危险?

"你的工作肯定是非常有压力的。我想,你可以试着去寻找补偿,在个人生活中找到东西来纾解这份压力。"丽莎试图恢复正常稳定的心绪,但也只能笨嘴拙舌地搪塞这么一句。

"是的,确实如此。如果我必须考虑的所有一切都是豪氏公司的事,那我现在恐怕都被关进疯人院了。"诺尔表示赞同,"如果没有弗兰琪进入家门,我的生活肯定过得一团糟。"

"我也一样。"丽莎想到了安东,"坦白地说,生活中不免有人来,有人走,起起落落的,太过戏剧性。很高兴,在这一切之外我还有另一份生活。"

莫伊拉听着,但没有流露出多少声色,来说明她感到认同或是快慰。接着,她发出了最后一个冲击波。

"我来拜访,实际上跟我的社交生活有关。"莫伊拉说,"这个周五,我就满三十五岁了。我希望,丽莎,你能跟我一起在恩尼奥那里共进晚餐……"

"我?周五?哦,天哪。那个,谢谢你,莫伊拉,真的很感谢你。我周五有空吗?诺尔,我有没有空?"

她哀求般地看着他,恳请他为她找到某个什么推辞的借口?或者,她热切地想去赴约?诺尔实在没法搞清楚她的意思。诚实看来还是最安全的做法。

"周五轮到我值班——周五晚上你有空。"他说。

丽莎脸上的表情依旧看不出什么。"那,莫伊拉,你真是太好了。到时那里会有很多人吗?"

"恩尼奥餐馆里面？我说不准。我想，会有相当数量的顾客吧。"

"不，我的意思是去为你庆祝生日的人。"

"哦，那个啊，只有我们两个。"莫伊拉说完了，然后重新收拾好情绪，离开了。

直至她出了这栋楼远去，诺尔和丽莎才敢开口说话。

"我们之前应该说一声的，说她看上去不像三十五。"丽莎首先说道。

"那她看起来多大呢？"诺尔问道。

"可能都有一百岁吧。什么年龄都可能。可她为什么请我吃饭？"

"也许，她对你有意思吧，"诺尔说，接着立刻改口，"对不起，抱歉。我只是开个玩笑罢了。"

"当然啦，你现在可是有本钱开开玩笑的。因为周五要陪她吃饭的可不是你。"

"她可能是疯了。"诺尔若有所思。

丽莎恰恰也有着同样的疑惑。

"你为什么这么说？"

"这个嘛……"诺尔欲擒故纵地慢慢说道，"因为这事很古怪啊。任何一个正常人都不会请你吃饭的。请任何人也不会请你的。"

丽莎抬头看着他，看到他在坏笑。

"也对啊，诺尔，你说的没错。这女人就是太孤单了，连半个朋友都没有。就是这么回事。"

"我在想着要不要……"诺尔停顿了一下，"我寻思着要请菲丝来吃饭，吃一顿像样的晚餐，而不仅只是一碗汤或者吐司面包片上放点什么打发一下。你懂的，就是为了感谢她提供的课堂笔记还有其他全部的帮助。"

"哦,是吧?"丽莎说。

"我想,周五晚上是不是很合适?你很可能要很迟才回来,跟莫伊拉去泡泡吧什么的。在这里吃饭我会感觉更安全一些。如果去餐馆,点上一瓶红酒或者喝上一杯鸡尾酒,那可是很难抵御的诱惑。"

在家里,诺尔几乎不会论及他酗酒的问题。他定期去互戒协会参加活动,公寓房这里连酒精软饮都没有。现在他主动提起这个话题,是异乎寻常的。

说到底,他肯定对菲丝有意思。

丽莎的思绪又一次跳向未来。假定菲丝真的搬来跟诺尔住了,该怎么办?那样的话,她丽莎会处于什么境地?

但她眼下绝对不能开始庸人自扰。瞎紧张是她性格中最不讨人喜欢的一个方面。在苏格兰时,安东就告诉过她,只要她不瞎烦神,能避免无谓的纷扰,她就是个绝对的天使。而诺尔在他的生活中也应该得到一些幸福。

"真是个极好的主意。外出之前,我会给你们先做好沙拉。或许,你自己还可以做个姜片烤鸡。那是你做过几次的拿手菜,会让人一吃就难忘的。我们一定要先把桌布和餐巾熨烫平整。"

"来的只是菲丝罢了。这又不是什么美食大赛。"诺尔觉得不必如此兴师动众。

"可你是想让她意识到,你是费了些事来款待她的,你难道没这个想法?"

诺尔这才心里一震,想起这竟是多年来他准备的第一次正经的约会。

"作为投桃报李,你可是要帮我想想,该送给莫伊拉一个什么样的礼物,不能太贵。我穷得很,已经破产了!"

"请艾米莉从旧货店里给你找一样什么东西吧。她总能发现好东西——有时甚至是全新的。"

"这个主意不错。"丽莎振奋开朗起来,"哎呀,弗兰琪,你看看,这里的社交生活要变得生气勃勃了哇。要跟上我们的节奏,你就是不喜欢也要被硬推着上前了……"

弗兰琪向着丽莎伸出小胳膊。

"*妈妈*。"她含混地喊出了一声。

"弗兰琪,我是快要赶上是*妈妈*了,但这里还是丽—莎,是丽—莎哟,比妈妈漂亮时髦得多啦。"

但从这小宝贝的眼光来看,这位"妈妈"是完全没问题的。

受到邀请,菲丝既惊讶又高兴。

"会有很多人吗?"她紧张地问道。

"就我们两个,"诺尔说,"这样可以吗?"

"哦,那就好!"菲丝看似大大地松了口气。她微笑地看着他,"谢谢你,诺尔,我期待着与你共进晚餐。"

"我也是。"诺尔说。

突然之间,他寻思起来,菲丝是不是期待着那一夜她和他将同床尽欢?他意识到,有生以来,他其实还从未在清醒的状态下有过性爱经历。关于这个话题,他在互戒协会听到过一些可怕的故事。那些说法显然伴随着一定程度的困难情绪,而这又引发了灾难性的后果,那就是让酒徒们对自己在床上的表现极为焦虑不安。很多人告诉他们的互戒

第十一章

小组成员说,他们曾因此而心烦意躁,忐忑之下便灌起了伏特加,想以此让自己镇定下来,然后不到一周就发现前功尽弃,又回到了狂饮烂醉的老路上。

不过,那事真要发生时,他会去面对的。因为忧虑周五就把周三先给毁掉了,那不是聪明的做法。这种"每次只应对当天事"的策略还真有效。

最终,周五到来了。

艾米莉找出了一个小小的珍珠母材料的胸针,作为丽莎送给莫伊拉的礼物。她甚至还设法弄出了一只小包装盒,里面衬了一点黑色的天鹅绒。莫伊拉喜不自胜,非常欣赏这礼物。

当丽莎说要和莫伊拉去恩尼奥那里共进晚餐时,安东的反应是嘲笑。

"会有很多乐子的嘛。"他不屑一顾地说。

"应该还不错吧。"她回道,突然感到有必要反抗一下。

"如果你想要 不值钱的意大利面食,再来上一瓶涩不拉几的红酒,再弄上几个意大利人圈起手指,一边亲吻自己的咸猪手,一边对来客说什么'美丽的小解'……"

"他们那里的人挺好的。"

她为什么会为这个意大利小餐馆辩护,她自己也说不上来理由。

"是吧,可我们安东餐馆的人也很好啊,你和那个社工怎么不选择来这里?"

"现实点吧,安东。你这里什么价位,周五的晚餐!而且,再怎么说,这是由她请客。她选了恩尼奥餐馆。"

他看上去就像个被出卖的小男孩。"我整晚,都可以给你们特别优惠价,提早预订就可享受。"

"我知道是这样,但她不知道啊。我先告辞了。"

"你们稍迟些会来吗?那天也是泰迪的生日,晚市打烊之后,我们还要喝上几杯。"

"哦,我们不去了,到时候我们要去泡吧了。"

她想起了诺尔说过的这句话。看看安东脸上那惊讶和受刺激的样子,去酒吧就是值得的。

在栗树街的公寓中,诺尔布置着餐桌。丽莎做好沙拉,把它封上保鲜膜,放了冰箱里。他的姜片鸡也准备好了,用锡箔纸包着,就等着放进烤箱烤二十五分钟。炖锅中还有土豆。

弗兰琪被送到了迪克兰和菲奥娜那里,她将在乔尼小朋友家欢度时光并过夜。

"爸爸。"诺尔跟她挥手告别时,她喊了一声。诺尔的心不禁翻腾起来。每次当弗兰琪向着他笑,他的心总是会如此。

现在,他回到了公寓,等着一位女士来共进晚餐,就像一个正常人所做的那般。

丽莎动身去赴生日庆祝宴时,看上去状态非常好。看到安东真以为她要去夜店逍遥,看到安东心怀嫉妒,丽莎感到舒适愉悦。

恩尼奥餐馆这里,主人在迎候她们。

"多美丽的小姐!"他冒出意大利语,献给两人各一小束紫罗兰花,说的就跟安东此前预告的完全一样,"马可,过来,来为这两位美女服务。"

店主的儿子忙跑过来,作势为两人的座位擦抹了一番。莫伊拉和丽莎不吝言辞,大大感谢了他几句。

丽莎注意到珺德这晚也在店里工作。马可意识到丽莎认出了珺德。

"我想,你大概认识珺德,我的朋友兼好同事。"他骄傲地说道。

"是的,我确实认识她,很可爱的姑娘。"丽莎一转脸,继续说道,"这位是莫伊拉·迪尔尼。今天我们来这里给她庆祝生日。"

"莫伊拉·迪尔尼女士……"马可心怀畏惧地重复着这个名字,"珺德曾跟我提到过您。"

他满脸的表情如同白纸黑字,揭示出珺德提及莫伊拉时,恐怕没那么亲切或热忱的事实。不过,他总算还记得自己的使命是去招待客人,于是尽职地呈上了菜单。

她们开始点餐。如果莫伊拉曾说哪个菜品的标价太离谱之类的,那她肯定是已经说过二十遍了。

"只是蒜蓉面包罢了,竟然开出这个价格,难以想象!"她仿佛大为震惊地喘着气说道。

"我们不一定要点蒜蓉面包的。"丽莎安慰她。

"不,不,我们想要什么,就点什么。这是在庆祝一个特殊日子嘛。"莫伊拉用阴沉的声音回道。

"确实是要庆祝。"

丽莎显得开朗达观,善解人意。看起来,这将会是个漫长的夜晚。

艾米莉去哈特医生家里,看看他为好友迈克尔准备的咖喱炖蔬菜是否搞定了。她想跟哈特说清楚,除了这个菜,最好也准备一盘切片的香蕉,再有一小碗鲜椰子就更好。

让她没想到的是,餐桌布置了三个人的餐位。

"他太太也会跟着一起来吗?"艾米莉有些好奇地问道。至今为止,哈特只提过迈克尔。

"不,迈克尔从未结过婚,也是个铁杆单身汉。"哈特回道。

"那第三个餐位是给谁的?"

"我倒是很希望你能赏光加入。"哈特犹犹豫豫地说。

帕迪·卡罗尔和妻子莫丽要去参加一个屠夫同行的宴会。这是每年一度的欢宴聚会。宴会在一处颇上档次的酒店举办,屠夫的妻子们都盛装打扮出席。在这一活动中,帕迪已经名声在外,人人都知道他喜欢不醉不归,所以迪克兰每次都会开车送爸妈去酒店,然后再约好出租车接卡罗尔夫妇回家。

公公婆婆一阵风似的上了车,兴冲冲地离去。菲奥娜向他们连同开车的丈夫挥手作别,接着就捧了一大杯热茶坐下来,照看那两个在地板上爬来滚去的小家伙。要等小东西们困了,才能把他们在婴儿床上安顿好。两个小宝贝这天晚上都有点不安生,如果他们要睡觉的话,她就有必要把两人分开安置,省得一个吵到另一个。

她拿不准自己是不是又怀孕了。如果是的话,那将会是很棒的消息,迪克兰也会喜不自胜的,但那也就意味着他们俩将陷于忙乱,而在小二子出生之前,新房子就要搞定,好让他们及时搬过去。小婴儿动不动就哭哭闹闹的,帕迪和莫丽已经充分领教了这种烦恼。她和迪克兰不能让公婆接受再一次的考验。

第十一章

终于,随着第二瓶红酒慢慢下肚,莫伊拉打破禁忌,谈起了关于埃迪·肯尼迪的话题。丽莎认为自己能理解那是怎样的一种局面,但她并未真正看到问题所在。

"理所当然的,你没有义务必须去为他做什么,"她说道,"他遇上你,你作为社工给他服务,那只是碰巧罢了。你没有义务一定要告诉他乡下还有那一处安逸舒适的小家园。"

"但房子是他买的,是在他喝酒上瘾垮掉之前买的。他有权利住到那里。"

"这没道理。他销声匿迹去英国时,就已经放弃了所有权利和财产。他选择彻底逃出以前的旧日子,跟过去割裂了。他不能再指望你帮他把你爸爸从那里赶出去,还让他老婆跟他破镜重圆,欢迎他回家。况且,她很可能都不想再要他了……"

"可是,就因为我不想找麻烦,不想打破现状,他就要在小旅店里终老吗?"

"他自己走了那条路。"丽莎态度坚决。

"如果那是你的父亲——"莫伊拉很纠结。

"我恨他。如果他衣服着火了,我连口水都不会往他身上吐!"

"我还是觉得内疚。我总是努力给我的当事人争取最好的安排。但对埃迪,我却没有这样做。"莫伊拉显得很忧心。

"让我们想想,你不妨用其他方式对此加以补偿?你明白的,就是去他寄居的旅店看望看望,偶尔有点空闲的下午,就带他出来转悠转悠。"

莫伊拉看着丽莎,一脸的不可思议。这怎么可以是她完成职责的方式？这样做就是越过了那条微妙脆弱的界线，而那条线就是要把社工的专业精神和私人友情区分开。那完全是不恰当的。

丽莎耸耸肩。"算了，那只是我可能会采用的权宜之计。"

她捕捉到了马可的眼光。三十秒之后，插着一支蜡烛的小蛋糕从厨房那边被端了过来。这位服务生唱起了生日快乐歌，餐馆里的每个人也跟着节拍鼓掌。

莫伊拉满脸红云，因为激动而手足无措。她试着去切蛋糕，结果蛋糕馅都从一边冒出来了。丽莎从她手中接过餐刀。

"莫伊拉，生日快乐。"她表示祝贺，力所能及地在自己的声音中加入暖意。让她意外和惊愕的是，她看到莫伊拉脸上流出了泪水。

她三十五岁了，而这很可能是她至今曾有过的唯一一个生日派对。

在栗树街运动场这边，晚餐进行得很顺利。

"你竟然能做这样的美食，真是一匹黑马！"菲丝颇为欣赏地说道。她没那么唠叨，跟她聊天很轻松。她还是说了一些自己的过去，但并未喋喋不休。

她简短地提到了未婚夫丧命的那场事故，不过没有就这个话题聊多少。总是有很多人会遇上很可怕的意外，而其他人不得不振作起来，继续生活。

"你还爱着他吗？"诺尔问道，一边又挖出一勺鸡肉到盘子中。

"没有。实际上，我都几乎记不得他了。你呢，诺尔，你是不是还很怀念弗兰琪的妈妈？"菲丝问道。

"没有。我跟你的状态有点类似。我基本上记不得丝黛拉了，但话说回来，那些往事都是发生在我酗酒的时候。那一时段的任何事情，我都记不太清楚。"他神经紧张地笑了笑。"不过,我倒是喜欢有弗兰琪在身边的这些日子。"

"她现在去了哪里?我给她带来了一本有趣的小书,都是关于动物的。书页是用纯棉做成的,哪怕她吃下去也没多大关系!"

"丽莎把她带去了菲奥娜和迪克兰那里。她今天出去吃晚餐。"

"跟安东一起?"

"不是。事实上,是跟莫伊拉一起。"

"这显然是一种不同类型的外出。"菲丝对这幕人间戏剧中的人物都已了然于心。

"可以这么说吧。"诺尔满脸笑意地看着她。

所有事项的进展都令人满意。

菲奥娜刚刚给迪克兰弄好了一大杯咖啡,然后就听到门外有奔跑而来的脚步声。

门口站着的是莉琪,她蓬头散发,心急如焚。

"迪克兰能不能赶快跟我走?我很抱歉打搅你们,但穆迪确实病得很厉害,都是血!"

迪克兰已经跃身弹出了座椅,伸手去抓他的医用随身包。

"我稍等片刻就去——我要把孩子们先安排好。"菲奥娜在他身后喊道。

"好的。"

没过几秒钟,迪克兰就已冲进了斯加利家的前门。穆迪的脸色如同死灰,一直在往一只大盆中呕吐。只看一眼,迪克兰便已明白了事态的严重性。

"完全没事的,穆迪。只要去了医院,他们就能把你安顿得好好的。"

"迪克兰,你自己在这里处理不了吗?"

"不行,对不是当值的后备医生,他们规定很严格的。医院这帮家伙会投诉我,会从各个方面来指控我的。"

"但要等救护车的话,还要等一万年。"穆迪表示抗议。

"我开车送你去医院。现在就出去,上车。"迪克兰坚定地说道。

莉琪也要跟他们一起去,但迪克兰劝说她等一下菲奥娜。他把莉琪扶回房中,低声告诉她,医院也可能会要求穆迪留院治疗,当夜回不来,所以她所要做的事情,最好就是打包一点穆迪需要用的个人物品,然后带到医院去。菲奥娜把手头事处理好之后,就会打车带着莉琪去医院。没有必要担心,他会确保穆迪的安全,让他得到最佳救治。他知道,找些有用的事情给莉琪做,会让她冷静下来。

这时候,菲奥娜也到了。他们随即立刻意识到,必须找一个地方让乔尼和弗兰琪安稳地度过这个晚上,而且要迅速安排好此事,否则整个事态会失控。诺尔正在进行他有生以来第一次真正的约会。诺尔的父母也不在家。丽莎跟莫伊拉出去了——这至少可以将那社工支开,省得她来烦人。要找人的话,就只有艾米莉。迪克兰留下菲奥娜在后面安排这些事情,自己则赶紧开车飞速前往医院。穆迪坐在副驾驶上,看上去苍白又恐惧。

艾米莉坚持让哈特医生自己将菜品弄到餐桌上。毕竟,他已经做好了菜。

事实证明,迈克尔是个安静的、考虑周到的人。他问了艾米莉几个温和关于她过去的生活经历的问题。似乎,他是在为他的多年老友哈特核实艾米莉的这些信息。艾米莉希望对自己情况的概述令人满意。哈特是如此令人愉快的一个交往对象,是个难得的好伙伴,她根本不愿失去这份友情。

三人共进晚餐的当儿,艾米莉夹克上装口袋里的手机响了起来。她很惊讶,因为完全没预料到此刻会有谁打电话来。

"艾米莉,出了大危机,很紧急。你能过来照看孩子吗?"菲奥娜听起来惊慌失措。

艾米莉一刻也没犹豫。"当然可以,我这就来!"

她很快跟两个男人说了失陪,然后沿路往回紧赶慢赶。

卡罗尔家房子外面是一片鸡飞狗跳的忙乱景象。莉琪在那里哭着,同时在手里紧抓着一只小行李箱;菲奥娜在斯加利家的前门和自家屋子的门口之间来回跑动;"蹄子"大声狂吠着;被关在卡罗尔家后院里的"酒窝",听到这边的动静,也以吠叫作为对"蹄子"的回应;迪克兰载着穆迪去了医院。电招的出租车已经在路上,来接菲奥娜和莉琪。

"我要跟莉琪去医院。等待穆迪消息的时候,我要陪在莉琪身边。"艾米莉一到,菲奥娜就说道。

"我可以把小宝贝带到哈特医生家里去吗?我在那里吃饭,吃到一半就跑出来了。"

"当然可以,艾米莉。我非常抱歉。我不是有意要打断你……"

"别说了,这完全没事的,你不用放在心上。是两个铁杆单身汉和我一起吃的饭。这样的组合可把平均年龄大大降低了哦。希望一切好运——记得及时告诉我们最新情况……"

"好的。"菲奥娜应道,约来的车这时已在屋外靠边停下。她拉住莉琪的手,提起小行李箱,把莉琪安顿进车子的后座,"艾米莉,你现在能来真是太好了。门钥匙放在花盆下面,跟往常一样。"

"快走吧。"艾米莉督促道。

她跑进卡罗尔家,把乔尼从前面卧房的小床上抱出来,在婴儿推车上安置妥当。

"我们要去拜访一下哈特伯伯和迈克尔伯伯。"她跟乔尼低语道。她将童车推出门外,在身后锁上门,然后小心地将钥匙放到了门口的花盆下。

哈特医生和迈克尔对小乔尼的到来表达了恰如其分的欢迎。这个小家伙的甜梦被打搅,在这一段行程后更困倦,在哈特家的沙发上很快又入睡了,身上盖了毛毯。晚餐继续进行,仿佛一直未曾中断过。

哈特承认说,做甜品时,他并未自己动手做外层的蛋白糖霜,而是在附近的糖果店买了成品。

"我觉得,如果他说自己做了那个,大概也能蒙混过关吧。迈克尔,你说呢?"艾米莉问道。

喝了不少酒,心情又好,迈克尔已经红光满面。"今天晚上,不管哈特跟我说什么,我都会深信不疑的。"他朝着他们微笑,"我可从未见过哪个人会有这么大的改变。哈特,如果是退休给你带来了这种变化,我要说,那你就继续下去吧。我也真心羡慕,真心钦佩,你们能这样照料小不点们。我们年轻那时候,可根本不是这样的。那时的人都很紧张,小题大做,无事生非,绝不相信亲父母之外的任何人肯好好照料小孩子超过两分钟。"

"啊,这个嘛,他们把这事简直上升到了艺术的程度。"哈特医生为此自豪,"不管乔尼和弗兰琪什么时候需要看护,他们当中都会有人立

第十一章

刻到岗。"

"弗兰琪?"迈克尔问道。

"那是我堂弟诺尔的女儿。他是个单亲爸爸,抚养着弗兰琪。这事他干得也非常不错。事实上,诺尔今晚有个约会。我们所有这些唠唠叨叨的'长舌妇'对这个名叫菲丝的姑娘倒是抱有很大的希望。诺尔正在自己的公寓房中招待菲丝吃饭呢。"

"那么,菲丝今晚是要见着那小女婴啦?"迈克尔问道。

"不,她早已见过这孩子了。你知道吗,她经常来公寓这里一起学习的。今晚,孩子要被送到其他人那里照看,好给菲丝和诺尔一点独处的空间——我想是这样安排的。"

"那是谁在照料弗兰琪呢?"迈克尔问道。

这个问题完全是无心的。这一婴儿抚育方式有着"玩具城堡"般的童话氛围,仿佛每栋屋子中都会走出圣母玛利亚式的好心人,来到街上,轮番出力行善,这让迈克尔觉得难以置信,同时又很是着迷。

艾米莉停下来想了想。

"不可能是丽莎在看护。她跟那个可怕的莫伊拉出去了;双胞胎出门在城区做事;卡罗尔两口子去参加屠夫同行的晚宴了;诺尔的父母,也就是我的叔叔查尔斯和婶婶乔希,去了西部……是谁在照看弗兰琪?

艾米莉心里咯噔一下,她感到惊恐所带来的最初的压迫感。

如果诺尔要烦请这个"托管组"人际圈子以外的什么人来帮忙,那他就应该提前告诉大家了。莫伊拉可是像罗特维尔警犬那样警惕的,嗅觉极端灵敏,有任何新面孔出现在抚养弗兰琪的这幕场景中,她都不会放过的。

"请谅解一下,我要给诺尔打个电话,"她说,"那样才能让我心安。"

"那可是这小子跟菲丝的第一次正经约会啊,你要打断他吗?"哈特摇摇头,"艾米莉,你想一下,弗兰琪肯定是在什么人那里的。"

"可考虑的人选我都逐一想过了,哈特——我还是要给诺尔电话。"

"我只想说,如果事情一切都好,那你就是杞人忧天,自寻烦恼。"

"不行。搞清楚之后,我才能安稳地睡觉。"艾米莉说。

"诺尔,我很抱歉。"她犹豫地说道。

"艾米莉,出了什么问题吗?"听到她的语调,诺尔立刻警觉起来。

"不,没什么事。我只是要核实一件事情。弗兰琪今晚被放在哪里了?"

"丽莎走之前把她送到菲奥娜和迪克兰那里了。因为我要请一个朋友吃饭。"

"送到了卡罗尔家?"

"艾米莉,一切都好,没出问题吧?"他再次问道。

"诺尔,一切都好。"她回道,一边立刻挂断了电话,"你们两个在这里照看乔尼。我肯定是把弗兰琪落在卡罗尔家里了。之前小床上只有一个孩子。"

两个男人还没来得及发声提问,她就飞快地出了屋门。

艾米莉顺着圣加拉斯弯月道奔跑,速度比她知道自己所能达到的还要更快。菲奥娜之前怎么说的?她没说"孩子们",她说的是"过来照看孩子"。

伸手去摸花盆下的钥匙,打开房门之际,她的手在发抖。

第十一章

"弗兰琪?"跑进房间的同时,她呼唤道。

一片寂静。

厨房里放着另一张婴儿床,床上有弗兰琪的几个玩具。小床边是弗兰琪的婴儿车。没有那孩子的任何行迹。艾米莉的双腿突然发软了,无法支撑体重。她手扶一张餐椅坐下来,免得瘫软在地。

有人进来过了,还带走了弗兰琪。

怎么会发生这样的事?

然后,一个念头在她脑海中突然闪现。

毫无疑问的!菲奥娜回来核查过家里的情况。是的,肯定是这样的。

她又跑向穆迪和莉琪的房子。一片漆黑,门窗紧锁。还没开始动手敲打大门,她心里实际上已经明白,家里根本没人。

现在,她是真的害怕了。她的手指控制不住地打颤,困难地拨出了菲奥娜的手机号码。接通之后,她听到手机铃声从斯加利家中传出来。那是菲奥娜的手机铃声,她记得,也能立刻分辨出来。几秒钟之后,铃声停了,开始转接到了留言信箱。

还有迪克兰。她必须打电话给迪克兰。

"是艾米莉?"对方立即接听了,"一切都还好吧?是孩子们出状况了?"

"乔尼很好,"她飞快地回道,"在哈特医生家的沙发上睡得香香的。"

"那,弗兰琪呢?"迪克兰的声音一下子变得警觉起来,"弗兰琪怎么样了?"

但艾米莉已经又开始奔跑起来。

第十二章

面对这一突发事件,他们提醒自己不要乱了方寸,尽力有条不紊地去处理。列出来的相关人员和场所被核实了一遍又一遍。

希劳拉和艾登对弗兰琪的下落一无所知,但愿意加入任何的搜寻工作。如果去联系查尔斯和乔希,那肯定是徒增烦恼:老两口远在岛国那一边,根本帮不上忙,他们只会因为这一消息而心焦抓狂。帕迪和莫丽还要等很久很久才会从屠夫们的晚宴舞会上回家。有白兰地来提升兴致,还有酒宴间那愉快情绪的感染,帕迪在聚会上无疑会精神抖擞,流连忘返;而莫丽因为跳舞,脚胀得厉害,必定嫌鞋子太紧,懒得再走动。

那么,谁会跑到卡罗尔家里去,把弗兰琪给拐走了呢?她不可能是自己跑出门的。艾米莉已经进过那栋房子,从上到下、从左到右都搜遍了。任何小孩子得以爬进去藏身的细小空间——弗兰琪肯定还在屋里某处——都仔细查找了。

可是她不在屋里。

难道有什么人一直窥视着这座房子?那看似不太可能,而且没有任何破门入室的痕迹。对弗兰琪的消失,一定会有一个合理的解释。应该报警吗?

诺尔让菲丝留在公寓里,注意接听任何可能打来的电话。他自己

第十二章

焦虑万分,脸色煞白,在圣加拉斯弯月道上每一户人家跑进跑出。有没有人看到什么情况?不管是什么情况,有没有看到?

他给丽莎发了一条短讯,要她从卫生间给他打电话,不能让莫伊拉听到半个字。听到消息之后,丽莎感到非常惶恐,竟然会害怕到这种程度——她自己不禁觉得惊愕。眼下,她可绝不能回去。她去哪里都无所谓,关键是要把莫伊拉稳在身边,拖住她。她很确信,莫伊拉的嗅觉极为灵敏,一下子就能发觉出了什么岔子。她重任在身。丽莎往脸上费劲地挂上一缕微笑,又回到了餐桌旁。

医院这边,莉琪在走廊上不安地走来走去,时不时可怜巴巴地问一声,她什么时候才能进去看看穆迪到底情况如何。菲奥娜耐心地劝导她,让她回到等候室坐下。她们要等着迪克兰过来。

二十分钟后,他到了。

"挺不错的。他的情况现在稳定了,但医生们还要再观察一会儿。"他的声音严峻又坚定,"他们设法让他舒服了不少,他已经睡着了,"他对莉琪说,"很可能要到明天,你才可以跟他说说话。但好好休息一夜之后,他应该会感觉好得多。我们现在都回家吧。"

听到这个消息,莉琪感到欣慰。"他能好好睡一觉,真是令人高兴。这个行李箱,我要拿进去,好让他明天能用上。"

"那就放进去吧,莉琪。"菲奥娜这样说着,同时意识到迪克兰有些事没告诉她们。这个夜晚还会变得更糟吗?

这是个惶惶不安、手忙脚乱的夜晚,把大家搞得焦头烂额。哈特和艾米莉将整个事情的来龙去脉整理了一遍又一遍。好友迈克尔也加入了搜寻弗兰琪的队伍。艾米莉肯定重复了至少一百遍,说自己蠢,不该只听到"来照看孩子"这个模糊的表达,说她实在应该问一下那到底是有几个孩子要照看。

哈特为她辩解,说那完全要怪菲奥娜没说清楚。谁能想到有两个孩子,还被安顿在不同的房间内,而且都没跟艾米莉提一下!这是闻所未闻的疏忽。

诺尔几乎要疯掉了。他感到痛苦、焦虑和恼火——这些白痴女人们在干什么?竟然拿他女儿的安全来冒这样的险?她们怎么会如此愚蠢,竟至于将她一个人丢在家里,让他的小心肝沦为猎物和牺牲品——谁知道可能会有什么样的妖魔鬼怪?

而对他而言——这一切都是他自己的错。丝黛拉将女儿托付给他,可他却让她失望了,并且全部的原因就在于他要跟一个女人单独待上几个钟头。现在,某个怪物、某个变态狂,已经拐走了他的小宝贝。他也许永远也不能再见到她了;他也许永远也不能再一次将她抱在臂弯里、看到她的微笑了;他也许永远不会再听到她的声音,听到她叫"啪巴"(爸爸)了……万一有人伤害了她,万一有人已经动了他那弗兰琪小乖乖头上的一根汗毛……

在圣加拉斯弯月道边,诺尔双膝跪倒在人行道上,为他的小女儿而哭泣。

丽莎假装去卫生间,设法躲开了莫伊拉两次,但她不可能继续整晚都利用这个借口。她决定劝说莫伊拉去安东的餐馆,去参加泰迪的生

第十二章

日宴。

"可我一个人都不认识。"莫伊拉哀告道。

"我也是,那里的人我认识不了两三个,大部分人对我而言都是陌生人,都是那蠢货四月的朋友。不过,莫伊拉,去吧,免费喝上几小杯,而且今天正好也是你的生日嘛。有何不可?"

莫伊拉同意了,丽莎终于能缓过一口气来。她真心希望自己也在家里,在诺尔身边,一起协助搜寻弗兰琪。孩子这么蹊跷地"失踪",肯定有一个合理的解释。到目前为止,丽莎对此事还几乎一无所知,除了听到诺尔近乎语无伦次、歇斯底里地说了几句可能发生的情况。

"诺尔,你可不要怪我跟你说这个,但是,看在上帝分上,你可千万不要又去喝酒啊。"

"不会,丽莎,我不会的。"诺尔说得很干脆。

"我知道你生我的气了,但我 必须提醒你这个。"

"我懂,我明白你的好心。"

"不提酒的事情了,还是回到我们之前的话题。她一定会没事的。这一切应当是个误会。事情会搞清楚的。"

"是的,丽莎,当然会的。"诺尔暗自祈祷。

警官肖恩·奥麦拉从警这么多年,见识过和处理过的案子都多了去了,如果诚实地讲,他会说,其中大部分经历都相当地令人沮丧,但这次的事情则是怪诞。

一个叫帕迪·卡罗尔的老家伙,醉得够呛了,在这里反反复复地解释说,他去参加屠夫同行的一个晚宴,但有个坏蛋往他的饮料中掺了烈酒。结果他就喝高了,开始有点胡言乱语,所以就同意一起赴宴的老婆搭出租车带他回家。那位妻子,一个名叫莫丽·卡罗尔的太太,说她自己实际上算不上是个能喝酒的人,因此丈夫同意跟她回家时,她也挺高兴的,而且在那里走动了那么久,她的脚已经痛得不行。但当他们到家后,却极为困惑不解:他们发现弗兰琪独自坐在小婴儿床上,而自己的家人,儿子、儿媳妇和孙子,都无处可寻。

他们试着联系了几个人,但都没能跟知道内情的任何人说上话,没人告诉他们发生了什么事。他们也去找孩子的父亲了,但到达那栋公寓楼时,才发觉不知道他住的房号。帕迪生气地环顾四周,一边责问:哪有人不把自家的名字贴在门铃上的?这里都是些什么人啊,怎么会不想让别人知道他们住在哪里呢?

那么,他们该怎么办呢?孩子在哭闹,他们按响的门铃都没有回音;他们找不到自己的儿子和家人;艾米莉也不在家;希劳拉和艾登家的电话无人接听,处于答录状态;穆迪和莉琪的家里也没人。实际上,卡罗尔夫妇去了屠夫晚宴后不久,这整条街就陷入了紧急状况,崩溃了。

"那么,你是想让我们来找到这个诺尔·林齐。是这么回事吧?"警官奥麦拉问道,"你们怎么就没想到过可以给他打电话吗?"警官将一台电话推向帕迪·卡罗尔,而后者的神态突然显得更加困惑了。

在栗树街的公寓中,菲丝心神不宁地踱来踱去。她在电话边放了一张纸,现在神经紧绷地趴在那里。铃声响起时,她都要克制着才不至于会跳起来扑向电话。菲丝跟每个打来电话的人询问电话号码,以便需要时联系,但她自己这里则没什么信息可发布的,除了:是的,弗兰琪仍然没找到;不,诺尔不在家,他出去找孩子了;不,他们暂时还没报警,

第十二章

但报警的时间很快就要到了,到时候他们也只有去报警了。他们事先商议过,如果在一小时之后还没找到弗兰琪,菲丝就从公寓这里打电话叫警察。剩下的时间不多了。

诺尔已经给她打过八个电话了。他这样做并无意义,因为他已经明知,一旦有任何消息,菲丝就会立刻拨打他的手机。

她再一次看看自己的手表。时间已到。她必须打电话去警局了。她伸手去抓话筒,手不禁在颤抖。就在这一瞬,电话响了。她的心里感到一阵痉挛,虚弱无比。她焦灼地接听电话。

一开始,她以为那是个无聊的怪人打来的骚扰电话。电话另一头的男人的声音听起来含混低沉、毫不连贯;她最初还觉得那人挺恼火,但很快意识到对方可能是喝醉了。

不,诺尔不在这里,他在……不对,今晚较早时他在家里的,但……不是,他的女儿还是没找到,是时候要报警了……

"可我要告诉你的是,听着,"那声音说道,"他的女儿在我这里,现在跟我们在一起……"

突然,菲丝听到了哭声。是弗兰琪在哭,那哭声,菲丝不会搞错的。

"诺尔,找到她了!毫发无伤,"她说,"她情况很好。她喊着要爸爸呢。"

"你见着她了?她跟你在一起吗?"

"没有。他们带她去加尔达警察局那边了。是卡罗尔老夫妻俩,是帕迪和莫丽两口子。这一切都是误会。他们也正在找*你*呢。"

"他们说的是什么鬼意思?你说什么,他们*在找我*?我们整晚都在家里的!"巨大到难以承受的放松感和同时汹涌而来的愤怒,在撕扯着诺尔。

"不要这样,一切都没问题了,不要再发火啦。他们也受够了惊吓。"

"他们受了惊吓!我们其他人呢,没受惊吓?到底是怎么回事?"

"他们从晚宴上提早回家了,然后就发现弗兰琪睡在小床上,一个人在屋子里。一定是菲奥娜和莉琪前脚才去了医院,他们后脚就到家了。他们去探访所有的左右邻居,但附近都没人在家——迪克兰和菲奥娜陪着斯加利老夫妻在医院,艾米莉在哈特家,当然了,查尔斯和乔希也不在家。他们试着给菲奥娜打电话,但菲奥娜的手机忘在莉琪家了。迪克兰的手机一直忙音,所以他们就来栗树街这里找你。听他们说的就能猜到了,他们记错了公寓房号,按响的是别人家的门禁。等到我们发现弗兰琪不见了时,他们已经走在路上,去找警察了。他们猜想是发生了什么特别可怕的事情,理所当然地,他们不想让孩子遭受更进一步的风险。她现在情况很好,我们只需要过去把她给接回来。"

但诺尔依旧心烦意乱。"弗兰琪被送到了警察局。一旦可恶的莫伊拉听说了这件事,那我还有什么机会能继续把孩子留在身边?"

"别担心——跟你通话一结束,我就会立刻打丽莎的手机,让她知道弗兰琪找到了。然后我就给弗兰琪收拾好一点东西——你还是回来接我吧,我们一起去警察局不是很好吗?在莫伊拉完全没察觉到弗兰琪曾失踪之前,我们就先把她接回家……"

警官肖恩·奥麦拉根本想不通,他们跑到警局来到底是要干什么。他希望能有个人,任何人都行,可以让这个号啕大哭的小魔鬼安静下来。卡罗尔太太抱着孩子,上上下下地颠动着,但小东西尖声哭叫的分贝反倒升高了。这哭闹声让警官感到刺耳。

"既然你们知道孩子是谁家的,也知道跟她相关的所有人员,你们把孩子带来这里,究竟是什么道理?"

帕迪试着去解释。"当时,来这里看起来就是正确的选择。为了确保安全。"

"安全在哪里,危险又在哪里?"奥麦拉问道。他提高了音量,以便自己的话语能从那一片嘈杂声中分离出来。

帕迪恳切地希望他的脑袋不要那么混乱,希望他的语言表达更清楚。"我能不能喝杯茶?"他哀求般地问道。

"真遗憾。晚上聚会的那时候,你怎么就没想到要喝茶呢?"莫丽在一旁讥讽道。

警官奥麦拉去弄茶水,也乐得能躲开那尖声哭叫的孩子,稍微清静一会儿。

"那么说,这个诺尔·林齐,也就是孩子的父亲,现在正赶过来啰?"奥麦拉倦怠地说道。

"他来了!"帕迪喊了起来,一边指向通往前面办公室的玻璃门,"他来了!诺尔!诺尔!在这里!我们给你看着弗兰琪呢!"

诺尔冲过来奔向女儿。帕迪的茶杯被碰到,晃动着就要砸向孩子。奥麦拉及时出手,抓住了杯子。

"弗兰琪!你没事吧?"诺尔喊道,因为强烈的情绪冲击,他的声音暗哑了,"弗兰琪小乖乖。爸爸实在对不起你,真的对不起你。我再也不会把你丢开……"

他手忙脚乱地查看女儿是否完好无损,从头到脚没受任何伤。然后,他仔细地给孩子擦脸、擦鼻涕、擦干眼泪。

他身后站着一位身形苗条的小个子女士,她有一双灰绿色的眼睛,脸上浮出欣慰的微笑,看着这一切。她手里拿着弗兰琪的一件外套和一条羊毛围巾。更重要的是,她带来了婴儿食品,装满了一奶瓶。她立刻将瓶子递给诺尔。

诺尔给女儿喂吃的。几乎是神奇般的,哭闹声马上就停止了,孩子安宁下来,一切重新恢复了宁静。

奥麦拉感到深深的慰藉和欣喜——这乱成一锅粥的局面看来是自行化解了。

更多的人接二连三地到来。一个精疲力竭、满头蓬乱卷发的中年妇人,还有一个戴着帽子的老男人,那帽子就像某部黑白老电影中的物件。

"哎呀,弗兰琪!我真是太抱歉了……"那妇人弯下腰亲亲小姑娘,"我不知道你也在那里。为这事,我永远也不会原谅自己。永远不会。"

戴帽子的男人向警官自我介绍说自己叫"帽子"医生。他看上去像在场所有人中唯一保持了镇静和一定程度自控力的人。

"如果真有'结果好便是样样皆好'的事情……那眼前就是一例啦。"他对着房间里的所有人微笑,"卡罗尔先生和太太,你们做得很好。那种情形下,你们所做的也恰是完全正确的。诺尔,我们全都该走了,你不觉得该告辞了吗?我们要让奥麦拉警官忙他的正经事。根本不需要写出警报告了——你难道不这样认为?"

警官感激地看着"帽子"医生。如果这场无谓的风波还要写个报告,那就不免离奇荒诞了。

"只要各位都觉得满意了……"他吞吞吐吐地说道。

第十二章

"对此,我很抱歉,"哈特对他轻声说,"您宝贵的时间就被这么无端浪费掉了,但我敢向您保证,这一切绝非出于恶意胡闹,而是用心良苦。打扰了您,我们深表歉意——但好在没带来什么坏处……"

大家伙儿拖拖拉拉地走出警局时,奥麦拉听到他们以如释重负的语气相互嘀咕说,这件事绝对不要让莫伊拉得知一丝的风声。他茫然地寻思,这位莫伊拉可能是个什么角色。但时间已经很晚了,他现在可以回家跟老婆埃塔团聚了。老婆在圣布丽吉德医院工作,病房里每天发生的故事数不胜数,一百个都不止,埃塔总是会跟他讲个没完。如果奥麦拉还有精力去厘清今夜这场闹剧中的人物分别是谁,他会跟老婆说上一说的。

莉琪来到病床边时,穆迪已经睡着了。医护人员告诉她,穆迪明天上午需要做个扫描检查,但现在他情况不错,人也舒服了。既然情况这么好,她完全可以回家安睡,好好休息一夜。她把行李箱放在了穆迪的床边。

"我可以给他留个字条吗?"她问道,同时对这陌生的地方和生疏的环境感到畏惧。一位护士拿来了纸和笔。

莉琪将写好的字条贴在了行李箱上。

> 穆迪,我亲爱的。我回家了,但明天会回来。你会好起来的。下一次再用到这个行李箱时,将会是我们去纽约的日子。我们可是要在唐人街那里吃饭的。
>
> 爱你的莉琪

她感觉好了一些,她告诉迪克兰,因为写了这个字条,所以她心里好受一点。

弗兰琪安然无恙,这本来让迪克兰深感欣慰,但刚刚得知的新信息又抵消了那份轻松感:他跟给穆迪做检查的诊疗组交流过,癌细胞已经扩散到了病人的全身。

这一次,剩下的时间不会久。

丽莎估计,这煎熬的一夜大概要漫无尽头了。她们到达安东的餐馆时,泰迪的生日派对正在热闹地进行中。他们刚刚放上音乐,开始跳舞。她一眼就注意到四月正在安东身旁摇摆起舞。

"嘿,那可不是跳舞!那是坐在男人大腿上的艳舞嘛!"她用很大的声音嚷道。有几个人随之笑出声来。安东看上去感到恼火了。

四月继续摆臀扭腰地舞动着。

"想怎么说,随你便。"她回击丽莎,"你跳你的舞——我跳我的。"

受到酒精和嫉妒的双重刺激,丽莎已按捺不住心底的怒火。她正要进一步投入骂战,但莫伊拉迅速插话打断了她。

"丽莎,我要喝杯水。你能不能跟我一起去弄杯水?"

"你不需要喝水吧。"丽莎说。

"哦,跟我去吧,我确实要喝水。"莫伊拉反驳道,一边将她推向女卫生间那边。在那里,她接了一杯水,递给丽莎。

"你不是要我喝了这个吧,你这是什么意思?"

"我认为你应该喝杯水,然后我们就回家。"

丽莎强自镇定,勉力不露出破绽。千万不能让莫伊拉知道弗兰琪失踪了。

第十二章

"回家？我会考虑的。"她说道。

莫伊拉坚定地说："我认为那将是聪明的做法。是的，我马上就打电话叫个出租车过来。"

"不行，我们不能回去。不管去哪里都行，就是不能回家！"恐慌之下，丽莎几乎要崩溃了。

莫伊拉温和地问道："那么，你又*想要*去哪里呢？"

"我想一想再说。"丽莎承诺道。

就在这时，她的手机振动了。是一条短讯。她颤抖着读那信息。

麻烦已解决。随时可回家。弗好好的。

"他们*找到她*了！"丽莎脱口而出地叫起来。

"找到谁？"莫伊拉正在给出租车公司打电话约车，此时暂停了通话。

丽莎很及时地稳住了自己。"找到我朋友玛丽了！她不见了，现在又找到了！"她高声喊道，脸上的表情显得非常茫然。

"可之前你还跟她通过电话，不是吗？"莫伊拉困惑不解。

"是的，但她后来就迷路了。再后来就被找到了。"丽莎样子傻傻地说道。

莫伊拉打完电话，约好了车，于是开始架着丽莎走向餐馆出口。

她们从生日派对主角泰迪的身边经过。泰迪对着莫伊拉耳语："干得可真好。为此，安东会欠你一份情的。省得我们这里有一颗随时会引爆的炸弹。"他说着，一边向丽莎这边努了努嘴。

"嗯，也许是吧。遗憾的是，他自己却不能有所行动！"莫伊拉驳斥道。

"那不是他的问题。"泰迪耸耸肩。

"睡觉可以,她是很好的人选,但还没重要到需要被真心对待,是吧?"

"我只是说他应该会感激你的。她会在这里出洋相的。"

莫伊拉低头继续前行,扶着丽莎上出租车,将泰迪丢在了身后。她对男人们本就抱着消极的看法。今夜,她的观念看来又被进一步证实了。

在车里,丽莎哼哼唧唧地唱了一会儿歌。都是关于失落和不忠的伤感哀歌。然后她们就到了栗树街运动场。

"丽莎回来了,东倒西歪的,差不多醉了。"莫伊拉朝对讲机里说道。

"能不能帮个忙,莫伊拉,扶她上来?"

"当然可以。"

自从女儿失而复得,诺尔这才第一次将弗兰琪从手中放下。他终于意识到,从回到公寓的那一刻起,他一直都抱着孩子。

菲丝已经清洗了碗盘,将屋里也收拾整齐了。

莫伊拉将丽莎扶进门,安顿她在一张椅子上坐下。

"也有一部分是我的错误。我们已经在恩尼奥那里喝了很多酒,然后又去了安东餐馆举办的一个派对。"

"哦,我明白了。"诺尔回道。

"丽莎,你很快就会没事的。"菲丝说着,一边握住丽莎那无力垂下来的手。

"哦,莫伊拉,顺便告诉你一下,我叫菲丝,是诺尔和丽莎在夜校认识的朋友。"

"你好。"

第十二章

莫伊拉语气生硬。她没来由地对丽莎产生了嫉妒感。丽莎软绵绵地瘫坐在椅子上。她喝醉了,却没有谁来责备她。反倒是有一家子人在欢迎她回来,甚至连那小婴儿也伸出了小胳膊,朝着丽莎展开。如果是莫伊拉发生这种状况,她就只能独自挣扎着回去,回去面对空荡荡的公寓房。看上去,几乎世界上每个人都搞定了他们的亲友关系,而只有她,莫伊拉,依旧是孤家寡人。

她唐突地告辞而去。丽莎总算长舒了一口气。

"我没跟她提一个字。"她说。

"当然知道你没提。"诺尔说。

"你干得真漂亮。"菲丝说道,还是宽慰的语气。

"太好了。很高兴麻烦解决了。"丽莎的舌头已经发硬,说话含糊不清。

她的身体开始从椅子上往下滑,但在坐到地板上之前,他们抓住了她。

"我想到这个,"她情绪亢奋地说道,"当我记起我对你说过的,诺尔,我说你假如又去喝酒的话,那就太糟糕了……可我呢,我自己却去喝上了……"

"丽莎,没关系的。明天你就会好好的了,"诺尔回道,"你做得很成功,把莫伊拉给引开了,拖住了她。你真是很棒。"

"我们为什么不帮丽莎一把,扶她上床睡觉?"

菲丝说得很自然,听上去就仿佛这是个完全正常的夜晚,而在这里生活的每个晚上,屋中的每个人都习以为常了……

莉琪到家的时候,很惊讶地看到屋子里有很多人。她姐姐杰拉尔丁来了;女儿嘉茜和丈夫汤姆·费泽尔也来了;双胞胎和马可也在场;还有电话从芝加哥和澳大利亚那边不断地打过来。大家看上去都在忙着烧茶,而马可则已经弄来了一大盘小糕点。

"错过这么热闹的场面,穆迪可是要感到很失望的。"莉琪说道,而大家都回避她的视线,望向别处,以免她看到他们脸上悲伤的神情。

终于,他们劝说成功,让她去睡觉了。客厅里依旧是人头济济。嘉茜上楼去陪妈妈,试着让妈妈放宽心。

"妈,你不用为老爸担心的,圣布丽吉德的那些人医术非常高明。大姨刚刚还夸那些医生是多么出色呢。那里还有最好的医疗顾问,一切都很好。他们很快就能让爸爸好转的。"

"我觉得他病得很重了。"莉琪说道。

"可他现在被安置到了正确的地方,很好的地方。"关于这个,嘉茜重复了大概有二十遍了。

"他宁愿待在自己家里。"这一句,莉琪重复了应该有三十遍了。

"妈,他会如愿回来的,你就早点睡觉吧。那样的话,等他真的回家时,你就有精神起床,等着迎接他了。你已经太困了,好好睡吧。"

女儿的劝说奏效了。莉琪向着床那边轻轻走过去。嘉茜给她把睡衣准备好了。妈妈看上去那么瘦小,又显得弱不禁风。嘉茜颇为忧虑,妈妈能不能承受前方所要面对的一切。

珺德说,马可给她发短信了,表示家里无论是谁要去任何地方,不管白天或黑夜,腌狗的小货车都可以随叫随到。

马可说了:"你们的祖父出现这种情况,我深表同情。求求上帝吧,愿病情能早日好转。"

第十二章

"真的只有求求上帝了。"珺德读短信给他听时,西蒙说道。

"我认为,他这样说,只是不假思索的习惯性表达。"

"就像莉琪说①那样。"西蒙同意珺德的意见。

"是的。我记得妈妈以前也那样说的,但她一开口就说 VD,而不是 DV,"珺德说道,"爸爸总是一遍又一遍地给她解释,说 DV 才是'如蒙神恩允',也就是托上天之福的意思,可妈妈总是对此点点头,然后还是照样说 VD。"

在他们年幼时,父母就遗弃了他们。西蒙和珺德很少会提及他们的父母。这里就是他们的家。穆迪就是他们真心敬爱的人。两人对穆迪的感情远超出他们对那风度优雅的父亲的眷念——那人远走他乡,云游天下去了。他们也从未真正有过妈妈,莉琪就是他们的母亲。他们自己的妈妈总是那么脆弱不堪,与现实难以适应,与现实世界若即若离。如果听说生身父母中的哪一个去世了,在他们心中引起的也只会是轻微的悲伤之感。但穆迪病危的消息,却仿佛是一把刀子,深深捅进了他们的身体。

护士埃塔·奥麦拉低头看病床上的那个人。他形销骨立,状态非常不妙。她所能为他做的,只是不间断地细致监护,尽量让他少点痛苦。

"应该怎么称呼你?"他问她。

"我叫埃塔,斯加利先生。"

"那你叫我穆迪就行了。"他说。

---

① DV——托上帝之福——。

"好吧,穆迪,能为你做点什么吗?要不要来杯茶?"

"好的,我想,喝点茶很不错。你能不能坐下来,跟我聊会儿天?"

"当然可以,我也很乐意。今晚,我们这里不忙。"

"埃塔,你看,我是无名小卒,在街上撞到了你也根本不会认识我。"

"确实如此,但我会逐渐对你多了解一些的。"她安慰他。

"不,我说的不是那个意思。我想要的就是一个不认识我的陌生人。"

"哦,是吗?"

"跟陌生人说这个更容易一些。你能不能告诉我——我是不是就要挂了?"

以前也有人问过埃塔这个问题。这从来都不是一个容易应答的问题。

"这个嘛,你自己也知道,你病得很重了。而我们呢,到了目前所能做的,只能是尽量让你感到舒适一些。但今天夜里,你是不会走的。"

"很好。但不久的某天夜里会走,你认为是这样吧?"

"是的,穆迪,不会等多久。但我要说的是,你还有时间把事情安排妥当。"埃塔让他放心,"有没有什么人,想让我为你联系的?"

"你怎么知道我要把后事交代一下?"他问道。

"所有病危的人,夜里都想着这件事,尤其是在入院的第一晚。他们要发声明,想跟律师谈话,想对各种各样的人说话。然后,当他们出院,离开这里时,却把之前的这些事几乎都忘得一干二净。"

穆迪的眼中露出乞怜般的神色。"你觉得,我还可以离开这里?"

埃塔看着他的眼睛。"我确定地告诉你,就像我对自己叫什么名字

第十二章

一样确定,你会从这里出院回家的,然后就把关于我们、关于医院的这一切都忘光了。你不会记得我和我拿给你的茶,再也不会记得。"

"我当然会记得你这个人,还有你是多么的友好。我会跟每个人都说起你的。你说的确实没错,我是想发布几个声明,想跟律师谈话,想告诉人们一些事情的处理意见。但我希望是在家里做所有这些事。"

"穆迪,你真是个好人,我让你自己先安静一下。"埃塔说着,一边将空茶杯拿开。

她知道,他没多长时间了,但她会尽力让他精神放松一些。她叹了口气。这个小老头是这样的温暖可亲。为什么偏偏他要被带走,那么多性情乖戾、整天摆着个臭脸的家伙却能活上许多年——而那些年月里,没人愿意跟他们的生活有任何交集?这是无法理解的事情。她有时候会和丈夫肖恩说,看到命运之神给世人生活的安排是如此随意,就让你很难相信真有一个仁慈、全知全能的上帝在那里。否则,一个有着兴旺的大家族和大把的老友的可敬的大好人,怎么会眼看着就要离开人世。

肖恩当了这么多年警察,工作经历中遇到的也是类似的故事和感慨。一个小家伙卷入了街头帮派,第一次寻衅滋事就被逮到,人生中从此便有了刑事犯罪记录;一位母亲,没有途径得到哪怕是金额再少的任何钱财,为了给孩子弄吃的,走投无路之下在商店行窃,结果被送上法庭受审。

生活可以是多种多样的,但确定无疑的,生活是不公正的。

很显然,穆迪想回家,所以医院就联系好了临终关怀的护理小组。每天会有两位护士上门探望病人。

住院三天之后,埃塔将穆迪转交给了一小群人。穆迪能回家,这些人都很高兴。穆迪的两个孩子,迈克和玛丽安,同时还有玛丽安的丈夫哈利,一起从芝加哥回来了。这让穆迪震惊不小。

"你们千里迢迢地飞回来,就是为了看看我——你们肯定是钱多得没地儿花了吧。我的情况难道不是很好吗?我今天就要回家了,埃塔还要来看我的。"穆迪附加了这个信息。

"哦,请相信这一点,一旦离开了我的视线,他就会立刻找到别的什么新欢的!"莉琪大笑着说道。提及穆迪是"好色之徒"这个概念,她似乎还引以为豪。

啤酒馆中穆迪的那些"同好"们,在他回家之后也急于来见这位老酒友。莉琪想把这些人拒之门外,但她的女儿却不确定那是个好主意。

"爸爸跟他们聊天时,可是又开心又放松的。"嘉茜说道。

"可是,你爸一直都这么累,让六个大男人跑到客厅里来跟他吹牛,那样做明智吗?"

这到底能给穆迪带来多大的放松,他是不是兴之所至又会端起酒杯?莉琪心里没底。嘉茜心里则很清楚,她只是在努力,想让家中恢复往日正常的生活秩序。她也清楚,她的兄弟姐妹将会在家中逗留一段时间。子女们全都明白,父亲存活在世的日子已经所剩无几。

莉琪和嘉茜都想着尽量多陪陪穆迪,让他只跟家人共享温暖时光,但当朋友、邻居和酒吧"同好"来访时,穆迪看似才真的心花怒放。他一直是个乐于也热衷于跟外人说笑的开心果。他这方面的性格特色一点也没有消失。只有他那瘦小、干枯的身体才显露出一些迹象,说明他已病入膏肓。

每天的大部分时间,"蹄子"都趴伏在穆迪的脚边。狗儿不再进食,无精打采地躺在篮筐中。

"蹄子和我,"穆迪说,"眼下,我们都起不来啦,走动走动就更没力气喽。明天也许就……"

每天都有长串的人来上门探视,嘉茜和莉琪也就忙不停地为来客献上茶水。酒馆"同好"们都是成群而来。他们讨论谋划着一个伟大的新世界——那新世界中,没有现任政府,也没有前任的那一届届政府,没有银行也没有法律。女人们听到他们不时爆发出阵阵的大笑。

这些"同好"都是些温和友善的家伙,喜欢高谈阔论说大话,而穆迪此前一直是他们的中心。跟穆迪在一起时,这些人都兴高采烈、咋咋呼呼,但嘉茜注意到了,在穆迪不在场的情况下,他们的嘴角便会耷拉下来,满脸阴云。

"没多少日子了,但愿上帝保佑我们所有人。"其中一个"同好"说道,而据大家所知,此人似乎并非万能之神的敬拜者,也从不祈求神灵的救助。

但人们大都一个一个地进门探望,莉琪和嘉茜则在一旁监管,看着时间。

人们来家里探视,跟穆迪说说话,每次最多只允许持续十五分钟。好心的护士,埃塔·奥麦拉,来探望病人。她跟他什么都说,但病情除外。她和他聊到了赛马和灰狗赛跑。

"真是个非常通情达理、很有见识的好女人。"埃塔离开后,穆迪赞赏地评价道。

还有其他人结伴而来,事先都征求莉琪的意见,问什么时候比较好。她在客厅的桌子上放了个本子做记录,以便合理安排时间。

菲奥娜和迪克兰来了,还带来了小乔尼。夫妇俩向穆迪透露了他们的秘密:很快就会又有一个宝宝了。穆迪说,他会保守这个秘密,到死也不会泄露。

哈特医生来了,带过来一些他自己烤制的斯康饼,是艾米莉教他做的。如果你用心去做,那就根本不会差到哪里去。穆迪承诺说,等他稍微强壮一点,自己也会考虑来做做点心。

乔希和查尔斯来了,说起什么只要虔心敬奉圣加拉斯,几乎任何烦恼都可烟消云散。穆迪感谢了他们,说他对圣加拉斯与对住在街那头的老王的关注不相上下。如果确实需要圣人出手,他当然也会试着跟加拉斯直接联系的。不过,幸运的是,他现在情况正在慢慢好转,或许不久之后就能满血复活。

跟其他每个人都一样,查尔斯和乔希对穆迪感到迷惑。他们心里很想跟穆迪说说从蒙蒂夫人那里得到巨额遗赠的事,以及那笔钱将如何花费或投资。到现在为止,他们还没向任何人透露过有关这笔遗产的消息,甚至连诺尔也没告诉过。不过,对一个危在旦夕、行将就木的人说自家天降横财的事,看似未免麻木不仁吧。穆迪真的不知道他很快就会离世?

莫丽和帕迪两口子也有同样的感受。

"他还说两三个月之后要去纽约呢。"莫丽真的感到困惑,"老天在上,穆迪可是几乎连丽翡河边都去不了啦——他自己就不知道这点吗?"

那是个谜。

诺尔来了,带着弗兰琪一起来的。弗兰琪坐在穆迪的膝上,给老爷子看她的鸭嘴杯,而诺尔开始跟穆迪说话,这话要比他曾跟任何人说过的都更为坦诚。他告诉穆迪,弗兰琪不见之后,他的恐惧感是多么可怕,他又是如何感到胸中疼得厉害,就仿佛是有人拿一把大铁锹插入了他的身体,将体内的五脏六腑绞扭着挖了出来。

"照顾这小丫头,你已经做得顶呱呱了。"穆迪赞许地说道。

"我有时候甚至会瞎想,希望她不是我的小可爱,然后就有人来把她给带走,省去了我的麻烦。"诺尔坦白说。

"诺尔,这永远也不会发生的。"

"<u>丝黛拉</u>联系了我,或许算是我的幸运吧?假设她没有找过我,那么弗兰琪就会在一个不同的地方成长,她也就根本不会知道你们这些好人中的任何一位。"

"她有了你,难道不是她的幸运?尽管你忙得够呛。"穆迪说道。

"我必须拼命。我想要做一份像样的工作,等弗兰琪长大到一定程度,能明白我是做什么的,那我就可以自豪地告诉她我的职业。"

"为了她,你都放弃喝酒了。那可绝非易事啊。"

"戒酒之后,大部分时候也不是太难受。你看,我忙得屁颠屁颠的。但也有些日子,我真想半途而废,甚至能灌下去六品脱啤酒。那些日子可真难熬。"

"那你是怎么做的呢?"穆迪想知道个究竟。

"我就给AA协会的搭档打电话,他会上门来激励我,或者约我出去喝咖啡。"

"这个组织真的很棒啊!好在我自己从不需要这些家伙来帮忙,但说实在的,他们干得挺不赖嘛。"穆迪对此极为赞赏。

"穆迪,你是个一级棒的老伙计。"诺尔出其不意地这样说道。

"我大概不是最糟的吧,"穆迪表示自我认同,"但这也是因为我的家人都很棒啊。比起我听说过的任何人来,我应该更为幸运吧。没有什么事是亲人们不能为我做的。就因为我有了一点点小状况,他们竟然大老远地从芝加哥飞回来,跟阔佬似的不在乎费用。还有,这对双胞胎……即使是住在高档酒店,我也不可能享受到比他们做出来的更好吃的食物。他们总是会弄出些新玩意儿来犒劳我。"

一想到这一点,穆迪咧开嘴舒心地笑了。

诺尔紧紧地抱着弗兰琪。小家伙让穆迪分享鸭嘴杯的兴致已然告一段落,现在重又回到父亲那温暖的怀抱。诺尔一边抱紧她,一边疑惑自己竟然曾经希望她会被抱走——怎么能有这种念头?她是他的女儿,他的骨血,他的生命。

马可来看穆迪。他穿着硬领衬衫,整齐地打着领带,仿佛是要去什么极为正式的场合。莉琪说,当然了,他一定要进去看看,跟穆迪讲几句,但要非常温和。前一天夜里,蹄子死掉了。尽管大家想对穆迪隐瞒这一变故,可他已经知道发生了不对劲的事情。最终,他们不得不以实相告。

"蹄子是条好狗,很棒。我们不要为它哭泣,省得贬低了它。"穆迪说。

"对的,"莉琪赞同地说道,"我会告诉其他人的。"

马可被领进房间,他上前站在了床边。

"斯加利先生,我很遗憾,您的狗不在了。"

"马可,我从没想过它会在我之前走掉。但这样反倒是最好的安排。没有了我,蹄子会非常孤单的。"

"斯加利先生,我知道您身体欠佳。我想提一件事,现在很可能不是正确的时机,但我有一个问题要问您。"

第十二章

"那是什么问题呢,马可?"

穆迪微笑地看着这小伙子。笔挺的西服,焦灼热切的面容,冒汗的手掌。他要提什么问题,已然明明白白地写在他的脸上。

"我想请求您让我能有这份荣幸,我想娶您的孙女为妻。"马可生硬地说道。

"你想跟瑨德结婚?她还很年轻,马可,她还没有完全长大,没有去见识过世面。"

"但,斯加利先生,我会带她去看世界。我会很好地照顾她,保证她衣食无忧,什么都不缺。"

"年轻人,我知道你会的。可你问过她了吗?"

"暂时还没——要首先征得父亲或爷爷的同意,这很重要。"

"我不是她的爷爷,你知道的。"

"她就是把你当作爷爷的。她爱你,就像爱亲爷爷那样。"

穆迪不禁吸了吸鼻子。"哎呀,那就好,因为莉琪跟我把她和西蒙也当成家人,就像自己的孩子。不过,如果她跟西蒙去了新泽西,那你还怎么娶她?"

"她现在不去了。他们把那事往后推迟了。"马可说。

"那只是因为我生病了吧。他们会走的……你知道……就在以后。"

"斯加利先生,你还会活很久的呀。"

"不会的,小家伙,我没多少日子了。但我敢确定,你和瑨德已经把你们之间的事都商议好了吧。"

"要首先问了您之后,我才能向她求婚……"

这大男孩那英俊的脸上都是祈求的神情,希望穆迪应允,给他以祝福。

"她以后会和你一起,在你父亲的餐馆工作吗?"

"是的,假如她喜欢那样的话,暂时就都在那里干着。然后,我们两个都想开自己的餐馆。那可能还要等好几年,但我爸说他会资助我一些钱去开店的。您根本不需要为瑁德担心,我们家会把她当宝贝的。"

穆迪看着他。"只要瑁德说她愿意嫁给你,那我也会很高兴的。"

"谢谢您,亲爱的斯加利先生。"马可很是惊喜,几乎不敢相信自己能交如此好运。

丽莎也来看穆迪了。

"斯加利先生,我对您了解不多,但您无疑是个大好人,也很风趣。听说您病了,我想知道有没有什么是我可以为您效劳的?"

穆迪四面张望了一下,以确定房间里除了他们没有别人。

"我想给你五十欧元,能不能帮我去押注,赌'不是流氓'赢?"

"啊,斯加利先生,你当真……"

"丽莎,这是我的私房钱。你能为我跑个腿吗? 你*刚*说了愿意帮我的。"

"当然可以。我去押注。你想要什么赔率?"

"赌十倍。不要少于这个。"

"那么,你就可能赢到五百块。"她对穆迪的孤注一掷感到惊讶。

"你帮我投注,我要给你跑腿费。"穆迪说道,一边开心地笑起来。莉琪这时忙颠颠地跑进来清理茶杯,安排病人稍稍休息一会儿,准备接待下一位探视者。

第十二章

丽莎不知道住处这一带哪里有赛马投注站,但这类问题问腚狗就肯定没错——他立刻说出了附近一个地方的名字。

"我开车送你去。"他自告奋勇。

腚狗对丽莎极为爱慕,也很高兴被别人看到有个漂亮姑娘坐在他那小货车的前排座位上。

"那么,你是得到什么内幕消息了吧?"他问。

"有人请我帮他押注一匹马,投五十块,赌十倍。"

"老天爷啊,那绝对是匹好马,"腚狗说道,充满渴望的样子,"如果你能把马的名字透露给我,那不是好极了吗?我的意思是说,反正这也不会减少赌赢了的奖金,什么坏处都没有。我只有十块钱,但假如赢了,拿到一百块,那就太棒了。我们就皆大欢喜。"

丽莎告诉了他马的名字,同时也警示他:"腚狗,这个消息来源并非完全可靠的。我可不愿看到你跟着输钱。"

"别担心,"腚狗让她不用怀疑,"我这方面的感觉可是非常灵敏的。"

置身于投注站,丽莎感到自己像个无业游民,走投无路来撞大运,而腚狗的陪同在场让这次感受变得更为糟糕。

"现在你要去哪里?"投注结束后,腚狗问道。

"我要去见安东。"丽莎回道。

"我开车送你去。"腚狗又主动请缨。

"不用,谢谢你——我要走一走,让头脑清醒清醒,整理整理思绪,另外,我还要去做头发。"

这些都是极为普通的日常行为,说做也就做了,但腚狗注意到,丽莎说这些时,语气听来仿佛这些都是意义无比重大的事情。他于是耸耸肩——

女人啊,真是让人很难理解。

丽莎进来时,凯蒂无奈地叹了口气。肯定又是火急火燎地要求赶快把头发搞定。发廊此刻已然是客满了。丽莎她难道就从不知道有预约服务这么个概念?

"凯蒂,我需要处理一点事情。"丽莎说。

"至少要等半个小时。"凯蒂没好气。

"那我就等。"出乎意料的,丽莎冷静又耐心。

凯蒂时不时地瞄她一眼。丽莎坐着,大腿上摊开着杂志,但根本就没看过一页、读过一行。她的目光和心思都跑到了十万八千里之外。

然后,凯蒂有空了。"重要约会?"她问。

"不是。实际上,是重要谈话。"

"跟安东?"

"除了他,还能有谁?"

"丽莎,你最好当心点儿。"凯蒂表示关注。

"我都小心谨慎好几年了,但结果让我落到了什么境地呢?"

丽莎坐着,看着镜子中的自己,她并未感到任何愉悦。苍白的脸色和洗湿的头发无形中突出了她的黑眼圈。

"我会把你弄得漂漂亮亮的。"凯蒂看似都读透了丽莎心里的念头。

"如果我看上去确实更加漂亮点儿、精神点儿,也许能有所帮助吧。"丽莎虚弱地微笑一下,"听着,我要你把它全部剪掉。我想要一个很短的发型,整个都剪得短短的。"

第十二章

"你疯了吧?你一直都留着长发的。不要心急气躁,做那种不顾后果的事。"

"我就想要短发,那种刀削式的短发,真正棱角分明、轮廓线生硬的那种。你是给我剪呢,还是逼我去找你的同行?"

"我剪吧,但你明天就会清醒过来,然后就懊悔真不该如此。"

"只要你给我好好剪,我就不会懊悔。我不会的。"

"可你说过,他喜欢你留长发的样子。"凯蒂还在坚持。

"那又怎样?他也必须喜欢我留短发的样子才行。"丽莎抗辩道。

两个钟头过去,全部程序都完成了:脸上各部位的化妆、修甲美甲护理、一个全新的发型。丽莎感觉好了很多。她要付钱,但凯蒂摆手让她别破费了。

"不要发脾气,不要对安东说任何气话。你不想真正坚守或负责的任何话,都不要对他讲。你要非常细心才好。"

"你为什么跟我说这个?你可是不喜欢安东的。你认为他跟我不合适。"丽莎感到不解,便问道。

"我当然清楚。问题是,你喜欢他,而我又非常爱你,所以我希望你能幸福。"

丽莎亲了亲妹妹。她有如此举动,极为罕见。

凯蒂觉得这简直太不现实了。丽莎总是那么敏感易怒,还往往心不在焉的样子,但这次却实实在在地将双臂环抱在她后背上拥抱她,还亲了她的脸颊。

下一步会发生什么?

丽莎坚定地向安东餐馆那边走去。要见到他,这个时间点正好。每天下午店里都会清闲一点,没那么多杂事。她需要做的全部努力,就是将泰迪请到一边去,还有就是把四月赶出餐馆——如果她在店里的话,然后就可以不受打扰地跟安东交谈。

泰迪看到她走近了,但起初没认出她。

"你可要坐稳了,系上安全带最好。"他对安东做个手势,嘘了一声。

"哦,上帝啊,怎么今天来,还有见鬼的一大堆事儿呢……"安东哀叹着抱怨道。

丽莎进来时,看上去状态很好。她自己也知道这一点。她泰然自若地走着,脸上挂着明朗的微笑。她知道他们,安东和泰迪,在盯着她看。因为她模样大变,他们的神情中流露出震惊之色。短发给了她自信。她的发色比以前浅了不少,但依旧是金色,头发依旧如丝般顺滑。她微笑着,目光在两个男人的脸上扫视,一边左右转动着头,好让他们看清楚她和她那改变了的新形象。

"啊,谢谢你的咖啡……"她说道,样子显得挺愉快的,"泰迪,我要跟安东谈点事情,要不了多久。你能否行个方便,回避一下?"

她用一种上扬的声调说出这一要求,仿佛是在提出一个问题,但那问题明显只能有一种回答。

泰迪看看安东。安东耸耸肩。于是他就离开了。

"那么,丽莎,是什么事呢?顺便说一声,你看上去很酷。"

"非常感谢你,安东。我看上去怎么个酷法?"

"这个,嗯,反正变化非常大,有点儿亮晶晶的。你的头发没了!"

"上午才剪掉的。"

第十二章

"那我明白了。你那一头长发,漂亮的金发……"他的声音听上去有些茫然。

"那些头发铺在发廊地板上呢。在旧时代,人们可是会卖头发换钱的,卖给假发店,你没听说过吗?"

"没,我没有。"安东弱弱地说道。

"哦,人们是那样做过的。不过,就说到这里吧,不说那个了。"

"我喜欢你的长发,实际上,我爱你的长发。"他遗憾地表示。

"是吗,安东?你爱我的长发?"

"你现在的样子变了,某种程度上变了。仍然很漂亮,但说不清楚是怎么回事,就是不同了。"

"那也很好啊。喜欢你看到的样子吗?"

"丽莎,不要犯傻吧。我当然喜欢这个样子。我喜欢你。"

"是这个意思吗?你喜欢我?"

"你这是要玩'一提二十问'的游戏什么的吗?当然了,我喜欢你。你是我的朋友。"

"朋友——不是*真爱*?"

"哦,好吧,是爱。随便怎么说……"他已经开始显得不耐烦了。

"好吧,这只是因为我爱你,爱得很深。"她说道,有些欣然之意。

"噢,丽莎,你又来劲了。你又喝醉了吗?"他问道。

"安东,我没醉。完全清醒,石头般冷静。只有那一次,我是真的醉了,你可表现得并不友善。你差不多是命令泰迪把我从这里扔出去的。"

"那次是你自己丢自己的丑。你应该感谢我。"

"我可不那么看。"

"当时的情形下,脑袋清醒的人是我——相信我说的没错,你那时最好的选择就是赶紧离开,省得有更多的人看到你出洋相。"

"想到我,或者考虑到我的时候,你是什么想法?你是爱我很多呢,还是就只有一点儿?"

"丽莎,这些只是说说而已。这种十三岁小女生才当真的话,你还要听吗?"

"我们上床时,你说你爱我。"

"所有人都那么说的。"安东懊恼地为自己辩护。

"我不这样认为。"

"得啦,我不清楚,行了吧?我可没对此做过研究。"他现在真的恼火又厌烦了。

"冷静点儿,安东。"

"我绝对冷静……"

"如果你能不发脾气,不急躁,我们这次的讨论就会轻松一些。告诉我,在你的生活中,我到底重要不重要?"

"我不太清楚……非常重要吧——餐馆的设计都是你做的;你有很多好主意、好点子;你光彩照人、充满魅力,我对你很迷恋。这样说,行了吧?"

"你是不是把我视作你未来生活的一部分?"她依旧从容不迫。

一阵沉默。

丽莎记起凯蒂的建议,凯蒂让她不要鲁莽行事、不顾后果,不要做出任何无法真正坚守的承诺。或许,安东会说不,说她并非他未来的一部分,那将会让她觉得空虚失落,如枯井,如心死之皮囊。但她认为他不会那样说。

第十二章

安东看上去对此感到很不舒服。"别跟我谈什么未来。我们谁也不知道,在那狗屁的伟大未来,自己会在哪里。"

"我们已经足够大了,该知道了。"丽莎说。

"你进来,接着把泰迪赶出去的时候,你知道那时我们在讨论什么吗?"

"不知道。谈什么?"

"谈这间餐馆的未来。营业进项很惨淡,我们在接二连三地亏钱。供应商们已经开始嚷着催债了。银行这里也一点忙都不帮。有些天,午餐时段几乎连个客人影子都没有。今天也才只有三台客人。我巴不得各给订餐的人五十块,叫他们另去别处,那也比中午开门的费用少,那样我们反倒好过一点。今天晚上,也只会有一半餐位能上客。顾客也能注意到这些情况。这里的生意需要提振。一切都停滞了,在走下坡路。而你却要跟我谈未来——我认为没什么未来可言。"

"你的未来,能看到*我*也在其中吗?"丽莎又问——换了个问法而已。

"哎呀,老天在上,丽莎,如果你能帮我想出些好主意,而不是像个青少年那样追问些无聊的问题,那我的未来中就会有你。就是说,我们在这里首先要 *能有一个未来*……"

"主意——那就是你想要的?"丽莎的声音——如果其中有什么用意的话——现在显得极镇静,镇静得反常。

安东紧张地看着她。"你总是有很多好主意的。"

"好吧,说给你听听。提供清淡的午餐——低热量的健康午餐;在餐厅一角弄出单独的就餐区,客人们不会看到有烤牛肉或提拉米苏松糕从他们的餐桌边送过去。至于宣传推广嘛,即便四月那个蠢货也能帮你搞定的。哦,你还可以跟哪个电台合作,每周组织一次活动,请听众提交烹饪食谱,所有菜式的热量要低于二百五十大卡,你可以对入选的菜式进行评判。这些不是好主意吗?"

"你总是能切中要害,抓住最关键的问题。我们要不要邀请其他人来一起讨论讨论?"

"那,你对我有什么看法?"丽莎问道。

"你还在纠结这个问题?"

"直接告诉我吧。现在就告诉我——回答我,然后我也就不会再问你。"她承诺说。

"好吧。我很欣赏你。我是你的朋友……"

"也是情人……"她加入这一信息。

"对,是的,时不时的情侣。我认为你也有同样的感觉。"

"准确来说,感觉像什么?"

"那是一种美好的体验,我们共同分享的——但不是生命的意义啊诸如此类的东西。不是要走向圣坛的,不是通向婚姻殿堂的那种稳定的关系。"

"那你为什么还继续要我留在你身边?"

"正如我说过的,你是个聪明人,很聪明。你可爱,又有趣。我还觉得,你有一点孤单。"

听到这些表述,丽莎脑中的念头有了变化。就像是一台车,在行进中换到了另一个挡位。她感觉就像是从一场梦中醒来。她可以忍受他的冷漠,他的不忠,他的不负责任和逢场作戏。

但她无法忍受他的怜悯。

"安东,等这个地方倒闭了,你可能也会有点孤单可怜的。等到泰

第十二章

迪逃离这艘沉船,全身而退,去到另一个潮流餐厅;等到四月小姐远走高飞,搭上别的什么成功事业或多金款爷——她的生活中可容不得任何失败吧。等到人们说'安东?是不是那个开过什么餐馆的家伙……曾经风靡一时啊,但就那么消失无踪了'时,你大概也免不了孤单落寞的。所以,还是让我们祝愿会有人可怜你吧。你会理解那是怎样一种滋味的。"

"丽莎,拜托……"

"再见了,安东。"

"等你的状态更正常些,你会再回来的。"

"我认为不会。"她仍然很镇静。

"你为什么对我这么生气,丽莎?"他的头歪向一侧——这是他很帅的一个姿势,往往让女人们心动,屡试不爽。

但这并未能让丽莎改变主意。

"我是生我自己的气,安东。我原本有份完美的好工作,但因为你,我却辞职了。我原打算联络到其他一些新客户,但你这里却总是有事要做。我现在一文不名,穷得叮当响。我现在就指望着一匹叫作'不是流氓'的赛马今天能赢,因为如果它赢了,我就能得到一点名为跑腿费的酬劳,那样,我就能有点小钱,去给我占了一个房间的那套公寓买点蔬菜什么的。住在那里,我本应承担一份食杂之类的开支。"

"'*不是流氓*',"安东慢慢地说道,"那也是我对自己的看法——我想,你不是当真吧。我真的像你所押注的那匹马。我不是流氓,也不是恶棍,你应该知道的。"

"我知道。正因为这样,我才生自己的气。这件事,我错得太离谱了……"

泰迪听到门咣的一声被摔着关上了,便走进来。

"还好吧?"他问。

"泰迪,如果这里看上去真要完蛋了,你会去其他地方另谋高就吧?"

"小婊子——她告诉你了。"泰迪说。

"告诉我什么?"

"她肯定是看到我或听说什么了。我去过河边新开的那家酒店,看看是否有空缺职位,酒店管事的说要再等等看。这个城市比小村庄还不如。丽莎肯定是从那里听说这事了。"

"不,这事她根本一无所知。"

安东突然感到非常疲惫。从丽莎这次离开餐馆的姿态判断,某件事情已经不可挽回了。但那一切都是胡闹,不是吗?说过的话,做过的事,没有哪一样是她当真过的。很可能,是她的哪个闺蜜要安顿下来嫁人了,怀孕了,因此让她闷闷不乐吧。不过,关于清淡午餐的那个创意,倒是一点也不坏。他们可以设计一些广告小卡片之类的,在卡片上印上某种样式的标识。只要丽莎停止了所有这些胡思乱想,她设计卡片是没得挑的……

丽莎快活地走出了餐馆,仿佛大功告成。在拥挤的街道上逶迤前行时,她意识到有不少人向她投来爱慕的目光。她不会再去想刚刚说过的话和做过的事。她要把不同的事情隔绝开来,区分处理。她生命中这一面的经历,从此就搁在脑后,不用去管,除非将来有必要再提。要完全将精力集中在别的事情上。这是一座充满了憧憬和潜在的友情的城市,甚至还有很多可能的爱情遭遇。她要把安东清理到一边去。她要高高地昂起头,展望前方。

然后,相当出乎意料地,她碰到了艾米莉,后者用婴儿车推着弗兰琪。

"我在让她习惯出门购物——将来她有很多年都是要采购的,所以让她了解了解购物是怎么回事也无妨。"

"艾米莉,你可真风趣。今天买了什么?"

"一张床罩,一个茶壶,一块淋浴帘。真是很好的东西。"艾米莉欣喜地回道。

弗兰琪发出咯咯的声音,像快乐的笑声。

"听上去,她现在倒是挺高兴的,可你真该看看她半小时之前的怪样。我怀疑她是不是开始长牙了,可怜的小东西。她之前脸都憋红了,乱号乱叫,牙龈看着有点肿大。如果确实是出牙,那我们可是有段艰难的旅程在前头咯。"艾米莉解释道。

"我相信是这样的,"丽莎说,"我想,未来的这几个月,我最好是能搬出去住!"

她活泼地笑了笑,又抱了一下弗兰琪,然后离开了。

艾米莉和弗兰琪回到弯月道 23 号时,乔希显然有什么重要的事要宣告。

"街上那边的情况不妙。"她说道,脸上的表情十分冷峻。

但这话几乎可以指向任何事情。可以指旧货店的营业收入颇为低迷,或者指哈特医生将洗好的衣物晾晒在外,结果被风吹跑了,或者指菲奥娜和迪克兰要搬走之类的。然后,艾米莉心里咯噔一下,意识到乔希说的可能是穆迪。

"你不会是说……"

"我说的就是这个。情况恶化了很多。"

乔希看上去举棋不定,拿不准要不要去穆迪家探访。

艾米莉认为不必。她们去只会碍手碍脚,给人家带来额外的叨扰。穆迪和莉琪现在肯定有很多家人要招呼。乔希对此表示同意。

"我看到布莱恩神父早先去他们家了。"乔希说。

弗兰琪发出含糊的叫声,伸出胳膊要艾米莉把她抱起来。

"乖丫头。"

两个女人有一搭没一搭地说几句,都略有点神思恍惚的意思,然后各自都叹了叹气。

乔希考虑,诵读一遍玫瑰经祈祷词是否能有所裨益。艾米莉则想着,做点什么才是对斯加利家最实际的帮助。一大块牧羊人馅饼①会很不错。她想到,他们可以将这馅饼放在烤箱中保温,无论何时有人饿了都可以吃一点救救急。她这就打算去动手做一个。

穆迪对自己的虚弱感到颇为懊恼。白天与黑夜似乎混合在了一起。房间里总是有人,不是这个就是那个,概不例外地都叮嘱他多休息。自从出院回家,他难道不是一直都在休息吗?

要处理解决的事情是如此之多。律师说话的样子简直要把你逼疯,但实际上他只有一件事是清楚的。很多年前,为了双胞胎的抚养费

---

① 羊肉土豆泥馅饼。

用,米切尔家定期支付过一小笔钱,到两个孩子十七岁时,付款立刻就被停掉了,而这些钱都被存在了一个储蓄账户中,但同一账户里的存款有一部分是来自穆迪"大赢"所得到的奖金——那次赌马他发了笔财,这笔意外之财让家里人激动得几乎心脏都要停跳了。

遗嘱其余的部分就很简单了,所有财产都归莉琪和老两口的子女。但一想到万一双胞胎不能得到恰当的财物权益和生活保障,穆迪就显得非常焦灼不安。

"他们继承了所有这些钱之后,就能很好地安身立命了。"律师安慰穆迪。

"嗯,他们本来就应当如此的。你知道吗,两个孩子来我们家,就意味着他们放弃了所有待在上流社会的机会。你应该清楚的,他们出生的人家可是比我们家地位高很多的。他们必须得到适当的补偿。"

律师转过身去,免得穆迪看到他的脸,也免得穆迪看到他抿紧嘴唇,克制了他喉咙中的哽咽。

弗林神父来看穆迪。

"上帝啊,穆迪,跟外面的世界比起来,你这里可是宁静和庄严多了。"

"给我说说外面都发生了什么稀奇事?"尽管病情堪忧,穆迪的好奇与热情却并未减弱。

"是这样的,在我工作的那个移民中心,有两个穆斯林想举办婚礼,要操心的那些鬼事可多了去了。那对新人想要一场穆斯林婚礼,我就提议他们应该去清真寺操办。麻烦的是,那些亲友意见不一,有些想去清真寺,另一些又不愿去。我还说,我们可以提供餐饮服务——你的那对双胞胎孙子孙女完全可以搞定这个——可是又有一部分人在那挑刺,说移民中心这里属于天主教的物业,日常运营的经费都是天主教会出的。我告诉你,穆迪,这些破事不把你搞得精神错乱才怪。"

"不过,说实在的,如果我能出去遛遛,去参与这样的'破事',我可一点也不会嫌烦的。"听起来,穆迪有点怅然神往的意思。

"啊,我保证你会烦的,你会的。"弗林神父希望自己的话听上去令人信服。

"如果我不会再看到婚礼之类的场面,如果我就要'飞天'去接受终极审判了,那你是不是知道,你是不是真的相信有什么……在那里,在上天那里?"

"穆迪,我对你实话实说。我不知道,但我想那里是有好东西的。这信念就像是一种胶水,让我这么多年来能免于崩溃。如果上面什么都没有的话,我也会很失望的。"

有这样的说法作为答案,穆迪感到非常愉快。"你说得已经够好了,没什么说法能更美妙。"他对弗林的见解表示认可。

走出那栋房子之际,布莱恩·弗林不禁想到,作为一名上帝的祭司,面对一个行将就木的人,难道还能有谁对信仰的描述会像他刚才坦白的那样平庸和乏味吗?

丽莎再一次登门探视。斯加利家里的人不能肯定穆迪是否有精神或有理由再次见到她。

"我有个机密想要告诉他。"丽莎说。

"那么,带着你的机密进去吧——但只能是十分钟时间。"莉琪说道。

第十二章

丽莎在脸上浮出最灿烂的笑容。

"穆迪,我要给你五百块!'不是流氓'赢了,把第二名落下了三个马身的距离。"

"小点声,丽莎。我可不想让他们任何人知道我在赌马。"穆迪说。

"他们不知道的,我告诉他们要跟你讨论一件机密。"

"他们会乱猜的,会认为我们之间有暧昧,"穆迪说,"不过呢,莉琪情愿我跟你有一腿,也好过听到我赌马。"

"那么,这笔钱该放到哪里?"

"放回你的手袋吧。我真正想要的,只是赌赢了的这种刺激。"

"可是,穆迪,我不能拿五百块。我希望拿到的只是跑腿费,五十块,那就足够了。"

"好孩子,那笔钱别乱花就行了。"穆迪说完,头就又耷拉到了枕头上。丽莎蹑手蹑脚地走出了房间。

紧接着,瑁德进来看穆迪。

穆迪睁开眼,问道:"瑁德,你爱不爱马可?"

"很爱。我知道,我还没有多接触几个人,那样好拿马可跟他们比较比较——这是确定终生大事前该有的惯常做法。"

"谁这么说的?"穆迪问。

"大家都这么说的,但我不在乎。我再也不会遇到比马可更好的人了。那样的人不可能存在。"

穆迪伸出手抓住她的手。

"瑁德,那你就认定马可吧。还有,为西蒙也找个好姑娘。或许在你的婚礼上就能找到。"

然后,穆迪睡着了。瑁德握着他瘦弱的手,坐在那里。泪水涌上她的眼眶,顺着她的脸颊流下来,但她并未抬手去擦掉眼泪。睡眠是好事。睡着了就不会再感到病痛。珺德希望穆迪能舒服地享受安睡,能睡多久就睡多久。

穆迪的子女们知道,不是今天就是明天。他们轻手轻脚地在屋里走动,把说话声音压得低低的。他们回顾往昔,说起童年时的经历:穆迪和莉琪曾经做好野餐的吃食,主要是果酱三明治,然后带着他们搭火车,去到城市东南方布雷的海边。

他们回忆起有一次赌马小赢,穆迪把奖金全花了,买了两只烤鸡,外加满满几盘子的炸薯片。还有,出席初领圣体和坚信礼仪式时,就像其他富裕家庭的孩子那样,他们是怎样穿戴体面地去到教堂,而这或许意味着父母曾为此悄悄去过典当行许多次。无数的往日场景历历在目:穆迪参加他们的婚礼;家里的爱犬"蹄子";莉琪购物买了大堆的东西,穆迪手提肩背、满身披挂。

所有这些回忆,他们都只能避开莉琪,在她听不到的地方分享。她依旧认为,穆迪将会慢慢好转。

那天,护士埃塔来了,她为穆迪拿来一只药草枕头。她看着病人,但他却已认不出她。

"他不久就会进入昏迷状态,"她轻声地对珺德说,"你不妨请卡罗尔医生过来查看一下,临终关怀护士会做好该做的一切。"

这么多天来第一次,这个信息真正把珺德击溃了。她趴在西蒙的肩头痛哭失声。不久之后,这世上就不再有穆迪了,而她和他最后的一次对话却是关于马可的。

她想起家里爱犬"蹄子"死时穆迪说过的话。

第十二章

"我们所有人都一定要坚强,这样就是维护了'蹄子'的尊严。它是条好狗,不是那种需要谁去为它哭哭啼啼、捶胸顿足、痛不欲生的宠物。为了它的尊严,坚强点。"

安葬'蹄子'时,家人都很坚强。

为了穆迪的尊严,他们也同样会保持坚强。

"知道他将从此消失不见,这真让人难以接受。"西蒙说道。

弗林神父在跟他们一起喝茶。"有一种说法,或者是想法吧,说假如我们能记住某个人,那就是让他一直都活着了。"神父说。

一阵沉寂。他希望自己没说那句话。

但在座的这些人全都又纷纷点头了。

如果将谁保留在记忆中就能意味着他还活着,那么穆迪也就会永远活着了。

莉琪说,她要进房间坐坐,陪陪穆迪。

"妈,他睡得很沉。"嘉茜说道。

"我知道。那是昏迷。护士说会发生这种情况的。"

"妈,那只是——"

"嘉茜,我知道的,这就结束了。我知道,就是今天夜里。我现在只是想单独跟他待一会儿。"

嘉茜呆呆地张嘴看着她,却不知说什么。

"我早就知道了,但就是不愿意让自己相信这是真的,直到今天为止。你们其他人都在那担忧,把自己都搞垮了,而我却装傻,依旧陪他度过了最后这段快乐的日子……"

嘉茜把妈妈送进房间。护士离开了。她坚定地把房门关上了。

莉琪要跟丈夫道别。

"穆迪,我不知道你还能不能听见我说话,"莉琪说道,"可我想要告诉你,你真风趣,给我带来了无尽的欢乐。自从遇到你,我每天都会开心大笑,甚至一天笑好多次。我一直都很快乐,认为我们跟任何别的幸福家庭过得一样好。曾经,我还觉得我们家日子差了点、穷了点,但你让我感到,即使穷一点,我们也活得挺好。我希望你能在那里过得开心,直到……嗯,直到我也去了你那里。我知道,穆迪,你差不多算半个异教徒,不信神,但你会发现,一切都在那儿——在那等着你呢。这不是一个惊喜吗?我爱你,穆迪,我们会把事情都处理好的,我扛得住,我向你发誓。"

她在他的前额上亲吻了一下,然后喊子女家人们都进来。

二十分钟之后,临终关怀护士出来,问迪克兰医生是不是在那里。

菲奥娜拨打他的手机。

"十五分钟之内就到。"他说道。大家坐在那里,等了足有一刻钟,迪克兰才到,他走进了卧室。

他很快就出来了。

"穆迪长眠了……安息了。"他确认。

大家还是不愿相信,但都稀里哗啦地哭了,彼此牵手抱头,哭在一起。

马可到场了。这种场合下,他也被视为家人。穆迪的几个"同好"来送别老友。这些大汉们,光是站在那里就仿佛要把整个房子填满了。他们此刻也眼窝湿润,赶忙掏出手帕,吸鼻子搞出的动静非常之大。

第十二章

莉琪直到今天还固守着那份幻念,以为穆迪能陪着她一起去纽约的唐人街。就是如此瘦小虚弱的莉琪,突然打起精神来掌控局面。

"西蒙,请你去把家里所有百叶窗都拉下来。那样邻居们就会明白发生了什么事。珥德,请你给殡葬承办人打个电话。那人的号码就在电话机旁边。请替我告诉他,穆迪已经走了。然后他就知道该做什么了。马可,你能为大家准备一些吃的吗?人们会来拜访的,我们必须安排一些点心,好招待人家。杰拉尔丁,麻烦你帮我看看,家里有多少茶杯、大饮料杯和盘子。还有,你们能不能全都别哭了。假如穆迪知道你们在哭天抹泪的,他会生气的,会对你们所有这帮人有意见的。"

人们忍住悲声,有几个还努力挤出了一抹泪水盈眶的微笑。

穆迪的葬礼随后便开始了。

出殡人群目送着灵柩沿路前行。整个圣加拉斯弯月道的居民都站到街边,形成送葬队列。

丽莎和诺尔站着,连同婴儿车里的弗兰琪。跟三人在一起的还有菲丝,关于死者,她听到的信息已经如此之多,足以让她感到自己也跟眼前的这一切有关联;艾米莉站在叔叔和婶婶旁边,哈特医生和腔狗也到场肃立;还有迪克兰和菲奥娜,把小乔尼裹在胸前吊带布兜里;莫丽和帕迪跟儿子一家站在一起。人们无语伫立。西蒙和马可帮着抬棺材。他们步履缓慢而均匀。

"同好"酒友们也组团站成了一个小队伍。他们仍然震惊于这一突发变故,无法相信穆迪不会再出现在酒馆中,热情地劝大家都来上一大杯,也不会再提醒大伙儿看看温坎顿赛马场下午三点半的比赛。

远处某个地方,响起来教堂的钟声。那钟声跟这边的葬礼完全无关,但在人们听来,那就是在向他们传达同情和悲悼。整条街上所有人家的窗帘、百叶窗或遮阳板全都合上了。人们从自家院子里摘下鲜花,在灵柩经过时,把花放到棺材上。

然后,一台灵车和几辆殡葬乘用车等着将出席葬礼的亲友和邻里载往弗林神父那位于移民服务中心的教堂。

穆迪留下的遗嘱指示非常明确。

等到我死了——那当然是注定跑不了的事——葬礼仪式要在中心那里的教堂举行,让布莱恩·弗林神父主持操办,悼词什么的要尽量简短,要祈祷我升天的话,一两个祷告也就够了。我身体的那些器官,假如还能对任何人有任何作用的话,就用作医学捐赠,其余的部分就直接火化,一烧了事。

我此刻完全清醒而理智,签名如下:

穆登斯·斯加利

马可在莉琪家的厨房里干活,忙着制备一小碟一小碟的餐前开胃小吃,还有一碗又一碗现做的意大利面食。莉琪说,这个孙女婿大大方方,主动热情,所以也不必对外人隐瞒了。他从父亲的餐馆中带来了叉子和餐盘。

穆迪临终前说了,他可以向珥德求婚,但他不打算那样做——要等到珥德伤心过后,停止为爷爷哭泣之后,他才会行动。然后他才会请求她嫁给他,郑重地求婚。他寻思着,他与珥德能不能像穆迪和莉琪那样幸福快乐?他是否配得上珥德?她是那样的聪明,反应灵敏。

墙上挂着一幅穆迪的肖像。老人一如往常地微笑着。马可几乎能听到他在说:"大胆向前吧,马可·罗马诺。你跟其他任何人都一样好,而且比大多数人更优秀。"

人们提过的那种说法是对的:如果有人记得你,那你就没死。这一说法令人非常欣慰。

在教堂这里,弗林神父将仪式安排得很简短。一句"我们在天的父",一句"万福玛利亚",还有一句"荣耀归于圣父",别无赘言。一个摩洛哥男孩用单簧管吹奏了一曲《美好恩典多奇妙》,另有一个来自波兰的小姑娘用手风琴拉了一曲《天堂女王万岁》,然后葬礼宣告结束。

人们三三两两地站在室外的阳光下,不经意地谈起穆迪的种种往事。接着,他们陆续返回到斯加利家中,去最后道一声再见。

郑重地告别。

第十三章

穆迪死后,圣加拉斯弯月道的每个人都显得怅然若失。跟莉琪一直习惯的那样,她常常会站在自家院子的大门边,但人们现在都尽量回避,不忍看到她那孤单的身影。表面上看来,她似乎仍在那里等待丈夫回家。当然了,大家都已联手做了安排,确保不让她独处,但随着一天天过去,斯加利家的子女们也陆陆续续地离开了,回到远在芝加哥或澳洲的家。嘉茜也不得不回去经营她的餐饮服务公司。双胞胎则必须恢复工作,在恩尼奥的餐馆上班,一边斟酌自己的未来。

所有人都慢慢回归了正常的生活轨道,但同时心里也清楚,莉琪已经没有什么生活可以去继续打理。

隔三岔五地,某天夜晚她可能被邀请去查尔斯和乔希那里做客,但当林齐老两口聊着为雕像筹资的事情时,她的目光却是呆滞的,投向不可知的远处。有时候,她也会去帕迪和莫丽家坐那么几个晚上,但关于莫丽在旧货店的工作,还有帕迪在肉铺柜台旁的遭遇,莉琪所能听进去的都相当有限。她再也没有属于自己的生活经历可向邻里们絮叨。

艾米莉是善解人意的好陪伴,是倾诉内心的好对象。她会问起莉琪的童年,问起莉琪早年在米切尔太太那里干活的往事。她把莉琪带回了与穆迪结识之前的日子,带回了穆迪从未涉足的那些地方。但话说回来,莉琪又不能指望着艾米莉时刻都在那里陪着她。这些天来,艾

第十三章

米莉看似与哈特医生关系友好,交往密切。对此,莉琪为艾米莉感到高兴,但同时,她也黯然伤感,更深地怀念起穆迪。

她有那么多的事情想告诉他。每天,她都会想起一些新话题要说:嘉茜的前夫尼尔也来参加葬礼了,还发言称赞穆迪是一位英雄;弗林神父擤鼻子的动作是那么大,人们不禁担心他那样会不会导致耳鼓膜穿孔;还有,关于穆迪和莉琪那美好和睦的大家庭,神父是如何地公开赞许,不吝溢美之辞。

莉琪还想告诉穆迪,珺德很快就要和马可订婚了。西蒙对此感到高兴,但同时仍然想着要去美国。莉琪想和西蒙好好讨论一下,她是继续住在这房子中呢,还是该搬到一个小一些的住处去。大家都劝她,至少一年之内千万不要做出任何搬迁的决定。她心里盘算着,穆迪是否认为这样是明智之举。

这些天来,莉琪经常情不自禁地叹气,但她同时也尽力露出些微笑。这栋房子里,人们以前看到和听到的,总是愉快的面容和开心的笑声,而这现在绝不应就此改变。每当孤身一人时,她便悲凉地想起穆迪,脸上勉力浮出的微笑也就消退了。她经常能听到他的声音从另一个房间传过来,但那声音并非大到足以让她听清楚他说了什么。早上煮茶时,她会下意识地自动为他也弄好一杯茶。每个饭点,她也都会不知不觉地为穆迪布置好一个餐位。这一幕幕场景是如此令她伤心,让她心怀凄凉。

现在,床变得太大太空了。睡觉时,她的胳膊总是会抱着一只枕头。她几乎每夜都会梦到穆迪。有时候是温馨的美梦,她会梦到那些快乐的日子和开心的时光。但更经常的是可怕的噩梦,梦境中全是关于抛弃、失去和愁苦。她说不清哪一天更糟糕:每天清晨,当她再度醒来,都会意识到,穆迪已经走了,再也不会回来。一切都已不复从前。

哈特医生向艾米莉建议说,既然夏季终于到来了,白天渐长,阳光渐暖,他们不妨去野餐。艾米莉则提议让迈克尔跟着一起去。不过,当她提出这个建议时,不知是出于何种原因,哈特的表情看上去有点异样。艾米莉做了些三明治,面包片烤焦的外皮都被干干净净地切掉了。两个保温壶都装满了茶水。她还用密封罐带去了一些巧克力饼干。三人乘坐哈特的小车,开出城区,驶向威克洛山地公园。

"离这座城市这么近,能有这些小山,真是太好了。"艾米莉赞叹地说道。

"那不是小山丘,而是山脉。"哈特加以反驳,"知道这一点可是很重要的。"

"我错了行了吧,"艾米莉笑道,"不过,我可是外国人,在这里是外人,你不能指望太多啦。"

"你不是外人。你的心在这里。"哈特说道,又一次以异样的眼神看着她,"或者说,我很希望是这样。"

迈克尔看着窗外,一边开始自得其乐地哼起小调,尽管乐感欠缺、不成旋律。哈特与艾米莉不管他,提高了说话的音量。

"哦,哈特,在迈克尔面前,你对我说这个,就仿佛把这当作笑话来讲,那你肯定觉得很保险吧,反正就是说笑而已。"

"不,我一生中还从未这样认真过。我真的希望你的心在爱尔兰这里。如果你走了,我会很懊丧的。"

"确切来说,是为什么呢?"

"因为你很有意思,而且很实干,能把事情办成。我本来都开始浑

第十三章

浑噩噩、自我放逐了,幸亏你让我及时醒悟。自从认识你,我过得更像个男人了。"

迈克尔哼小调的声音更大了,似乎是想把他们的说话声给盖住。

"是这样吗?"艾米莉几乎是扯着嗓子喊了,"好吧,自从认识了你,我感觉自己更像是个淑女了。这么说来,这必须算是好事一桩吧。"

"我一直没结婚,是因为之前我从没碰到过什么人是不让我觉得烦闷无聊的。我想……我希望你愿意……"

"愿意什么?"艾米莉问。

现在,迈克尔的哼唱声几乎是震耳欲聋了。

"哎呀,迈克尔,你消停一下好不好。"艾米莉请求道,"哈特要说一件什么事呢,你没听到吗?"

"他已经说了啊,"迈克尔回道,"他已经求婚了,要你嫁给他。现在你就答应他吧,怎么样?"

艾米莉看着哈特,等着他澄清。哈特将车靠边慢慢停下,下了车。他绕过车身走到副驾驶这一侧,拉开艾米莉身边的车门,单膝跪到了威克洛山地的石楠花和荆豆花丛中。

"艾米莉,你是否愿意给我这个荣幸,成为我的妻子?"他说道。

"你以前怎么没问过我?"艾米莉表示不解。

"我很担心你会拒绝,我们之间那种舒服的感觉就会消失,连朋友也做不成了。我就是害怕这个。"

"不用再担心了。"她温柔地抚摸了一下他的侧脸,"我很乐意嫁给你。"

"上帝啊,真是多谢了,"迈克尔说道,"我们现在可以享受野餐喽!"

艾米莉和哈特决定,既然已经到这样的年龄了,就没有理由再推迟好事,等贝丝和埃里克来爱尔兰,两人就举办婚礼。这样一来,贝丝就可以当伴娘,而伴郎角色则由迈克尔担任。仪式将由弗林神父在他那教堂中主持。双胞胎负责餐饮事宜。然后贝丝两口子和新人一起去度蜜月,让腚狗开车载他们去岛国西部。

艾米莉不想要订婚戒指。她说,她只想要一个像样的结婚戒指,漂亮点儿的,看上去结实的。就这么多。哈特医生心花怒放,不禁妙语频出,甚至都有点油腔滑调、老不正经的意思了。有生以来第一次,他同意去光顾裁缝店,置办了一套量身定做的西服。他还要买一顶新帽子来配新衣服,并且承诺在教堂的婚礼现场会摘下帽子——只要随后拍照留念时能照旧把帽子给戴上就行。

在给艾米莉的电邮回复中,贝丝极为兴奋,几乎是在尖叫了。

他在这另一个男人面前,当着迈克尔的面,向你求婚的?!艾米莉,这可太惊人了,就算是为你这样做,也太惊人了。还有,你就要在那里定居了哦,跟你堂弟他们还是近邻!

不过,我可以问一下吗,他为什么叫什么"帽子"嘛!是哈撒维这个名字的缩写吗,还是说爱尔兰有个什么叫"帽子"的圣人吗?

那里有什么怪事都不会让我惊讶的。

友爱问候,来自即将充任你首席伴娘的,

贝丝

第十三章

艾米莉依旧忙活着她杂七杂八的所有事务:打理窗台盆栽;继续行使她在外科办公室的职能,完成那些零碎琐事;在旧货店值班站柜台接待来客——她的婚纱礼服也是在店里找到的。那礼服是来自一间眼看就要关门歇业的婚纱店,那里有好几件存货,一直都是陈列展示的样品。店主说了,艾米莉可以分文不花将东西拿走,这些货品能为某个慈善公益项目做点贡献当然是很好的归宿。

艾米莉小心翼翼地将几件礼服挂上旧货店的衣架横杆,就在那时,她看到了她中意的那一套,那是一条真丝长裙,有海军蓝和浅蓝两色的花朵图案,还配有一件海军蓝的高腰夹克,夹克衣领上有一道细细的、用长裙布料做成的镶边。真是一套完美无缺的礼服:优雅、充满女性的温婉气息,还很有婚礼的端庄和喜庆感。

艾米莉很仔细地将一些钱——金额与她希望这套衣服所能卖到的价钱相当——放进收银盒,然后立刻将衣服带回了家。

乔希看到她在屋子中走过。

"你这个女人,"乔希说道,"要不要过来喝杯茶?"

"喝是可以喝,但要速战速决。我不能让莫丽长时间独自看店的。"

艾米莉坐了下来。

"我有点小心事。"乔希吞吞吐吐。

"说来听听。"艾米莉叹了口气。

"就是蒙蒂夫人留给查尔斯的那笔钱。"

"是的,可你已经说了要把钱捐给雕像基金的。"

这一切,艾米莉都已有所听闻。

"让我们心里忐忑的,是这笔钱的具体金额。"乔希说着,一边转头四顾,样子显得警惕而害怕,"你知道吗,这不只是几千块钱……而是几十万块。"

艾米莉震惊了:"那可怜的老太太有那么多钱!谁能想得到!"

"是的,问题就在这里。"

"乔希,你说问题在哪里?"艾米莉温和地问道。

乔希看似非常困扰。

"艾米莉,这钱用于建造雕像是太多了。这跟我们之前想过的可是有点差异。我们想要的只是一座小雕像,是那种社区里每人捐一点钱就能顺利实现的小项目。如果我们把一笔这么多的巨额钱财捐出来,立马就可以搞出一座大型雕像,但那跟我们之前的设想就不太一样了……"

"我能明白……"艾米莉不禁屏住了呼吸。

"你知道吗,这笔钱的金额是如此巨大,我们就想,比如说,我们是不是对我们的孙女还负有一份责任?我们是否应该留下那遗赠中的一部分作为孙女的教育储备,或者是在她长大后资助她起步,让她开始自己的人生?或者说,我们是否该给诺尔一笔钱,万一时运不济、日子难过了,也好让他有个依赖?我是不是可以安逸地退休,然后和查尔斯去圣地朝拜?我知道,这一切都是有可能的。比起仅仅一座雕像,圣加拉斯是不是更喜欢这样的安排?但那却没法得到个清晰的答案。"

艾米莉在谨慎地沉思。她现在所说的一言一语都将会非常重要。

"乔希,这些做法当中,你觉得哪一个是正确的?"

"麻烦就在这里,各种安排在我看来都是对的。你看,我们从未当过富人。多亏了蒙蒂夫人,我们现在有钱了。我们的本性会不会已经变得贪婪了,就像人们常说的那样,富人都贪财?"

第十三章

"哦,放心,你和查尔斯永远都不会贪心的!"

"但还是有可能的,艾米莉。我的意思是说,我现在也考虑着去圣地,来一趟奢侈的行程。你明白吗,我又对自己说,或许圣加拉斯更愿意我们把钱花在其他地方,用别的方式去做善事。"

"确实,那自然也是应该考虑到的。"艾米莉表示同意。

"你看,只要我能得到什么信号或指示,告诉我他老人家想要什么……"

"神,或者说上帝,可能会想要什么?我琢磨的就是这个。"艾米莉思索和推测着,"我们的天父大概不喜欢招摇过市、讲究派头吧,也不喜欢摆多大的排场。他应该对帮助穷人更为关注。"

"当然如此。我们竖起一座雕像,让穷人想到一位伟大的圣人,也能多少帮到他们的。"

"是吧……"

"你是要否定建雕像这个想法吧,是不是?"乔希焦灼地说道,眼泪离她的眼眶边已经不远了。

"不是,我完全赞成建雕像。你和查尔斯为此都努力这么久了。这个想法非常好,但我想,你们最初计划的,应该是建一座小型雕像吧。因为伟大的美德不是用尺寸规模和体积大小来表现的。"

乔希有些软弱了,做出让步。"我们可以先捐一大笔款给雕像基金,剩下的钱就拿去做别的投资。"

"根据你对圣加拉斯的了解,你认为他会对此感到高兴吗?"

艾米莉知道,要让乔希放弃那疯疯癫癫的怪念头,不至于把这么多钱都花到雕像上去,就必须将她彻底说服才行,要让她真正改变心底的想法。

"我想他会吧,"乔希说,"他总是为人们的幸福考虑。如果我们要在弯月道的街尾为孩子们修建一座小游乐场,那应该也体现了他老人家的宗旨吧,是不是?"

"雕像的事怎么办呢?"艾米莉紧张起来,大气都不敢喘。

"我们可以把那放在游乐场里。把那里命名为'圣加拉斯儿童乐园'。"

艾米莉释然地微笑了。对于上帝,她自己的概念和理解是这样的:那是一种仁慈但模糊的隐形力量,有时候能决定人们的生活和命运,但其余时间他却置身事外,不闻不问,让一切自生自灭。她和哈特还争论过这个。哈特说,认为有上帝,只不过是表明人们幻想有死后的生活。这样一来,也能让我们在这世上的年月间活得更明智一些。

但今天,艾米莉的上帝却出手相助了。他保证查尔斯和乔希将会为他们自己的儿子和孙女打一点小算盘。他们要建一座游乐场让孩子们安然嬉戏。他们要去耶路撒冷朝圣观光。另外,这些花钱决策中最仁慈的,就是那计划中的雕像并不会多大,不会是那种丑陋庸俗、毫无品位的庞然巨物——那只会引起人们的反感和嘲讽。

现在宣布这个好消息,对诺尔来说倒是正当其时。结业考试即将来临,几天来,他看上去已然疲惫过度、紧张不堪,如同一根绷得太紧的弦。

"你和查尔斯一旦协商好了,就应该把决定告诉诺尔。"艾米莉提出建议。

"今晚就要好好谈谈这件事。查尔斯现在不在家,他去公园遛狗了。"

"我为你们准备了美味的炖羊肉。"艾米莉说道。

第十三章

实际上,羊肉是她为自己和哈特做的,但那一大笔遗产的花费当然更重要。绝不能给乔希*任何*的借口或困扰,以免她推迟跟查尔斯商讨她的决定。乔希可是很容易分神的哦——比如弄一顿饭端上桌这类的琐事,就或许让她心情大变,乱了方寸。

艾米莉自己和哈特反正很好办,再另外做一道菜也就对付了。

每个周日的晚上,他们都制订出一份轮值表。厨房墙上贴了一份执勤名单。你能很容易地看懂每天的每一个钟点,是谁负责照看弗兰琪。诺尔和丽莎也各自有一份表格。很快,弗兰琪就会又长大一些,能去吉恩小姐开办的日间托儿所了,那就意味着每天可以有三个钟头不用管她,只需要把中午放学时谁会去接弗兰琪告诉托儿所就行了。

丽莎早上会把她送到吉恩小姐那里去。有大把的热心人——就看谁方便——会帮着接弗兰琪回来。丽莎中午没空。在城区的另一端一个相当有格调的地方,她找到了一份做三明治的活儿干。这不是什么讲究技能的工作,但丽莎把她所有的技能都带到了那家餐馆。这份工作让她有钱把自己应当分担采购的那一份日常食杂物品买回公寓。渐渐地,她还向店里的人进言献策。

戈根佐拉干酪与枣子馅的三明治如何?顾客们很喜欢,于是丽莎提议做些广告小招贴,宣传每周一款的主推三明治。店里说做这些小海报太费钱了,于是丽莎就自己画了招贴画。她甚至还为这间三明治快餐吧设计了一个标识。

"你太有才华了,在这里简直是浪费。"年轻的店主休对她说。

"去任何地方我都是才华过剩了。我在这里干,不是你的运气吗?"

"真的,这是我们的幸运。你可真是个谜。"

他对她微笑着。休自信又大方,是个高富帅。他显然对她有意思,但丽莎意识到自己的心态出了问题,已经不知道如何去恰当地看待男人。

她都忘了怎么跟异性调情了。

她还做其他事情,让自己处于忙碌当中。

她去帮艾米莉巡查养护窗台盆栽,对花草植物,同时顺带对圣加拉斯弯月道人们的生活,有了很多的认识和了解。她学会了给花草施肥,还有换盆移植。这完全是个陌生的领域,但她上手很快。艾米莉夸她简直是天生的花匠,可以自己经营一个植物培植小店。

"我曾经是个聪明人。"丽莎说道,若有所思,"上学时我真的挺出色,接着又找到了一份很棒的设计事务所的工作……但后来,一切都付诸东流……"

艾米莉懂得什么时候应该沉默。

丽莎继续说着,几乎如梦中自语。"就像是把车开进了一片茫茫大雾,遇到了安东。我就忘记了外边的真实世界。"

"这个世界现在回到你身边了吗?"艾米莉温和地问道。

"多少有点儿吧,就像是撑开了雾的帘子,从缝隙里又看到了外面。"

"有什么事,是你以前想做但一直还没做的?"

"有,有很多事,是我打算去做的,就从结业考试开始。"

"那会让你集中心思,保持专注的。"艾米莉表示认同。

"是的,可以让我远离安东……"丽莎说道,显得哀伤可怜,又追悔莫及。

第十三章

她很清楚地知道,如果又回到餐馆那边去,所有人都会跟她热情问候的。她此前一段时间的消失,也无需加以解释。他们会假定她只是莫名发了点脾气,现在又恢复理智,风平浪静了。泰迪将会笑脸迎人,给她奉上一杯意式特浓咖啡。对她的归来,四月肯定看上去满脸的不悦,而安东则会懒洋洋地看着她,说她漂亮又迷人,说自从她离开,日子过得很孤寂,死气沉沉,一片灰暗,毫无色彩。表面上看来,一切如旧,任何变化都没有。不过,往深处去看,一切不复从前。他并不爱她。她以前只是可供利用——仅此而已。

不过,正如她对艾米莉说过的,还有很多事,关于她生活中其他方面的事,需要去做。其中之一就是安排与妈妈见面。

自从那次发现父亲竟把妓女带回家中,丽莎与妈妈碰面的次数就很少了。母女俩偶尔会一起喝杯咖啡,圣诞节前还吃过一顿午餐。出于礼节习惯和亲情义务,她们彼此交换了圣诞礼物。两人当然也客套地聊了聊天,但都是礼貌的虚与委蛇,停留于社交应酬的层面。

妈妈问到了丽莎给安东餐馆所做的设计。

丽莎问到了妈妈把自家花园打理得怎样,是不是决定要搞一个小温室。关于凯蒂的发廊以及那里的生意又是如何之好,她们俩都说了很多。然后,带着松了口气的感觉,母女俩各自离去。

任何危险的务实话题都未触及,任何一条封死的或禁止踏足的路径都未打开。

但这样不该是继续下去的状态,丽莎暗暗对自己说道。她必须力劝妈妈去做她自己已经做过的那一种决定,与旧有的关联一刀两断。

她随后便立刻给妈妈打去电话。

"跟你吃午饭?有什么特别的事情吗?"妈妈问道。

"没有法律规定说,一定要有什么特殊情况我们才能见面。"丽莎回应说。她敢肯定,电话那头的妈妈会觉得迷惑不解。

"我们去恩尼奥餐馆吃饭吧。"她提议道。在妈妈找到什么理由推辞不去之前,她就抢先把话敲定,"恩尼奥餐馆,明天下午一点见。"

走进餐馆时,笛·凯利看起来状态挺不错。她穿了件配有红色腰带的外套,外套里面是圆高翻领的白色针织衫。她一定都有五十多岁了,但看上去却还不到四十的样子。她的头发表明,多年来的细致梳理没有白费。多年来的走动也确保了她身形苗条健美。

不过呢,她看上去并不安逸自在。

"你来了真好,"丽莎开朗地说道,声音清亮,"近来都还不错吧?"

"哦,挺好的。你呢?"

"也挺不错。"

"有什么消息要告诉我?"妈妈问道,脸上露出一种感兴趣的表情。

"确切来说,是指哪种消息呢?"

"嗯,这个,我想知道你是不是要告诉我,说你和那个安东就要结婚了,或者诸如此类的事。交往都这么久了,你俩是否般配,也该有结论啦。"

她清脆响亮地笑起来,但那声音实际上表明她情绪紧张。

"结婚?嫁给安东?老天,没有的事!我想都没想过。"

"哦,那很遗憾,我还以为事情差不多会是这个样子的。我以为你要请我去参加婚礼——但你爸爸就别提了。"

"没有,没有这么戏剧化的消息。"

"那你请我出来是干什么?"

第十三章

"一定要有个理由吗?你是我的妈妈,我是你的女儿。对绝大多数人来说,这个理由就足够了。"

"但我们跟大多数人可不一样。"妈妈坦白地说道。

"你为什么还要跟他在一起?"这句话问得是如此生硬,虽然丽莎本意并非这样。

"所有人都要做出自己的选择……"妈妈含糊其辞。

"但你也不至于选择跟他一起生活啊,尤其是知道他干了那些破事之后。"丽莎满是厌恶和鄙夷。

"生活是一种妥协,丽莎。你迟早也会明白这一点的。我只有两种选择,离开他,自己住进一间单身公寓;或者留下来,住在一栋我喜欢的独立屋里。"

"其实你可以完全不必尊重他。"

"我对性生活从来都不是很有兴趣,但他很喜欢。情况就是这样。我享受不到性快乐。我们分开睡的,你都看到了,房间里有两张床……"

"看到了,但我也看到他把那女人带进了属于你的卧室。"丽莎说。

"只是几次罢了。被你撞见,他感到很丢丑。你告诉过凯蒂没有?"

"那有什么关系吗?"丽莎问。

"我只是问问。她几乎不打电话回家。你爸认为那是因为你对她说了。然后我就提到,很久以前凯蒂就不打电话了。"

"两个女儿都跟你们仿佛远隔万里,你们就没感到难过?"

"你一直都非常孝顺的。你请我出来吃午餐,就是要保持亲情。"

"什么关系?我问问你铁线莲是不是长到车库门头上了,你问问我安东餐馆经营得怎么样了,你觉得这就是亲情了吗?"

妈妈耸耸肩。"这已经跟大部分人家的情况一样好了。"

"不，不是的。我们家的关系是完全反常的。我和一个小女婴住在一起，她是个还不足一周岁的婴儿，但得到那么多人的照顾和爱护。好人多到让你无法相信。她从不会被独自撇下，孤单无助，不会像凯蒂和我所经历的那样。爱孩子是人的天性。而你们俩却是如此冷漠……我曾经很希望你能告诉我那到底是什么原因。"

妈妈显得相当平静。

"我不是很喜欢你爸爸，甚至结婚前就是，但我的工作更让我讨厌。我没钱买好衣服，没钱去看电影，什么都开支不起。所以我就做了一份自己喜欢的兼职。我还觉得这是一种公正的交换——能从家务琐事中抽身，算我嫁给他的一点补偿吧。我没有意识到性生活这码事会那么重要。不过，话说回来，既然我不想要，那么让他出去，从别处得到这个，也算对他公正了。"

"甚至容忍他待在家里，接受上门服务。"丽莎打断妈妈。

"我告诉你了，只有过两三次。"

"你怎么能受得了这些？"

"只能这样，要么我独立谋生，从头再来，但不像你，我没有什么学历。我在服装店工作的收入很低。而接受眼下的现状呢，我还能住在漂亮的房子里，餐桌上也不会缺可口的饭菜。"

"所以，你情愿与别人共有一个男人，一个你承认并非有多喜欢的男人？"

"我不是这么认为的。我对这种状态的理解，就是做做饭，打扫一栋挺不错的房子，屋前还有一个花园，我很喜欢。我可以跟朋友们打打桥牌，偶尔去看看电影。这是一种生存方式。"

第十三章

"显然,你已经把这事想透了。"丽莎说道。尽管不情愿,她多少还是接受了妈妈的现实之举。

"是的,我是想透了。我根本没指望会跟你说起这些。当然了,我也根本没预料到你会问。"

妈妈现在已经沉着起来。她吃着米兰风味的酥炸小牛肉,神情姿态看上去颇为享受的样子。

珺德这一天在餐馆负责招待客人,但她察觉到丽莎这一桌的二人对话非常艰难,于是就主动走开了,以免听到个人隐私。她在餐厅中优雅自如地穿行。丽莎看到马可在为客人斟酒,一边赞许地看着他心爱的姑娘。那才是爱情与婚姻应有的状态,而不是像自己父母达成的这种无望的、令人消沉、彼此不满又相互妥协的利害关系。有生以来第一次,丽莎感到一阵同情的潮水淹没了她。

那两个人都是如此。

现在,菲丝每周会在公寓住上几晚。三人都埋头学习的夜晚,她已经可以顺带照料弗兰琪,还哄那小东西上床安睡了。这是个奇异的家庭小组合,但运转良好。菲丝说,她发现这样合作要比独自干这些事轻松许多。三个人一起温习最新的讲座内容,共同讨论难题。下周有什么要问老师的,他们都记在笔记本上。他们都在为最后的考试复习准备。三人都觉得这些努力是值得的。眼看着毕业在即,他们已经开始憧憬着,各自的名字后面有了代表学位和专业水平之类的几个字母之后,将会如何影响未来的人生。

一等毕业,诺尔就要在豪氏谋求一个更好的职位。如果万一不能如愿,他也将有勇气和资质去其他公司另谋高就。菲丝打算待在现在的办公室,但要被提拔为经理才行。她如今干的实际上就是经理的事务,也行使经理的职能,只是名衔和工资不是经理的标准,因此管理层也该让她晋升了。

丽莎呢?哎呀,至于新的学历能把她带向何方,丽莎还茫无头绪呢。

她曾一度希望成为安东餐馆的合伙人之一。她还曾打算邀请安东、泰迪以及其他几个人去出席她的毕业典礼。她甚至都设想过那天要穿什么衣服。

但现在呢?算了,她将不得不重新回到就业市场。这固然令人丢脸,但她还是要去联系凯文——她向自己的这位老板辞职,去为安东无偿卖力。那是去年发生的事,那时她还保持着适度的理智,自己的工作也得心应手。

她惶恐地拿起电话。

"那个,你好!"

凯文可能会相当惊讶,同时还难免有些嘲讽——他完全有权利如此。至今已经有好几个月,如果碰巧出现在同一个活动场合上,丽莎都会有意回避凯文,凯文也从未光顾过安东的餐馆。现在突然打电话给凯文,告诉他自己一败涂地了,这对丽莎来说绝非易事。

但凯文将局面处理得颇为宽松。

"你又回到了求职市场,我猜或许是这样。"他说。

"凯文,你可以宣告自己胜利了。你之前的说法很对。我应该听你的劝告。我本该三思后行,多想想你的建议。"

"可是,你当时正处于恋爱期,那是毫无疑问的。"

凯文的声音中只有一丝很温和的讽刺。他原本有资格表现得远为

第十三章

自鸣得意的,可以大肆夸耀他的先见之明,说一通"我早就告诉你了"之类的话。

"那也是事实吧,是的。"

即使他注意到了丽莎话语中所用的过去式——表示那已是往事,他也并未多加评论。

"那么说,他是没付给你现金咯——我只是猜测而已。爱情方面呢,他有回报吗?"

"没有,很多天来都无所谓回报。"

"所以你打算找一份工作?"

"我想问问你是否有什么好介绍的,任何沾得上边的职位都无妨。"

"但这也可能是情侣间闹矛盾,一时斗气而已。一周之后,你或许又会跟他言归于好。"

"那是不可能的。"丽莎说。

"眼下,我只能给你一个初级职位,算是暂时安顿立足的地方吧。我无法给你安排高级职务,那会对其他员工不公平。"

丽莎此刻非常谦卑。"我非常非常感激,凯文,难以言表。"

"不必客气。下周一开始怎样?"

"能推迟到下下周一吗?我目前在一间三明治餐吧工作,要离职最好给人家一个预先通知……好让他们找到替补的人手。"

"哎呀,哎呀,丽莎,你*真的*已经变了啊。"凯文感叹道,挂了电话。

丽莎立刻跑去对那高富帅美少年休实言相告。"一周之内,我会给你另找一个做三明治的人。"她承诺道。

"嗨，我需要的可不止是那个。我同时还想要一个营销顾问和一个平面设计师。"他笑道。

"那可能要花长点的时间才能找到，不过，无论如何，我还是要告诉你我的决定。"

"失去你，我很遗憾。实际上，对你，我可是有些雄心勃勃的谋划的。我只是在等待时机。"

"那永远只会是个错误，"丽莎开朗地说道，"休，如果你确实想把生意做旺了，还是把心思放在三明治上吧——推出一款口味清淡的泥炉炭烤鸡肉卷，你觉得如何？人们会赞不绝口的。"

"这是你最后一周在这里工作了，但愿我们的生意大放异彩，以此光荣业绩为你送别。"

丽莎忙于研发那香喷喷的烤鸡肉三明治。在上班间歇，她发短信给瑁德和西蒙，委托姐弟俩帮她找替补人手。没过几个钟头，他们便发现了合适人选。他们的一个朋友可以接班，做三明治毫无问题。

"让她来见我，我要训练她尽快上手。"丽莎提议道。

那是个名叫翠茜的姑娘。她态度积极，对这份工作挺向往，但身上满是纹身。

丽莎很机智，拿来一件衬衣让她穿好。

"在这里，我们都这样，要穿长袖，在手腕处扣上扣子，"丽莎说道，"休对于这一点绝不放松。"

"多少有点老古板的作风，是不是？"翠茜问道。

"多少算是个年轻的老古板吧，但毫无疑问是个帅哥。"丽莎答。

翠茜立刻振奋起来——这份工作看来有些潜在的好处。

第十三章

丽莎这么快就成功地适应了不必以安东餐馆为中心的新生活。她自己都不禁为此感到吃惊。这并不是说她根本就不怀念以前的日子了。每天有几次,她都想到了餐馆,猜想那边可能进行着什么动作,还有安东是否采用了她的什么点子去挽救生意上的颓势。不过,占用她时间和精力的事情是那么多,她也就无法去操多少闲心了。而且,就眼下的大多数方面来说,一切都进展良好。

莉琪发觉每天的日子都极为漫长。那种凶暴、粗蛮的伤痛,现在正让位于一种咬啮般的疼痛,而生命中突如其来的那种空洞感,让她害怕自己会被消耗殆尽。

"我正在考虑去上班,做一点点简单的事情。"她对双胞胎吐露心思。

"你想干什么样的工作呢?"西蒙问道。

"说真的,任何事情都可以。我以前做过家政清洁。"

"如今再干这个,你体力已经不够了。"西蒙老实地回答。

"莉琪,你可以做点别的,帮着管理一些事情。"珉德提示说。

"哦,我不这么认为。我恐怕承担不起那份责任。"

"你愿意来马可的餐馆试试吗? 噢,当然了,是他父亲的餐馆。他们正需要一个人兼职做点事情。我听到恩尼奥说,他们要找人来照看照看,保证店里每天要洗的东西会被及时取走,送到的奶酪要收货,前一天客人用信用卡支付的小费也要找出来给服务生。这是你可以做的,不是吗?"

"好吧,我或许能对付,但责任这么重大的工作,恩尼奥肯定不会让我来做的。"莉琪显得很焦虑。

"他当然会愿意给你做的。"西蒙深信不疑。

"莉琪,你和我们都是一家人嘛。"瑁德说着,满心愉悦地低头看看手上的订婚戒指。

再有两三个月,艾尼娅的宝宝就要出生了。心脏理疗所这里满是兴奋与不安的气氛,这主要是因为艾尼娅还不愿离开办公室去休产假。

"在这里我觉得安全好多。"她可怜巴巴地提出要求,于是她们就只好让她待着,尽管每当艾尼娅深呼吸一下,或者伸手去够文件柜里的什么资料时,大家都会紧张无比,简直随时要跳起身。

克拉拉·凯西说,前一次流产让艾尼娅的心理极为脆弱,难免慌乱,所以一旦有任何最轻微的迹象显示那孩子有什么动静,她们就必须全员出动。艾尼娅卧床安胎的阶段已经过去,于是回来上班,但也处于持续的观察之中。克拉拉知道,这姑娘心怀忧虑——远离故土家园,远离她的母亲和姐妹。她的丈夫卡尔嘛,如果可以相比较的话,甚至比艾尼娅还更为焦虑不安。这个男人开始习惯自个儿在心脏理疗所近旁转悠,就怕万一有什么新状况。

克拉拉对此非常宽容。"哦,把他撇在一边就行了,"她告诉同事们,"那可怜的孩子就是心烦意乱罢了,生怕这次再出任何差错。"

其实克拉拉自己也挺烦心的,烦的是家里面的事:弗兰克·恩尼斯和他的儿子。从一开始,这对父子的关系处理起来就很棘手,在那孩子来寻亲之际也没有得到多大改善。迪斯已经回了澳大利亚,与弗兰克保持着断断续续的联系。对弗兰克来说,这种联系的次数就不够频密——他每周都极为努力地写一封电邮给儿子。

"你指望他应该有更多的回应,而不只是寄一张大堡礁的明信片过

第十三章

来。"弗兰克嘟哝着跟克拉拉诉苦。

"听着,你能得到一些回音,就该感激满足了。我那宝贝姑娘阿迪,也只是寄卡片回来而已。我都不清楚她身在何处,又在干什么。如今的亲情就是这么个样子。"

然后,一封内容出乎意料的电邮便到了。

这些天来,我发觉自己对爱尔兰的事情想了很多。我承认,我对你的态度太粗暴无礼了。当你说不知道家人曾做了什么,我其实是根本不信你的。但这一切,让我转头去改变想法,都是需要时间的。也许,我们应该再尝试一次。我现在考虑,如果不至于让你为难,不会打扰你的话,我打算去爱尔兰住上一年。我已经联系了一些机构谈工作。粗粗看来,我的学历和证书在爱尔兰那边也可以得到承认。

你一定要告诉我,你是不是觉得这样的安排没问题。我自己会租住一间公寓的,而不是跟你同住,以免太拥挤。谁能说得准呢,我在那里的一年之内,我们或许能试着学学父子相处之道,看看会进展如何。还有,不管怎样,我都愿意与克拉拉见见面,甚至是去认识认识她的两个女儿——毕竟说起来她们也算是我的姐姐或妹妹。

读这个邮件时,两人都沉默不语。这是迪斯·雷文第一次表露出一些显示他想恢复父子关系的迹象。这也是他第一次表示愿意见到未来的后妈,克拉拉……

考试结果贴在了学院的通知公告牌上。诺尔、菲丝,还有丽莎都考得挺不错,就等着拿毕业证书了。三人在学校旁边的咖啡厅买了超大号的冰激凌来庆祝,一边讨论毕业典礼那天要穿什么。她们将会穿黑长袍,还要披上浅蓝色的披肩。

"披肩?"诺尔惊恐地问道。

"只是习惯性的说法而已——其实不过就是披在肩上的一块颜色布,来表明我们学的是不同的专业,不是工程师,不是制图员,或者诸如此类的其他东西。"丽莎对此很清楚。

"我打算穿一件现成的黄色连衣裙。反正穿在大袍子下面,别人也看不到什么。衣服上省下的钱,我想用来买双好鞋子。"菲丝做出决定。

"我要去弄一条红色长裙。正好借凯蒂的新鞋子来穿穿。"丽莎也想好了,"诺尔,现在就只剩你了。你呢?"

"你们为什么这么强调鞋子?"诺尔以问代答。

"因为上台领文凭的时候,大家都会看到你的鞋子。"

"把我这双鞋擦擦亮怎么样?"他低头看看脚上,踌躇不定。

姑娘们摇了摇头。他们需要买新鞋。

"我会从哥哥他们那里给你弄条浅蓝色的领带来。"菲丝承诺道。

"我会帮着熨烫整齐你最好的那件衬衫。有任何的余钱,都拿出来买鞋就行。"丽莎给出指令。

"这纯粹是无事生非。"诺尔咕哝着。

"晚上听了那么多讲座,花了那么多时间去学习——而你却说这不算什么!"丽莎大为愤慨。

"以后还要给弗兰琪看毕业礼的照片呀,你想怎么办?"菲丝劝导他。

第十三章

"好吧,去买该死的新鞋!"诺尔答应了。

毕业那天,阳光充足又灿烂。这让大家很是松了口气,不用举着伞,也不用眯着眼在雨幕中往前看了。看到大人们全都打扮得煞有其事,弗兰琪看似挺兴奋。

她在地板上爬来爬去,在每个人的脚边都停留一番,还叽里咕噜地喃喃自语了一大通——那些含糊的话语当然听不出有多大意思,直到她们辨识出这几个字:"弗兰琪也要。"

"当然了,小乖乖,你也去的。"菲丝把她抱起来,往空中轻抛一下,"*而且*,我还弄了件美美的蓝色的小裙子给你穿。那会跟你老爹的领带很称的。你将是整个世界上最漂亮的小娃娃!"

诺尔的样子看起来很棒。两个女人对他的着装很是欣赏,将他衣服肩部的头皮屑全都掸得干干净净,还查看了他的新鞋,一边夸张地惊叫表示赞赏。接着,艾米莉到了,她把穿上新裙子的弗兰琪安置到婴儿推车上,然后众人一起出发去学校。

典礼期间,弗兰琪表现得非常完美。比起那些关键时刻哭闹或挣扎的小孩子,她要远远好得多了。诺尔看着自己的宝贝,满脸的骄傲。弗兰琪真是这个世界上最漂亮的小娃娃!他付出这所有的一切,都是为了她——当然,也是为了他自己——但全部的辛劳都是值得的,因为他为这个小姑娘提供了一份良好的生活保障,让她有机会去面对未来。

新毕业的学生们上台集体亮相。观众们的目光在毕业生队列中来回游移,直至找到自己的亲友。学生们也在观众中搜寻自家的亲友团。诺尔看到艾米莉抱着弗兰琪站在那里,便投去愉快和自豪的笑容。

丽莎看到妈妈和妹妹都盛装到场,来纪念这个光荣的日子。她看到妹婿加里以及妹妹两口子的很多朋友也来捧场祝贺。

然后,她看到了安东。

安东看起来挺失落的,仿佛他不属于这里。丽莎想起来,几个月前,她曾在安东的台历上标注过这个日子。

他来到现场,但对她而言,那并不意味着什么,而事到如今,这全都只能怪她自己。安东从未真正爱过她。那些爱情的错觉都是她一厢情愿的臆想,不过,那一切现在不会再有什么关系了……

校长发表了简短的致辞,对毕业生们给予了热情的褒奖。

"为了这门课程,他们不得不放弃了大量的社交活动。他们错过了电视、电影和文艺演出节目。他们要感谢在场的各位家人和亲友,感谢你们支持他们的学业。今天这里的每一个毕业生,都踏上了一次新的历程。与那些信念突变、心血来潮去行动的人相比,他们是不同的人。今天的他们,不仅只是各自的名字后面有了代表学位和专业水平的几个字母后缀。这个课程对他们的意义远不止于此。他们下定决心去做一件事,并且善始善终,达成了目标。这才是他们的欣慰与满足所在。

"我代表你们大家,向他们致敬祝贺。"

人群中响起了热烈喧腾的掌声。毕业生们在台上都露出灿烂的笑容。接着,文凭颁发仪式开始了……

他们计划好了,要在恩尼奥餐馆举办一场特别的午餐聚会。诺尔和他的家人,艾米莉和哈特,迪克兰、菲奥娜以及老卡罗尔夫妇,都会出席。菲丝将请来父亲,还有五个兄弟当中的三位。莉琪已经在餐馆那里上班了,监管日常杂务,她为大家预订了一张超大的餐台,而恩尼奥会给出一个特惠价。负责服务和上菜的是双胞胎和马可。莉琪甚至也会坐下来,加入大家的午餐欢聚。

第十三章

莉琪发觉她从这份工作中获益极大。白天的全部时段,她都没空停歇下来去想念穆迪,她的脸上也不会出现那种哀伤、空洞的表情——之前,邻居们看到她这副模样都不免心碎。餐馆这里太忙了,忙得沸反盈天,整日都是呼来唤去的热闹的声音,因此不会留给她什么时间去回顾那失去的一切。恩尼奥本人总是在店里,捧着一杯咖啡或者给大家说上一两句鼓励的话语。莉琪开始结识新面孔——他们跟她的老公从未打过交道,根本不知道世上曾有过穆迪这么个人。说实在的,对莉琪而言,日子并未变得多轻松,但无疑不像以前那么难熬,那么痛彻心扉了。莉琪心中对此也颇有认同,而双胞胎一直在她身边,陪伴她迈出人生新阶段的每一步。莉琪是个虔诚的教徒,宗教意识很浓。每天早晚,她都感谢上帝,感谢冥冥之中有一只手如此安排,让珺德和西蒙来到身边,与她和丈夫共同生活。

恩尼奥说,应该在毕业日欢庆午宴的那张餐台上方挂起一条横幅,写上"FELICITAZIONI —TANTI AUGURI—菲丝、丽莎、诺尔"。三人的名字按字母顺序排列,所以谁也不会生气。

"那些意大利单词是什么意思?"菲丝问道。

"是祝贺,一帆风顺、万事如意的意思。"马可兴致勃勃地给以解释。

一起聚餐的人差异明显,其中还包括两个小婴儿,但所有人都其乐融融,相谈甚欢,一刻都停不下来。美食和美酒也源源不断地被送上餐桌。最后上桌的是一只精美的大蛋糕,上面用糖霜勾出了学位帽和羊皮手卷的图案。

别桌的客人也聚拢来欣赏这只蛋糕。

"这是珺德的杰作。"马可骄傲地宣告。

"是我和所有其他人一起做的。"瑁德想轻描淡写地一带而过。

"但主要是瑁德的成果。"马可依旧坚持强调。

接着,大家纷纷举杯,畅饮起泡酒表示庆贺。餐馆为诺尔准备的是一大杯接骨木花甘露汁。人们向三位成功的学子敬祝健康,加油喝彩之声响彻大厅。

出人意料地,诺尔站了起来。

"我是这样想的,正如校长之前说过的,对家人和亲友,我们巨大的感激之情无以言表,所以,我提议我们三人共同向在座的各位敬一杯。没有你们作为后盾,我们根本不可能做成这一切,也不会有今天这光荣的毕业典礼和眼前的美酒佳肴。感谢我们的家人和亲友。"他举起手中的饮料。

丽莎和菲丝随即响应。三人站着一起重复祝酒词。

"感谢我们的家人和亲友。"

第十四章

艾尼娅的宝宝几乎就生在了心脏理疗所,虽然没有真的在那里呱呱坠地,但也几乎如此。一切来得太快了。

在一场健康饮食演示的过程中,艾尼娅的羊水破了。在可能做到的最短时间内,大家把她送进了圣布丽吉德的妇产科病区。当夜稍迟些的时候,消息传了出来:她生了个男孩,早产了,孩子被安置在产科的育婴暖房接受特殊护理。

所有人都为卡尔和艾尼娅感到揪心,夫妻俩将要经历一些艰难的时日了。整个怀孕期间,他们都一直感到忧虑,就怕有意外,而现在烦恼仍未结束。他们眼都不眨地盯着保育箱中的儿子,陪在那脆弱细小的小生命身旁。一有风吹草动,卡尔就跑到楼下诊室向医生汇报情况。

克拉拉给前夫打电话,请他有空就来她的住处稍稍停留。

"我可不喜欢听到你这种调调。"艾伦说道。

"你曾希望我为你做的事,我不是都做了吗?我给你生了两个孩子,还给你自由,让你去听从内心的召唤。你要离婚时,我也跟你离了。我从未开口跟你要过一分钱。"

"可你拿走了我的房子。"艾伦说。

"不是这回事。你应该还记得吧,买房子的首付是我妈的一笔存款,每月按揭还贷用的是*我自己挣的钱*。这房子一直就是我的,这些话我们就不必再啰唆了吧。"

"那我过去的话,我们有什么好谈的呢?"他现在听起来显得闷闷不乐。

"谈各种事情……将来的安排……女儿们……"

"得了吧,女儿们!"艾伦轻蔑地哼一声,"大闺女阿迪跑得没影了,在秘鲁做着什么天知道的……"

"事实上,是在厄瓜多尔。"

"不同国家吗,那还不是一样。还有琳达这里,即使我诚心跟她联系,她都不愿跟我多说两句。"

"那是因为这个,她告诉你说她想跟尼克领养孩子,可你说了,换作是你,绝对不会去养别人的孩子。这对你跟她的关系可真够有用的……"

"克拉拉,要取悦你实在是太难了。我说实话吧,是犯错,如果不说实话呢,还是错。"

"明天见吧。"克拉拉说完便挂断了电话。

艾伦看上去比以前更老、更落魄了。离婚后,他有过一连串的女人,但目前暂时没有伴侣。他总喜欢自得地吹嘘,说一直有大把女人心甘情愿为他熨衬衣,可眼下似乎时运不济,一副邋里邋遢的德性。

"你看起来很美。"他说道——差不多任何时刻,面对几乎任何一个女人,他都会这样说。克拉拉当作没听到。

"喝杯咖啡?"她提议道。

"要么来点更带劲的吧?"他试探说。

第十四章

"不行,你不能再像以前那样喝滥酒了。两三杯下肚,就东倒西歪地开始要往我身上爬了,那当然不是我想要的场面。"

"你从前可是挺喜欢的。"他咕哝着发牢骚。

"是,那是不假。但那时候,你说什么我都一概相信的。"

"别唠叨那些了,克拉拉。"

"你误解了,我不是怨妇,当然不会跟你纠缠。我只是仁至义尽地向你传达一声而已。下周,弗兰克就要搬来一起住了。"

"但你不可以那样做!"他很是震惊。

"不过,我已经有明确的打算了。我只是觉得,应该当面告诉你这件事。就是这样。"

"但是克拉拉,再来这档子事,你已经太老了。"艾伦说道。

"你还真想得出!曾经,你还被认为是风度翩翩、魅力十足,可现在呢?"克拉拉回敬道。

艾米莉将哈特家一个空余的房间美美地装饰了一番,还计划了一系列的郊游活动,准备接待贝丝和埃里克。她有着一份荒唐的心愿,期待那两口子能像她一样爱上爱尔兰。她希望到时候不会下雨,希望街上能干干净净,希望朋友在这里的生活花费不至于太高。

离航班到达还早得很,她和哈特就到了机场。

"你上次来这里接我,感觉就好像是昨天才发生的事,"艾米莉说,"你还随车给我带来了早餐呢。"

"那天,我就很严肃地考虑要跟你袒露心迹的,但又害怕你会拒绝,说我是在胡思乱想。"

"我永远不可能那样说你的。"她深情款款地看着他。

"我希望,你的朋友不会说我太老、太无趣,配不上你。"他略显焦虑。

"哈特,你是我爱的人,我自己的选择,是我至今唯一考虑过要结婚的对象。"艾米莉说得很坚定。

事情就是如此。

机场如此之大,身边又是如此的人潮汹涌,这让贝丝大感困惑。她本以为,飞机会在一片牛羊成群的田野间着陆。这里跟被抛在身后的美国本土机场一样,也是一个庞然大物,向着四面扩展。她简直无法相信眼前交通繁忙的公路和巨大的建筑。

"你可从没告诉我这里已经这么发达了。我还以为只会看到一连串的小木屋呢——那种乡间村落里,任何一个能走动的活人,你都会认识的。"贝丝大笑着说道。

没过几分钟,她们就熟络得如同从未分开过。

埃里克与哈特医生交换了一下目光,两人都感到释然。看来一切都会圆满。

艾米莉将会遭到叔叔查尔斯的背弃。

查尔斯和乔希最终得出结论,一个小型的儿童游乐场,再加圣加拉斯的一座小雕像,差不多符合预算。他们已经去见过一位律师,要从遗赠中划出两笔钱,分别留给诺尔和弗兰琪。查尔斯甚至还安排了一些款项,作为给艾米莉结婚的丰厚大礼,这样一来,她自己名下就有了财产,不需要囊中羞涩地开始她的婚后生活。当然了,这不是陪嫁,查尔斯把这句话时不时地就说上一遍,以至于艾米莉不禁要猜想叔叔到底

第十四章

是在打什么算盘。

关于遗产的事情,诺尔一无所知。查尔斯和乔希一直在等着,要趁他单独一人时才跟他讲。但总是有人跟他在一起——丽莎、菲丝,或者是迪克兰。老两口几乎都想不起弗兰琪出生之前的情形了,那时候的诺尔总是形单影只。而现在呢,这父女俩总是被一群人给环绕着。

终于,他们等到了他独处的时刻。

"诺尔,你可以坐下来吗?我们有件事要告诉你。"查尔斯说。

"我可不喜欢听到这种语气。"

诺尔不安地看着父母,目光在两人脸上扫来扫去。

"不要这样。你爸爸要说的事情,你会喜欢的。"乔希说道,很难得地露出一缕微笑。

诺尔只希望他们不是又看到了什么真神显灵的幻象或诸如此类的东西,希望不是圣加拉斯出现在厨房中,要他们去建一座大教堂。近来,父母看似正常多了,如果开倒车重又变得神经兮兮的,那就不免令人遗憾。

"诺尔,这是关于你的未来生活的。你知道吗,蒙蒂夫人——但愿上帝优待她,她留给了我们一笔钱。我们想跟你分享这份财产。"

"啊,不用,老爸,谢谢你。那钱是给你和妈妈的。是你给蒙蒂照顾了小狗,那钱我一分都不想拿。"

"可你根本不知道她留下了多少钱。"查尔斯说。

"是不是足够让你们去罗马走一趟了?或者甚至是去耶路撒冷?那可真是好消息!"

"远远不止那么多——你会难以相信的。"

"但不管多少,那是你的钱,老爸。"

"我们做了安排,给弗兰琪买了教育储蓄保险,保证她上什么好学校都不会付不起钱。还有一次性划款的一笔钱给了你,差不多够买栋独立屋的首付款,那样你就可以有自己安身立命的地方,不用再去租房了。"

"但这太荒诞了吧,老爸。那可是要花很大一笔钱的。"

"她留给我们的是很可观的一大笔遗产。我和你妈反复考虑过了,打算把钱用来建一个儿童乐园,里面会放一尊小雕像;还有些就用在我们自己的骨肉身上。"

诺尔看着他们,说不出话来。让他头疼的每一件事情,父母都帮着解决了。他将能够为弗兰琪提供一个合适的家园。也许,同时也是给菲丝一个家,只要菲丝肯嫁给他。弗兰琪将会接受最顶尖名校的教育。即使遇上挫折,诺尔自己也有了经济保障。

这一切,只是因为他的父亲关爱凯撒,照顾了那条查理王小猎犬,那只有着水汪汪的棕色眼睛的小狗狗。

生活,难道不是很奇妙吗?

婚礼那天的上午,在出发去教堂之前,查尔斯对艾米莉简单说了两句。

"按道理,你出嫁,应该是我哥哥来处理这事的,但我希望我能同样帮到你。"

"查尔斯叔叔,如果这事指望我父亲的话,他说不定到时不会出现的。即使他能出现,也说不定已经喝得不辨东西了。我倒是更愿意你来出席婚礼仪式。"

第十四章

弗林神父主持了两人的婚礼。原本可以被邀请来教堂的亲友完全能达到实际到场人数的五倍，但艾米莉和哈特只想要一小群人来见证婚礼，所以两人依次说出婚礼誓词时，只有二十个左右的宾客陪在周围，站在阳光下的草坪上。然后，他们与埃里克和贝丝一起入住威克洛郡的霍莉旅店，接着又返回到圣加拉斯弯月道的家中。从这里开始，两对新人的蜜月旅程将继续展开。腚狗·达根特地为他的老爷车换了新轮胎，确保能将这四位新婚"老伴"顺利地送往爱尔兰西部，随后再拉回东部。

他们住在西岸的农舍民宿中，一起沿着贝壳遍布的海岸散步，而身后紫蓝色的山峦构成他们蜜月时光的背景。假如你碰巧问到某个人，问散步的这两男两女是什么人，问他们这是在为什么，那么，那可怜的被问者哪怕是给出上百种的猜测，都不会想到这是人到中年的两对新婚夫妇在度蜜月。表面上看，他们都像是已婚多年了，气定神闲，状态安稳，而且对这份姻缘心满意足。

艾米莉婚礼的两天之后，弗林神父接到罗斯摩尔养老院传来的消息，说他的妈妈将不久于世。他快速赶到那里，紧紧握住了妈妈的手。妈妈的神志根本谈不上清晰，但弗林感到，自己在那里，在妈妈身边，就可能是某种慰藉。妈妈在昏聩中胡言乱语时，提到的都是那些去世已经很久的人，还有她自己童年时代的一些小插曲。不过，突然之间，她也短暂地回到了当下的时刻。

"我家的布莱恩没出事吧？"妈妈问道。

"我在这里呢。"

"我有个儿子,叫布莱恩,"她仿佛没听到他的回答,继续说着,"我不知道他遇上了什么事。我觉着,他是进了一个马戏团。他离开了家乡小镇,再也没有人听说过他的消息……"

老太太去世后,罗斯摩尔几乎全部的居民都来出席了葬礼。养老院这边,员工们将老妇人的所有个人物品都收罗整齐,交给了弗林神父。其中包括几个老旧的日记本,还有几件首饰——谁都不曾见弗林老夫人戴过这些宝贝。

在回程的火车上,布莱恩仔细地查看这些遗物。日记里透露,首饰是丈夫也就是布莱恩的父亲买给她的,但买的动机不是出于爱,而是因为愧疚。布莱恩读着这些旧日记,痛苦而尴尬地意识到,他父亲是个不忠的男人,而且还以为用一根项链和几枚胸针就能赎罪,就能换回妻子的原谅。布莱恩决定,将首饰转交给姐姐茱迪时,绝口不提这些东西的陈年往事。

他翻到破破烂烂的日记本中自己接受神职的那一天。妈妈写道:*这简直就是我生命中最美好的一天。*

这多多少少对那句胡言乱语——妈妈在迷糊中说过他加入了一个马戏团什么的——做出了修正。

艾尼娅的家人正在从波兰赶来陪伴她的路上,而她和卡尔则眼都不眨地盯着宝贝儿子小罗伯特。他是那样瘦小,他们简直可以把这早产的小东西托在手心里,但他们却不能那样做。他躺在保育箱里,箱子连着几台传感监视器,各种各样的管子插在他孱弱、袖珍的身体上。

监视器显示出罗伯特的自主呼吸是多么困难,机器又是在怎样帮着他呼吸。艾尼娅心惊肉跳地仔细观察着监视器。通过保育箱侧边的

第十四章

小孔,她能握着孩子那绵软的小手。他看上去是那么小,那么脆弱不堪,对来到这个世界是那么地准备不足。

他们在家里搭建好了一间育婴室,只等着三人作为一个新家庭安然归来。那房间中满是朋友们和好心人送来的各种小礼物,有婴儿的衣服和玩具,还有一个新生儿所需要的全部装备。卡尔沉默无言,暗中担心小宝贝罗伯特能否有机会用上这间育婴室。

第三天,艾尼娅终于能把自己的宝宝抱在怀中了。她抱着孩子——这么细小、这么脆弱的小生命——内心的激动和快慰强烈得无以言表,脸上泪水纵横,那是希望和喜悦的泪。

"*你个小奇迹,*"她用波兰语对着孩子喃喃低语,"小奇迹。"

蜜月之旅获得了非一般的彻底的成功。艾米莉和贝丝仿佛成了少女,兴致勃勃、叽叽喳喳地畅聊,没完没了地笑。哈特和埃里克则欣喜地发现彼此有一大共同爱好——观鸟,于是他们每天晚上都要写一通观察笔记。腚狗结识了戈尔韦当地一位黑头发蓝眼睛的姑娘,已经神魂颠倒。明媚的阳光,照在两对老新人身上,而夜晚则星空璀璨。

对每个人来说,这趟行程都结束得太快了。腚狗更是感叹春宵苦短。

"我在想着,我们回去后,是不是能听到什么新消息?我想知道艾尼娅的宝宝情况怎样了。我真心希望那孩子已经好好的了。"车子快要接近都柏林时,艾米莉说道。

"你现在可真是那地方的一分子了哟。"贝丝评价道。

"是啊,这不是有点古怪吗?这辈子,关于爱尔兰以及其他相关的事情,我从未跟我父亲有过什么正儿八经的交谈,但来到这里之后,我还确实有游子还乡的感觉。"

听到艾米莉的这句话,哈特兀自微笑了。这甚至比他所希望的情形还要好。

及至真的回到了家,他们就听到了一个令人瞠目结舌的新闻:风姿优雅的克拉拉·凯西,负责运营心脏理疗所的这位女中豪杰,竟然与弗兰克·恩尼斯公开同居了,而且,等一下,弗兰克竟然还有个儿子。弗兰克有个名叫迪斯·雷文的儿子在澳大利亚,但很快就要来爱尔兰生活。

除此之外,菲奥娜就没什么能爆料的了。这一重磅消息把她自己怀孕的事情从话题清单上完全剔除了。克拉拉与弗兰克*同居过日子*——人们不是会做出一些匪夷所思的疯狂举动吗?而弗兰克居然还有个克拉拉从未见过的*儿子*。简直难以想象。

他们庆祝全家——完整意义上的一家人——团聚的第一次机会到来了:阿迪从厄瓜多尔回国,同行的还有男友杰瑞。迪斯想到要再次光顾安东的餐馆。

"去那里,感觉就像是一切重新来过。"他是这样说的。

这一次,已经不需要再说好话请求安排桌位了,即使总共有九人一起进餐:克拉拉、弗兰克和迪斯;然后是阿迪和杰瑞;琳达和尼克两口子;还有琳达的婆婆希拉里以及克拉拉的多年好闺蜜德弗拉,共同构成这次欢宴的热闹团队。

餐馆一半位置都空着。这里看似有一种困顿的气息。菜单上的品种比以前更少,更为局限了。安东本人在忙碌着,往返于厨房。他说,他的一号副手泰迪已经走掉了,因为那家伙需要寻找新的草场。不,他

第十四章

根本不知道泰迪去了哪里。

对他新增加的那两个异父异母姊妹,迪斯非常周到。他跟阿迪聊到了有关教书的事情,跟琳达则说起了他的某两位朋友——那对夫妇领养了一个中国小孩。讲起自己在澳洲的生活经历和状况,迪斯显得轻松自如。

克拉拉向安东寻求建议,询问他们具体该吃些什么菜式。

"有非常不错的馅饼,是牛扒和牛腰子的馅料。"安东提议道。

"那是给男人们吃的东西,我们其余的这些人该怎么办?"她问道。

她注意到安东显得疲惫又困乏,压力重重。经营这间看似正在走下坡路、日渐萧条的餐馆,不可能轻松。

"小份的牛扒牛腰子馅饼,品相优雅,您觉得如何?"他说道,脸上浮起那屡试不爽、人见人爱的微笑。

克拉拉不再为他感到同情或可怜。有那样的笑容,这年轻人到哪里都可以蒙混过关,弄碗饭吃。他不难找到活路。

弗兰克今天穿了身新西服,扮演着首席家长的角色,是桌上当仁不让的主人。他给大家逐一斟酒,并鼓励他们试试生蚝——这是唯一备选的额外菜品。

"关于儿子的事情,我都说过很多了。"他面带骄傲之色,朝着迪斯的方向说道。

"那很好啊。不过,关于克拉拉的事,你也说过很多吗?"迪斯发难道。

"是的,但那是带着尊敬与畏惧之心。"弗兰克回道。

"说得真好,"克拉拉插话进来,"那是因为他要告诉你,他们科室那里迫切需要额外的资金投入,相当多的资金……"

"绝对不可能,那根本超出了考虑范围。"

"主院区出血液检测结果的时间拖得太长了。我们需要自己的检验室。"

"你那边的血检进程,我会让他们加速出报告的。"弗兰克承诺道。

"给你六周时间,要让我们看到切实的改变,否则我跟你没完,战斗还是要继续。"克拉拉态度坚决,"在现实生活中,这家伙其实大方得惊人。"她对德弗拉悄悄耳语,"只是在医院里,他那种烂到骨子里的抠门德性才会表现出来。"

"他可是很喜欢你呀,"德弗拉说道,"就只是这一次的饭局,什么'我的克拉拉',他都说了快三十遍啦!"

"管他呢,我还保持着自己的名姓、工作、自己的诊疗科室和住房,所以即使不结婚,我也一样活得挺好。"

"那就继续这样,继续扮演这个愣头鸟的角色吧。他被你迷得神魂颠倒的,你对他一往情深。你们喜欢就好,这样合伙过家家也很不错。克拉拉,我为你感到高兴。祝福你们在一起会非常幸福。"

"我们会的。"

克拉拉把一切都计划好了。必须要同居对两人各自生活的影响,控制在最低限度。她和弗兰克都是个性坚定、生活方式难以改变的那类人。

丽莎接到凯文共进午餐的邀请。这让她颇为惊讶。

她现在的身份只是设计公司的一个初级职员。她没料到老板会把她挑出来,另眼相待。在昆廷斯餐馆,凯文点了一瓶红酒。这让丽莎更为讶异了。在外就餐时,凯文通常只要少少的一客分量的伏特加就算

第十四章

完事了。

如此看来,事情似乎有点严重。她希望凯文不是要炒了她。但话说回来,如果真是要她卷铺盖滚蛋,那当然也不必特意带她出来吃饭吧?

"丽莎,别再愁眉紧锁了。我们要吃一顿悠长的午餐。"凯文说道。

"是因为什么事?不要卖关子,让我的心悬着没底。"

"实际上有两件事。安东付过钱给你没有?或者其他实物也行,给过你任何东西没有?"

"唉,你为什么翻起这本旧账呢?我告诉过你了,那是我的错误。我是睁着眼睛走进这个泥坑的。"

"不,你没有。你的眼睛是闭着的,因为你那时沉醉于爱河,头脑发热,不能自拔。公正地说,你并没有为此而自怨自艾、愤世嫉俗,这令人赞赏,但我真的有必要弄清那本旧账。"

"那就确定地告诉你,没有,钱或者东西,他什么都没给过我。不过我也是那餐馆的一部分,是那份梦想的一部分。我做那些策划,是为了*我们*那个地方,而不是为了他。不管怎么说,我以前的想法就是这样的。不要再让我重复这一切了。我*知道*那几个月我都做了些什么……即使我是身不由己去做那一切,那也*丝毫*不会让这段往事变得轻松半分。"

"跟你说这个,是因为那家伙破产了,今天就要清算和托管资产,我想确保你的权益诉求能包括在内。这件事中,你可是个严重的受害方。老天可怜见的,你给他干活,却分文未得。既然破产清算了,你就是一个主要的债权人。"

"我根本就没想过跟他要任何东西。生意没能支撑下去,我为他感到遗憾。我不想落井下石,让他雪上加霜。"

"丽莎,这只是公事公办。他能理解的。你工作了,就该拿到报酬。这应该是自然而然的事情。接管人将出售他的资产——我不知道他名下有哪些财产,哪些又是抵押的或租出去的,但那些权益人理所应当得到补偿,而你是这些人当中的一个。"

"不必了,凯文,但我还是要感谢你的一片好心。"

"丽莎,你喜欢漂亮衣服,不是吗?你的衣橱中应该放满精美的时装。"

"我表现得不够出色,达不到公司的期望?是不是这回事?"

她觉得内心受到了伤害,但尽力把语气调整得如同是在开玩笑。

"不,是你太出色了,比设计所期望的要出色很多。我不能再留着你了。我有个朋友在伦敦。他在寻找优秀员工,我就跟他说到了你。去伦敦的费用由他全包了。等面谈的前一夜,会安排你入住一间豪华时髦的酒店客房,你真不想知道他打算提供怎样的薪资吗?"

"你实际上是想把我打发走,还假装说那是另谋高就的好机运。"丽莎沮丧地说道。

"我可从未被别人这样冤枉过!我很愿意你留下来继续干,一两年后就可以给你升职,但伦敦的这份工作实在是太好了,不能错过。我想着,无论如何,这样的安排或许也能让你更自在一些。"

"更自在?"

"嗯,这个,你懂的,关于安东餐馆,这里会有很多风言风语的。蜚短流长的猜测,小报上的八卦之类的。"

"是的,我估计是会那样的。倒霉的安东。"

"哦,老天,别跟我说你还想回到他身边。"

"不会,也没有什么值得我回去的。以前也从来没有过。"

"哎呀,丽莎,我懂了,我确信他也曾真的爱过你,以他自己的方式。"

她摇了摇头。"不管怎么说,你是对的。我受不了再在都柏林待下去了,所有那些炒卖八卦新闻、追腥逐臭的'秃鹫'们都会跑到餐馆那里挖猛料的。"

"那你是决定去参加面试喽?"凯文颇感欣慰。

"是的。"丽莎态度坚定地承诺。

西蒙说,他们是时候该讨论讨论新泽西了。穆迪给他们留下了一份意想不到、金额可观的遗产,这就意味着珺德和马可能够存下第一笔钱,为自己开餐馆积极准备,而西蒙则可以出资入股,成为美国一家时尚餐厅的合伙人。

"我会想你的。"珺德说。

"你都不会注意到我走了的。"他打趣地安慰她。

"那谁来接我的话茬,帮我把话说完呢?"

"你可以训练马可啊,用不了多久准行。"

"你会在那边恋爱,在那里长期定居的。"

"这个嘛,我表示怀疑。不过,我会经常回来的,回家看莉琪,看你还有马可。"

珺德注意到了,他没提及他们的父亲或母亲,也没说到他们的哥哥沃尔特。沃尔特在监狱里,父亲仍然在云游天下,而对于他们是谁,可怜的母亲神志模糊,几乎一点概念也没有。

仿佛是读懂了她的心思,西蒙说道:"穆迪和莉琪收留了我们,这难道不是非常幸运吗?我们原本可能命运难料,不知流落到哪里去的。"

珥德给了他一个拥抱。"那些美国女孩呀,还不知道谁要去她们身边呢!"她感叹道。

这是发生了很多改变的一天。

迪克兰和菲奥娜以及儿子乔尼搬家了。虽然只是搬到隔壁一栋屋子,但仍然不失为一项大工程。夫妻俩这样安排,就让帕迪和莫丽老两口也成了居家新格局的组成部分,所以两位老人就能仿佛感觉不到任何实际的变化。他们紧邻着父母住,等乔尼大些,自己能走路了,就会知道两边都是他自己的家。至于那第二个宝贝,则将会降生在一个两栋房子的家庭里。

屋里涂刷成了轻快的暖色,是报春花的那种淡黄,可以将阳光带入每一个房间。他们稍后将会考虑恰当的整体配色方案,但最重要的一点就是,要让全屋显得明亮温馨、愉悦怡人。乔尼的房间已收拾妥当,就等着搬婴儿床进去。迪克兰和菲奥娜还布置了专门的房间用来看书、听音乐。

终于,他们也有了属于自己的厨房。

跟帕迪和莫丽共同生活的日子很幸福,但那不可能永远持续下去。总有一天,他们不得不搬到空间更宽敞的某个住处——他们对此既期待又害怕,而眼下的安排则是理想的解决方案。

他们提着自己的物品走过两栋房子之间的那几步路,在这边或者那边停留片刻,坐下来泡一壶茶。这样一来,就强调了他们和父母将一如从前,仍旧住在一块儿的事实。大狗"酒窝"也跑过来了,轻巧地在新房子里四处走动嗅探,看似颇为认可。艾米莉送来事先培植好花草的窗台盆栽,作为乔迁之喜的暖房贺礼。

第十四章

哈特医生和艾米莉决定开一个园艺店。旧货店的旁边还有足够多的空间可供利用。既然圣加拉斯弯月道的很多居民都对美化自家的花园开始产生兴趣,那么关于花坛盆栽和装饰性灌木树篱的需求也就无休无止了。

艾米莉和哈特受到鼓舞,估算了花草生意的前景。现在,园艺店不再是一种愿望,而成了现实。他们将一起经营这个店铺——这是两人可以相互分享的又一件事情。

在安东餐馆那个纷扰不安的世界中,员工们各怀心事,谋划着自己的未来。下周,餐馆将不再开门。大家对此都心知肚明。

四月坐在那里,随身带的笔记本上列出了一些机构和场所——她建议安东可以去这些地方做做访谈,说说经济萧条期间,创业和经营是多么困难。

安东觉得坐立不安。他什么话也听不进去。他猜想着丽莎对此可能会说些什么。

也是在这一天,琳达和尼克决定停止讨论领养孩子的话题,而是付诸行动,着手实施他们的计划。

对诺尔而言,这也是一个好日子。

豪先生说,公司里有个更高级点的职位已经空缺了一段时间。他现在想把这份职务交给诺尔去担当。

"诺尔,你让我刮目相看啊。我并不在乎说出这句大实话。以前某个阶段,我对你的看法可不敢乐观,与那时相比,你现在做的已经好多了。我一直希望你能有点抱负,能够有所作为,尽管,我也必须坦白,过去我对你还是抱着很大疑问的。"

"我对自己也曾很是怀疑。"诺尔面带微笑地回复道。

"不管是谁,一生中总是会有一些转折点的。你觉得自己的转折点在哪里?"豪先生看起来对此真的很感兴趣。

"成为一名父亲,就是我的转折点。"根本不需要丝毫的考虑,诺尔的答案便脱口而出。

他回到家里,帮着弗兰琪迈出人生中独立行走的最初几步。家中只有他们两个。小家伙仍然喜欢有东西扶着的那种舒适和安全感。时不时地,她会突然坐到地上去,脸上同时露出吃惊的表情。菲丝给她买了布质书页的童书。为扯烂那几本书,弗兰琪付出了卓绝持久的努力,但事实证明书页很结实。她专注于这失败的图谋,皱起了眉头。

"弗兰琪,我爱你。"诺尔温情大发。

"啪巴。"小东西口齿不清。

"我真是爱死你这个小宝贝了。我只怕自己不够当你的好爸爸,但我们并没有把事情给搞砸了,不是吗?"

"*砸*。"弗兰琪鹦鹉学舌,似乎这个字的读音让她挺开心。

"说'爱',弗兰琪乖宝宝,说'爸爸,我爱你'。"

她仰脸看着他。"*爸爸,爱*。"她说道,跟铃声一样清晰。

他感觉到面颊上滴淌着泪水。这是他未曾料到的。并非是第一次,他不禁希望真的有一位上帝,还有天堂,因为那样的话,丝黛拉在冥冥之中就能看到这一切,也就知道事情的结果正是如她所愿的那般。她能看到如此情形,当然再好不过。

第十五章

诺尔和丽莎筹划着为弗兰琪举办人生第一次生日派对,派对上将会有冰淇淋蛋糕和彩纸帽子。弯月道 37 号的加拉格先生会玩魔术,他说会到场参与,让孩子们乐活一番。

莫伊拉自然会听闻此事。

"要让那么多人塞进这间小公寓房?"她狐疑地问道。

"我也知道的,那不是很好吗?"丽莎故意误解莫伊拉的意思。

"丽莎,你该为自己多多打算。你聪明又机灵,完全可以有一份事业,有个像样的地方住。"

"这里 就是个像样的住处,住着挺合适的。"

诺尔在外面用洗衣机,所以他没听到屋里的对话。

"不,这里不合适。你应该拥有自己的公寓。而且,你很快就会需要一个新住处,假如诺尔继续恋爱的话。"莫伊拉说得很实际,她也一贯如此。

"可是,我在这里过得很开心呀。"

"我们不能贪图安逸,要把自己从惰性的舒适处境中赶出来。你在这里能干什么呢? 这个男人养着个孩子,连孩子是不是他的,都还不一定。"

"弗兰琪当然是他自己的孩子!"丽莎对莫伊拉的话感到震惊。

"唉,但那还是有可能的。她很不可靠,你明白的,我说的是那个妈妈。我在医院见过她,她是性格和行为非常放肆的那类人。她可能随便说出什么人的名字,说那是孩子的爸爸。"

"得了吧,莫伊拉,我可真的从未听过如此荒唐的闲扯。"丽莎对莫伊拉气量狭小、胡乱猜疑的卑鄙态度突然感到怒火中烧。

难道生活不就像抽签碰运气?这里原本也有可能拥有一个很好的社工,就跟有时去凯蒂店里做头发的那位苏菲女士一样。看到弗兰琪如今的状态,苏菲那样的社工肯定会感到高兴。结果是如此成功,她肯定会欣喜不已的。可是命运就不那样安排,让他们碰上的是难缠的莫伊拉。

谢天谢地,心地阴暗的蠢货莫伊拉讲坏话时,诺尔人在厨房里。他没有听到这些疯言疯语,真是令人安慰的一个奇迹。

不用说,诺尔听到了这边说的每一个字。他气得七窍生烟,几乎按捺不住。

莫伊拉是多么刻薄又令人讨厌!而他才刚开始看到她身上的一些优点。但现在不会了。如此这般的一番言辞之后,将来也不会了。

听到她关门离去的声音,他还是勉强喊出了一声再见,愉快得仿佛如释重负。他不愿去考虑那些话,那都是胡说八道。他情愿去考虑弗兰琪生日派对的安排。他只想去关注弗兰琪,他的宝贝小乖乖。那恶毒女人的话没有能力伤害他。他会置若罔闻,毫不在意。

首先,他要在丽莎面前假装什么都没听到。这是非常重要的。

莫伊拉沿着离栗树街运动场渐行渐远的那条马路快速地走着。她

第十五章

对之前那样跟丽莎说话感到遗憾和愧疚。那太不专业了。那可不像她的风格。但话说回来,她当然也有苦衷,那就是担忧着父亲和莫琳·肯尼迪的好事。不过,那也不能成为她的理由,让她对诺尔的亲情关系信口开河。幸亏上天有眼,他当时正在厨房打理洗衣机,所以没听到她的毒舌。看来丽莎也不至于会跟诺尔提及这一话题。

为什么总是祸不单行?

莫伊拉的弟弟写信说父亲和肯尼迪夫人即将结婚。肯尼迪先生消失已经十五年,从未与家人有任何联系,英国的人口登记名录中,随便哪份记录都查不到他的名字,所以他现在已被推定死亡。两人结婚的日子定在一个月之后,有几个亲友接到邀请,届时将回到老屋这里。所有人都为此感到高兴,弟弟在信中写道。

莫伊拉确信大家肯定喜气洋洋,但那只是因为他们不需要面对这一事实:肯尼迪先生还活着,活得好好的,只不过长期蜗居在便宜的小旅馆中。而且,他是莫伊拉的当事人。

"爸,是我,莫伊拉。"

父亲的声音听起来非常惊讶,仿佛是澳大利亚总理突然给他来电。

"莫伊拉!"他能说出来的就是这个。

"我听说你又要结婚了……"莫伊拉开门见山。

"是的,我们希望如此。我们结婚,你高兴吧?"

"非常高兴,你们结婚,有没有什么人觉得不妥,反对什么的……"她停住了,尺度把握得很微妙。

"他被认定已经死了,"父亲以一种死气沉沉的空洞声音说道,"只要失踪七年,政府就会发布死亡通告,而他消失不见的时间早就超过那好多年了。"

"那个……嗯……教堂呢?"莫伊拉回道。

"哦,我跟教区牧师已经没完没了地交涉过了,他们然后去跟总教区的大主教谈这个事。当然,还有一件事,叫作什么'推定死亡'的,但每个问题都按照事情的是非曲直讨论过了,实事求是。既然这家伙没有通信地址,也没有任何形式的身份记录,就不存在什么疑问。"

"另外,你会邀请我吗?"

这感觉就像在试探一只病牙——巴不得没有结果。她希望父亲会说婚礼仪式规模很小,另外考虑到年龄和实际状况,他们因此限制了婚礼上的人数。

"哦,那是当然的。如果你能到现场,我会很欣慰。我和莫琳都会高兴的。"

"非常感谢你的好意。"

"不用客气。我很高兴你能出席婚礼。"

他挂断了电话,但连结婚日期、时间和地点都忘了告诉女儿。不过,话说回来,她可以从弟弟那里知道这一切。

弗兰琪的生日派对办得很成功。

她戴了一只小皇冠,乔尼也戴了,因为这天也是他的生日。除了两位小宝贝主角,几乎没有孩子来参加派对,但到场的成年人很多。莉琪帮着安排果冻,莫丽·卡罗尔则负责配鸡尾酒的香肠小食。

弗兰琪和乔尼都还太小,无法欣赏加拉格先生的魔术。不过,看着这位魔术师在空气中挥挥手,变出兔子、彩色丝巾和金币,大人们都不禁连声惊叹,对加拉格喜欢得不行。孩子们倒是挺爱那些兔子,他们好

第十五章

奇地翻看魔术师的高顶礼帽,想知道兔子又跑到哪里去了——当然是徒劳。乔希提议在将来的新游乐场中安置一处兔笼,这得到了大家的热情响应。

派对进展顺利,诺尔感到欣慰。孩子们都没发脾气,也没有因过于兴奋而显得疲倦。诺尔甚至还给到场的大人们准备了红酒和啤酒。这并未让他受到打扰,连最轻微的烦躁情绪都没有。菲丝和丽莎承担着清洁现场的使命,她们把没喝完的那些酒瓶悄悄地放进菲丝准备好的大袋子中。

但诺尔的心沉甸甸的。派对上两句偶然的言语让他耿耿于怀,比他认为可能带来的冲击要更为深重。

腚狗这家伙总是会冒出些不合时宜的话。他评价说弗兰琪的样子长得太好看了,简直不可能是诺尔的女儿。对此,诺尔勉强挤出一丝微笑,他说自然变异有种奇怪的运行方式,来对遗传缺陷加以修正。

帕迪说弗兰琪是个很漂亮的小丫头。他以屠夫的职业目光看出弗兰琪面颊处的骨骼精巧柔美,这姑娘的眼睛很大,乌溜溜的。

"那,那是因为她长得像妈妈咯。"诺尔做出应答,但他的思绪却飘远了。

丝黛拉有一张活泼生动的面庞,这是不错,但她的面颊骨却并不小巧,也没有黑黑的大眼睛。

诺尔自己也没有。

弗兰琪是另外什么人的孩子,有没有这个可能?

参加庆生派对的亲友和客人都辞别之后,诺尔非常安静地坐在那里。最终,菲丝也在他身旁坐下来。

"诺尔,房子里有酒,对你是不是一种压力?"菲丝问道。

"不,这个我根本没想到过。你为什么这么说?"

"只是因为你看上去有点低落。"

她是真心同情他,于是他就跟她说了实话。他将莫伊拉的言论复述了一遍:他太天真单纯了,竟然相信自己是弗兰琪的父亲。

菲丝听着,眼中冒出了泪水。

"我从没听过这么荒诞不经的话。她是个尖酸刻薄、心理消极阴暗的女人。这个嚼舌头的女人,什么都说得出,难道你要相信她的鬼话?"

"我不知道。但那是有可能的。"

"不,那是不可能的!她为什么选定你照管孩子?不就是因为你是父亲吗?"菲丝为诺尔感到愤慨和恼火。

"那时候,丝黛拉多多少少也说过这一点。"他记起来了。

"诺尔,不要再想这个荒唐的念头了。你是这世上最好的爸爸,莫伊拉就是无法接受这个事实,因为她以为你做不到。这就是全部的解释。"

诺尔虚弱无力地笑了笑。

"你等着,我去烧一壶茶。我们就吃剩下那些食物吧。"菲丝说道。

莫伊拉去小旅馆探视肯尼迪先生,她要确保他得到所有应得的权益和待遇。他已经安顿下来了,情况还不错。

"你有没有想过要回到你从前的家,你最初跑出来的地方?"她心虚地问他。

"从没想过。生命中的那一部分对我来说已经过去了,结束了。跟老家那些人唯一相关的一点,就是我已经死了。我倒是宁愿如此。"他说道。

第十五章

这让莫伊拉感觉稍微好了一些,但还没有完全放松。她现在的言行正是缺乏本职专业精神的表现。当要说的都说了,该做的都做了,剩下的便没什么了——除了她的专业操守。她是不是在这一方面已经令人失望?

她也对自己在对诺尔与弗兰琪的父女关系加以质疑时朝着丽莎爆发感到懊悔。那是不可原谅的。幸运的是,诺尔没有听到那些话,或者,无论如何,她跟他说话时,他是彬彬有礼的。这就表示他并不介意,听到了也等于没听到。

诺尔睡不着,于是起来,坐在客厅里。他翻出一张纸,将自己显然是弗兰琪父亲的那些理由一一列出,然后又列出他可能不是弗兰琪父亲的那些理由。跟通常情形下一样,他未曾得出任何结论。他对那孩子爱得是如此之深——她肯定就是他的女儿。

但他仍然无法入睡。只有一件事需要去做。

去进行一次 DNA 匹配对比检验。

他明天就要安排这件事。他将手中的清单撕成了小碎片。

事情的全部解决方案就在这里。

关于 DNA 测试,诺尔不愿去找迪克兰或哈特医生咨询和帮忙。在互戒协会的碰头汇报中,他问是否有人知道那种检测是怎么做的。说话时,他故意显得轻松随意,仿佛是在帮某位朋友询问此事。一如既往地,这帮"酒徒"哥们总是能找出一个答案:你直接去随便哪个医生那里,他会用药棉在你脸颊上涂抹一下,然后送去化验室查查就行了——没有比这更简单的了。

是啊，大家的建议非常好，只不过好倒是好，但诺尔可不想让迪克兰知道他心里的这份疑惑。他也不能去问哈特，因为哈特现在已经是家里人了。所以，必须去找一个完全陌生的人。

他寻思着堂姐艾米莉可能会对此提出什么看法。她或许会说，"虽然无情，但不要欺骗自己，赶快去查吧"。按堂姐那务实的性格，这应该是不用说的。

他去到城市的另一头，拜访了一位医生。这是位女医生，非常实际，说话简明扼要。

"做这种检测，你自己要付出代价的。我们必须付钱给实验室。"

"当然的，我知道。"诺尔表示同意。

"我的意思是说，这应该不是你一时心血来潮的怪念头吧，也不是因为你跟你的那一位发生了愚蠢的争吵，或者是任何类似的原因吧？"

"不是那么回事。我只是想弄清楚。"

"万一结果显示，你不是孩子的父亲呢？"

"到那时再说，我会决定该怎么办。"

"你要有心理准备，万一听到什么你不想听到的事情。"女医生还在坚持。

"只有知道了真相，我才能心安。"他简洁地回应道。

那之后的事情就很简单了。三周之后，他将得知确定的结论。

尽管已经被告知要等三周，诺尔还是每天都注意自己的邮件。医生对他承诺，说一旦拿到结果就会尽快通知他。他们已经达成共识，不用打电话，因为那可能不太可靠，或者说，是太容易公开化了。

最好是将结果用信件邮寄过来。

第十五章

送达的每一封信件,诺尔都仔细拆阅,但依旧毫无音讯。

丽莎去伦敦参加面试了,回来时情绪很是振奋。当对方说要聘用她时,她立刻就接受了。现在,她不得不加快行动,把都柏林这里的事安排妥当。每天的时间都不够用。

但诺尔却从未感到时间流逝得如此缓慢。在豪氏上班的白天简直长得无休无止。每天工作之后,他想喝上一顿的念想是那般强烈,以至于几乎每晚都要去互戒协会参加恳谈。

一点点人体组织的匹配对照,或者说是什么 DNA 的检测,为什么要花那么长时间?

他有时会忍不住看看弗兰琪,之后便感到满心的羞耻,因为他竟然对她采取如此的行径——但他实在是太想知道结果了。

诺尔有过长期的历史纪录,就是拒绝承认现实。以前酗酒的时候,他否认有人可能会发现他酗酒这一事实。戒酒之后,又将有关舒适小酒吧的所有念头都从他的脑海和记忆中剔除。总的来说,这种策略对他颇为有效,但并非总是如此。

现在也是同样的情况。弗兰琪有可能不是他的孩子,但他却将这种可能性拒绝在外。他就是不愿去想一想,如果是那样的话,然后他该怎么办。这一事实,也即丝黛拉可能对他说了谎或者干脆就是搞错了,还有那随之而来的令人心碎的可能性,也即弗兰琪或许不是他的小宝贝,而是其他什么人的女儿——这个问题过于巨大了,让他无法去思考。这只能被排除在他的清醒意识之外。

一旦知道了结果,不管是肯定的还是否定的,决断起来就会容易一些。现在的境况是最糟糕的。

信寄到了栗树街运动场这里。

丽莎出门前将信放在了餐桌上。在寂静无声的公寓里,诺尔又给自己冲了一杯茶。他的手抖得厉害,几乎无法捡起那信封。泡茶时,茶壶碰到茶杯的磕碰声几乎令人惊恐。他感到极度虚弱,现在无力去打开那封信。他还不得不熬过这一整天,要避免像这样哆嗦个不停。也许,他应该把信放到一边去,明天再打开。他将信放进了抽屉。谢天谢地,他之前已经剃过胡子了,否则手这样抖动根本没法剃须。

他非常缓慢地穿上衣服。他脸色苍白,双眼看上去极为疲惫,但毫无疑问的是,他仍然可以假扮成一个正常的人,而不是一个将一生中最重要的秘密埋藏在一边,没有勇气去揭晓的人。他曾经也蒙混过关,掩饰了真相:为了一品脱啤酒,再加上一大份的爱尔兰威士忌,他是愿意拿出自己每样财物的那类不可救药的酒徒。

而他表面看上去却完全正常,真是太奇怪了。现在,看看他,你还可能以为他一切如常。

跟腚狗和腚狗的小货车一起来到公寓时,丽莎惊讶地发现诺尔还在家里。她叫来腚狗,是为了把自己的东西运到妹妹凯蒂和加里那边。

"嗨,我还以为你去上班了呢。"她开口道。

诺尔摇头。"今天休假。"他含糊其辞。

"你这个家伙,运气不错嘛。弗兰琪呢?既然休假,我想着你会带她出去玩的。"

"她去艾米莉和哈特那里了。事先的轮值安排就这样,没必要把它打断了。"他语气平淡,就事论事。

"诺尔,你没事吧?"

第十五章

"当然,我挺好的。你这是在干什么?"

"搬我的东西,也好给你们这对鸳鸯腾出更多的戏水空间。"

"你清楚的,你在这里并不碍事。房子足够我们所有人住的。"

"但我很快就要去伦敦了。我可不想让我的这些箱子堆满你的公寓。"

"如果没有你,丽莎,我还不知道会过成什么样子。我真的无法设想。"

"这一年难道不精彩吗!"丽莎不禁感叹起来,"这一年,你有了弗兰琪,而我嘛……我眼睛上的那些翳障也脱掉了。曾经,有那么多的障眼物挡着我,比如安东就是一个,我父亲又是另外一个……"

"你从未讲过那一晚你为什么跑来这里。"诺尔说。

"你也从未问过。这才让一切都变得如此安心平和。我会想弗兰琪的,会想得要命。好在菲丝每个月都会发一张弗兰琪的新照片给我的,那样我就能看到她的成长。"

"你会把我们全都忘了的。"诺尔设法在脸上浮出微笑。

"说得就像我真会似的。这里可是我有过的第一个像样的家。"

她轻快地给了他一个拥抱,然后走进自己的卧室去清点要运到妹妹那里去的箱子。

"替我问候凯蒂一声。"诺尔机械地说道。

"我会的。她迫不及待地要告诉我什么事情呢。听她的声音,我就知道。"

"有个姐姐妹妹什么的,肯定很不错。"

"确实如此。也许你和菲丝哪天可以给弗兰琪带来一个小妹妹。"丽莎打趣道。

"也许吧。"听起来,他对此并非很确信。

听到腌狗上楼来搬东西,丽莎感到松了一口气。诺尔今天肯定不太正常。

凯蒂确实有事情要告诉丽莎。她怀孕了。她和加里为此大喜过望,希望丽莎也会为他们感到高兴。

丽莎说她当然挺高兴的。她根本不知道妹妹和妹夫的计划中也有造人这一项,但凯蒂告诉她,两口子对此期待已久。

"两个干全职工作的,两个事业飞升的成功人士,还想这么早当爹妈?"丽莎说道,故作惊奇。

"是又怎样?我们想要个宝宝,让一切更圆满。"

"我可以成为一个超级棒的姨妈。生孩子这码事,我一无所知,但怎么照料小婴儿,我倒是胸有成竹。"

"我真希望你不要走远。"凯蒂说。

"但我会经常回来的。"丽莎安慰妹妹,"凯蒂,这小宝贝会在一个真心想要孩子的家庭中成长——而不是像你我长大时经历的那样。"

艾米莉和哈特被大把花草种子的产品目录包围着。可供选择的种子是如此繁多,要做出决定并非易事。弗兰琪跟两人坐在一起,看似也在研究那些花草的图片。

"她一点也不麻烦。"艾米莉疼爱地说道。

"遗憾的是我们没能早点相遇——我们自己原本也可能有几个这样的小东西的。"哈特回应道,语气中有渴望与怅然之意。

"哦,算了吧,哈特。我的人格特征中有更多奶奶或外婆的成分,比当妈妈更合适。那种晚上被接走、回到父母身边的小宝贝,才是我喜欢的。"

"跟我在一起,你有没有觉得无聊?"哈特突然问道。

"你什么意思?"

"以前在美国,你的生活很忙碌,教学、上课、去美术馆看展览,成千上万的人会聚集在这些地方。"

"哈特,别企图绕弯子在我这里得到夸奖了。你知道的,我对这里可是沉迷得一塌糊涂,对你也是。等我们把这小宠物推回去,送回栗树街运动场那边,我会给你做世上最美味的奶酪蛋酥,来证明这一点。"

"老天在上,生活已经没法比这好到哪里去了。"哈特一边愉快地感叹,一边说道。

丽莎和腚狗齐声说了再见,然后离去。公寓房里又变得极为静默。

诺尔打开抽屉,拿出了那封信。也许,他该先吃点什么东西,来提振一下自己的精神。这天他没吃早餐。他去给自己做了个番茄三明治,很仔细地把切碎的洋葱加进去,再切掉面包片边缘的脆皮。三明治吃在嘴里像锯末般无味。

他将信封往自己面前挪了挪。

当他看到检验结果确认他就是弗兰琪的父亲,那么一切将会万事大吉。难道不是吗?眼下这种空洞的虚弱感将会消失,而他将重新恢复正常。

但是,假如结果……诺尔无法让自己顺着这个思路想下去。不用说,他就是弗兰琪的父亲。现在,他已经吃完了那味同嚼蜡的三明治,已经准备好去打开信封。

他把信拿到手上，用刚才切三明治的那把刀划开了信封封口。信件行文生硬教条，全是模式化的八股公文，但内容清晰而简洁。

DNA样本未能匹配。

一股愤怒的热流涌过他的全身。他能感觉到脖颈和耳朵这里灼热得如同火焰在燃烧。他能感觉到胃仿佛被重重地抽打了一般，还堵得难受。眼睛和前额这里，有一种奇怪又陌生的晕眩模糊之感。

这不可能是真的。

丝黛拉不可能跟他说了一大堆谎话，以欺骗的手段将孩子塞给他。当然，如果她自己也无法确信孩子是他的，就不可能做出这一切安排，还在孩子的出生证明上填上他的名字。

也或许，她的情人实在太多了，因此说不清弗兰琪的父亲可能是哪一个。

只因为他老实好欺，不会有怨言，她才选中他来背黑锅。

或者可能是，弗兰琪真正的父亲太不可靠或无法露面，因此无法联系到他。

怒火在他胸中肆虐蔓延。

他确切无误地知道，什么可以让他感觉舒服一些。他抓起夹克，出了门。

在心脏理疗中心，莫伊拉整个上午都忙碌着。既然名声传开了，说她是一位专家，擅长为人们谋求应得的权益，她收到的当事人委托也就增加了许多。莫伊拉的信念是这样的：只要有福利存在，那么人们就应该享用。她不厌其烦地填写那些书面材料，联系护工，安排当事人所需的各类补贴或援助。

第十五章

今天,肯尼迪先生要来理疗所体检。她将与他会面,确保这位老人得到了恰当的看护和照顾。另外,出乎预料的是,克拉拉跟她说,有一件私事,问她能否抽出十分钟时间谈谈。

莫伊拉寻思着那究竟可能是什么事。闲言碎语在理疗所都已传遍了,说凯西医生已经让恩尼斯先生搬到她家公开同居了,但肯定无疑的,克拉拉不是要跟莫伊拉商讨如此隐私的个人问题。

午时刚过,在莫伊拉正式完成当天的定量工作时限时,克拉拉潜入了她的办公室。

"莫伊拉,这不是占用公务时间,而是你我两人的私人时间,是你给我一个面子。"

"当然,有话请讲。"莫伊拉回道。

而在几个月之前,她很可能会说出些更尖利的话,更公事公办的什么话,但过往的那些人事经历让她变了。

"是关于我的女儿琳达。她和丈夫都想收养个小孩子,心情很迫切,可不知道该如何着手。"

"到目前为止,他们做过些什么努力?"莫伊拉问。

"没什么,除了口头上谈谈这件事。但他们现在想进前一步,有所行动。"

"好的,你愿意我哪天约他们谈谈吗?"

"实际上,琳达今天就在这里。她来接我去吃午餐。现在就谈的话,是不是太仓促了?"

"不仓促,一点儿也不会。你想留在这里听我们谈话吗?"

"不,不,莫伊拉——但我真的很感激你能帮忙。过去的这几个月里,我已经认识到,你是多么的执着坚定,做事认真周密、有始有终。如果说有谁能帮到琳达和尼克,那非你莫属。"

莫伊拉一时真想不起缘由——她以前为什么会认为凯西医生高高在上、盛气凌人？克拉拉去招呼她那高个子的漂亮女儿进来时,莫伊拉在一旁边看边想。

"我要把你的事交给内行来打理。"克拉拉说道。这母女俩顺势还彼此拥抱了一下。

莫伊拉没来由地感到一股愉悦满足的暖流涌上来,遍布她的面庞和脖子。

在商业街一起吃午饭时,琳达一直滔滔不绝,控制不住满怀的兴奋与热切。

"我真想不通,你为什么会不喜欢那个女人？她实在是太棒了。领养孩子的程序其实很简单。你只要去卫生保健委员会,那里的人会指引你去婴幼儿收养分部,然后填写很多的细节信息,接着会有人来家中访问,进行调查评估。莫伊拉还问了我们是不是介意孩子的国籍什么的,我说当然无所谓。看起来,事情真的很有希望,说不定很快就有眉目。"

"琳达,我真是非常高兴。"克拉拉温和地说道。

"那么,你和弗兰克最好进修一下带小孩的基本功啦。"琳达回道,同时双眼放光,亮得颇有些异样。

离开理疗所之际,莫伊拉的心情非常好。至少这一次,她的才华看来得到了认可。这是很难得的场合之一：人们看上去真的能愉快地接纳社工的角色。

第十五章

她已经给她们做了预警,说可能会延误,有各种官僚手续,她告诉她们,最重要的一点是要持之以恒,静静地等待情况进展,不管有任何令人恼火的事情发生,都要沉着镇定,保持平和的心态。对她个人的帮助,琳达已是既高兴又感激,而且更重要的是,琳达的母亲也对她表示了高度赞赏。

在私人关系层面上,这是她第一次遇到这种良好局面。

脚步把她带向栗树街运动场那一边。她习惯性地看了看诺尔和丽莎同住的公寓楼。诺尔应该去上班了,但丽莎或许还在那里,忙着打包个人物品——她很快就要远赴伦敦了。但无论如何,走进公寓去跟丽莎说话,被对方指斥说她无端怀疑,是在刺探敌情,那就自讨无趣了。她不想失去在理疗所那边刚刚得到的美好的人际关系体验,于是就径直走开了。

午饭时,艾米莉接到了一个电话,是诺尔打来的。他的声音很不稳定。在艾米莉听来,诺尔可能是喝醉了。

"诺尔,你没事吧?"她焦虑地问道,心不禁悬了起来。他本应来接弗兰琪回家的。到底发生了什么情况?

"没事。一切都好。"诺尔的语调听上去像机器人,"实际上,我在动物园。"

"动物园?"

艾米莉惊呆了。动物园在城区另一边,在好几英里之外。她不知是该松口气,还是该感到忐忑惶恐。如果诺尔在那里,那他人就是安全的;但,他是在那里闲逛,看鸟、看狮子、看大象,却不来接他的宝贝女儿。

"是的,在动物园。我已经多年没来这里了。这里增加了很多新东西。"

"想来如此,诺尔,我确信那里的动物更多了。"

"所以,我就想问问,你能不能多照看一会儿弗兰琪?"

"当然可以。"艾米莉同意了,同时又忧心忡忡。

诺尔喝醉了?他的声音听起来挺紧张的,似乎不堪重负。到底是什么引发了这一切?

"你独自一人在动物园?"

"是的,暂时就只有我自己。"

诺尔心中反反复复地想着一件事。这一年来,他都生活在一个谎言里。弗兰琪不是他亲生的。天知道这孩子的父亲是谁。

他爱她,对她视同己出。毫无疑问,他确实如此。但此前他一直认为她就是自己的女儿,而且也没有别的人被指定来抚养这孩子。出生证上父亲一栏写的是他的名字。他爱着弗兰琪,照料她,喂养她,给她换尿片、擦屁股。他保护着她,给了她安全的生活,让她身边环绕着爱她的人。他已经把她变成了自己的孩子。他是否后悔所做的这一切?

她才一岁,妈妈早就死了——如果他现在撒手不管,弗兰琪将会遭遇怎样的人生开局?

把另一个男人的孩子当成亲生骨肉养育成人,他能做到吗?他自觉难以办到。弗兰琪是别人的孩子,别的什么人播了种,然后就甩手走开了,作孽却不必承担后果。他应该去找出那人是谁吗?那样做是不是大海捞针?

如果现在选择撒腿逃开,那他又算是什么人?他从医院把弗兰琪

第十五章

带回家时,她还是个孤绝无助的弱小婴儿,但即便到了如今,方方面面,事无巨细,她还是要完全依赖他,就跟刚出生时一样。遗弃她,他能做得出?

他和她的家——那套公寓室内的画面浮现在眼前:地板上散落着弗兰琪的玩具,衣服在烘干机上加温,壁炉台面上的相框里放着她的照片,厨房里是婴儿食品,卫生间里是儿童浴液、润肤露。每天的每一分钟,弗兰琪在哪里,他都一清二楚。

他回想起弗兰琪失踪的那一夜所引发的巨大恐慌。所有人都出去找她,那么多人都为她的安全揪心。现在,她在艾米莉和哈特那里,等他们去旧货店时,也会把她一起带着。在他自己父母的眼中,弗兰琪就是林齐家的孙女。街坊邻里的每个人,弗兰琪全认得,他们都是她生活的一部分,她也是他们生活的一部分。他要终结这一切吗?

但问题在于,继续把一个陌生男人的孩子养大,他真有这份气量?

他需要喝上一杯。就只一杯,那样他才能看清前方的路要怎么走。

莫伊拉到访圣加拉斯的旧货店,看到弗兰琪在婴儿车中熟睡,脸上似乎有惊讶之色。对此,艾米莉只能装糊涂,将忧虑深埋在心底。

"孩子爸爸什么时候来接她?"莫伊拉问道。

她并非真的想知道答案。这只是表达她的立场。她总是喜欢让人们认识到,她居于予取予夺的权威地位。

"他稍后就会来的。"艾米莉露出一丝看似把握十足的微笑,"莫伊拉,你的品位可真好。有什么特别的小物件能入你眼吗,有没有兴趣看看?这里有只包,非常漂亮,介于手袋和公文包之间,几乎能一物两用。我觉得这是摩洛哥小羊皮的,上面的纹理很好看。"

正如艾米莉所言,包非常漂亮。那种设计对莫伊拉来说正合适。她摸着那包的皮质,一边在心里盘算着。但花钱为自己购置行头之前,她先得买一件礼物送给父亲和肯尼迪太太。或许,在艾米莉这里也同样能得到帮助。

"我需要一件给人家结婚的礼品,需要原样未拆封过的,是送给乡下的一对中年夫妻。"

"他们有自己的住房吧?"艾米莉问道。

"有的,女方有一栋房子,男的也住在那里……我的意思是说,婚后会住在一起。"

"她做菜挺不错吧?"

"是的,事实上,她厨艺挺好的。"莫伊拉对艾米莉的问题感到惊讶。

"那她大概就不需要任何的厨房用品了,因为她肯定会把那里安排得井井有条。这里有一块很漂亮的台布,显然是一个礼物,但原主人不要了。我们可以打开来检查一下,确保东西完好无损,然后再把包装封好。"

"送台布?"莫伊拉不太确定。

"你看一看。这是最上等的亚麻布,上面还有手绘的花卉图案。我敢说,她会喜欢这个的。她是你亲密的朋友?"

"不是,"莫伊拉回道。然后她又意识到这回答听来干巴巴的,有点无趣,"我的意思是,她就要嫁给我父亲了。"她解释道。

"哦,这样啊。我确信,你的那位继母会很喜欢这台布的。"艾米莉说。

"继母?"莫伊拉掂量着这个词。

"嗯,她就是要成为这个角色的,当然的,不是吗?"

"当然是的。"莫伊拉慌忙表示肯定。

"我希望他们会很幸福。"艾米莉祝福道。

"我想,他们会的。事情有些复杂,但他们俩挺般配。"

"这个嘛,事情全都是这样的啦。"

"是的,某种意义上就是这样,只不过有些事还没处理完。这很难解释,但这种事情就是这个样子。"

"我觉得,难免会有些小曲折的,正常。"艾米莉安慰道。

莫伊拉究竟在讲什么,艾米莉根本没有概念。

莫伊拉离开时,既买了台布,也买了那只两用包。她已经迅速成为旧货店的最佳顾客之一了。

有一件事依旧重重地压在她心头。毋庸置疑的,肯尼迪先生有权利知道,在利苏安,他的房子还安然存在着,但他的妻子却即将再婚,称另一个男人为丈夫,而那人正是接待他的这位女社工的父亲。

莫伊拉清楚,很多人肯定会劝她保持沉默,置身事外。即使肯尼迪先生未曾碰巧成为她的当事人,并被她安排长期入住公益性旅馆接受孤老关怀,利苏安老家的那桩婚事依然会向前推进。但那个事实还是无法否认。她已经遇到了肯尼迪先生,而她也无法对此事装聋作哑。

"肯尼迪先生,情况还好吗?"

他们坐在福利旅馆的活动室里。

"迪尔尼小姐,今天还没轮到你来探视的日子吧。"

"我正好经过这一带。"

"噢,明白了。"

"肯尼迪先生,我想问一下,你在这里住得满意吗?"

"你每周都问我这个,迪尔尼小姐。还说得过去,我已经告诉过你了。"

"可你就一点也不想以前在利苏安度过的日子吗?"

"不想。我离开那里已经好多年头了。"

"说的也是,但你真的不愿回去吗?你想不想跟你的妻子从头再来?"

"过了这么多年,对我来说,她难道不是早就成了陌生人?"他反问道。

"但设想一下,假如她再婚了呢?因为她以为你已经不在世了。"

"如果她结婚了,我会为她喊加油,支持她。"

"你不介意?"

"在生活中,我做出了自己的选择,就是远走他乡。她也有权利做出她的选择。"

莫伊拉看着他。得到的反馈挺好——但她仍然不能摆脱那份心事的纠缠。她知道老家正在推进的那桩婚事。她一定要告诉他。

"肯尼迪先生,有一件事,我必须跟你讲。"她说道。

"不必麻烦了,你不用为难自己。"他说。

"不行,请你一定要听。你明白吗,事情并不是像你想的那么简单。实际上,有一点小情况,我必须向你通报一下。"

"迪尔尼小姐,那事我全都知道。"他说。

她胡思乱想了一会儿,心慌之下以为他也许真知道了,但又意识到,对利苏安的生活的任何变化,他都不可能知道什么。毕竟,多年以来,他一直背井离乡。

"不,等一下,你一定要听我说——"

"我不是全都知道了吗?你爸爸已经搬进了那栋房子,现在,他要跟莫琳结婚了。他们又有什么缘由不该结婚呢?"

"因为你仍旧是她丈夫呀。"莫伊拉结结巴巴地说。

"他们以为我死了,而且就他们来说,对我的唯一牵挂就是我死没死,那我也就等于死了。"

"你一直知道这一切?"莫伊拉很震惊。

"我一下就认出你了。我清楚地记得你以前在老家的样子,你一点都没变,不过,对人间事情能更包容了。你童年时的日子不是很好。"

这个男人将在福利院度过余生,却在对她表示怜悯。这世界简直颠倒过来了,莫伊拉对此感到虚弱。

"你是很好的人,能告诉我这件事,但老实说,事已至此,我们最好任其自然吧。那样的话,伤害才是最小的。"

"可是——"

"没什么可是的。就随它去吧,让他们结婚吧。你不要提到我。"

"那你是怎么知道这些的?"莫伊拉的声音又低又弱,如同耳语。

"我有个朋友在那里,我们保持着联系。有什么动静,他就会向我通报。"

"你的朋友,他现在还在利苏安吗?"

"不在了,他死了。莫伊拉,现在只有你我知道内情。"

共同的秘密是一种关系平衡器,非常有效,莫伊拉心想。现在,他对她直呼其名,不再是客套地称她为"迪尔尼小姐"。

琳达告诉妈妈,莫伊拉说到做到。她不是在这里做了预约登记,就是在那里做了引荐介绍,领养程序现在已经启动了。尼克和琳达都说,如果没有莫伊拉,他们两口子肯定一筹莫展,如坠雾中。她做事一往无前,看似无视任何阻碍。这是社工所需要的一个完美的特质。

"你们却一个都不喜欢她,我真是无法理解,"琳达说道,"有生以来,我可从未遇到过像她这样得力的人呢。"

"她在工作方面是不错,"克拉拉表示同意,"但,看在老天的分上,要是度假的话,我可不愿跟她同行。她总是会莫名其妙地让每个人都感到受了冒犯,或者觉得心烦。这一点,她从没失手过。"

弗兰克发声赞同。"她是个从来都不笑的女人,"他反感地说道,"对谁来说,这都是个性格缺陷。"

"刚到理疗所的时候,她也很有性格呀,敢于拒绝给你当密探,"克拉拉开心地说道,"那是她的另一个加分项。"

"我认为,她肯定误解了那里当时的情形……"

弗兰克可不想给眼下自己的家里带来什么不和谐音。

诺尔和马拉奇来到艾米莉与哈特家中接弗兰琪时,已经是晚上九点了。

诺尔脸色苍白,但情绪平静。马拉奇看起来很疲倦。

"今天,我要在栗树街运动场那里过夜了。"马拉奇对艾米莉说。

"那很好啊。丽莎已经收拾东西走了;你不去的话,那里会有点冷清的。"艾米莉客观地回应道。

弗兰琪已经香甜地入睡了,此刻醒了过来,很高兴又成为众人关注的中心。

第十五章

"啪巴!"她对诺尔叫道。

"没错。"他机械地回道。

"我试着对弗兰琪讲解过了,说她奶奶和爷爷要修建一座漂亮又安全的小游乐园,她和所有的小伙伴都能在那里愉快地玩耍。"

"太棒了。"马拉奇说道。

"是这样。"诺尔回应。

"那个儿童乐园,你爸妈打算下周举办一个动土奠基仪式。从那时起,项目也就开工了。"

"那是当然的。"诺尔说。

马拉奇恹恹欲睡,但还是把他们带上了路。弗兰琪坐在童车里,叽叽喳喳地说开了,她嘴里的那些字词可以识别出来,但没有什么合理的意思。

诺尔沉默不语。他的身体在那里,但心却缺席了,神思恍惚。人们当然能够猜出来,有什么事已经不同了。弗兰琪还是跟这天上午同样的那一个小娃娃,但其余的一切都变了。诺尔还没有什么时间来适应这一新情况。

马拉奇睡在沙发上过夜。夜里,他听到弗兰琪开始哭起来,随后诺尔起床哄孩子,来抚慰那小姑娘。诺尔抱着孩子坐在那里的时候,月光正好透过窗子照到他的脸上。马拉奇可以看到,诺尔的脸颊上挂着泪水。

莫伊拉搭火车去利苏安。弟弟帕特和艾琳·欧莱瑞来接站。

"谁打理店里的事呢?"她问道。

"帮手非常多,都是很好的邻居,我们要去参加你父亲的婚礼,大伙儿都很乐意帮忙。"

艾琳盛装打扮,极尽美艳,她穿着玫红与奶油色的礼服,发间插着一枝大大的粉红玫瑰花。尽管穿上了最讲究的衣服,相比之下莫伊拉还是感到寒酸。看到艾琳那小姑娘式样的明艳秀丽的手袋,她心里不禁懊悔起来,真不该提着严肃古板的公文包回来。但是,要变装已经来不及了。她们必须赶快去婚礼现场,以免迟到。

有大约五十位亲友在教堂那里等着。

"你确定这么多人都知道我们的爸爸要结婚?"她问帕特。

"他们这么高兴,难道不是为了这件喜事?"帕特说道。场面一目了然,就是如此。

莫伊拉决定坐在现场看完典礼的全程,包括婚礼弥撒和主婚牧师的祝福致辞环节。她心里清楚,自己是在场所有人中唯一知道全部真相的那一个。当进行到这一部分时,神父问是否有任何理由阻止这一对新人结为连理时,莫伊拉依旧坐着,哑然无声。

婚宴安排在"海洋之星圣母"旅馆。大家送的礼物被放在大堂旁的一处会客间内展示给众人,那块手绘图案的台布看来得到了所有人的高度赞赏。莫琳·肯尼迪,现在该称作莫琳·迪尔尼了,她已经成为莫伊拉的继母,将这位女儿拉到了一边。

"这个礼物可真是太有心了,想得真周到。等事情全都安顿下来了,我希望你哪天能过来,在家里住一住。或许,我们一起吃饭时,可以把这块漂亮的台布铺上桌子。"

"那当然太好了。"莫伊拉低声说道,抑制住内心的喜悦。

菲丝有三天没来了。一回到公寓,她就跑过去抱起了弗兰琪。

第十五章

"看看,我给你带来的小靴子,是不是最最可爱的?"她抱着小宝贝说道。

"这孩子的衣服已经太多了。"诺尔在一旁出声。

"啊,诺尔,这回可是靴子呀,多可爱——瞧瞧!"

"一个月之后,她的脚就会长大,没法穿了。"他回道。

菲丝脸上兴奋的神采黯淡下来。

"怎么啦?是不是有什么事让你烦心了?"

"也没什么,就是大家伙儿老给她买衣服,都已经堆成堆了。就是这个。"

"我可不是什么大家伙儿呀,我这也不是在往她身上堆衣服。新游乐园周六就开工动土了,她需要穿双新鞋去那里。"

"哦,老天——我都忘记这码事了。"

"最好别让你爸妈听到这个。那可是他们人生中的重头戏,你却忘了。"

"会有很多人去那里吧?"他问道。

"诺尔,你没事吧?你看上去怪怪的,就像有什么事落到了你头上。"

"某种程度上是这样。"诺尔表示承认。

"那,能告诉我吗?"

"不了,暂时先不跟你说。这样做可以吧?抱歉,我刚才表现得很粗暴。靴子非常可爱,弗兰琪周六会成为时尚小公主的。"

"她当然会是最新潮的——现在,我去给咱们弄点晚餐吧?"

"菲丝,你可真是万里挑一的好姑娘。"

"哦,比那还要好多啦——要我说,是十亿里才能出一个。"她一边说笑,一边进了厨房。

诺尔强迫自己转换心情,变得快乐一些。弗兰琪在一旁,正从鞋盒里往外拿小靴子,忙得极为专注。她为什么就不能是他的孩子呢?

他坐在厨房一角,看着菲丝敏捷地左右腾挪,没用几分钟就把晚餐准备得差不多了。要是换作他,大概要忙活到天亮吧。

"你爱弗兰琪,就如同她是你自己的女儿,是不是这样?"他开口道。

"不用说,就是那样。让你烦恼的是这个问题吗?既然我几乎是在跟她共同生活了,也帮着照料她,那在一定意义上,她就是我的孩子。"

"但事实上她并不是你亲生的,这难道没有什么不同吗?"

"诺尔,你这是在扯什么呀?我爱这孩子。我都爱死这小丫头了——你看不出来吗?"

"我明白,但话说回来,你从一开始就清楚她不是你的亲生孩子。"他伤感地说道。

"哦,我知道这一切是怎么回事了。是那个荒唐的莫伊拉让你脑袋里有了这些念头。诺尔,就像你脑壳里有了一只大马蜂,这东西老是对你嗡嗡嗡地叫,把它赶走就得了。你明摆着就是弗兰琪的爸爸,你是个伟大的爸爸。"

"假如我去做 DNA 亲子鉴定,然后发现她不是我的——那该怎么做?"

"去做亲子鉴定?你要这样去侮辱这么美好的一个小宝宝吗?诺尔,你是发疯了吧?不管那个检测结果怎么说,又有什么关系呢?"

彼时彼地,他原本可以告诉她实情的。他可以走到抽屉边,拿出那封通告鉴定结论的信。他原本可以说出来,说他已经做了检测,结果证实弗兰琪不是他的孩子。菲丝是目前为止唯一的一个让他觉得足够亲近,甚至可以谈婚论嫁的姑娘,应该让她和自己共享这一惊人的重大秘密吗?

相反,他只是耸了耸肩。

"或许你说的没错,只有一个极度疑神疑鬼、对谁都不信任的人,才会跑去做那种无聊鉴定。"

"诺尔,你这样子还差不多。"菲丝愉快地说道。

菲丝离开后,诺尔在桌子边坐了很久很久。他面前放了三个信封,一个里面装着 DNA 鉴定结果,另一只里面是丝黛拉死前留给他的信,第三个里面是她写给弗兰琪的绝笔。

早些日子,也就是他几乎每个小时都要奋力抗争,强迫自己远离酒精的那段时期,他经常受到好奇的诱惑,想打开那封给弗兰琪的信。那些日子里,他焦灼难安,急于找到什么理由支撑他挺下去,急于找到什么东西,能给他一点坚持的力量。而今天,他想读这封信,是因为丝黛拉说不定会在其中告诉女儿她真正的父亲是谁。

不过,有某个念头阻止了他去读信。也许,那是一种公平游戏的意识。尽管,当然了,所谓公平纯粹就是胡扯。因为丝黛拉很显然没有做到坦诚磊落。可是,既然他以前就没打开过这封信,他如今也不打算去看。

说到底,丝黛拉从这一切中又得到了什么呢?不得安宁的短暂的一生,无数的痛苦和恐惧,没有家人,也没有朋友。她根本都没能看到自己的宝宝,也没能体验到孩子的小胳膊环抱在她脖子上的感受。而诺尔得到了这一切,还有更多。

一年之前，有什么在等着诺尔呢？几乎一无所有。他只是一个浑浑噩噩的酒鬼，做着一份没有前途的卑微的差事，没有朋友，也看不到希望。就是因为弗兰琪，这一切都改变了。在世的那最后一夜，丝黛拉肯定觉得多么孤苦害怕啊。

他伸手抽出她在病房中写给他的那封短信。

"告诉弗兰琪，我不是那么差劲，并非一无是处……"她写道，"告诉她，如果情况不是这个样子，那你和我就都会陪在她身边守护她……"

诺尔挺直了双肩。

他是弗兰琪的父亲，从任何意义上来说都是。或许，丝黛拉并非故意，而是真的搞错了？别人的生活中到底发生了什么，有谁能知道呢？假想一下，如果丝黛拉现在果真从某个幽冥之处留意着弗兰琪，那她也应当看到一个更仁慈些的好结局吧，而不是看到她的宝宝在十二个月大时就被残忍地抛弃。

昨天，诺尔爱着这孩子；今天，他依旧爱她。他会永远爱着她。事情其实就是这么简单。

他拿起丝黛拉的那两封信，走到桌子对面，将信放入柜子抽屉。那封亲子鉴定书被他撕成了碎片。

天气晴朗，风和日丽，这天是举办开工仪式的好日子。查尔斯和乔希共同抓着铁锹的木柄，挖进了土中。脚下便是他们买来建新乐园的一小块荒地。所有人都在一旁鼓掌志庆。弗林神父念叨了几句套话，

第十五章

说的无非是邻里关爱氛围和社区公益参与精神能带来如何伟大的成果之类的东西。

穆迪的几个酒友"同好"也来看动土仪式。人们听到其中一个说,他倒是宁愿看到这里竖起一座穆迪和爱犬"蹄子"的雕像,而不是那个早就去世的、谁都对他一无所知的什么圣人的像。

莉琪也到了现场,一只胳膊圈在西蒙的肩头。下周,西蒙就要去美国新泽西了,但他承诺说三个月之后会回来,告诉大家那边的情况到底如何。马可跟瑁德站在一起。马可希望能在这年春天举行婚礼,可瑁德说了,她并不打算这么急着就出嫁。

"你爷爷都向我表达过祝福了,让我娶你。"马可小声嘀咕。

"没错,但在祝福当中,他可没说要你*什么时候娶我*。"瑁德显得很坚定。

迪克兰、乔尼,还有现在已身孕明显的菲奥娜,都来了,同时来的还有迪克兰的爸妈和大狗"酒窝"。"酒窝"跟那只小猎犬"凯撒"的关系颇复杂,是一种爱恨交织的状态。倒不是说"酒窝"跟"凯撒"是敌人,而是它觉得那小家伙实在是太袖珍了,简直有辱狗界的尊严。

艾米莉和哈特自然不会缺场。他们如今已是这个街区日常景观的组成部分。人们几乎想不出有任何时刻,这两口子是不曾腻在一起的。艾米莉注意着现场的每一事项:当晚她要写电邮向贝丝通报。她甚至还要给对方发去一张广角全景照片。跟她的老友一样,贝丝也被这个各色街坊组成的小社区所散发出的魔力魅惑了,总是向艾米莉问这问那的,还拼命问种种细节。她和埃里克一心一意地想明年再度来访,来补上他们离开后所错过的林林总总。

艾米莉回想起自己来到这个街区的第一天,听到叔叔和婶婶提及修建一座高大的雕像的计划。眼下,这一切已经变得如此不同,结局又是如此之好,真是不可思议。

诺尔和菲丝以及弗兰琪都在那里。弗兰琪见谁就向谁展示她那粉红色的新靴子。有人对诺尔指出,弯月道有栋独立屋很快就可供出售了,他和菲丝或许可以考虑入手。那样的话,弗兰琪到新乐园来玩就会很近。他们回应说,这个想法很不错,让人很感兴趣。

他们一路左拐右弯地回去,慢慢走向艾米莉和哈特的家。那里已经准备好了茶和糕点。诺尔感到肩上的重负解除了。他经过了帕迪·卡罗尔和妻子莫丽的那栋房子——在这里,老两口曾不辞劳苦地赚钱,只为把儿子培养成一名医生。然后他经过了穆迪和莉琪的屋子。在这里,那对双胞胎找到了一个家,比他们所曾梦想的还要更好。他眨了几次眼睛,接着开始意识到,有很多事情不再那么重要。

弗兰琪执拗地要自己走完这段路,尽管她实际上还不能走这么远。菲丝推着婴儿车跟在后面,弗兰琪卖力地走着,抓着诺尔的手,一路还动不动就喊一声"啪巴"、"达达"。即将到达艾米莉和哈特的住处时,她弱小的双腿终于支撑不住了。诺尔把她荡秋千般甩上去,揽在臂弯里。

"好姑娘,老爸的乖宝宝。"他絮絮叨叨地重复说着。

他胸口的紧绷感远远没那么强烈了,那种仿佛是在一条无尽的走廊中疲于奔命的可怕幻觉也消失了。今夜稍晚些,他要给马拉奇打电话,然后,他将无所畏惧。

他将另一条胳膊搭上菲丝的肩头,引领着自己的小小家庭走进屋中去享用茶点。

第十五章

亲爱的弗兰琪,我的小亲亲,我可爱的乖女儿:

我永远没机会见到你了,也不会知晓你的样子、你的情况,但我真的爱你,非常爱你。我已经努力了,想要为了你而活着,但那只是徒劳。你明白吗,我的努力开始得太迟了。我会有个小丫头,我要为她活下去——要是我早就知道这个该多好……但现在再有这样的愿望都已为时太晚,迟得不能再迟了。我只能为你祈祷,祝愿你能得到生活最好的优待。我祝你有生活的勇气——这一点,我倒是不缺。也有人会说,我的勇气太多了! 我希望你不要像我一样鲁莽草率、有勇无谋。但愿你能过得安宁,得到那些好心人的关爱,他们会照料你,会让你快乐。今晚,我坐在一间病房里,这里没人能真正安睡。这是我在这里的最后一夜,你知道吗,明天将是你在这里的第一天。我真想我们能够见上一面啊。

有一件事,我能确定地知道。诺尔将会是个伟大的父亲。他非常坚强,迫不及待地想在明天见到你。他已经准备了几周,为你置办各种需要的东西,学习怎么来抱你、喂你,给你换尿片、穿衣服。他会是一位很棒的爸爸。我有一种很清晰的感觉,你会成为他的生命之光。

明天,会有那么多人在等着你到来。不用为我伤心,因为你让我的生命最终有了意义!

幸福地活着,好好过下去,我的小弗兰琪。要开心欢笑,要对人世满怀信任,而不是怀疑人生。

要记住,你的妈妈曾全心全意地爱着你。

丝黛拉亲笔

MINDING FRANKIE BY MAEVE BINCHY
Copyright：ⓒ2010 BY MAEVE BINCHY
This edition arranged with CHRISTINE GREEN AUTHORS' AGENT
Through BIG APPLE AGENCY, INC., LABUAN, MALAYSIA.
Simplified Chinese edition copyright：
2019 ZHEJIANG LITERATURE AND ART PUBLISHING HOUSE
All rights reserved.
版权合同登记号：图字：11-2015-237 号

图书在版编目（CIP）数据

人人都爱弗兰琪 /（爱尔兰）梅芙·宾奇著；杨凌峰译. —杭州：浙江文艺出版社，2019.1（2024.3 重印）
书名原文：Minding Frankie
ISBN 978-7-5339-5471-0

Ⅰ.①人… Ⅱ.①梅… ②杨… Ⅲ.①长篇小说—爱尔兰—现代 Ⅳ.①I562.45

中国版本图书馆 CIP 数据核字（2018）第 262210 号

人人都爱弗兰琪
RENREN DOU AI FULANQI

作　　者：[爱尔兰] 梅芙·宾奇
译　　者：杨凌峰
责任编辑：关俊红
文字编辑：王莎惠
插画设计：安茂楠
封面设计：尚燕平

出版发行：浙江文艺出版社
地　　址：杭州市体育场路 347 号
网　　址：www.zjwycbs.cn
经　　销：浙江省新华书店集团有限公司
印　　刷：浙江海虹彩色印务有限公司
版　　次：2019 年 1 月第 1 版　2024 年 3 月第 3 次印刷
开　　本：880 毫米×1230 毫米　1/32
字　　数：360 千字
印　　张：15.625
插　　页：5
书　　号：ISBN 978-7-5339-5471-0
定　　价：59.00 元

（如有印、装质量问题，请寄承印单位调换）